文学研究丛书
WENXUE YANJIU CONGSHU

知识考古学与
十七年小说研究

刘成才　著

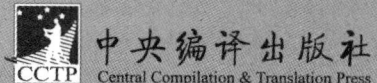
中央编译出版社
Central Compilation & Translation Press

图书在版编目（CIP）数据

知识考古学与十七年小说研究 / 刘成才著 . -- 北京：
中央编译出版社，2016.11
ISBN 978-7-5117-3064-0

Ⅰ . ①知… Ⅱ . ①刘… Ⅲ . ①小说研究—中国—当代
Ⅳ . ① I207.42

中国版本图书馆 CIP 数据核字 (2016) 第 181566 号

知识考古学与十七年小说研究

出 版 人：葛海彦
出版统筹：贾宇琰
责任编辑：曲建文
责任印制：尹　珺
出版发行：中央编译出版社
地　　址：北京西城区车公庄大街乙 5 号鸿儒大厦 B 座（100044）
电　　话：（010）52612345（总编室）　　　（010）52612370（编辑室）
　　　　　（010）52612316（发行部）　　　（010）52612317（网络销售）
　　　　　（010）52612346（馆配部）　　　（010）55626985（读者服务部）
传　　真：（010）66515838
经　　销：全国新华书店
印　　刷：北京天正元印务有限公司
开　　本：710 毫米 × 1000 毫米　1/16
字　　数：264 千字
印　　张：15.25
版　　次：2016 年 11 月第 1 版第 1 次印刷
定　　价：45.00 元

网　　址：www.cctphome.com　　　邮　　箱：cctp@cctphome.com
新浪微博：@中央编译出版社　　　微　　信：中央编译出版社（ID：cctphome）
淘宝店铺：中央编译出版社直销店（http ://shop108367160.taobao. com）　（010）52612349

本社常年法律顾问：北京嘉润律师事务所律师　李敬伟　问小牛
凡有印装质量问题，本社负责调换，电话：（010）55626985

目　录

绪论　十七年小说的文学社会主义想象

第一节　重新进入十七年小说的难度与困境

十七年小说作为特殊年代的文学在中国现当代文学领域是一种尴尬的文学存在，因为和政治的关系太过于紧密，十七年小说便被判定为伪文学，因此被经典化或者入选各种权威文学史的也就只能是极少数。最典型的如王晓明编选的《二十世纪中国文学史论》有一个作品附录，在这个"表达遍选者所持有的对二十世纪中国文学的基本看法"的作品年表中收录了他认为在 20 世纪中国文学中最重要的 83 部作品，十七年小说仅有王蒙的《组织部新来的年青人》和柳青的《创业史》这两部（篇）[①]，相对于整个十七年小说来说，篇目上少得可怜。

在众多类似的话语逻辑中，研究者把十七年小说断定为中断了自五四文学开始的现代化进程，而新时期文学则接续了中断了的五四文学的现代化传统，使文学摆脱了政治的束缚回到了自身，甚至认为是"回到了五四"。在这种话语逻辑下，十七年小说当然地被逐出了当代文学史的经典化过程。这种新的"断裂论"试图把历史划分为相互之间没有一点联系的独立片段与完全可知的部分，但是，如果在文本之外真的存在着一个真实的历史的话，那么，这个历史"真实"也肯定不会是单独存在的，而只能处于一个不断混杂的过程之中，因为，"如果我们确实是这样或那样的混杂物，那么，那些假设的过去与现在、我们与他们之间的断裂就仅仅只是现代主义的一种特别的虚构"。[②]

更困难的是，这种"断裂论"的话语逻辑给十七年小说研究带来一个无法

---

① 王晓明：《二十世纪中国文学史论》，东方出版中心 1997 年版，第 464—468 页。

② [美]何伟亚：《怀柔远人——马嘎尔尼使华的中英礼仪冲突》，邓常春译，社会科学文献出版社 2002 年版，第 253 页。

突破的困境，正如李杨指出的那样，它"使得在政治运动频仍的'十七年'没得到相应研究的'十七年文学'，在'文革'后也缺乏相应的研究成果；更为不堪的是，这项研究在一些人看来，甚至有为'错误的年代'和'极左政治'翻案之嫌"①。李杨就曾在研究中揭示新时期文学与50—70年代文学之间的内在话语逻辑联系，质疑"断裂论"②，主张对十七年文学重新评价，强调十七年文学的文学史价值，提倡把"知识考古学"作为十七年文学史的研究方法和写作方式："尝试以知识考古学作为当代文学史的一种写作方式，意味着我们将拆解那个已经进入我们潜意识的、其实完全受控于我们当下价值标准的文学／非文学的二元对立认知方法，我们的研究对象将不再是那些以今天的观点看来是'真实'的文学作品，而是那些在当时被称为'文学'与'经典'的文学作品"③。但由于文学研究界的"势大于人"④，这一观念在学界只是"吹皱一池春水"，并没有引起太大的反响。

　　1990年以来，由海外中国现当代文学研究学者肇始的"再解读"思潮在现当代文学研究界风行，"再解读"的研究方法对中国现当代文学学科产生了很大的冲击。所谓"再解读"，即"把文学作品放到更为复杂的历史语境和文化建构过程之中，探讨它在社会文化中的位置、它如何与更大的历史话语建立起联系、如何'象征性'地呈现特定历史情境中的文化逻辑和文化理念"⑤。由于"再解读"研究的对象是单篇作品，方法上用的是"小题大做，举例说明"，目的是证明我们惯用的对文学的历史叙述都是被某种"权力"建构起来的，虽然具有"反历史"的色彩，但是即便我们将那些个案分析聚拢在一起也不会自行构成历史叙述。这种碎片化的历史建构对"再解读"的实践者来说显然是一个遗憾，并且也

①　董之林：《热风时节——当代中国"十七年"小说史论（1949—1966）》，上海书店出版社2008年版第243页。

②　李杨：《没有"十七年文学"与"文革文学"，何来"新时期文学"？》，《文学评论》2001年第2期。

③　李杨：《当代文学史写作——原则、方法与可能性》，《文学评论》2000年第3期。

④　黄修己："'势'即客观的局势，'人'指研究者。'势大于人'是说现代文学史面貌的改变，主要不是由研究者通过学术研究达到的，而是客观局势的变化，像无形却握有巨大权力之手，左右着研究者的思想，使人们的价值取向、评价标准变了，随之对现代文学史的看法也变了。人们陶醉在自以为的学术创新的喜悦中，哪知其实是时势之手拨转人们的视线，使其有了观察的新尺度。"《中国现代文学史研究的"势大于人"》，《东方文化》2002年第5期。

⑤　贺桂梅：《"再解读"——文本分析和历史解构》，《海南师范学院学报》2004年第1期。

引发了他们的反思。①

1999 年，洪子诚的《中国当代文学史》试图摆脱单一的以政治为标准的评价方式，"努力将问题'放回'到'历史情境'中去审察"，强调"历史的现场感"和"触摸历史"效果，认为"50～70 年代的文学，是'五四'诞生和孕育的充满浪漫情怀的知识者所做出的选择，它与'五四'新文学的精神，应该说具有一种层的延续性"②。洪子诚的《中国当代文学史》尝试的就是"价值中立"的"知识考古学立场"，"在文学批评中，我们越来越多采用一种'历史批判方法'。即不把任何概念、现象看作是'本质化'的、'终极化'的概念、现象，而是看作历史性的范畴。我们的关注点，已经从被确定为'事实'的事实的分析，转移到对这种事实为何被确定的分析。这就像批评家特雷西所说'历史批判方法向我们提示：那些被作为事实陈述的事实，是如何成为事实的'"③。但他同时也指出："我在《文学史》中讲到的对价值判断的搁置与抑制，并不是说历史叙述可以完全离开价值尺度，而是针对那种'将创作与文学问题从特定的历史情景中抽出来，按照编写者所信奉的价值尺度作出臧否'的方式。"④这显示了他的谨慎态度。洪子诚在后续出版的讲课稿《问题与方法》中更是用"知识考古学"与"谱系学"的方法，对"文学史意识"、"文学与历史"、"文学史与叙述"、"历史记忆"、"左翼文学"等一系列主流文学观念中不证自明的理论预设的质疑和追问，重新建立这些词语、主张和"语境"之间的关联，辨析它们特定的内涵。这两本以知识考古学为理论基础的文学史著作为当代文学研究打开了新的空间，并为十七年小说研究提供了"范式转换"⑤的典范。

陈思和主编的《中国当代文学史教程》则以十七年作家作品偏离意识形态的程度来确定其文学价值，其对潜在写作的挖掘提升了潜在写作的文学地位，使

---

① 唐小兵、黄子平、李杨、贺桂梅：《文化理论与经典重读》，《文艺争鸣》2007 年第 8 期。

② 洪子诚：《关于五十至七十年代的中国文学》，《文学评论》1996 年第 2 期。

③ 洪子诚：《问题的批评》，见么书仪、洪子诚：《两意集》，学苑出版社 1999 年版，第 333 页。

④ 李杨、洪子诚：《当代文学史写作及相关问题的通信》，《文学评论》2002 年第 3 期。

⑤ 范式指的是在某一学科内被共同接受、使用并作为交流思想的概念体系和分析方法，包括认识事物的模型、模式、理论等。范式的形成是一个学科成熟的标志，由一种常规科学发展为另一种新的常规科学，就是范式的转换过程。"科学革命"的实质，就是"范式转换"。[美]托马斯·库恩：《科学革命的结构》，金吾伦、胡新和译，北京大学出版社 2003 年版。

潜在写作成了十七年文学的高地,认为这些作品"真实地表达了他们对时代的感受和思考的声音。这些文字比当时公开发表的作品更加真实和美丽,因此,从今天看来也更加具有文学史的价值"①。在这一原则下,胡风、牛汉、曾卓、绿原、穆旦、唐湜、彭燕郊的诗,张中晓、丰子恺的散文,以及黄翔、食指、岳重、多多的诗,赵振开的小说,等等,大规模地进入当代文学史,极大地改变了当代文学史的地理构成。但是,这种努力从某种意义上讲也是当代文学研究中"文学史焦虑"的表征:"对 50—70 年代,我们总有寻找'异端'声音的冲动,来支持我们关于这段文学并不是完全单一、苍白的想象"②。对于这种缓解"文学史焦虑"的行为与努力,在诗人廖亦武的理解中,近似一种"操作历史"的行为:"同作品相比,围绕着作品,最终偏离作品,直指历史和现实地位的后现代爆炒具有深远的战略意义,诗人被这种市场经济中的成名规则熏陶成了从媚俗到领导时尚的阴谋家"③。

于是,重新进入十七年小说就不得不面对这样的悖论:我们不得不借用研究者既有的概念来讲述十七年小说历史,这些概念构成我们理解十七年小说的基点;但是,一旦我们使用这些概念去理解十七年小说的时候,这些概念背后所隐藏的简单化的历史叙述却无法揭示其中掩盖和压抑的多元性、差异性和增殖性。于是,在这种悖反境遇下,十七年小说成了一个永远无法言说自己的"大他者"④。

第二节　十七年小说与当代中国的意义扭结

重新进入十七年小说,之所以会面临这些难度与困境,与十七年小说和政

---

① 陈思和主编:《中国当代文学史教程》,复旦大学出版社 1999 年版,第 4 页。

② 洪子诚:《问题与方法——中国当代文学史研究讲稿》,生活·读书·新知三联书店 2002 年版,第 78 页。

③ 廖亦武:《操作历史》,《读书》1996 年第 11 期。

④ [斯洛文尼亚] 斯拉沃热·齐泽克:《意识形态的崇高客体》,季广茂译,中央编译出版社 2001 年版,第 243 页。

治以及当代中国的现代化进程紧密勾连有很大的关系。

浏览各种版本的中国当代文艺思潮史和文学思潮史，会发现大大小小的文艺批评运动充斥其间，各类批评文章支撑着中国当代文学史、文艺思潮史关于十七年小说的历史叙述。但是，文学史只是关于十七年小说的一种叙述，不是十七年小说现场的真实记录，各种版本的当代文学史著作，对我们认识那段文学的真实现状只能是一个参照，因为在文学史的写作中，有一种简化的思潮支配着我们对文学的理解与认识，正如昆德拉所担忧的："简化的蛀虫一直以来就在啃啮着人类的生活：即使最伟大的爱情最后也会被简化为一个由淡淡的回忆组成的骨架。现代社会的特点可怕地强化了这一不幸的过程……人类处于一个真正简化的旋涡之中，其中，胡塞尔所说的'生活世界'彻底地黯淡了，存在最终落入遗忘之中"①。在这种"简化蛀虫"的啃啮之下，研究者强行征用一种形而上学的"减法"，消减掉十七年小说的丰富性与复杂性，把纷繁芜杂的十七年小说简化为一连串的政治运动，这种形而上学的"减法"也成为我们认识十七年文学真实面貌的巨大障碍。

我们对待历史最常用的思维就是把生动具体的历史现场简化为对一种历史的叙述，并把这种简化了的叙述当作历史本身去加以接受。在这个过程中，我们往往忘记"抽象往往是话语霸权的帮凶，因为它可以通过语焉不详把话语的危险性降到最低而把它的威慑力提到最高……它最常见的形态，就是在具体问题的分析中直接应用某些被人普遍接受因而不会加以质疑的结论"②。因此，重新进入十七年小说研究，首先要警惕的就是这种抽象话语把十七年小说抽象为简单的政治附属物，以提防这种抽象话语阻碍我们对十七年小说的理解。

不可否认，十七年小说所处的时代是一个运动频仍的特殊年代，通过一系列的批评运动，大批小说被逐出了历史讲述的话语场所，众多作家被剔除了话语讲述资格。十七年小说不但承载了十七年时期文学的无上荣光，同时也承受了责难。在这一过程中，十七年小说充满了历史与现实的复杂扭结，可以说是现实对知识分子规训的典型文本呈现。但由于政治规训主要采取的是内在方式，即葛兰

---

① [捷克]米兰·昆德拉：《小说的艺术》，董强译，上海译文出版社 2004 年版，第 22–23 页。

② 孙歌：《在理论思考与现实行动之间》，《读书》2000 年第 11 期。

西所说的"认同"①，这种"认同"并不取决于"事实"，而取决于"建构"，即通过言说和语言的运作，通过记忆和遗忘的选择，让外在的知识、思想、意识形态与政治转化为内在的要求。透过十七年小说这种复杂扭结的文学文本，我们可以看到现实的意识形态话语在作家的独立人格与意识上投下了怎样的斑驳阴影。

随着历史的转折，十七年小说在新时期由"毒草"成了"重放的鲜花"②。这种重评观念的变化，纯文学的信奉者倾向于理解为文学或文学史的自觉，知识考古学视域中看到的却是主宰文学史写作的主流历史观念及现实政治发生了变化。在新的现实政治面前，文学史写作面临着德里克所谓的"范式危机"，既有的"革命范式"已经不能再继续阐释十七年小说，新的"现代化范式"的出现改变了"革命范式"支配十七年小说研究的局面，出现了"历史研究丧失了中心"的局面。③在变化了的时代面前，现代化史学观念通过"他者"重新确立了自己的主体性，"这种'范式'与旧'范式'的最大不同，就在于它更主要是从'现代化'的角度来看待、分析中国近代史，而不把中国近代史视为仅仅是一场'革命史'"④。

可以看出，搭建起对十七年小说的文学史讲述框架的，依旧是主宰文学史话语的二元对立的内在逻辑思维模式。德里达认为这种二元对立模式可以追溯到西方自柏拉图以来的"逻各斯中心主义"即理性中心主义传统，它的理论基础是创造出一系列的二元对立概念，如"语言 / 文字"、"意义 / 形式"、"真理 / 谬误"等诸多对立的概念，并赋予其中一方以统治与优先地位，另一方则处于被统治的地位，这种思维方式本身就是一种等级制度，或者说是一种话语霸权。研究者在研究中所要避免的，正是这种二元对立思维方式对自己的限制。对这种二元对立思维方式的解构，在德里达看来就是摆脱"权力"对自己的控制，"解构不是一种简单的理论姿态，它是一种介入伦理及政治转型的姿态，因此也是去转变一种存在霸权的情境，自然这也等于去转移霸权，去叛逆霸权并质疑权威。从这个角

---

① ［意］安东尼奥·葛兰西：《文化与意识形态霸权》，J.C. Alexander and S. Seidman 编：《文化与社会》，Cambridge：Cambridge University Press，1990，p.47

② 上海文艺出版社编：《重放的鲜花》，上海文艺出版社 1979 年版。

③ ［美］阿里夫·德里克：《革命之后的史学——中国近代史研究中的当代危机》，吴静研译，《中国社会科学辑刊》1995 年春季卷，第 135–141 页。

④ 雷颐：《总序——为了前瞻的回顾》，冯林主编：《重新认识百年中国——近代史热点问题研究与争鸣》，改革出版社 1998 年版，第 2 页。

度讲，解构一直都是对非正当的教条、权威与霸权的对抗"①。

　　因此，在研究十七年小说时要坚持"永远历史化"的原则，把它放置到共和国特定的社会政治历史语境中去加以理解，考察它与十七年文化政治的内在关联。即使是十七年小说中与政治联系比较紧密的农业合作化题材小说，也不能因其写作动机而忽视其在写作过程中的流转与变异，而简单化地一律贬斥为作者对现实迎合的虚伪心态。因为"一旦作家开始动笔，作品中出现了人物，一旦这些人物按照作家的意志获得了生命，他们就会开始对提纲提出异议，与提纲做起对来，作品开始按其本身的内在逻辑展开"②，我们所要面对的就是独立的小说存在，而"当小说中发生的一切让我们感觉这是根据小说内部结构的运行而不是外部某个意志的强加命令发生的，我们越是觉得小说独立了，它的说服力就越大。当一部小说给我们的印象是它已经自给自足，已经从真正的现实里解放出来，自身已经包含存在所需要的一切的时候，那它就已经拥有了最大的说服力"③。即便是在十七年时期，主流意识形态对社会全方面监视与规训所起到的效果也不可一概而论。就意识形态本身而言，它并不完全取决于某一领导的个人意愿，而必须在一定的社会和历史环境的双重作用下，成为一种普遍的、具有约定俗成的日常生活惯性，才有可能变成对公众社会具有导向性和约束性的力量。

　　我们如果以这样的心态深入去看农业合作化小说，就会发现作家对生活与艺术的态度是真诚的。因为写农业合作化小说的作家所追求的不是与生活同步，而是要把一种理想化的生活合乎情理地表现出来，这恰恰印证了亚里士多德"诗人的职责不在于描述已经发生的事，而在于描述可能发生的事，即根据可然或必然的原则可能发生的事"，"一桩不可能发生而成为可信的事，比一桩可能发生而不可能成为可信的事更为可取"④这一伟大而古老的断言。作家们用小说描写农业合作化，是对一种理想生活方式的追求，因为小说存在的意义就是对应然生活的追寻，在这个意义上，"小说审视的不是现实，而是存在。而存在并非已经发生

---

① [法]雅克·德里达：《书写与差异》，张宁译，生活·读书·新知三联书店 2001 年版，第 15 页。

② [俄]康·帕乌斯托夫斯基：《金蔷薇》，戴骢译，上海译文出版社 2007 年版，第 51 页。

③ [秘鲁]马里奥·略萨：《给青年小说家的信》，赵德明译，上海译文出版社 2004 年版，第 29 页。

④ [古希腊]亚里士多德：《诗学》，陈中梅译，商务印书馆 1996 年版，第 80 页。

的，存在属于人类可能性的领域，所有人类可能成为的，所有人类做得出来的。小说家画出存在地图，从而发现这样或那样一种人类可能性"①。

由此可以看出，一旦我们进入十七年小说与十七年社会政治意义的扭结之处，便会发现，十七年小说的具体描写往往"服从于一个煽动不断增大的机制"，而知识生产却是一个不断增殖的过程，各种作用于十七年小说的"权力技术没有屈从于一个严格挑选的原则，而是服从于一个多元形式的撒播和移植的原则"②。因此，解开十七年小说与十七年社会政治意义扭结的关键在于，运用"知识考古学"与"谱系学"的方法，通过对十七年小说的具体分析，探索它们得以生成的条件，寻找它们"被组装起来的各种规则是什么"③。对十七年小说来说，这种研究可能更为可观，也更有意义。

因此，我们对十七年小说要抱持"了解之同情"的研究态度，即陈寅恪所说的："历史研究对于前人之情境与心态，必须有一份'同情之了解'"，"所谓真了解，必神游冥想，与立说之古人，处于同一境界，而对于其持论所以不得不如是之苦心孤诣表一种同情"④，以及钱穆意义上的："所谓对其本国历史略有所知者，尤必附随一种对本国已往历史之温情与敬意。所谓对其本国已往历史有一种温情与敬意者，至少不会对其本国已往历史抱一种偏激的虚无主义……而将我们自身种种罪恶与弱点，一切诿卸于古人"⑤。唯有如此，才能最大程度地探究十七年小说在当时的社会政治背景下如何参与到国家主体建构中去的这一知识增殖的过程。

第三节　重建十七年小说与时代的精神关联

我在研究中尝试进入十七年小说的途径是重返十七年小说现场。提倡重返十七年小说现场，并不是通过这种重返去判定不同小说文本及文学观念之间的高

---

① [捷克]米兰·昆德拉：《小说的艺术》，董强译，上海译文出版社 2004 年版，第 54 页。
② [法]米歇尔·福柯：《性经验史》，佘碧平译，上海人民出版社 2005 年版，第 28、10 页。
③ [法]米歇尔·福柯：《性经验史》，佘碧平译，上海人民出版社 2005 年版，第 28、10 页。
④ 《陈寅恪集》，生活·读书·新知三联书店 2001 年版，第 285 页。
⑤ 钱穆：《国史大纲》，商务印书馆 1996 年版，第 1 页。

低之分，做文学价值的裁决者，而是通过这种重返试图努力找出各种思想价值体系的规律和历史脉络及它们背后的"权力"运作。因为对聚讼纷纭的十七年小说研究而言，只有当我们的研究超越了传统的二元对立关系造成的视野局限，研究的进展才会成为可能，才能"通过'重返'文学史'现场'，进一步了解当代文学生产的社会背景、氛围和情绪，跨越那些覆盖在文学史表面的夸张的修辞，从而对当时文学创作的真实状况获得一个比较客观的和大致准确的认识"①。

文学作品必然会受到社会政治环境的制约与影响，这是文学史家的共识。如鲁迅先生在《中国小说史略》中就非常准确地指出了社会政治环境与时代对中国小说的影响："光绪庚子（1900）后，谴责小说之出特盛。盖嘉庆以来，虽屡平内乱（白莲教，太平天国，捻，回），亦屡挫于外敌（英，法，日本），细民暗昧，尚啜茗听平逆武功，有识者则已幡然思改革，凭敌忾之心，呼维新与爱国，而于'富强'尤致意焉。戊戌政变既不成，越二年即庚子岁而有义和团之变，群乃知政府不足与图治，顿有掊击之意矣。其在小说，则揭发伏藏，显其弊恶，而于时政，严加纠弹，或更扩充，并及风俗"②。美国小说理论家伊恩·瓦特在研究小说的起源时，则倾向于认为小说的出现与兴起与18世纪英国中产阶级兴起后社会经济状况发展到一定程度有密切的关系。经济的发展与中产阶级的崛起给人们的生活以足够的闲暇时间，但是"中等阶级的妇女几乎没有可能参加她们的男人的活动，无论是商业方面的，还是娱乐方面的。对她们来说，参与政治、商业活动或她们的财产管理都是偶尔为之，主要的男性业余活动，诸如狩猎、宴饮等，也都把她们排斥在外。因此，女人就有了充分的闲暇时间，这些闲暇通常就被博览群书占用了"③。伊恩·瓦特认为这种社会氛围是小说在18世纪兴起的主要的原因，而且正是由于女性读者群潜在的接受与消费导引，所以当时小说弥漫着罗曼斯的艺术氛围。同理，作为特定时代的文学，十七年小说受当时社会政治环境的影响，自然是再正常不过的。

所以，我在研究中对十七年的政治、社会和文化背景比较注重，目的在于阐述十七年小说中那些容易被忽视的与历史互相纠缠的细节，摆脱研究中惯用的

---

① 程光炜：《重评"伤痕文学"》，《文艺研究》2005年第1期。
② 《鲁迅全集》第九卷，人民文学出版社1973年版，第434页。
③ ［美］伊恩·瓦特：《小说的兴起——笛福、理查逊、菲尔丁研究》，高原、董红钧译，生活·读书·新知三联书店1992年版，第42页。

那种简单化的庸俗社会学结论。文学的发生与知识的生产是由各种复杂因素互相作用促成的，决定的因素绝不可能是单一的，因此，影响十七年小说的不同因素都将在我的研究中凸显，相互之间形成一种特定的联系。透过小说文本与周边政治文化的关系的辨析，尝试去定位这些小说文本对当时的文学规范究竟偏离到什么程度，在什么点上偏离了当时的规范。比如，在分析路翎的十七年小说创作在当时被疏离的状态时，通过对小说《洼地上的"战役"》的分析，我将力图去准确地定位它在什么地方偏离了当时规范的叙述，它在哪些地方引起谴责和批评？并由此带出路翎在十七年的其他小说，去探究十七年时期路翎在困顿中的退守与执着，而不是把这些小说笼统地放置在当时肯定的那些作品的对立面上。研究中将努力做到"致力于还原历史情境，通过这种'文本的语境化'与'语境的文本化'，努力使文学研究转变为一个时代与另一个时代的平等对话"①，解开十七年小说与现实的复杂纠葛。

为了理解十七年小说与政治之间的互文性，我在解读这些小说文本时充分重视"富有成效的扭曲"的痕迹。这就要求我不能仅仅把目光只放在对整体的关注上，还要把研究重心放在小说与社会政治环境关系的探讨上。与此同时，高度关注小说文本中所呈现出的具体而富蕴生动性的细节，关注这些细节对整体的意义及其言说方式的呈现。过去的研究更多把焦点放在政治运动、风云人物、阶级斗争等宏大历史叙事中，而"斑斓的历史恰恰是由丰富的细节所构成的，对细节的忽视就不可能显示出生活的全貌。历史是鲜活的生活，但是生活却往往淹没在大事件的影子背后"②。因此，对细节的关注，能够让历史变得丰富与生动。

十七年小说中以"三红一创、青山保林"为代表的宏大历史叙事承载了几代人的光荣与梦想、泪水与辉煌。经过几代人的阅读，这些小说已经逐渐经典化并进而融化在人们的文学血脉里，也支配着人们的文学行为与文学意识，当然也遮蔽了大量丰富而又复杂的十七年小说现状。因此，海德格尔意义上的"去蔽"就自然成为我今天研究十七年小说的迫切任务。通过"去蔽"，在十七年大量而又复杂的文学事实里关注细节，从而给历史以鲜活，还文学以丰沛，以靠近真实的十七年小说。所以，写作中将不会论述那些已经被经典化了的以"三红一创、青山保林"为代表的宏大历史叙事的小说，而把关注的重点放在一些已有的研究

---

① 李杨：《当代文学史写作——原则、方法与可能性》，《文学评论》2000 年第 3 期。
② 戴逸：《关注历史细节》，《中华读书周报》2001 年 2 月 14 日。

关注较少的小说上。

通过对这些个体与生命意义细节的关注，我们会发现，十七年小说因这种关注而变得不再那么的枯燥与单调，这些个体与生命的意义细节赋予了十七年小说摇曳的丰姿，因而也能更长久地吸引我们的关注。

当前诸多的文学研究关注的是十七年文学的主流，而忽视了十七年文学的见证者、参与者的思想历程与个体细节。我们应该抛开宏大历史叙述进入历史细节，以个体生命的具体记忆方式来见证历史，抗争抽象对记忆的遗忘。马尔库塞认为，艺术"不管是否被仪式化，艺术都包含着否定的合理性。在其先进的立场上，它是大拒绝——抗议现实的东西。人和万物得以表现、歌唱和言谈的方式，是拒绝、破坏并重建它们实际生存的方式"[①]，对于十七年小说我们也应做如是观。正因为它是大历史中的细微折射，透过它反射出革命、社会主义、民族、国家等一系列时代重大问题，对于它的剖析和解读在今天就显得尤为重要。一旦我们从细节进入，就会发现十七年小说文本内在蕴含众多时代话语冲突，小说文本成为话语之间相互碰撞与纠缠的冲突场所。

在研究方法上，刻意让自己的研究参照法国当代伟大哲学家福柯的"知识考古学"与"谱系学"的研究方法，不去通过研究试图还原十七年小说未被污染的、原始的历史，而是通过研究十七年小说的知识建构过程，分析其话语建构背后的权力运作方式。在福柯看来，我们只能对人类的认识史做考古学的研究，探究知识得以可能的条件，即支配我们思想和话语实践的被组装起来的各种规则是什么。知识考古学"推迟了各种认识的不确定并合，打破了这些认识的缓慢的成熟过程，迫使它们进入一个崭新的时空，把这些认识从它们的经验论的根源和它们原始的动机中截取下来，把它们从它们的虚构的同谋关系中澄清出来，因而它们在历史分析中就不再意味着追寻静默的起始，无限地上溯最早的征兆，而是意味着测定合理性的新形式以及它的各种不同的效果"[②]。通过"知识考古学"与"谱系学"的研究方法，试图在十七年小说研究中"颠覆史料与解释之间的那种

---

① ［法］赫伯特·马尔库塞：《单向度的人——发达工业社会意识形态研究》，张峰、吕世平译，重庆出版社1993年版，第54页。
② ［法］米歇尔·福柯：《知识考古学》，谢强、马月译，生活·读书·新知三联书店1998年版，第3页。

被认为是理所当然的关系"①。当然，正如洪子诚所警惕的，"我在《文学史》中讲到的对价值判断的搁置与抑制，并不是说历史叙述可以完全离开价值尺度，而是针对那种'将创作与文学问题从特定的历史情景中抽出来，按照编写者所信奉的价值尺度作出臧否'的方式"②，这也是本书写作的过程中时刻提醒自己要警惕的。

在十七年小说研究中，长期以来的社会历史政治注脚式研究让小说成为社会历史政治的见证与注解，丧失了文学独立存在的意义。这是十七年小说研究中普遍存在的症结，也是福柯意义上研究者"缺乏思考他者能力的表露"③。在进入十七年小说研究领域时，研究者应该对此报以足够的警惕。

"批评也是一种心灵的事业，它挖掘人类精神的内面，同时也关切生命丰富的情状和道德反省的勇气。真正的批评，是用一种生命体会另一种生命，用一个灵魂倾听另一个灵魂。假如抽离了生命的现场，批评只是一种知识生产或概念演绎，只是从批评对象中随意取证以完成对某种理论的膜拜，那它的死亡也就不值得同情了"④。在研究中，我将力争用自己的生命体验作为历史的体察者，作为十七年小说的并肩者而站立，用自己的灵魂去用心倾听这些小说文本在当时的独特存在与言说，用心伴随这些小说文本重返它们的生命之旅，从而重建与这些小说文本的精神内在的紧密关联。这，或许就是十七年小说研究在当今社会中的现实意义之所在，也是我重新解读十七年小说的目的所在。

何伟亚将这种研究方式称为"介入往昔"："重构过去不仅仅是简单的发掘新证据、运用新方法，或揭露以前的偏见。它也意味着主动介入所有学术研究都要卷入的知识的产生与传布的政治之中"⑤。同样，福柯对历史的知识谱系学分析，恰恰源于现实的冲动："我起初是从一个用当代术语表述的问题出发，我想弄清它的谱系。谱系意味着我的分析是从现实的问题出发的"⑥。这种"介入往昔"与"对现实发言"的辩证，正是我所努力的意义所在。

---

① [美]何伟亚：《怀柔远人——玛噶尔尼使华的中英礼仪冲突》，邓常春译，社会科学文献出版社 2002 年版，第 47 页。
② 李杨、洪子诚：《当代文学史写作及相关问题的通信》，《文学评论》2002 年 3 期。
③ 《权利的眼睛——福柯访谈录》，严锋译，上海人民出版社 1997 年版，第 51 页。
④ 谢有顺：《文学批评的现状及其可能》，《文艺争鸣》2009 年第 2 期。
⑤ [美]何伟亚：《怀柔远人——玛噶尔尼使华的中英礼仪冲突》，邓常春译，社会科学文献出版社 2002 年版，第 229 页。
⑥ 杜小真编：《福柯集》，王简译，远东出版社 1998 年版，第 635 页。

　　尽管如此，对写作中有可能丧失的批判精神也时刻牢记在心。研究者在研究过程中很容易被自己的研究对象同化，即丸山真男教授所警告的"因为这种认同式的理解而丧失批判精神"①，虽然论述过程中的评价不可避免，但过度评价与情感介入会使问题受到严重遮蔽，并因这种遮蔽得不到进一步论述与展开。所以，丸山真男警告，"理解"不等于"赞成"，它不包含把对方合理化和正当化的意图。因此，哪怕是站在反对的立场上，你仍然可以"理解"它，起决定意义的是"他者"意识。②在此，在研究中要牢记"学问自由的前提，就在于试图把任何其他集团，任何其他的人都置于'他在'之中加以把握的根本性的好奇心"③。

　　只有这样，研究才能取得独立的生命，才能达到福柯理想中的批评状态："我忍不住梦想一种批评，这种批评不会努力去评判，而是给一部作品、一本书、一个句子、一种思想带来生命；它把火点燃，观察青草的生长，聆听风的声音，在微风中接住海面的泡沫，再把它揉碎。它增加存在的符号，而不是去评判；它号召这些存在的符号，把它们从沉睡中唤醒。也许有时候它也把它们创造出来——那样会更好……我喜欢批评能迸发出想象的火花。它不应该是穿着红袍的君主。它应该挟着风暴和闪电"④。

　　文学研究者应该牢记的是，十七年小说，在某种意义上"不是小说，而是启迪，是充满了怕和爱的生活本身"⑤。

①　孙歌：《文学的位置——丸山真男的两难之境》，贺照田主编：《学术思想评论》第三辑，辽宁大学出版社 1998 年版，第 40–50 页。

②　孙歌：《文学的位置——丸山真男的两难之境》，贺照田主编：《学术思想评论》第三辑，辽宁大学出版社 1998 年版，第 40–50 页。

③　[德]卡尔·曼海姆：《意识形态与乌托邦》，黎明、李书崇译，商务印书馆 2000 年版，第 4 页。

④　《权利的眼睛——福柯访谈录》，严锋译，上海人民出版社 1997 年版，第 104 页。

⑤　[俄]康·帕乌斯托夫斯基：《金蔷薇》，戴骢译，上海译文出版社 2007 年版，第 232 页。

第一章　十七年小说的主体询唤与文学重构

第一节　时代语境转换与十七年小说转型

1949年10月1日，"中华人民共和国中央人民政府于本日成立了"，毛主席这一响亮的宣告回荡在天安门城楼上，以此为标志，中华人民共和国这一"想象的共同体"[①]开始进入现实层面上的政治、经济、文化等诸方面的实际建设过程，与这一实际建设过程相呼应，文学领域也开始了它的主体询唤与文学重构。

重大的社会政治变革，特别是政权的更迭，对文学的影响非常深远。每次的时代更替，都是文学思想、创作心态、审美趣味、文学风格等重要文学因素发生根本变化的时期，从而显示了其变异性、过渡性与转折性等重要时代特征，而这些又无疑会对新时代的文学产生深远的影响。中华人民共和国的成立以及随即进行的一系列的改造运动与社会主义教育运动，有效地剔除了党的文艺路线的异己话语，保证了党的文艺路线在整个十七年时期的有效贯彻与执行，既有效地遏制了旧话语的滋生与繁衍，又刺激了新话语的生长与蔓延，在汰洗过往旧人的时候，一代新人扫除前人"影响的焦虑"，[②]成为社会主义文学创作的主力。与此同时，十七年小说也步入了自己全然陌生而又充满了变数与不安的领域。

---

① ［美］本尼迪克特·安德森：《想象的共同体——民族主义的起源与散布》，吴叡人译，上海人民出版社2011年版。

② ［美］哈罗德·布鲁姆：《影响的焦虑——一种诗歌理论》，徐文博译，江苏教育出版社2006年版。

一、"代"际更替与作家群体的整体性更迭

用"代"的概念来对知识分子分类，虽然在某种程度上抹杀了同一群体内部的差异与分歧，但作为一个在限定意义上使用的概括性概念，它还是能在一定程度上概括同一群体中知识分子所能呈现出来的某种共通性。"代"的对象指涉的是特定的社会历史区间中的知识分子，对知识分子"代"的考察，主要在知识社会学的范围中进行，以透视不同群体精神运动的内在结构、个体和社会之间的变动与呼应，因此，很多学者都试图从某种"共通性"对知识分子做"代"际考察。

比较具有代表性的"代"际考察如李泽厚先生在《略论鲁迅思想的发展》一文中把中国现代知识分子分为六代："辛亥的一代、五四的一代、大革命的一代、'三八式'的一代。如果再加上解放的一代（四十年代后期和五十年代）和文化大革命红卫兵的一代，是迄今中国革命中的六代知识分子。（第七代将是全新的历史时期）。"[①] 他在《中国现代思想史论》的"后记"中更进一步明确地把知识分子的"代"际表述为"辛亥一代、五四一代、北伐一代、抗战一代、解放一代、红卫兵一代"[②]。许纪霖也把整个 20 世纪中国的知识分子划分为六代知识分子，他以 1949 年作为中界把中国现代知识分子分为"前三代和后三代，即晚清一代、五四一代、后五四一代和十七年一代、文革一代和后文革一代"，并认为自己所属的一代知识分子具有共同的性格特征："第一，有信念，是执着的理想主义者。这个理想一开始是毛泽东缔造的共产主义红色理想，到 80 年代转化为实现中国的富强与现代化。这些理想是他们的生命所在，是支撑他们奋斗的核心因素。第二，红卫兵精神，质疑权威，敢说敢干，有造反的传统。第三，灵活嬗变。"[③] 因此，用"代"的概念考察十七年作家的共通特征，具有一定的意义。

"第一次文代会"被官方表述为不同地域作家的胜利"会师"："从老解放区来的与新解放区来的两部分文艺军队的会师，也是新文艺部队的代表与赞成改造的旧文艺的代表的会师，又是在农村中的、在城市中的、在部队中的这三部分文

---

① 李泽厚：《中国近代思想史论》，人民出版社 1979 年版，第 69 页。
② 李泽厚：《中国现代思想史论》，东方出版社 1987 年版，后记。
③ 许纪霖：《我们这一代知识分子》，《南方都市报》2010 年 11 月 12 日。

艺军队的会师。"① 但由于在这次会议上，"《在延安文艺座谈会上的讲话》规定了新中国的文艺的方向，解放区文艺工作者自觉地坚决地实践了这个方向，并以自己的全部经验证明了这个方向的完全正确，深信除此之外再没有第二个方向了，如果有，那就是错误的方向"②，因此，参加会师的各路文艺大军并不具有相同的价值与位置。延安以及解放区文学是作为十七年文学最主要的文学经验被继承的，因此也就当然地占据着主要的地位。在收入解放区文学创作的《中国人民文艺丛书》和收入"五四"到 1942 年以前作家创作的《新文学选集》两套大型文学丛书中③，来自延安和解放区的作家占据绝对的优势，就是很好的说明，这表现了执政党已经开始了对作家的"主体建构"。

第一次文代会之后，执政党对作家的这种"主体建构"，用葛兰西的话来描述，就是将"那些错误地认为他们自己是独立于社会的阶级"的"传统知识分子"，改造为能够明确地表达"他们的阶级在政治、社会和经济领域中的集体意识"的"有组织的知识分子"。④

由于写作环境的改变，一批从旧中国过来的知识分子作家，在新的文学体制下有的自己放弃了文学创作，有的主动进行自我调整。在这种情形之下，1940年代的一些重要作家被迅速边缘化，转而从事与文学无关的学术研究。另一部分作家，则努力呼应时代的感召，追赶时势，真诚地反思自己以往的写作。从民国过来的作家，在新时代都做过转型努力，以求通过学习改造创造出"无愧于伟大时代"的作品。但他们已有的文学观念与新中国文艺的创作观念和创作方法之间始终难以找到融合的共通点，既不能继续原来的创作路线，又难以写出充分体现新时代文学方向的作品，和新时代文学始终有一种隔膜。

---

① 周恩来：《在中华全国文学艺术工作者代表大会上的政治报告》，中华全国文学艺术工作者代表大会宣传处编：《中华全国文学艺术工作者代表大会纪念文集》，新华书店 1950 年版，第 33 页。

② 周扬：《新的人民文艺》，中华全国文学艺术工作者代表大会宣传处编：《中华全国文学艺术工作者代表大会纪念文集》，新华书店 1950 年版，第 13 页。

③ 《中国人民文艺丛书》由周扬主持编辑，新华书店 1949 年 5 月开始出版，编选解放区文艺作品二百余部；《新文艺选集》由茅盾主编，编选 1942 年以前就已经有重要作品问世的作家作品，共两辑 24 册。

④ ［英］戴维·麦克莱伦：《马克思以后的马克思主义》，李智译，中国人民大学出版社 2004 年版，第 25 页。

由于政权更迭导致的政治社会变动，或者文学方向发生重大的转折，作家、作家群常常会发生大规模的更替以及文学位置上的转移，这是文学史上常见的现象。进入 1950 年代之后，随着中国社会发生重大"结构性变化"，文学格局也相应地发生了结构性转变。随着这种"结构性变化"而发生的是另一批更符合并能够体现新时代文学主潮的作家成为文坛创作的主要力量，并慢慢居于文坛主要位置。来自解放区的和四五十年代之交开始写作的青年作家，是新时期文坛的主导力量，他们的创作占据了新时代文学中心位置。洪子诚曾根据"十七年"时期权威文学评论及各次文代会对创作实绩的总结性评述，《文艺报》等刊物的创作评论，1959 年文学界对"建国十周年"成绩的总结文章，以及当年人民文学出版社"建国以来优秀文学创作"出版数目等，详细地开列了体现这一时期文学创作实绩的作家作品名单。这一作家主体的大规模集体性变更，被洪子诚称为"作家的整体性更迭"[①]。

当然，并不是所有来自解放区的作家都能进入这一时期文学的中心位置，在新的革命环境之下，即使是出身革命的作家也面临着"新文艺方向"这个标尺的筛选。

二、不同作家群体的自我建构与主体心态

随着作家大规模的代际更替与整体性更迭，他们身上所携带的出身地域、生活经验、生活方式、文化素养等，都发生了明显转变。革命年代成长起来的作家，大都来自晋察冀、陕甘宁、晋冀鲁豫等革命根据地，这种地理位置上转移带来的是作家在文学方向选择上的根本性变化。基于出身，他们的文学更多地从农民的生活、心理、欲望来观察中国"现代化"进程。同时，来自革命时期的作家大多学历不高，文学写作上的准备不足，生活经验主要集中在农村、战争和革命运动方面，因此，有限的生活素材与情感体验很快地被大规模征用而消耗后，高潮便是终结的"一本书作家"[②]，在他们中间也成为普遍现象。

基于革命者的身份，对这些作家来说，从事文学写作与参加革命活动是同一事情的两个方面，文学是他们服务于革命事业的独特方式，对革命的信任让他

---

① 洪子诚：《中国当代文学史》，北京大学出版社 1999 年版，第 27–30 页
② 《文艺报》社论：《斥"一本书主义"》，《文艺报》1956 年第 1 期。

们的作品充满明确的目标感和乐观精神，尽管这些在革命中成长起来的对革命与共和国事业无比忠诚与热爱的作家在十七年遭到了大范围的批评，但是，他们却始终以主人翁心态来处理这一切。

例如，王蒙的《组织部新来的青年人》虽然表现的是"像林震这样的积极反官僚主义却又常在'斗争'中碰得焦头烂额的青年到何处去"，但没把"林震写成娜斯嘉式的英雄"。王蒙之所以不同意秦兆阳的修改，主要原因是秦兆阳修改后"不健康的情绪更加明确了"[①]。所以，王蒙后来还是把小说的名字改成《组织部来了个年轻人》，刻意弱化题目中人与环境的冲突，而突出的是林震与自己内心之间的矛盾，用刘世吾的话来说，就是："年轻人容易把生活理想化，他以为生活应该怎样，便要求怎样，做一个党的工作者，更多考虑的却是客观现实，是生活可能怎样。年轻人也容易过高估计自己，抱负甚多，一到新的工作岗位就想对缺点斗争一番，充当个娜斯嘉式的英雄。这是一种可贵的、可爱的想法，也是一种虚妄……"[②]刘世吾的口袋里经常装着的是当时团中央向青年人推荐的小说《拖拉机站站长和总农艺师》，而刘世吾最喜欢看的小说是《静静的顿河》与屠格涅夫的小说，"小学五年级，我已经读《贵族之家》，我为伦蒙那个德国老头儿流泪，我也喜欢叶琳娜；英沙罗夫写得却并不好……可他的书有一种清新的、委婉多情的调子"；"当我读一本好小说的时候，我梦想一种单纯的、美妙的、透明的生活。我想去做水手，或者穿上白衣服研究红血球，或者做一个花匠，专门培植十样锦"。[③]他说这些的时候笑了，从来没这样笑过，不是用机智，而是用心。可以看出，即便是已经官僚化了的刘世吾，他对生活与现实依然是抱持着理想化的精神状态，而这，似乎也能够从另外的角度看出青年作家王蒙的心理状态与精神追求。

正因为这些作家的革命者身份以及主人翁精神，所以在受到批判时，牛汉才会有"牺牲个人完成党"的想法[④]，聂绀弩才会说："火，我确实没放。但如果

---

① 王蒙：《关于〈组织部新来的青年人〉》，《人民日报》1957年5月8日；小说的修改情况见《人民文学》编辑部：《〈人民文学〉编辑部对〈组织部新来的青年人〉原稿的修改情况》，《人民日报》1957年5月9日。
② 王蒙：《组织部新来的年轻人》，《人民文学》1956年第9期。
③ 王蒙：《组织部新来的年轻人》，《人民文学》1956年第9期。
④ 《牛汉诗选》，人民文学出版社1998年版，第451页。

党要我承认是我放的，如果承认了对工作有利，我可以承认"①。这是因为对这些作家来说，革命者的身份是第一位的，作家的身份是第二位的，作家的身份要服从于革命者的身份，"他们虽然对目的与手段的关系产生了怀疑，但是始终摆脱不了这个恶圈，因而认为自己是在为了最终的崇高目的，做出最后的贡献和必要的牺牲，包括牺牲自己的生命和名誉在内"②。

纺织机修工人出身的唐克新，其《第一课》③发表于1960年。小说写的是普通工人小吴，因为父亲的去世而在工友的帮助下进厂当一名小加油工，解放后摘掉了文盲的帽子继续念了小学和初中并且考进了业余中等技术专科学校，技术上也成为一名六级老师傅。正是因为在专业技术上取得的成就，他被"职工红专大学"聘请为业余教师，为党委书记、工会主席、人事科长和党委其他一些干部们上课。在上第一课之前他非常不自信，下班后独自一人在更衣室里练习讲课。当他觉得自己的话太知识分子气的时候，又想不出更好的话来代替，于是去照镜子。镜子里圆脸小伙子，一对乌黑骨碌的眼睛，两条一字排开的眉毛，小鼻子下面是两片丰满的嘴唇，它的周围还长着软茸茸的黄毛。小说中的自我观照者在面对自己的面孔时没有任何审美意识，他想到的是镜子里的那张脸无论如何也不像个老师的脸。虽然小吴在技术上非常用功，自己的油壶、工具箱也都与别人的不同，闭着眼能说出一部车上有多少油眼，那些零件有着什么用途，但是，在准备间筒子车的速度因为装备不合理而扯着布机间的后腿的时候，他提出的简化工序方法却不被总工程师认可。当有人提出改造车间要由厂长、总工等技术人员来负责时，党委书记说这是迷信思想："主要靠谁，靠我们全体七千多职工。我们不光能解决小问题，也要解决大问题，不但要革一两样技术的'新'，还要革整个工业技术的'命'，因为我们是解放了的中国人民，我们不仅是掌握了政权的主人，还将是文化、科学和一切技术的主人……"在另一个场合，老储则认为总工程师不但要向工人学习思想，"技术上、生产上、管理上……也都要向我们工人学习，不光是工程师，而且厂长、科长、车间主任都要向我们工人学习"。

这里面固然有着时代话语对小说的侵蚀，但是，我在阅读中更感兴趣的是，

---

① 《瞭望》1988年第10期。
② ［英］阿瑟·库斯勒：《中午的黑暗》，董乐山译，作家出版社1988年版，第294页。
③ 唐克新：《第一课》，《萌芽》1960年第2期。

小说中所透露出来的出身于工人的青年作家唐克新对自我身份的建构及其所表现的主体心态。工人阶级在十七年国家话语中一直是国家实现现代化的主要依靠力量，中国革命及建设的成功，无产阶级始终都是一个强大的"在场者"。那么，文学以及作家在进行关于工人阶级的叙事的时候，是怎样叙述的呢？什么样的力量开始介入并主宰着这种叙事方向与叙事方式呢？

小说中，小吴在开始讲课之前，有一段追溯过去的话："同志们，不用我自己介绍，你们都会认识我这个'小加油'的，不错，那是过去的事了，我像一条狗一样，整天钻在车肚里，睡在马路上，在那时，什么都没我的份，我没进过一次学校的大门，没念过一天书，连马路上我也不能和别人一样的自由自在地走。"这段话，显然有着"诉苦"的意图在里面，小吴不仅通过"诉苦"这一方式获得了工人阶级的集体认同，而且通过"诉苦"这一中介，重构了他与周围世界的关系，当然，也包括重塑了他个人与国家之间的关系。[1]与此相对的是，今天的小吴"不但成了个'中技生'，而且还站到这个讲坛上来给别人讲课，坐在这里的有我的同伴，有党委书记、工会主席，他们都是我的领导，也是我的好同志。"

显然，他的这种"主人翁"精神是共和国选择工业化以尽快走上现代化道路所必须的，同时，也是对政治的高度肯定。在唐小兵看来，"这样一个以大规模工业生产为出发点的社会组织方案，与其说反映了意识形态选择性，不如说是由现代工业的基本逻辑所决定的"[2]。小说中，小吴的油壶工具箱也都与别人不同，他闭着眼能说出一部车上有多少油眼，零件有着什么用途，他的这种专业技术与"主人翁"精神，也是当时意识形态明确地以法规文件的形式表达的对劳动者的现代性要求。1955年，中华全国总工会发布的《中华全国总工会为保证完成和超额完成国民经济的第一个五年计划告全国职工书》对劳动者的素质有着细致地规定："必须爱护机器、工具，延长机器和工具的寿命……我们一定要认真地遵守各种规程，经常地、自觉地巩固劳动纪律。"同时，文件呼吁"每一个人都要以国家主人翁的负责的态度，和各种浪费现象作斗争"。[3]《第一课》在某种意义

---

[1] 郭于华、孙立平：《诉苦：一种农民国家观念形成的中介机制》，《中国学术》2002年第4期。

[2] 唐小兵：《〈千万不要忘记〉的历史意义——关于日常生活的焦虑及其现代性》，《再解读——大众文艺与意识形态》，北京大学出版社2007年版，第229页。

[3] 《中华人民共和国法规汇编（1955年7月–12月）》，法律出版社1956年版，第852页。

上可以看作是对这一劳动者的现代性要求的潜在回应。

显然，强调个体的主人翁精神是政治以及文学领域所要试图完成的整个社会的社会主义想象，以藉此把全国的力量都集中到国家的现代化建设上来。或许，这一想象有着某种程度上的虚拟成分存在，但正是在这一想象之中，像小吴这样的个体才获得了一种作为人的"尊严"①，当然，这种"尊严"的获得首要原因是国家政治的强力介入。可见，作为纺织工人出身的作家唐克新在创作这篇小说的过程中，对自己的身份想象与自身主体性的建构在潜意识中是有着很强的诉求的。而在这一想象与主体性建构的过程中，国家的政治行为又包含着社会中每一个个体的现实生活想象与实际利益，并经由此一途径，控制着作家与文学的想象与叙述。

同样，在陆文夫的《介绍》②中也能见到这种建构与叙述的痕迹。相亲的姑娘巧生得苗条、修长，短短的头发烫了几个波浪，内穿一件鹅黄色琵琶襟的短褂，外罩一件银灰色没有领子的春装。她的眼睛不大，眸子里却有一种异常的光亮，这光亮就像春日阳光下的空气，似乎有热浪在那里翻滚，似乎有生命在那里滋长。姑娘不但长得漂亮，而且脾气特别好，同时手又特别巧，会做鞋会绣花会裁缝。按照常理，这样的姑娘更应该喜欢普通的生活才对，但是在相亲活动中，姑娘却对"机器"特别感兴趣。男青年国祥只要一谈起机器来，就会眼睛发亮，神态也变得自然，说话十分流畅："没有机器！不要紧。现在没有，将来一定会有的。共产主义离开机器就不存在了，人们离开机器也就太苦了。人家都说皇帝最享福，其实他也苦得很。他没有坐过飞机，没有坐过汽车；晚上只能点大蜡烛，连盏十五支光的电灯都没有。"当青年意识到老是谈机器不好的时候，姑娘说："咦！谈机器有什么不好，这机器里面也……"最后，二人因为对机器共同的爱好与兴趣相亲成功。可以看出，小说里既有国家的工业化战略决策对文学叙事话语的侵蚀，更多的还是作为工人阶级的国祥在这种叙事中所获得的一种职业"尊严"，进而通过这种职业"尊严"获得个人生活的幸福。

老作家对自我身份的想象性叙述与自我主体性的建构与青年作家有着微妙的不同。费正清在《剑桥中华人民共和国史》中精辟地指出：共产党之所以能成

---

① 蔡翔：《革命/叙述——中国社会主义文学—文化想象(1949–1966)》，北京大学出版社2010年版，第273页。

② 陆文夫：《介绍》，《人民文学》1962年第9期。

功地战胜国民党而统一全国，是因为其在夺取全国政权之前已经在道义、情理上取得了全国绝大多数阶层人的支持，特别是知识阶层的强烈认同。①因此，虽然在中华人民共和国成立后经历了一连串的边缘化运动与实际被边缘化的尴尬位置与心态，但老作家们依然对党的治国策略与施政方针抱着极大的信任与热情。因为一百多年来，贫穷落后挨打的中国终于以一个独立的民族国家形象站立在世界民族之林，实现了几代知识分子的民族国家梦想。这个国家已经不仅仅是一个"想象的共同体"②，而是实实在在的一个国家，因此，对于从以前社会过来的老作家们来说，他们无法不去用自己的作品表现自己对这个共同体的感情。

三、时代语境转换与文学转型阵痛

"1949 年 10 月 1 日，是中国历史上空前最伟大最光荣的日子。……新中国的成立也给文艺事业的发展带来了无限广阔的前途"③。这种对共和国文学前景的乐观预测，几乎是当时所有重要的新文学史著作无一例外的开头，如王瑶的《中国新文学史稿》（开明书店，上卷 1951 年 9 月，下卷 1958 年 8 月）、丁易的《中国现代文学史略》（作家出版社，1955 年 7 月）、蔡仪的《中国新文学史讲话》（新文艺出版社，1952 年 11 月）、张毕来的《新文学史纲》（作家出版社，1955年 1 月）、刘绥松的《中国新文学史初稿》（作家出版社，1956 年 4 月）等，这表明当时的文学史家已经预见到新时代文学某种质的变化。

实际上，文学发生转型与质变早在延安时代已经开始，"真正自觉而全面的实施集中化的文艺与文化管理是从 1942 年初的整风开始的。原来的一些自发的管理自此便成了一整套明文规定且行之有效的制度。可以说 1942 年是中共和文化、文艺的关系关键性转折的一年，在这一年中延续及后来半个多世纪的文化管理思想及其体制基本上成形并迅速成熟"④。

---

① ［美］麦克法夸尔、费正清主编：《剑桥中华人民共和国史（1949–1966）》，马晓光等译，中国社会科学出版社 1990 年版，第 43 页。

② ［美］本尼迪克特·安德森：《想象的共同体——民族主义的起源与散布》，吴叡人译，上海人民出版社 2011 年版。

③ 王瑶：《中国新文学史稿》，新文艺出版社 1953 年版，第 446 页。

④ 李书磊：《1942——走向民间》，山东教育出版社 1998 年版，第 181 页。

　　先于此时，党已经开始了工作重心的转移，其中自然包含着对知识分子的使用与改造。在全国胜利前的七届二中全会报告中，党明确地表示："从现在起，开始了由城市到乡村并由城市领导乡村的时期……团结尽可能多的能够同我们合作的城市小资产阶级和民族资产阶级的代表人物，他们的知识分子和政治派别，以便在革命时期使反革命势力陷于孤立，彻底打倒国内的反革命势力"[①]。从中华全国文学艺术工作者第一次全国代表大会上文坛领导的报告名称也可以看出不同的心态。郭沫若的报告是《为建设新中国的人民文艺而奋斗》，充满了主人翁姿态，明确地把五四以来的文艺发展概括为两条路线之间的斗争："一条是代表软弱的自由资产阶级的所谓为艺术而艺术的路线，一条是代表无产阶级和其他革命人民的为人民而艺术的路线。"结果表明："任何文艺工作者如果不接受无产阶级的领导，他的努力就毫无结果"[②]。茅盾的讲话是《在反动派压迫下斗争和发展的革命文艺》，在对国统区文学进行重新叙述的同时，报告的重点是检讨国统区文学存在的问题，把其根本原因归纳为"未经改造的小资产阶级知识分子在生活思想各方面和劳动人民是有距离的"，并把"争取进步、改造自己"作为国统区作家的努力目标。[③]巴金的报告名称则是《我是来学习的》，姿态放得更低，认为"我不是来发言的，我是来学习的"，"好些年来我一直是用笔写文章，我常常叹息我的作品软弱无力，我不断地诉苦说，我要放下我的笔"[④]，更可见出其当时的心态。

　　从这几个报告的名称及其内容已经可以明显地看出来自不同的区域的作家有着不同的性质和政治地位。三种文学传统与资源在新的时代政治语境中面临着重新定位的状况，而周扬的报告第一句话就是要把"在延安文艺座谈会讲话以来，最近七八年间解放区文艺的全部发展过程及其在各方面的成就和经验，做一简要而概括的叙述"，并充满信心地断言："《在延安文艺座谈会上的讲话》规定了新中国文艺的方向，解放区文艺工作者自觉地坚决地实践了这个方向，并以

---

① 《毛泽东选集》第四卷，人民出版社1991年版，第1365页。

② 郭沫若：《为建设新中国的人民文艺而奋斗》，中华全国文学艺术工作者代表大会宣传处编：《中华全国文学艺术工作者代表大会纪念文集》，新华书店1950年版，第41页。

③ 茅盾：《在反动派压迫下斗争和发展的革命文艺》，中华全国文学艺术工作者代表大会宣传处编：《中华全国文学艺术工作者代表大会纪念文集》，新华书店1950年版，第45页。

④ 巴金：《我是来学习的》，中华全国文学艺术工作者代表大会宣传处编：《中华全国文学艺术工作者代表大会纪念文集》，新华书店1950年版，第49页。

自己的全部经验证明了这个方向的完全正确，深信除此之外再没有第二个方向了，如果有，那就一定是错误的方向"①。因此，创建文学新规范、新秩序，主要表现为对当下及未来文学发展的规划。十七年小说正是从清理与重建两个方面，见证了连续不断的、大小不一的运动对新的主体的询唤与建构这一努力的方向与目的。

建国初期的文学运动，形成了一定意义上的"文化手段迫力"②，正是在这"文化手段迫力"之下，让我们有理由相信福柯对权力与知识之间关系的判断："我们也应该完全抛弃那种传统的想象，即只有在权力关系暂不发生作用的地方知识才能存在，只有在命令、要求和利益之外知识才能发展……相反，我们应该承认，权力制造知识（而且，不仅仅是因为知识为权力服务，权力才鼓励知识，也不仅仅是因为知识有用，权力才使用知识）；权利和知识是直接相互连带的；不相应建构一种知识领域就不可能有权力关系，不同时预设和建构权力关系就不会有任何知识"③。在时代语境转换之后，当代文学在十七年的种种遭遇，均与政治在文学身上所承载的权力建构有关。而在随着时代语境再度转换之后的新时期，政治开始在文学身上卸载了自己的权力意图，对这些小说文本的解读也如戏剧般地经历了"变形记"。面对这种前后的变迁，我们应思考的是，在这种前后的转型状态中，文学以及文学的主体承受了怎样的心理煎熬，主流政治话语通过怎样的权力施加，建构了怎样的一种权力话语场域，在知识与权力之间又有着怎样的互文性关系。

第二节　青年作家的想象性叙述与话语分裂

十七年小说中大量有关"青年"的描写和叙述所构成的文学想象，当然可

---

① 周扬：《新的人民文艺》，中华全国文学艺术工作者代表大会宣传处编：《中华全国文学艺术工作者代表大会纪念文集》，新华书店 1950 年版，第 13 页。

② [英] 马凌诺斯基：《文化论》，费孝通译，华夏出版社 2002 年版，第 100 页。

③ [法] 米歇尔·福柯：《规训与惩罚》，刘北成、杨远婴译，生活·读书·新知三联书店 2003 年版，第 29 页。

以让读者轻易地联想到文学对"国家"的隐喻，这一有关"青年"的大量描写在很大程度上与中国革命过程中数量巨大的"青年"参与革命有密切关系，革命胜利后，文学势必讲述参与者的成功故事。具体到十七年小说，在某种意义上，可以说正是"青年"这一主体的介入和存在，才使得十七年小说围绕"青年"的文学叙述和文学想象具有了坚实的主体基础，"进而构成了十七年小说强烈的向未来敞开的特征"①。

当然，在十七年语境中，这一想象不可能只是青年作家对青春的记忆、表征或者情感抒发，虽然有关青春的抒情是构成这一想象性叙述的常见修辞方式，但在这一想象性叙述的背后，隐藏着的是青年作家的主体性建构要求，即青年是革命和国家的文学隐喻与政治诉求。因此，当把青年作为群体放在十七年小说中时，我们将清晰地勾画出主体性的建构与规训的过程。可以说，正是青年这一主体的介入和存在，才使得十七年小说中有关青年的私人情感，自然包括爱情和性，能够被政治动员和征用，成为革命的动力，同时也成为政治的表述方式。

一、想象性叙述与主体性建构

伴随着一些老作家逐渐消隐于文坛的，是一支主要由党的培养而成长起来的年轻文化新军登上新中国的文化舞台，特别是在"百花文学"中，这些作家更是以集团军的方式涌上文坛。值得注意的是，虽然这些"干预生活"的作品抨击的是时弊，但它们却与"五四"时期抨击社会黑暗、揭露国民性弊端的作品是不同的。这些作品出自充满革命激情的青年作家之手，他们对新中国的诞生怀着欣喜和赞美的心情，因而用小说抨击时弊，批评生活中那些"就像灰尘散布在美好的空气中"②的问题，特别是那些"在人民的疾苦面前闭上眼睛"，"锈损了灵魂的悲剧"③，以维护对共和国所怀抱的纯洁理想，不允许那些黑暗与不足侵害共和国健康的肌体。有的作品甚至明确地认为，真正的困难恰恰在于罗立正这样的人不抵抗，才会助长投机取巧、文过饰非的社会思潮，因此应该用文学"把潜藏在新

---

① 蔡翔：《革命/叙述——中国社会主义文学—文化想象（1949–1966）》，北京大学出版社2010年版，第125页。

② 黄秋耘：《不要在人民的疾苦面前闭上眼睛》，《人民文学》1956年第9期。

③ 黄秋耘：《锈损了灵魂的悲剧》，《文艺报》1956年第13期。

社会肌体内部、已经十分严重的浮夸、不实事求是的隐患揭示出来"①。所以，我们会看到在青年作家的作品中洋溢着特有的热情以及锐意进取的青春心态，体现了青年作家追求纯而又纯的社会理想的创作心理。这些青年作家善于把特定时期社会的青春心态赋予具体的表现形式，善于抓住新旧社会变更中一些有代表性的生活细节加以渲染，使小说得以突破传统小说的故事套路与当时流行的公式化、概念化的窠臼，因而在十七年文坛上独树一帜，一时间如繁花绽放。

姓名	被批评代表作品	参加工作时间	被批评时身份	被批评时间
萧也牧	我们夫妇之间	1945	团中央干部	1951
朱定	关连长	1949	军人	1951
秦兆阳	改造、农村三部曲	1941	《人民文学》编辑	1957
碧野	我们的力量是无敌的	1948	军人	1951
路翎	洼地上的战役	1949	南京军管会文艺处长	1954
柳溪	责任事故	1943	教师	1955
刘绍棠	田野落霞	1953	专业作家	1957
刘宾雁	在桥梁工地上	1944	《中国青年报》记者	1957
王蒙	组织部新来的年轻人	1948	青年团区委书记	1957
管桦	辛俊地	1940	部队文工团	1958
丛维熙	并不愉快的故事	1950	《北京日报》文艺编辑、记者	1958
李国文	改选	1949	铁路总工会宣传部文艺编辑	1958
陆文夫	小巷深处	1949	江苏省文联专业创作	1957
张弦	甲方代表	1953	北京黑色冶金设计总院	1958
丰村	美丽	1940	上海市文教委员会办公室副主任	1958
邓友梅	在悬崖上	1945	专业创作	1958
宗璞	红豆	1951	《文艺报》外国文学编辑	1958
茹志娟	百合花	1943	《文艺月报》编辑	1958
刘真	英雄的乐章	1939	河北省文联	1959
高缨	达吉和她的父亲	1949	重庆市委宣传部干事	1958

如果对这些青年作家做统计学的抽样分析（见上表），我们可以发现，这些

---

① 刘宾雁 :《在桥梁工地上》,《人民文学》1956 年第 4 期。

青年作家几乎都有着光荣的革命经历，有的甚至本身就是军人与党员。

通过上表可以看出，对这些青年作家来说，从事写作与参加革命活动是同一件事情的两个不同的方面，文学是他们参加革命的独特方式，因此，他们自然地在心中对文学自主、独立的观念保持高度的警觉，也不认为可以把从事政治活动、参加社会运动与文学写作区分开来，而把文学活动与社会运动和政治活动看作一个整体。

但是，社会现实的发展又逐渐在他们心中产生了裂痕，正像洪子诚精辟指出的："他们在革命中获得一种政治信仰和一种生活理想，也接受了一种有关未来社会的美好图景的许诺。但在这之后，他们逐渐觉察到理想与现实之间的距离，并在新的思想形态和社会制度中看到裂痕和污垢。而个人和社会之间的矛盾，也并未如他们原先想象的那样消失。这使他们惶惑，也使他们痛苦。他们在这批作品中表达了这种复杂的体验。他们的创作，有着理想青年的特有视觉和感应，惶惑、忧郁的情绪也掩盖不了那种明锐的朝气"[1]。追求生活纯而又纯的境界是青年作家的性格特征，但是，热情、朝气蓬勃与涉世不深、不成熟的矛盾却又始终困扰着他们，因此，他们小说中的明朗与纯真与现实生活中的阿谀、苟且形成鲜明对比，这种明朗与纯真往往在现实的阿谀与苟且面前处于失败的地位，这种对比反映了理想与现实的反差，体现了青年作家对人生与社会的认识过程。所以，王蒙才会在解释之所以没有把林震塑造成《拖拉机站站长和总农艺师》中娜斯嘉那样的青年楷模时说："我不想把林震写成娜斯嘉式的英雄……我觉得娜斯嘉的性格似乎理想化了些，她的胜利也似乎容易了些。甚至于，我还想通过林震的经历显示一下：一个知识青年，把'娜斯嘉方式'照搬到自有其民族特点的中国，应用于解决党内矛盾，往往不会成功，生活斗争是比林震从《拖拉机站站长和总农艺师》里读到的更复杂的"[2]。

正是经由青年这一"主体"的想象性表述，青年作家的内心情感才能够被充分激发出来，而激发这一内心情感的力量，是某种类似于"本真性理想"的东西："新的本真性理想，正如尊严的观念，多少反映了等级社会衰落的一个侧面……人们认为对于他们至关重要的东西，在很大程度上是由他们在社会中的位

---

① 洪子诚：《中国当代文学史》，北京大学出版社 1999 年版，第 93 页。
② 王蒙：《关于〈组织部新来的青年人〉》，《人民日报》1957 年 5 月 8 日。

置决定的"①。比如,《组织部新来的年轻人》中,王蒙通过赵慧文对林震说:"今天的夜色非常好,你同意吗?你嗅见槐花的香气了没有?平凡的小白花,它比牡丹清雅,比桃李浓馥,你嗅不见?真是!再见。明天一早就见面了,我们各自投身在伟大而麻烦的工作里边。然后晚上来找我吧,我们听美丽的意大利随想曲。听完歌,我给你煮荸荠,然后我们把荸荠皮扔得满地都是"②。在这一极其富有浪漫性的叙述中,一种年轻的生命的活力似乎重新回到林震的身上("挺起胸脯来深深地吸了一口夜的凉气"),于是,"隔着窗子,他看见绿色的台灯和夜间办公的区委书记的高大侧影,他坚决地、迫不及待地敲响领导同志办公室的门"③。可见,这一青年主体的想象性叙述已经被高度政治化了。

这一想象性叙述的典型还有王蒙的小说《青春万岁》。在王蒙的回忆中,我们可以想象 1950 年代的青年生活。当时的中学生在生活中"跳交谊舞,那时中学和大学把老师叫做'先生';那时把学生宿舍'X 号院'叫做'X 斋'。还有当时在男女同学的交往中萌发的一些朦胧的、自然的、却是应该加以引导的情感。"但在政治上,却是"对于又红又专、全面发展的提倡;团组织和班集体的丰富多彩的活动和生动活泼的工作;同学们之间的友爱、互助及从中反映的人与人之间的关系;开始建立起来的师生之间的新型关系;特别是一代青年对于党、对于毛主席、对于社会主义祖国的无限深情"④。我们没有理由怀疑王蒙回忆的真实性,因为在他的长篇小说《青春万岁》里,这一场景依然可以感受得那样真切。

《青春万岁》是王蒙在 50 年代写的反映解放初期中学生生活的长篇小说,小说以北京某中学毕业班女学生的生活为内容,生动细致地描写了我国在实行第一个五年计划大规模建设前夕,青年学生对共和国美好生活的向往和追求,她们为祖国建设献身的信念,以及她们的苦恼和困惑。小说中的女学生天真烂漫,她们爱党,爱新社会,爱生活;然而她们对革命、社会主义、生活的理解又是那么简单、幼稚和肤浅。小说所表现的那种充满激情的沸腾生活,青年人的那种纯真、善良的集体主义精神,今天读来依然给人以心灵的震撼。可以看出,正是现实政

---

① [加拿大]查尔斯·泰勒:《承认的政治》,董之林、陈燕谷译,汪晖、陈燕谷主编:《文化与公共性》,生活·读书·新知三联书店 1998 年版,第 294 页。
② 王蒙:《组织部新来的年轻人》,《人民文学》1956 年第 9 期。
③ 王蒙:《组织部新来的年轻人》,《人民文学》1956 年第 9 期。
④ 王蒙:《青春万岁》,人民文学出版社 1979 年版,第 346 页。

治对青年这一主体的动员与征用，使得"青年"在叙述上重新被抽象化，而且成为一种介入现实的重要力量。

实际上，在共和国"工农群众／革命政治"的主体性构造中，一直存在着知识分子介入的身影。一方面知识分子的主体性受到某种程度的压抑；另一方面，知识分子也在不断地将自己的主体意志转接在对象身上。而这一空间与留白，很可能给知识分子的主体性留下生存的空间与氛围。青年作家作为十七年知识分子的一部分，在十七年作为群体介入当时的想象性政治叙述中去，在这一主体建构及被建构的过程中，现实层面意义上的规训已经被抽象化了，这一被抽象化的想象性叙述支持着中国革命向未来敞开的现代性态度。

二、"优选者"：青年作家身份意识与作品意蕴

青年作家作为群体登上十七年文学舞台，集中出现在 1956 年的"百花文学"时期，在这一被文学史家称为"百花时代"[①] 的十七年文学的黄金时节中，青年作家的创作能量集中爆发。

由于知识分子改造运动的成功，加上 1955 年农业合作化高潮，以及城市对资本主义工商业社会主义改造的胜利，使得党对中国基本形势的估计有了重大的变化。《〈中国农村的社会主义高潮〉序言》指出当时存在的问题是"中国的工业化的规模和速度，科学、文化、教育、卫生等项事业的发展的规模和速度，已经不能完全按照原来所想的那个样子去做了，这些都应当适当地扩大和加快"[②]，因此，全党工作的重点应该转移到经济建设上面来。在这种情形下，对可以成为这项宏伟的经济和文化建设的"资源"的发掘和动员，"调动一切积极的因素"，就成为需要首先考虑的问题。1956 年 1 月中共中央召开的知识分子问题会议通过《关于知识分子问题的报告》，知识分子被认定为经过思想改造，绝大部分已经是工人阶级的一部分了，是可以信赖和依靠的对象。可见，对阶级斗争状况的估计，对中国面临的经济和文化建设的历史性任务的理解，以及对知识分子政治态度和思想情况的评价，成了"双百方针"的重要依据和条件。

党的这一方针政策对老知识分子来说有点犹疑，他们感觉"现在好像还是

---

① 洪子诚：《1956——百花时代》，山东教育出版社 1998 年版，第 93 页
② 《毛泽东选集》第五卷，人民出版社 1977 年版，第 218 页。

早春天气。他们的生气正在冒头，但还有一点腼腆，自信力不那么强，顾虑似乎不少。早春天气，未免乍寒乍暖，这原是最难将息的时节。逼近一看，问题还是不少的"①。但是对青年作家来说，则没有老知识分子的这些顾虑。

李国文的《改选》②作为"干预生活"创作潮流的代表作，却一向没有得到研究者足够的重视，这篇小说所反映的问题，可能比其他"干预生活"的创作更典型。作为青年作家的代表，李国文发表这篇小说的时候只有二十多岁，在他身上比较典型地体现了青年作家作为"优选者"的身份意识。

《改选》讲述的是工会委员老郝一心一意为群众办事，铆工车间的老吴头死了，他忙着给看板子、选地皮、出殡，对于死者的家属格外细心，看到煤快烧完了，就拿自己家的给送去；看到刚学会走路的孩子爬到危险的路基上，他就像对自己的孩子一样，顾不得一切抢上前抱了过来；看到老工房的职工在下雨时的窘迫，他不顾一切和厂长理论，早日把房子修理好；为了方便工人吃早餐，在他的主张下建立起了豆浆磨房；被降职后却积极修建休养所，让老工人能有一个休养的场所。所以他才被工友亲切地喊为"我们老郝"，在工友心中，老郝就是工会，工会就是老郝，与此相对比的是天天喊着树立"样板"的工会主席。最后，在工会选举大会上，没有被列入候选人名单的老郝，却以接近全票的票数，被工人们自发地选为工会主席。但是，老郝却死了，他静静地在人群的声浪里死去了。

小说一发表就受到了批评，批评者认为《改选》"恶毒地把为群众办事的老工人和爱戴他的工人群众跟共产党和工会组织对立起来，把工厂的党政领导、工会主席和委员们都写成懒散、官僚的卑劣人物。作品甚至于还暗中污蔑党中央规定的一些工会政策方针，如反对经济主义等等是一阵的'风'，每一阵风都伤害了老郝这位好人。这种反党反社会主义的倾向难道还不够明显吗"③？《改选》"是一篇政治上有根本性错误的小说，它的画面不仅阴暗，而且带着绝望的、冷漠的控诉的性质，仿佛生活中有一种无法抗拒的巨大压力，把正直的人都压倒了，压死了"，"老工人郝魁山（共产党员）被描写成为工会中官僚主义的压制的牺牲

---

① 费孝通：《知识分子的早春天气》，《人民日报》1957年3月24日。
② 李国文：《改选》，《人民文学》1957年第7期。
③ 孙秉富：《〈人民文学〉七月号上的几株毒草》，《人民文学》1957年第10期。

者"①;《改选》的"锋芒所向,是整个党的领导"和"我们所处的可怖的生活环境","可以肯定地说,只有反革命分子才会这样来看待我们的工会领导和工会工作的! 这也只有反革命分子才会这样仇恨我们党领导的各项运动"②。

可以看出,诸多的批评文章都不约而同地指向了《改选》所批评的官僚主义这一点上,可见,批评者是敏锐地觉察到了小说的锋芒之所在的。上海文艺出版社在新时期编辑出版的《重放的鲜花》③一书收录了20篇十七年时期被重点批评的小说,其中涉及群众与党员干部关系的就有12篇之多,它们是《在桥梁工地上》《爬在旗杆上的人》《本报内部消息》《本报内部消息(续篇)》《组织部新来的青年人》《太阳的家乡》《沉默》《科长》《西苑草》《被围困的农庄主席》《入党》《改选》。从这些小说的篇目上可以想见,反对官僚主义在当时已成为众多青年作家创作的焦点所在。

1949年以后,随着共和国的成立,中国共产党由革命党成为执政党,执政党所要面临的首要任务就是直接承担起国家行政管理的职能,党的各级基层组织更是直接地介入国家的行政和经济管理的组织工作。随着国家各项职能的逐步展开,党成为国家政权的实际掌握者,"革命的第二天"④的问题也逐渐浮出了水面,并且引起了党内高层对"官僚主义"的思考甚至由此引发焦虑。即使是在1957年,青年作家对"官僚主义"的思考受到严厉批评,也并没有放弃"反官僚主义"的创作主题,而是一直坚持对这一问题的思考,一直到1960年代的诸多的文学作品,如马识途的《最有办法的人》、胡正的《七月古庙会》、张庆田的《"老坚决"外传》、宋词的《落霞一青年》、郭澄清的《黑掌柜》等,这一主题都有着或明或暗的表现,只是,在表现方式上有着某种变形。

胡正的《七月古庙会》⑤写的是农历七月的大峪口村最重视的七月十五古庙会。人们热烈地谈论着古庙会的情形,姑娘们则准备着新衣等待心上人过来听戏,幸福的灿烂晚霞映红了她们快活的脸。但是,下来检查工作的魏志杰认为村

---

① 姚文元:《文学上的修正主义思潮和创作倾向》,《人民文学》1957年第11期。
② 马前卒:《一株攻击党的领导的大毒草——〈改选〉》,《人民文学》1958年第9期。
③ 上海文艺出版社编:《重放的鲜花》,上海文艺出版社1979年版。
④ [美]丹尼尔·贝尔:《资本主义文化矛盾》,赵一凡等译,生活·读书·新知三联书店1989年版,第75页。
⑤ 胡正:《七月古庙会》,《火花》1956年第11期。

里的"闲七月"思想很严重，当听到要赶庙会的时候，他坚决反对："甚么？唱戏？现在正是开展生产运动的时候，你们却要唱戏，那怎么能行！"村民们为了迎接古庙会，连长了白胡须的老汉都拿起了锄头镰刀，起早搭黑地除草压肥，妇女们白天在地里做活，晚上在油灯底下赶制新衣服。魏志杰对村民们听戏的要求却认为："这是少数落后青年的要求，你们为什么不多听听那些积极生产的劳动群众的呼声？"同时认为："你们不想一下，唱三天戏，会耽误多少生产，一天以一个劳动力锄一亩地计算，全村要少锄多少地？"他坚持认为生产工作是压倒当前一切的中心工作，听戏"那叫享乐主义！你们要提高警觉性，在落后群众的乱吵乱嚷当中，要注意坏人钻了空子"！当戏真开场的时候，他又恼羞成怒地冲上戏台阻挠唱戏，被一些不知情的小伙子吓得掉下戏台，扭伤了脚。作者设计这一结尾，可以鲜明地看出作者的倾向之所在。

张庆田的《"老坚决"外传》[①]中，"老坚决"甄仁是村支书，虽然他所在的村子生产连年增产，却因为和公社王书记的统一布置不统一，而被评比为黑旗。公社紧急电话会议让他把所有的劳动力都调到丰产路上去锄草，他却把所有的主要劳动力都派去栽白薯；公社提出"篱笆化"美化小麦地，他坚决不同意给工分；王书记让评比打场、种麦、拔棉花秸，他反对光图快不要质量，"咱要粮食，不要红旗"！王书记让他把队化小，他认为队形的大小，要看是不是有利于生产，要实事求是，他的这些行为被王书记评为"老顽固"。小说虽然没有像胡正在《七月古庙会》中那样设计倾向明显的结尾，但在故事情节的推进中，王书记的官僚主义作风非常明显地凸显了出来，几乎掩盖了小说作者的初衷，而成为小说文本所能带来的主要的阅读效果，读者在阅读中，自然容易读出作者的用心所在。

可以看出，《七月古庙会》和《"老坚决"外传》对官僚主义的反映都是隐晦和曲折的，小说叙事的主要目的是表扬故事的主人公。但是，透过小说文本叙事，我们所能看到的不仅仅是这些，魏志杰与王书记的官僚主义作风在小说的叙事中凸显着，让我们不能回避，虽然有些变形，但我们却依然能清晰地辨认。

"百花文学"主要作家是四五十年代之交走向文学道路的青年作者，他们拥有的更多的是理想主义的朝气，即使他们在生活中看到了现实与理想之间的距

---

① 张庆田：《"老坚决"外传》，《河北文学》1962 年第 7 期。

离，却不会对所身处的这个社会产生根本怀疑，更不会对他们献身的革命目标有所怀疑。在他们的理解中，作家应该是社会的"优选者"，应该承担起重要社会责任，包括"为人类的现在和未来而战斗"，包括"拂拭去人类心灵上的锈迹和灰尘"，包括"给与受难的劳动人民以支援和裨益"①。他们对创建理想世界的革命越是热情、忠诚，对现状的观察越是具有某种洞察力，自然，在某些方面也就更可能具有某种局限性。但是，这种创建理想世界的革命热情与忠诚是青年作家叙事中的理想主义品质的根源所在，并作为整整一代作家的文学品质积淀为一个时代文学的鲜明特征，也是十七年小说的可贵品质。

三、家国叙事与内心镜像：青年作家的内在话语分裂

在"百花齐放、百家争鸣"口号的鼓舞下，束缚文学创作的教条有了一定的解除，给这一时期的创作带来了一些新的气象。青年作家以集团军的方式登上文坛，他们的作品主要有两类：一是干预社会生活，揭发时弊、关切现实缺陷；一是回归艺术，关注个人生活和感情。这两种创作倾向在作家内在精神意识上是相互关联的，"社会公共生活的缺陷和私人生活情感的缺陷，其实是事情的两面。而个人意识和情感空间的重新发现，则是'革新者'探索、思考外部世界的思想基础"②。但是，青年作家的这些创作却被批评为"创作上的逆流"，这股逆流的中心是"主张要'揭露生活的阴暗面'，要'写真实'"③。"它打着所谓'干预生活'的旗号"，"锋芒针对社会主义制度"④。

为什么青年作家会出现这种内在的话语分裂呢？我们可以通过三篇被批评的小说来进入我们的讨论，去探寻青年作家的想象性叙述与话语规训之间的断裂以及这种断裂的缝合。

秦兆阳的《改造》⑤写对地主王有德的改造以及这一改造过程中发生的各种故事。王有德虽然只是个"一顷多地的小土瘪财主"，但他"从小娇养得过分"，

---

① 洪子诚：《1956——百花时代》，山东教育出版社 1998 年版，第 103 页。
② 洪子诚：《中国当代文学史》，北京大学出版社 1999 年版，第 93 页。
③ 李希凡：《从〈本报内部消息〉开始的一股创作上的逆流》，《中国青年》1957 年第 9 期。
④ 姚文元：《所谓"干预生活"、"写真实"的实质是什么？》，《人民文学》1957 年第 11 期。
⑤ 秦兆阳：《改造》，《人民文学》第一卷第三期。

"吃饭懒得张口，叫娘给塞塞；穿衣懒得伸手，叫娘给扯扯；穿鞋嫌夹脚，叫娘给捏捏；带帽子嫌压头，叫娘给摘摘；苍蝇爬的痒，叫娘给吓吓；蚊子叮的痛，叫娘给拍拍"。"上级号召全村不要有一个不劳动的闲人"，王有德却成了全村"唯一的一块烂木头"，连"村干部谁也对他没有办法"。村干部把他关在一间空屋里，墙上贴满了"反对懒汉"的标语，农会主席范老梗在他身边不停的吸烟锅唠叨，给他讲劳动的重要意义，并且罚他把三千块土坯搬到前边大门洞里去，干了活才给吃饭。这种来自延安改造二流子运动①的经验体现了政治的"规训"和"说服"功能。经过政治的规训和说服，王有德"慢慢的变了样，身体也壮了些，面孔也有了血色，干起庄稼活来也不那么怕苦了，如果再让他多参加拨工队的集体劳动，过不了三两年，恐怕他就要反过来觉得不劳动就活着没意思了"。小说的"改造"主题及时地通过范老梗的话表达出来："看起来只要不怕费劲，只要不是象蒋介石一样，没有改造不了的人"②。

《人民文学》第二卷第二期发表了徐国纶的《评〈改造〉》和罗溟的《掩盖了阶级矛盾的本质》以及秦兆阳的《对〈改造〉的检讨》，批评者指责小说把"我们对阶级敌人的态度和对贫雇农的二流子的态度混为一谈了"③。这种观念实际上隐含了后来激进批评的某种可能性，而知识分子恰恰在这一过程中因其态度的真诚而积极加入其中。

《人民文学》1957 年第 7 期的革新特大号上发表了丰村的小说《美丽》④，小说描写的是女秘书季玉洁在日常生活和工作中由于对首长的崇拜而产生了爱，然而，迫于周围舆论的压力和秘书长妻子姚华"仇恨"的眼睛，她不敢明确表示自己的爱，甚至姚华因病去世后她也违心地拒绝了秘书长，直到秘书长结婚成立新的家庭，她一直没有自己爱的归宿。丰村原意是要表现季玉洁高尚心灵的美丽，却被批评为歌颂的是"卑劣的资产阶级个人主义者"，"原来所谓'地下党员'、'勇敢'、'智慧'、'一颗美丽的心'等等只是一种装饰，在这美丽的外表下，作者向我们推荐了一个极不美丽的，而且是腐朽透顶的资产阶级个人主义者的灵

---

① 朱鸿召：《改造二流子》，《文史博览》2004 年第 9 期；孙晓忠：《当代文学中的二流子改造》，《文学评论》2010 年第 4 期。

② 秦兆阳：《改造》，《人民文学》第一卷第三期。

③ 《人民文学》第三卷第三期。

④ 丰村：《美丽》，《人民文学》1957 年第 7 期。

魂"。①"在最根本的问题上，即通过爱情矛盾所反映出来的人物感情和社会生活，都是极端错误的，是对我们今天现实的严重歪曲"②。

　　1958 年第 1 期《收获》发表了管桦的中篇小说《辛俊地》③，故事发生在 1940 年春天的冀东敌后抗日根据地，主人公辛俊地是个农民出身的青年游击队员。他对敌斗争勇敢无畏，但因擅自打伏击，打死游击队的"关系人"，被开除回家，他却抓住一切机会表明自己是游击队的人。在参加游击队截粮埋伏时，他率先开枪，导致截粮失利战友死伤队长白虹受了伤。地主徐怀冰的女儿桂香利用他"填补她苦闷而又空虚的生活"，他却当成了真正的爱情，在阻止特务运粮的埋伏中被地主徐怀冰打死。辛俊地热爱祖国和家乡，痛恨日本侵略者，但他有性格弱点，争强好胜、自由散漫，尤其是与桂香的爱情遭到人们的非议。实际上，作家是以深情的笔触展示了辛俊地性格闪烁的光辉，指出他的复杂性格造成了他的命运悲剧。这篇小说被批评为"分不清大是大非，表面上看来在批评辛俊地，而实质上是欣赏和宽容"④；"受了修正主义文艺思想的影响，完全投入到早已腐臭的自然主义泥坑中去了"⑤；小说作者"为了突出辛俊地这个不成熟的性格，甚至于完全不顾真实地使环境屈从于人物性格的表现"⑥。

　　可以看出，青年作家创作的初衷都是对主流政治的拥护，所做的探索是在政治许可范围内进行的，对主流的国家叙事进行衬托与修补。但小说在实际的阅读效果上却突破了作者预先设定的目的，批评话语所质问的和作家所设定的目的恰恰相反，让这些被批评者百口莫辩。

　　这种断裂是现代性的本质所决定的，在共和国组织全民族物质与精神力量奔向现代化的进程中，它要求一切都为之让路。我们会看到，这些青年作家尽管对政治的这一现代性诉求是支持的，但在现代性统御一切的覆盖之下，任何带有个人色彩的话语都将变成"历史的中间物"，最终被无情的抛弃，这就是现代性的悖论。

---

① 王智量：《〈美丽〉是一篇充满毒素的小说》，《文艺月报》1957 年第 10 期。
② 谭家健：《并不美丽——读〈美丽〉有感》，《人民文学》1957 年第 9 期。
③ 管桦：《辛俊地》，《收获》1958 年第 1 期。
④ 剑锋：《时代、英雄和集体》，《文艺报》1958 年第 12 期。
⑤ 周承珂：《创作的歧途》，《文艺报》1958 年第 14 期。
⑥ 李希凡：《略谈生活和艺术的真实性》，《收获》1958 年第 5 期。

第三节　老作家的人间情怀与介入意识

这里论述的老作家是指在 1949 年之前已经成名于文坛、文学活动主要不是在解放区的一些有成就的作家，他们在十七年的创作与共产党培养起来的青年作家在题材、主题等方面均不同。步入十七年阶段，这些作家因为在年龄上已经进入"知天命"之年，对社会与现实的看法也褪尽了年轻时的凌厉之气，充满了澄明一切的心境，再加上当时的政治环境不允许他们选择现实的题材，历史题材就成了他们不约而同的选择。他们在十七年时期创作的大量历史小说，都倾向于在小说中的历史人物身上倾注自己难以直言的情怀与抱负，与小说中的历史人物达到了"生死相知"的境界。

在十七年小说中，能够典型地体现老作家的人间情怀与介入意识的是 1960 年代初的历史小说。1961 年，《光明日报》副刊《文学遗产》的主编陈翔鹤在《人民文学》上连续发表了两个短篇历史小说《陶渊明写〈挽歌〉》和《广陵散》。这两篇历史小说在读者和评论家那里广受好评，从而带动很多老作家参与历史小说的创作中去，引发了历史题材小说的创作潮流，在 1960 年代初，陆续发表于《人民文学》及各省期刊和报纸副刊的历史小说达 40 余篇。[①] 这些数量可观的历史小说以题材异质性和风格独特性受到当时文坛强烈关注。它们在题材上多取材于非革命性题材的历史领域，但同时又具有强烈现实介入性，"借古人的酒杯，浇心中块垒"，委婉地反映了经历过 1957 年之后的中国知识分子的心理现实，而它们又都因为对现实的曲折影射遭到批评。

一、生死与相知：历史诉求的话语呈现

"小说历史的延续不是因为数量的增加，而是'发现'的连续不断"[②]，昆德拉对小说本质的这一判断用在 1960 年代历史小说身上再准确不过了。1960 年代

---

① 於可训等主编：《文学风雨四十年》，武汉大学出版社 1989 年版，第 190 页。
② ［捷克］米兰·昆德拉：《小说的艺术》，董强译，上海译文出版社 2004 年版，第 10 页。

历史小说在精神层面的最大成功就在于用小说形式重新发现了作家心目中的历史，而这些发现又都指向一个共同的精神"原点"——魏晋。魏晋时代是历史上王纲解纽、战乱不断的年代，一些士人有感于官场黑暗、时局动荡，"好多人觉得过去苦心孤诣学来的规矩方圆，到时全无用场"[①]，对时局的灰心让他们归隐乡间，寄情山林。一段魏晋历史，给中国传统文人和现代知识分子留下了巨大的解释空间。可以说，魏晋文人及其骨格清奇的风度已经成为魏晋之后中国历代文人的精神"高标"，特别是关于嵇康临刑前弹奏《广陵散》的近乎绝唱般的传说："嵇中散临刑东市，神气不变。索琴弹之，奏《广陵散》。曲终曰：'袁孝尼曾请学此散，吾靳固不与，《广陵散》于今绝矣！'太学生三千人上书，请以为师，不许。文王亦寻悔焉"[②]。这段故事既是以嵇康为代表的魏晋文人精神的传神写照，更是历代知识分子神往与追求之"高地"，知识分子对其是"高山仰止，景行行止，虽不能至，然心向往之"[③]，鲁迅更是用"魏晋风度"[④]来指称这一时期文人的人格高度及精神品格。

1954年陈翔鹤任《文学遗产》主编，为他重新研究古典文学提供了一个契机。根据后来的回忆资料，早在1940年代陈翔鹤就已经开始构思和积累材料写12个他很喜欢的历史人物，包括庄子、屈原、贾谊、司马迁、嵇康、阮籍、陶渊明、李商隐等中国文化史上的名人，只是一直没有时间动笔。到了1961年，陈白尘在主编《人民文学》时向他约稿，成为他决心写这些历史小说的契机，为了写小说，还专门请了写作假，跑到香山住了一个多月，把《陶渊明写〈挽歌〉》写出来。[⑤]

陈翔鹤之所以会在这个时候写《陶渊明写〈挽歌〉》和《广陵散》，与他对陶渊明和嵇康在精神深处的认同有着深刻的关系。陈翔鹤的老友黄秋耘有一段回忆陈翔鹤的文字，从中可以看出陈翔鹤写这些历史小说可以说是必然的："翔鹤早在几十年前就喜欢陶渊明的不堪流俗，欣赏嵇康的刚直不阿。"这种性格使得陈翔鹤面对朋友谈论当时的社会现实的时候，只能"神情变得严峻、凌厉起来，

---

① 黄仁宇：《赫逊河畔谈中国历史》，生活·读书·新知三联书店1992年版，第51页。
② 刘义庆：《世说新语》，中华书局1982年版，第32页。
③ 司马迁：《史记·孔子世家》，中华书局2007年版，第178页。
④ 《鲁迅全集》第3卷，人民文学出版社2005年版，第486页。
⑤ 赵其文：《要做这样的人——回忆陈翔鹤同志》，《新文学史料》1980年第4期。

激动地说，'不瞒你说，我也是同情嵇康的。嵇康说得好：欲寡其过，谤议沸腾，性不伤物，频致怨憎。这不正是许多人的悲剧吗？你本来不想卷入政治漩涡，不想干预什么国家大事，只想一辈子与人无患，与世无争，找一门学问或者在文艺上下一点功夫。但这是不可能的，结果还是谤议沸腾，频致怨憎'"①。同时，根据陈翔鹤的至交冯至的回忆，也可以看出陈翔鹤是通过阅读西方文学作品培养批评社会的能力的，也因受到其"哀怨而悲凉的语句"的感染而变得感伤。在中国文学方面，他和冯至都爱好魏晋人物的风度和晚唐的以及清代几个诗人的诗，像杜牧的"浮生恰似冰底水，日夜东流人不知"，龚自珍的"落红不是无情物，化作春泥更护花"等，是陈翔鹤常常吟咏的诗句。②

可见，"魏晋风度"是陈翔鹤心目中一个难以割舍的情结，"魏晋人物"身处乱世而生发的对生命与世事的深深无奈，让陈翔鹤在难言的现实处境中产生了深深的共鸣，这种心境恰如鲁迅所说的："即使寻到一点光明，'径一周三'，却更分明的看见了周围的无涯际的黑暗……许多作品，就往往'春非我春，秋非我秋'，玄发朱颜，却唱着饱经忧患的不欲明言的断肠之曲"③。在嵇康一生的事迹中，最令陈翔鹤感动的，可能就是嵇康的坦然赴死，所以他才会以嵇康临死前所弹一曲《广陵散》命名自己的小说。小说《广陵散》就嵇康的琴音所带出的境界做了这样的描述："这是一种微妙的境界，一种令人神智集中、高举、净化而忘我的音乐境界。更何况嵇康所弹的完全为一种'商音'，其特点正在于表达那种肃杀哀怨、悲痛凄切的情调。"④而这种"肃杀哀怨、悲痛凄切的情调"也正是小说的结尾和高潮。

当然，感动陈翔鹤的并不仅是嵇康弹的那首绝世曲子的悲壮情调，而是嵇康一生所表现的"刚肠嫉恶"、"不堪俗流"、"非汤武而薄周礼"和反抗传统礼法的品质。陈翔鹤在小说"附记"中开头说："这篇故事是想通过嵇康、吕安的无辜被杀，来反映一下在魏晋易代之际，由于封建统治阶级争夺王位和政权，一些具有反抗性、正义感的艺术家们，曾经遇见过怎样的一种惨痛不幸境遇。像嵇康、吕安这样的人，如果生在今世，我们不难想象，是要在作家协会或者音乐协

---

① 《黄秋耘自选集》，花城出版社 1986 年版，第 16 页。
② 冯至：《〈陈翔鹤选集〉序》，《文学评论》1979 年第 3 期。
③ 《鲁迅全集》第 3 卷，人民文学出版社 2005 年版，第 506 页。
④ 陈翔鹤：《广陵散》，《人民文学》1962 年第 10 期。

会的负责同志中才能找到他们，然而他们就是那样在最高封建统治阶级曹氏和司马氏两家内部争斗中白白做了牺牲"①。由此可见，陈翔鹤创作小说的目的是以嵇康的牺牲来呼唤今天作家内心的正义感。

这一时期其他历史小说作者在精神层面上和陈翔鹤大多类似。黄秋耘的小说《杜子美还家》与《鲁亮侪摘印》延续了他被打为右派的文章《不要在人民的疾苦面前闭上眼睛》中的一贯精神，他笔下的杜甫形象是"有着正直良心和清明理智的艺术家"，没有"在人民的疾苦面前心安理得地闭上眼睛，保持沉默"，而是"有胆量去揭露隐蔽的社会病症"，"有胆量去抨击一切畸形的、病态的和黑暗的东西"。他既没有"诽谤生活"，也没有"逃避真实和粉饰生活"②。因此，小说中的杜甫与黄秋耘在内在的精神深处是相通的，也是黄秋耘的夫子自道。桂茂的《孤舟湘行纪》讲述了杜甫晚年在湖南漂泊直至辞世的悲剧性遭际，充满了悲苦忧愤的色调。小说中的杜甫抱病登岳阳楼题诗时的潸然泪下，在江南逢李龟年时的黯然神伤，在潭州兵变中的凄然逃亡，以及最后的老病孤舟悄然离世，这些遭际使整篇小说弥漫着浓重的悲剧氛围，这种外在的悲苦自然也可以看作作家身处难言现实中的无奈与悲凉。

姚雪垠在这一时期写下历史小说《草堂春秋》，讲述的是杜甫寓居成都草堂的人生经历。姚雪垠曾评说臧克家："拿陶潜和王维同你比，你更近于陶潜。陶潜是始终带有热情的人物，且更接近农民生活。朱熹说：'隐者多是带性负气为之，陶欲有为而不能者也。'这话极有见地。你也是'带性负气之人'，也是'欲有为而不能'，但你所生的时代不同，环境不同，不能逃进冲淡生活，也不能摆脱矛盾，所以较他们更多悲凉感慨。你更多悲凉感慨，且缺乏隐者的时代和环境，所以想冲淡也不容易。更进一步说，陶潜王维孟郊们愈趋向冲淡之境，同他们的时代愈减却了矛盾，而你愈趋向冲淡之境，就同你的时代愈增深矛盾，这使你不甘心冲淡中更加上不敢冲淡，内心的痛苦就更深了"③。这种评价，在某种层面上又何尝不是作者自己不能畅言的曲折表现呢？

因为小说中历史人物和小说作者在精神深处具有共鸣的基点，所以，对历史人物的描写与表现，即是作家自己的心迹坦露，或者说，亦是作者自我描摹。

---

① 陈翔鹤：《广陵散》，《人民文学》1962 年第 10 期。
② 黄秋耘：《不要在人民的疾苦面前闭上眼睛》，《人民文学》1956 年第 9 期。
③ 姚雪垠：《小说是怎样写成的》，中国青年出版社 2000 年版，第 343 页。

这一时期的历史小说中经常出现的人物如伍子胥、西门豹、陶渊明、嵇康、杨修、祢衡、杜甫、文天祥、海瑞等，作为小说中的历史人物与小说的作者在精神层面上都有着共鸣之处，都具有相似的精神气质。这种精神气质一直辐射到1960年代，在当时的历史小说作家心中引起共鸣，作家们与小说中的古代历史人物在同一精神层面上相识、相知。从这些历史小说作家后来的遭遇与命运来看，在某种程度上又可以说他们和小说中的历史人物在命运上是荣辱相系、生死与共的。如同黄秋耘在评价《陶渊明写〈挽歌〉》时指出的：“作者要能够以今人的眼光，洞察古人的心灵，要能够跟所描写的对象‘神交’，用句雅一点的话来说，也就是‘心有灵犀一点通’罢。只有这样，才能真正体会到古人的情怀，揣摩到古人的心事，从而展示出古人的风貌，让古人有血有肉地再现在读者的面前。《陶渊明写〈挽歌〉》是做到了这一点的”[①]。

二、旧梦与新知：介入现实的精神旨归

1960年代历史小说，不仅仅是作家在寻找自己心目中的旧梦，也在对历史人物追思中寄托着他们在现实规约下寻找新知的努力，表现的是知识分子在面对剧烈变化的现实的时候“对一个颠倒混乱的时代持不合作的精神立场的知识分子的无力之感”[②]。

在1960年代初社会现实的规约下，知识分子要想对现实发言，只能借助历史人物的身影来“借尸还魂”，用历史人物的声音隐秘地表达作者的内心潜意识。因此，陈翔鹤、黄秋耘、冯至等老一代作家、学者，基于他们自身年龄、知识结构、阅历、职业特点等原因，在当时文学界对历史题材创作提倡的助推下，采取了借助历史故事和传说来寄寓现实的象征性的叙述。因为“只有现在生活中的兴趣方能使人去研究过去的事实”，“这种过去的事实只要和现在生活中的兴趣达成一片，它就不是针对一种过去的兴趣，而是针对一种现在的兴趣”。[③]

《陶渊明写〈挽歌〉》中的慧远是一个佛门高僧，按说应该是充满佛家慈悲

---

① 黄秋耘：《空谷足音——〈陶渊明写“挽歌”〉读后》，《文艺报》1961年第12期。
② 陈思和主编：《中国当代文学史教程》，复旦大学出版社1999年版，第117页。
③ [意]贝奈戴托·克罗齐：《历史学的理论和实际》，傅任敢译，商务印书馆1982年版，第2页。

心的，但小说中的他"俨然是另一种达官贵人的派头"，"半闭着眼睛，双手合十，一任香客们在他座前四礼八拜，脸上纹风不动，连一点表情都没有：真不知他是在睡觉呢还是在闭目养神"。"他对于那些匍匐在地面上的会众，连正眼都不曾看一眼，更不用说和气地来同大家打个招呼了！"虽然慧远也写了《沙门不敬王者论》，在行为上也不合世俗，但小说中的慧远在根本上没有完全摆脱世俗的习气，没有自外于现实的权力结构，依然有"未达"之处。所以陶渊明才会说：死，死了便了，一死百了，又算得个甚么！哪值得这样敲钟敲鼓地大惊小怪！佛家说超脱，道家说羽化，其实这些都是自己仍旧有解脱不了的东西。小说结尾的《挽歌》与《自祭文》为陶渊明的生死观做了一个形象的解说："死去何所道，托体同山阿"，"活在这尔虞我诈、你砍我杀的社会里，眼前的事情实在是无聊之极；一旦死去，归之自然，真是没有什么值得留恋的"！作家所描述的这类人物及小说结尾的感慨，熟悉当时社会现实的人不难在现实中找到对应，从而对作家的感慨而心领神会。陈鹤翔的"不平"之气通过陶渊明发泄出来了，然而，由于他的创作还是跟现实政治扣得过紧，或者说作品有明显的"以古讽今"的色彩，以致日后针对陶渊明上庐山看见慧远和尚开坛作法这个情节的批评，轻的是"违反史实"，重的是"含沙射影""攻击党的庐山会议"[1]，而这些正是置他于死地的"罪证"。"人生实难，死如之何？呜呼哀哉！"小说中的陶渊明念到这几句时热泪盈眶，可以想见，陈鹤翔后来在受到批判时，内心一定会想起陶渊明的"人生实难，死如之何？呜呼哀哉"，也一定会有同样的感觉。

徐懋庸写《鸡肋》的初衷是"世之人以曹操为奸邪者，固有所宥，而翻案诸公，每多溢美，仿佛曹操为始终一贯之杰士者，斯亦稍忽深思矣"[2]。他在小说中坦言自己之所以写《鸡肋》，缘由是："一九五九年春，郭沫若首倡为曹操翻案，论者踵起，百家争鸣，数月之间，报刊发布论文已达百余篇。余就此题为《哲学资料汇编》摘录各家观点，分析综合，以见异同。随时亦形成己见，复于原始史料，多所探讨。故于曹操之历史作用而外，似有所悟，对其人之心理状态，亦发现演变之迹。"[3] 小说取杨修被杀一案，重点刻画了曹操晚年"奸诈"的性格特征。杨修分明猜中其心事，却在审讯中被其说成是真正的"鸡肋"，在杨

---

① 文戈：《揭穿陈翔鹤两篇历史小说的反动本质》，《人民文学》1966 年第 5 期。
② 徐懋庸：《鸡肋》，转引自《当代》1981 年第 1 期。
③ 徐懋庸：《鸡肋》，转引自《当代》1981 年第 1 期。

修被杀后，曹操装模作样地送上善待杨修父亲的厚礼，在曹操与其子曹丕的对话中又刻画出其无耻的嘴脸。如果把这篇小说和当时的很多为曹操翻案的小说（如郭沫若的《蔡文姬》）对照起来阅读的话，《鸡肋》在强大现实意识形态下对现实的介入性表达就不难理解了。

与这些小说类似，黄秋耘的《鲁亮侪摘印》①，师陀的《西门豹的遭遇》②，李束丝的《海瑞之死》以及蒋星煜的《李世民与魏征》等历史题材小说歌颂的都是古代正直的知识分子，寄托着作家对知识分子独立人格和正直精神的期待，从侧面来看，则可以理解为作家对现实中知识分子的尖锐批评。

黄秋耘的《杜子美还家》源于他在 1960 年到曾经下放劳动过的河北省琢鹿县三堡村探望"三同"的老房东时的所见所想。老房东当时病得很重，饿得很厉害，"那时候我要是直接写三堡村还不好写，我就只好写《杜子美还家》"，"其实说我'借古讽今'也没有冤枉我，假如一九六〇年秋天我没有重返三堡村，就写不出像《杜子美还家》这样'为民请命'的历史小说。不过，当年羌村的父老还有薄酒送给杜甫，在三年国民经济困难时期，试问还有哪一家农户能够拿得出薄酒送人呢"？③ 这段话，可以明显看出小说《杜子美还家》的现实针对性。

可以想象，对这些历史小说的批评主要集中在用历史来攻击现实上。如：认为在《陶渊明写〈挽歌〉》中，陶渊明写《挽歌诗》和《自祭文》是"含沙射影""攻击党的庐山会议"④，"陈翔鹤为什么对封建士大夫的思想感情毫无批评，把它们当做今天仍然是'可贵'的东西来向读者宣扬呢？在这个时候来提倡'叛逆精神'，究竟是号召什么人叛逆什么人呢？如果说现在来提倡'叛逆精神'并不仅仅是一种时代的错误，也不完全是无的放矢，也还是有它的一定的社会基础的话，那么就只能是反动的社会基础"⑤。对他们的批评现在看来也并不是空穴来风，因为"'影射'，如果不一定指人物、细节与'时事'的直接对应和比附，而指作品的取材集中点，指整体的情绪、意志的话，这种说法，也不是没有道理。从根本上说，写作历史

---

① 黄秋耘：《鲁亮侪摘印》，《山花》1962 年第 8 期。

② 师陀：《西门豹的遭遇》，《文艺月报》1959 年第 10 期。

③ 黄伟经：《文学路上六十年——老作家黄秋耘访谈录》，《新文学史料》1998 年第 1 期。

④ 文戈：《揭穿陈翔鹤两篇历史小说的反动本质》，《人民文学》1966 年第 5 期。

⑤ 康式昭：《一株借古讽今的毒草——评历史小说〈杜子美还家〉》，《北京文艺》1964 年第 11 期。

剧、历史小说的作家意图，并非要重视'历史'，而是借'历史'以评说现实"①。

但这些历史小说在 1960 年代初大量出现，似乎又可以从另一方面去理解，那就是国家对文学的征用，即使是"借'历史'以评说现实"的历史小说，也逃脱不掉被现实建构的命运。

陶渊明写《挽歌诗》和《自祭文》的时候，已经接近人生的晚年，或许是陶渊明已经意识到自己即将死去，因此，才会在《挽歌诗》和《自祭文》中流露出浓重的悲凉意识。"昨暮同为人，今旦在鬼录。魂气散何之？枯形寄空木。""千秋万岁后，谁知荣与辱？"（《挽歌诗·一》）"幽室一已闭，千年不复朝。《挽歌诗·二》）"窅窅我行，萧萧墓门，奢耻宋臣，俭笑王孙，廓兮已灭，""人生实难，死如之何？"（《自祭文》）想必陶渊明在《挽歌诗》和《自祭文》的时候，悲凉意识一定多于豁达意识吧。

陈翔鹤在《陶渊明写〈挽歌〉》所表现的晚年陶渊明，更多的则是对死比较豁达，他认为诗人"引为感慨的不仅是眼前的生活，而且还有他整个艰难坎坷的一生"，而不是对死亡的茫然，更不是像后来的一些批评者所说的"把自己内心的悲愤绝望的情绪强加给陶渊明"②。历史上的陶渊明虽然不愿"为五斗米折腰"，但并不等于他在精神上完全是"出世"的，如鲁迅就曾直接指出："即使是从前的人，那诗文完全超乎政治的所谓'田园诗人'、'山林诗人'，是没有的。完全超出于人间世的，也是没有的。既然是超出于世，则当然连诗文也没有。诗文也是人事，既有诗，就可以知道于世事未能忘情"③。由此可以看出，陈鹤翔跟陶渊明在精神深处相通的是"于世事未能忘情"，也正是这一点，让陈翔鹤在以后难以避免被批判的命运。

这一对比可以看出，陈鹤翔在《陶渊明写〈挽歌〉》中，表面上写的是现实生活中的"死"的问题，但潜在关心的却是"生"的问题。小说《陶渊明写〈挽歌〉》的重点也就自然放在表现陶渊明晚年其乐融融的幸福家庭生活、访客和邻舍关系。这种描写也在后来受到批评，认为他的历史小说在吃喝上大做文章，"不仅是反映了物质生活困难时期某些人的一种精神状态，简直可以说是对封建

---

① 洪子诚：《中国当代文学史》，北京大学出版社 1999 年版，第 146 页。
② 颜默：《为谁写挽歌？——评历史小说〈广陵散〉和〈陶渊明写"挽歌"〉》，《文艺报》1965 年第 2 期。
③ 《鲁迅全集》第 3 卷，人民文学出版社 2005 年版，第 506 页。

文人生活表现了千回百转的向往和留恋"①。但批评者的这一批评恰恰忽略的可能是，陈鹤翔以写陶渊明相对充裕的物质生活来淡化诗人写"挽歌"的悲凉情绪，除了要表现诗人"入世"的一面外，在某种意义上又可能是向正处在 1960 年代物质贫困中的中国人以一种乐观主义的鼓励，以达到"共渡劫波"的目的。

"居今之世，志古之道，所以自镜者，未必尽同"②，赵其文在悼念陈鹤翔时，回忆了一件他"永远不能忘记的事"：自己受到右倾机会主义牵连而错划为反党分子后，"到我家来的人当然是屈指可数了，照常来谈谈的只有鹤翔和几个老战友。鹤翔当时对"浮夸风"、"共产风"造成的恶劣影响很不满，对反右倾机会主义也有所怀疑。他说：共产党员把看到的情况如实向党反映，提出纠正错误的意见，这不正是共产党员的正当权利和对党负责的表现吗？怎样就是反党、就是右倾？我劝他千万不要对别人说，万一被人检举可不得了，可他一直对此愤愤不平。③"共产党员把看到的情况如实向党反映，提出纠正错误的意见，这不正是共产党员的正当权利和对党负责的表现吗？怎样就是反党、就是右倾"的反问，或许在某种层面上可以从小说《陶渊明写〈挽歌〉》中得到答案。

"历史的事物只有在属于我们自己的民族时，或是只有在我们可以把现在看作过去事件的结果，而所表现的人物或事迹在这些过去事件的联锁中，形成主要一环时，只有在这种情况下，历史的事物才是我们的"④。可以看出，1960 年代的历史小说之所以会井喷式出现与当时的社会现实有紧密的关系。在强大的一体化话语氛围中，作家们只能采取一种疏离与对立的关系，这种疏离与对立又是如此的逼仄，直接深入作家的内心深处，让作家的话语表述通过历史人物的目光注视着现实世界的变化，又充满着作家的痛与怜惜。

三、诉求与规训：历史与现实的复杂扭结

吴晗在总结自己写作历史剧的经验时说："无论是历史书也罢，历史剧也

---

① 颜默：《为谁写挽歌？——评历史小说〈广陵散〉和〈陶渊明写"挽歌"〉》，《文艺报》1965 年第 2 期。
② 司马迁：《史记·高祖功臣侯者年表》，中华书局 1959 年版，第 422 页。
③ 赵其文：《要做这样的人——回忆陈翔鹤同志》，《新文学史料》1980 年第 4 期。
④ [德] 黑格尔：《美学》，朱光潜译，商务印书馆 1981 年版，第 346 页。

罢，里面的历史人物绝不是僵尸的复活，写这个人，演这个人，都要着眼于他或她的某个方面对于后一代人们的启发作用，也就是前人经验的总结。一句话，不是为了死人，而是为活人服务，也就是为了继承前人的斗争经验教训，使之为今天的社会主义建设服务，作到古为今用，这两者是统一的，不容有任何怀疑的"①。史学家霍布斯鲍姆更是将历史学看作"一项富于凝聚力的智性工程"，"过去的日子以前被视为——今天依然如此——逝去的好时光，它也就成为社会的当然归宿"，"如果现实令人不满，历史可以提供模型，使现实按令人满意的形式重建"，这是"历史的另一个功能"②。可以看出，无论是对小说家与剧作家，还是对历史学家来说，历史与现实都是深深地扭结在一起的。

在 1960 年代初焦躁的社会生活中，小说家返回到传统中去，看似与如火如荼的时代氛围保持着疏离，实际上却是小说家们有意识地摆脱当时流行的思维模式，向传统中去寻找支持自己的思想资源，继续担当知识者的责任。因为写的是历史题材，小说就不必把一些当时流行的文字写进作品；又因为避免影射现实，描写可以沉湎于古代的人事之间，将小说家对现实的意见隐蔽在人物和故事之中。小说看上去是在讲古代的人和事，作家详细交代历史事件的来龙去脉，古人的苦乐哀怨，以及他们内心所承受的矛盾与压力，全都隐藏在对历史的叙述中。作家与古人之间同病相怜，作家在感叹古人的同时，浇的却是自己内心的块垒，抒发的是自己内心的郁闷与纠结。这也是对现实的一种抗争，只是这种抗争表面上看没有任何反抗，却坚韧而持久得多。

新历史主义致力于发现作家人格力量与权力之间的非一致倾向，即特定时代社会中占统治地位的权力话语并不一定能完全控制作家的生活与写作，权力话语只是在总体上规定个体的行为方向，作家内在的自我不会与权力话语完全保持一致，有时甚至会在缝隙中存在彻底的反叛和挑战。这种悖反，即格林布拉特指出的权力话语在控制文化个体的同时，文化也会对权力话语反控制。于是，在反抗与控制之间出现一种张力并达到一定的平衡，甚至为平衡而达到某种妥协，"那些真实而猛烈的破坏因素——原应因其严重而将作者压进牢房而动刑——却被它们所威胁的权力化解消弭了。可以说，这种破坏，正是那权力为自我巩固而

① 吴晗：《关于历史剧的一些问题》，《北京晚报》1961 年 2 月 18 日。
② ［英］艾瑞克·霍布斯鲍姆：《史学家——历史神话的终结者》，马俊亚、郭英剑译，上海人民出版社 2002 年版，第 221 页。

预先设置罢了"①。1960 年代的历史小说不但表现了作家与历史人物生死相知的精神旨归，作家用历史人物来表达自己对现实的介入性话语言说，更隐秘地表现了作家在历史与现实之间为了二者的平衡所达成的某种妥协，即作家在无意识中所体现的对现实强大话语所规训的无奈与默认，有时甚至是有意识地接受意识形态话语的规训。

《草堂春秋》本是姚雪垠长篇传记文学《杜甫传》中的一章，1962 年作者把这一章改名《草堂春秋》在《长江文艺》发表。小说中的杜甫被人误解、中伤，其实正是姚雪垠自己的心有戚戚焉，他说："在新社会，创作的道路本来应该非常宽阔的，自由的。但是各种各样的教条主义却到处布置了绊马索，等着你一万个小心中的一个疏忽。作家在进行创作时不能不缩手缩脚，不求有功，但求无过。古语云：'战战兢兢，如临深渊，如履薄冰'，此之谓也"②。《草堂春秋》中杜甫那种进退失据、左右为难、想出世而不得的矛盾心态，其实正是作家在强大政治意识形态话语压力之下，无意识之中对自己心态的下意识修正，以期使自己的言说符合意识形态话语规范的真实心态的流露。

冯至曾谈及自己写历史小说的意图："给古代著名的诗人每个人都绘制一幅剪影，通过具体的事迹体现他们的内心活动和思想特点。这样做，对古人也许会有所歪曲或误解，不符合实际，但力求用历史唯物主义的观点方法，探索诗人的精神世界"③。可见，冯至当年对自己从"历史唯物主义"出发来表现杜甫的心理并非没有意识到，而很可能是冯至的有意为之。在这段对比性的心理描写中，渔民们（"农民阶级"）实际上成了"知识分子"杜甫反躬自审的一面镜子。在"朴素"、"真诚"、"实际"的"农民（渔民）"面前，"知识分子"杜甫不禁发现了自己"软弱"、"狭隘"、"虚伪"、"自私"、"清谈"等等"阶级弱点"，继而萌发了向"农民（渔民）阶级"认同的政治愿望。这种认同心理与《在延安文艺座谈会上的讲话》中"拿未曾改造的知识分子和工人农民比较，就觉得知识分子不干净了，最干净的还是工人农民，尽管他们手是黑的，脚上有牛屎，还是比资产阶级

---

① Stephen Greenblatt. *Renaissance Self-Fashioning: From More to Shakeapeare*. Chicago: University of Chicago Press，1980，p:22–24.

② 姚雪垠：《打开窗户说亮话》，《文艺报》1957 年第 7 期。

③ 《冯至选集》第 1 卷，四川文艺出版社 1985 年版，第 21–22 页。

和小资产阶级知识分子都干净"①的判断如出一辙。小说中杜甫的认同心理在冯至的身上也可以得到印证:"我理会到一种从来没有这样明显的严肃性:在人民的面前要洗刷掉一切知识分子狭窄的习性。这时我听到一个从来没有这样响亮的呼唤:'人民的需要!'如果需要的是更多的火,就把自己当作一片木屑,投入火里;如果需要的是更多的水,就把自己当作极小的一滴,投入水里"②。对当时的社会现实稍微了解的人都会对冯至的这段话感到熟悉,因为不只是冯至,当时的许多知识分子都做过类似的表白。真诚地追随时代的步伐,是中国当代作家的自觉意识,也可见作家要想真正超越他所处的时代、突破具体的历史文化语境的的限制,是非常困难的。

瓦格纳曾借用"回声"(resonance)的概念来分析青年作家和老作家在两个不同时期对社会进行"干预"的不同策略。在他的理解中,青年作家倾向于以一种理想中的"科学社会主义"(scientific socialism)来对照当时的"非理想"和"非科学"的官僚主义社会现实,为了批评当时社会的"非理想"和"非科学",他们多采用特写和短篇小说的形式,他们的文学和社会理想是指向未来的,具有向未来敞开的态度。这些老作家则不同,他们把社会变革理解为应当具有一定的延续性,因此,历史经验应该成为现在社会的"回声板",而历史小说则是复活历史经验的尝试,让小说中的历史人物与现实中的人产生共鸣,进而达到"教育"人民的作用,则是老一代作家潜意识的选择。③

在这样的形势下,老一代的作家知道写作如果只针对现实的矛盾,是不足以形成一种能警惕理想化的"未来"对"现在"可能造成危害的"回声",他们必须回头去看"过去"。重新编写或评价"过去",不仅是为了单向的"以古讽今"或"古为今用",更是一种打通"过去"和"未来"的策略。

历史小说是一种可以多维度阐释的文学样式,它既可以远离或贴近现实政治,也可以虚构或有历史事实根据,它的多维度阐释很容易引起评论时的争议。老作家选择历史小说有一定的必然性的,也展示了文学与政治的深层可能性。反过来,它在这一阶段的蓬勃发展也说明了这个历史时期的中国正处于一种微妙和

---

① 《毛泽东选集》第5卷,人民出版社1977年版,第808页。
② 《冯至全集》第5卷,河北教育出版社1999年版,第342页。
③　Rudolf G. Wagner:*The Contemporary Chinese Historical Drama: Four Studies*,Berkeley: University of California Press,1990,p.240.

复杂的状态。1960 年代的历史小说就是这种历史与现实的复杂扭结，以及现实对知识分子规训与惩罚的文本呈现，透过这些文本，我们可以看到现实的政治话语在作家的独立人格与意识上投下了怎样的斑驳阴影，从而为我们认识那一时代知识分子的心灵史提供一个绝好的入口。

第四节　家国话语与女性主体想象

就十七年小说的整体形态而言，女性作家在小说文本之中的叙事话语在"说什么"的方面与男性作家几乎没有什么差别，跟这一时期的主流文学叙事也是相当合拍的。在共和国文学语境中，对女作家来说，"女性不是一个可以决定的身份，也许女性不同别的事物保持距离，就无法站在别处宣称自己……也许女性——一个无特征、无形状的模拟物——是距离、间隙的节奏、距离本身"[①]。但是，她们在"怎么说"方面明显不同于男作家。

茹志娟、宗璞、刘真是十七年小说中三位有代表性的作家，选择她们分析十七年文学中女性作家的主体想象，把她们的创作放在十七年的文学关系网络中去，看她们的文学创作跟这个时代有什么联系，能够比较典型地表现十七年女作家的创作心态。研究中将考察主要以下两个方面：一方面，细细辨析她们这段时期创作上的选择有没有受到整个文学氛围的影响，如果有，表现在哪一方面；另一方面，作为女性作家，她们自身的创作风格与轨迹又为这个时期的文艺创作提供了哪些有别于男性的参考价值，以及这种价值的独特意义。

一、茹志娟：一朵清新婉约的《百合花》

选择茹志娟作为典型解读十七年女性作家写作的独特性，因为"不仅限于对她的作品的得失和她的创作道路的探讨，而且有一定的普遍性的意义"[②]，茹志

---

① ［法］雅克·德里达：《芒刺——尼采的文体》，张京媛译，张京媛主编：《当代女性主义文学批评》，北京大学出版社 1993 年版，第 12 页。

② 张钟、洪子诚等编著：《当代中国文学概观》，北京大学出版社 1998 年版，第 330 页。

娟的小说能够出现在十七年文坛并且能够得到众多名家的赞扬与指点，几乎是可以用"奇迹"这个词来形容。

　　1958 年前后，由于提倡"无产阶级文学艺术应采用革命现实主义与革命浪漫主义相结合的创作方法"①而带来的大规模的群众性的浪漫主义文学运动，对现实的绝对肯定与歌颂，成为建立文学新规范工程的突出特征。对新英雄人物完美性的强调，对未来理想社会的乐观想象，成为这一时期文学实践"两结合"创作方法的规范，更成为当时文学的风尚。对青年作家来说，遵循创作方法能够保证他们遵照党的方针政策，保证他们在政治上不出差错，但自然也不利于作家在生活面前探寻出属于自己的写作道路，正如茅盾在给青年作家胡万春的信中指出的："你们所处时代不同，如前所述，凡事都有党在指示，党分析一切并将结论教导你们；这是你们在写作前的十分有利的，然而不利之处亦在于此——因为不是自己碰了多少钉子而得出的结论，所见有时就不深，所知有时就不透，因此在写作中会出现概念化"②。

　　然而，如果深入考察这一时期的作品，我们会发现，所谓的写作模式并不是一个固定而僵死的套路，其中虽然有时代规约与禁忌对作家写作的限制，但作家在具体创作过程中却没有完全接受时代规约与禁忌的限制，这就是知识"生产"在认知中的"增殖"过程。在"增殖"过程中它们"没有屈从于一个限制的过程，相反却是服从于一个煽动不断增大的机制"，其中也包括对多元的传统经验的"撒播和移植的原则"③。虽然说这些作品诞生于特殊的历史年代，它们身上不可避免地会染上时代的痕迹，但是，当时代政治环境对小说提出新的限制和要求时，反过来也会从知识"生产"的角度刺激小说的发展。解放后只写过十多个短篇小说和少量散文的茹志娟，在此时之所以会吸引诸多批评者甚至众多的文坛名家的注意与讨论，就可以在这一意义上予以讨论。

　　茹志娟这一时期的作品，虽然主要也是按照"党的指示"写社会主义"沸腾的生活"，但是，由于她在写作中忠实于自己对生活的第一感觉，忠实于自己身边的普通人，对他们的心理变化有着细腻的把握，所以，她写出了让她名噪一

---

① 中共中央文献研究室：《建国以来重要文献选编》第 11 卷，中央文献出版社 1995 年版，第 285 页。
② 茅盾：《致胡万春》，《文汇报》1962 年 5 月 20 日。
③ ［法］米歇尔·福柯：《性史》，佘碧平译，上海人民出版社 2002 年版，第 28 页。

时的《百合花》，并形成了自己写作的风格化标签。茹志娟曾回忆说："一九五八年初，那时虽在反右，不过文学上的许多条条框框，还正在制作和诞生中，可能有一些已经降临人间，不过还没有套在我的头上，还没有成为紧箍咒。所以，我在翻箱倒柜一番后，在过去那些质感的怂恿催逼之下，决定要写一个普通的战士，一个年轻的通讯员……在当时那种向左转，向左转，再向左转的形势下，我站在原地没有及时动。（后来也动的，怎敢不动！）原因绝对不是自己认识高明，而是出于年轻无知的一种麻木"①。可见，正是因为她当时对社会现实的这种"无知麻木"，所以才敢于把与流行的写作模式和写作风格完全不同的《百合花》寄出去发表，当《百合花》被批评为"感情阴暗"时，她也因此对自己的创作产生了怀疑。②

茹志娟之所以在当时流行的写作模式和写作风格之外写作小说《百合花》，是有着现实的原因的。在后来的回忆文章《我写〈百合花〉的经过》中，茹志鹃说："我写《百合花》的时候，正是反右派斗争处于紧锣密鼓之际，社会上如此，我家庭也如此。啸平处于岌岌可危之时，我无法救他，只是每天晚上，待孩子睡后，不无悲凉地思念起战时的生活和那时的同志关系。脑子里像放电影一样，出现了战争中接触到的种种人。战争使人不能有长谈的机会，但是战争却能使人深交。有时仅几十分钟，几分钟，甚至只来得及瞥一眼，便一闪而过，然而人与人之间，就在这个一刹那里，便能肝胆相照，生死与共。""现在我可以坦白交代，原因是我要写一个处于爱情的幸福漩涡中的美神，来比衬这个年轻的、尚未涉足爱情的小战士。""一位刚刚开始生活的青年，当他献出一切的时候，他也就得到了一切。洁白无瑕的爱，晶莹的泪……在那个时候，难怪有些编辑部不敢用它，它实实在在是一篇没有爱情的爱情牧歌"③。

除了现实原因外，茹志娟能够在当时的社会现实和文学风气中写出《百合花》，在更大程度上和茹志鹃的个人气质有着密切的联系。1979年，在被问到"你最喜欢看的是哪一类书？哪一个作家对你影响最"的问题时，茹志鹃的回答是："开始时我只读《红楼梦》，在初中的时候一度喜欢过庐隐的作品。她写的作品不多，思想比较悲观、厌世，故事性不太强。听说这个作家后来自杀了。后来

---

① 茹志娟：《我写〈百合花〉的经过》，《青春》1980年第11期。
② 茹志娟：《今年春天》，《解放日报》1962年5月17日。
③ 茹志娟：《我写〈百合花〉的经过》，《青春》1980年第11期。

我读得最多的，一个是鲁迅的短篇小说，我觉得真是百读不厌；第二就是苏联卫国战争时期的小说，尤其是那时的短篇小说，和他们十八世纪、十九世纪的古典文学。这两方面对我的影响相当大"[1]。茹志娟还说："像《红楼梦》，我看过九遍，里边的诗词一类的东西都背过。虽然很多东西当时我并不理解，但我喜欢，多读多背慢慢就理解了"[2]。她曾经写过《紫阳山下读"红楼"》这篇文章，详细地记录了在读《红楼梦》时的阅读感受对自己内心生活的巨大影响："在那个时候，在紫阳山下，'红楼'真像一股清泉，滋润过我，支持过我，使我在那样一个世界里，鼓足了勇气。不仅活了下来，而且对那种半饥半寒的生活，尚能留下一抹美好的记忆，连同那个光秃秃的紫阳山在内"[3]。可见，茹志鹃之所以比较喜欢《红楼梦》，是因为《红楼梦》在精神气质上和她是高度契合的。

茹志鹃曾经写过一篇自传色彩浓重的小说《她从那条路上来》，这部小说里小女孩也宝就有着茹志鹃自己的影子，其中最典型的情节就是小女孩也宝"从刘先生那里接到了一部《红楼梦》，一有空就看得如醉如痴"[4]。因此，茹志鹃在《百合花》中所表现出来的对生活温柔而细腻的情感态度，从容、优雅的叙事语调，对美好事物精微的感受能力和充满诗意的表现能力，可以在《红楼梦》中找到影响的痕迹，这与当时文学风气的粗糙是迥然相异的。

著名作家王安忆在分析母亲茹志娟日记的时候说："我应当承认，我妈妈身上带有小资产阶级知识分子的成分，她受教育并不多，可她喜欢读书，敏于感受，飘零的身世又使她多愁善感。年青时代的她，甚至是感伤主义的。她喜欢《红楼梦》……虽然是在动荡和困窘中的少女时代，无一刻不为生计所苦，但我妈妈依然保持了清丽的精神。生活的压榨没有使这精神萎缩，反而将它过滤得更加细致和纯粹。这源于天性的结果。我妈妈天性严格，对感情要求很高，她生来不容忍低级趣味"[5]。可见，和当时的粗糙社会风气相异的是茹志鹃内心的纯洁和慈悲，这让茹志鹃在当时的环境中肯定很难感受到快乐，因而也让她对世态的炎凉和人间的不幸极为敏感，这种敏感的性格也让这个时候的茹志娟"一直不快

---

[1]　冬晓：《女作家茹志娟谈短篇小说创作》，《开卷》1979 年第 7 期。
[2]　冬晓：《女作家茹志娟谈短篇小说创作》，《开卷》1979 年第 7 期。
[3]　茹志娟：《紫阳山下读"红楼"》，《中国青年报》1980 年 4 月 1 日。
[4]　茹志娟：《她从那条路上来》，上海文艺出版社 1983 年版，第 231 页。
[5]　王安忆整理：《茹志娟日记》（1947–1965），大象出版社 2006 年版，第 25–27 页。

乐，甚至是抑郁的，住在人家家里，别人无意的一句话，都会使她流泪，引起她对身世的感触。她真有点像林黛玉了"①。可以说，正是因为有着这样的敏感气质，茹志鹃才有可能在一个比较粗糙的时代，感伤追怀往日的单纯生活和人与人之间的关系，并因这种感伤和追怀而把这种对人与人之间单纯关系寄托在小战士、新媳妇、我这三个素不相识的年轻人身上，打通了时代与《红楼梦》之间那看似高不可逾越的壁垒，用《百合花》去追怀对纯洁无瑕的爱的故事。

在今天的语境中重读《百合花》，可能我们印象最深的不是革命年代粗糙的气氛，而是小说的题目所标示的如百合花那样带给我们清新的气息。小通讯员即使是在严酷的战争年代也不忘在肩上的步枪筒里稀疏地插上几根树枝，这些树枝的伪装意义肯定小于装饰的意义，它的出现非常明显地昭示着小通讯员对美的渴望。而小说中的"我"所感受到的也不是战争前的紧张与严峻，周围的景色在作家的眼中则是美丽的。

小说对我与小通讯员之间关系的描写也比较微妙。小通讯员一开始面对一个陌生女性因害羞而不敢和我一起走，故意地把我撇下几丈远，却又一会儿停下等着我，等我快要走近他的时候他又蹬蹬蹬地自个向前走了，从不回头看我一眼。休息时，他远远地在一块石头上坐下，背向着我，好像没有我这个人似的。当我着恼地带着一种反抗情绪面对着他坐下来的时候，他立即张皇起来，好像身边埋下了一颗定时炸弹，局促不安地不知道是掉过脸去还是不掉过去。当他和我从新媳妇那里借到被子的时候，慌慌张张地抱着被子转身就走，肩膀挂住了门钩扯下一片布。新媳妇一面笑着一面赶忙找针拿线要给他缝上，他却高低不肯，夹了被子转身就走。和我分别的时候，他的枪筒里不知什么时候又多了一枝野菊花，跟那些树枝一起在他耳边颤动着。小通讯员牺牲后，新媳妇庄严而虔诚地给他拭着身子，拿着针细细地密密地缝着衣服上的破洞，并把自己的新被子盖在了他的身上，那条枣红底色洒满白色百合花象征着纯洁与感情的被子盖上了小通讯员的脸。阅读这篇小说，给我们留下最深印象的可能就是这一枝野菊花了，残酷的战争环境中的一枝微不足道的野菊花，却在残酷的战争环境中闪耀着人性的光辉。在十七年粗糙文风中，小说显得非常的细腻与另类，像那枝野菊花一样，充满着异样的光彩。

---

① 王安忆整理:《茹志鹃日记》(1947-1965)，大象出版社 2006 年版，第 25-27 页。

小说之所以在当时的文学环境中得到正面评价，得益于著名作家茅盾。茅盾在读到和《百合花》同一段时间发表的小说时，对《百合花》特别赞赏，认为"《百合花》可以说是在结构上最细致严密，同时也是最富于节奏感的……它的风格就是：清新、俊逸"，基于这一判断，茅盾认为《百合花》是"我最近读过的几十个短篇中间最使我满意，也最使我感动的一篇"①。茅盾对《百合花》的"清新、俊逸"的评论为以后对《百合花》的评论定下了基调。

茅盾的评论文章出来之后，对《百合花》的评论有很多，但许多争论关注的却是小说对题材的选择上。欧阳文彬认为小说把小通讯员当作主角是不足的，并反问："为什么不大胆追求那些最能代表时代精神的形象，而刻意雕镂所谓'小人物'？……'小人物'是否也可以放在矛盾冲突中来写，他们的精神世界是否也可以提到崇高的境地"②？侯金镜的文章把茹志娟的创作看作是"社会激流中的一朵浪花，社会主义建设大合奏里的一直插曲"③。细言认为，侯金镜的概括还是把题材分成了大和小或重要和次要的，茹志娟作品中的人物也是英雄人物，因为这些不是定型的人物而是成长中的人物。④洁泯认为，细言的评论把普通人物和英雄人物等同起来，这和侯金镜的评论把普通人物和英雄人物对立起来一样，同样是走向了极端。⑤冰心的评论则从女性的角度肯定了茹志娟是"以一个新中国的新妇女的观点，来观察、研究、分析解放前后的中国妇女的。她抓住了故事里强烈而鲜明的革命性和战斗性，也不放过她观察里的每一个动人的细腻和深刻的细节，特别是关于妇女的"⑥。

在《静静的产院》⑦中，虽然有时代话语的痕迹，如公社杜书记让谭婶婶到镇上的医院里学习新法接生，理由是"这也是革命，是跟封建落后势力作斗争"；荷妹则认为"我们现在奔的是共产主义啊！你看，我们现在有电了，我们还要想

---

① 茅盾：《谈最近的短篇小说》，《人民文学》1958 年第 6 期。
② 欧阳文彬：《试论茹志娟的艺术风格》，《上海文学》1959 年第 10 期。
③ 侯金镜：《创作个性和艺术特色——读茹志娟小说有感》，《文艺报》1962 年第 3 期。
④ 细言：《有关茹志娟作品的几个问题——在一个座谈会上的发言》，《文艺报》1961 年第 7 期。
⑤ 洁泯：《有没有区别？》，《文艺报》1961 年第 12 期。
⑥ 冰心：《一定要站在前面——读茹志娟的〈静静的产院〉》，《人民日报》1960 年 12 月 14 日。
⑦ 茹志娟：《静静的产院》，《人民文学》1960 年第 6 期。

办法利用电，电疗，电打针，早产儿用电暖箱"。但茹志娟依然避开了这种时代流行的写作风格，而是以女性视角和细腻心理体悟大时代中的个体心灵。

虽然小说表面上可以被解读为通过产院里的故事表现这个静静的产院和全中国一起，和农村、城市一起正在走向光辉灿烂的明天，但当我们进入小说内在的叙事肌理与故事脉络之中去的时候，会发现小说所着力的重点还是产院接生员谭婶婶的心理变化。谭婶婶原先一直是产院的主要接生者，但受到先进科学教育的接生员荷妹来到产院之后，给产院带来了新的接生与医疗知识，谭婶婶的地位受到挑战，这一前后的落差让谭婶婶深深觉得自己落伍与无用了。在荷妹为人接生的时候，谭婶婶竭力想在这时候也找一点事来忙一忙跑一跑，以证明自己在这里的作用，可是什么也想不起来。这时候的谭婶婶回想起自己面对土法接生婆潘奶奶时潘奶奶的心情，自己和潘奶奶的心情是同样的，那就是恐慌却又不肯承认自己落在时代的后面。茹志娟的这种描写是基于对谭婶婶在变化面前的心理波动与谭婶婶个人内心痛苦的体悟之上的，也正是这种对个人内心苦痛的体悟与书写，才让她的小说能够经得起语境转换之后的重读，也才使得小说具有了比较持久的生命力。

可惜的是，茹志娟后来没有继续这种创作风格，而是不停地尝试改变创作风格，创作出了《同志之间》、《如愿》、《三走严庄》、《逝去的夜》、《阿舒》等小说，但这些小说都没有得到评论家的认可，甚至丝毫没有引起文坛的注意。茹志鹃不停地改变创作风格的努力表面上看似乎是对评论家对自己小说固定的评论的不满，但是，茹志鹃的这种不满并不是来自于女性主体对自我拥有多方面潜能的自觉认识，也不是对女性作家创作传统的质疑，在很大程度上更可以看作是她对当时文坛主流的、男性化创作标准的认同。

二、刘真：一溪弹奏着《英雄乐章》的《长长流水》

刘真和茹志娟无论是人生经历还是创作选择上，都有着非常大的相似性。茹志娟和刘真都有"孤儿"的人生惨痛经验，并且这种人生惨痛经验都对二人的创作产生了不可估量的影响。茹志娟两岁丧母，父亲抛下五个孩子出走，四个哥哥分别寄居在亲戚家或当学徒，茹志娟跟祖母生活，两人依靠家庭手工业糊口，辗转于沪杭两地。13岁时祖母去世，她进上海一家教会办的孤儿院，后断断续续地读书和工作。1943年随哥哥参加新四军，这一年是她人生的分水岭，因为这让她找到了"家"的感觉。茹志鹃曾经这样形容参军对她的重要性:"我的特殊经历是,在参加革命以前,我没有什么家,到了部队以后,我有了家。我这个特殊的经历,就赋予我一双我自己的、单单属于我自己的一双眼睛……这不仅仅是一双眼睛的问题,这里包括了思想情感、立场观点,是个世界观问题……我带着这双眼睛去看社会,看我周围的生活。所以我对生活,特别是解放以后,社会主义建设阶段,我是带着一种非常热情的、信赖的、毫无异议的、单纯的这么一双眼睛去看到生活的。由我这一双眼睛看出来的东西,那歌颂也是非常真实的"[1]。茹志娟对部队这个"家"的认同,很自然地转化为对党、国家的认同,而"家"所提供的那种安身立命的感觉,也跟女儿对党、国家的忠诚是分不开的。因此,对茹志娟来说,在另一层意义上她的一切也是属于党和国家的,"我重读了自己写的东西,我读到的,是别人在看这些作品的时候万万看不见的东西。这是什么呢? 这就是她,我们的党。""母亲! 你只管带领我们,像过去那样,快一些,更快一些带领我们前进"[2]!

刘真比茹志娟更早加入革命队伍,1939 年,当时只有 9 岁的刘真加入队伍,1943 年,茹志娟参军那一年,刘真已经成为一名候补共产党员,并于 1946 年转正。刘真在部队长大的童年经历,成为她长大之后观察与理解世界的独特视野。在 1962 年,当茹志娟用自己热情的眼睛看着周围的生活和真诚地憧憬着美好的未来的时候,刘真正受到"母亲"的批评,这种经历促使她以童年的视角穿透时空的限制,回到过去美好的回忆中去寻找自己精神的安乐窝。

1959 年,《英雄的乐章》作为批评对象发表在河北的《蜜蜂》杂志上,才能够有机会与读者见面。刘真写小说《英雄的乐章》的目的再简单不过了,和很多战士出身的作家一样,刘真希望用小说向建国十周年献礼,因此根据自己的亲身经历创作了《英雄的乐章》,女主人公小八路刘清莲就是刘真自己的原名。小说中的刘清莲在北京参加庆祝建国十周年时,回忆起她的童年朋友和初恋情人玉克,并以倒叙的手法追忆自己和玉克在部队的故事,刻画了一个为了人民的自由和解放,宁愿献出自己的生命和爱情的革命英雄的形象,因此,才会把小说命名为《英雄的乐章》。可见,刘真的本意无疑是歌颂共和国的,是和当时的主流文学风气与创作风格相吻合的,没有任何的相悖之处。

---

① 茹志娟:《漫谈我的创作经历》,《新文学论丛》1980 年第 1 期。
② 茹志娟:《今年春天》,《解放日报》1962 年 5 月 17 日。

但文学创作的目的和实际的阅读效果却是相反的，刘真在写作中没有用当时流行的模式化的方法去刻画玉克这个英雄形象，而是把刘清莲和玉克之间的爱情处理为悲剧性的结局，以此烘托玉克的崇高的英雄精神。因此，当时对刘真的批评重点也是集中在两人爱情的悲剧性上面。

从1959年底到1960年上半年，《蜜蜂》、《文艺报》、《河北日报》、《中国青年报》、《光明日报》、《解放军文艺》等多家报刊杂志就这篇小说发表了十多篇批评文章。①在《蜜蜂》杂志上，与《英雄的乐章》同时发表的"本刊评论员"文章批评小说"以资产阶级人道主义观点，看待革命战争和爱情问题，将个人幸福和革命事业对立起来，厌倦革命战争，幻想和平幸福；摆在我们面前的作品中的人物，灵魂里充满了浓厚的资产阶级的没落、颓废情感，却硬给穿上了革命战士的外衣"，文章号召"揭穿人道主义的虚伪性和现实主义的两面性，坚决把形形色色的修正主义文艺思潮打击下去"！②《解放军文艺》的批评文章认为小说"赞扬资产阶级个人主义，歪曲革命战争，丑化革命部队"，"宣扬资产阶级人道主义和感伤、阴暗、颓废情调"③。《文艺报》批评文章认为："由于刘真同志只是抽象地去观察战争的'苦难'和'残酷'的一面，得出来错误的结论，这就把神圣的抗日战争和人民解放战争的积极的、正义的一面完全抹煞了。不管她主观想法怎样，这篇作品绝不是歌颂革命战争，正义战争，而是宣传了悲观失望的厌战思想，宣传了资产阶级的和平主义"④。与这一篇批评文章发表在同一期《文艺报》上的社论批评说："宣扬资产阶级的人道主义、人性论、人类爱等腐朽观点来模糊阶级界线，反对阶级斗争；宣扬唯心主义来反对唯物主义；宣扬个人主义来反对集体主义；以'写真实'的幌子来否定文学艺术的教育作用。"⑤可以看出在当时的形势下，在如何讲述革命战争这个问题上，批评者必须坚守的不是过去的战

---

① 二十一院校编写组：《中国当代文学参阅作品选》3，福建人民出版社1984年版，第522页。

② "本刊评论员"：《高举毛泽东思想红旗，坚决反对修正主义文艺思潮》，《蜜蜂》1959年第24期。

③ 何左：《是英雄的乐章，还是个人主义的悲歌——读刘真同志的小说〈英雄的乐章〉》，《解放军文艺》1960年第2期。

④ 王子野：《评刘真的〈英雄的乐章〉》，《文艺报》1960年第1期。

⑤ 《文艺报》社论：《用毛泽东思想武装起来，为争取文艺的更大丰收而奋斗》，《文艺报》1960年第1期。

争的真实性，而是在今天的意义上的抽象的真实。

更重要的是，《英雄的乐章》中对张玉克和清莲对和平、爱情、幸福的生活的幻想以及幻想破灭的描写，所带来的阅读效果的确会让读者因为幸福破灭而对战争意义产生怀疑。正如批评者敏锐指出的："从整个作品所反映出来的思想感情来看，字字血泪，满篇心酸，矛头是指向革命战争的，因为毁灭了一个小家庭的幸福。这就是作品的主题思想。因此，与其说是'英雄的乐章'，毋宁说是对革命战争的一片控诉书，或是个人主义的挽歌"①。可见，十七年时期的评论家眼光是非常敏锐的，能一眼看出许多小说被批评的症结所在，只是因为他们身处当时的话语氛围之中，不能不用当时的流行批评话语去解读作品。

可以想象，当刘真被批判为"歪曲革命战争，丑化革命部队"、"宣扬资产阶级人道主义"时，对于在部队长大的她来说，该是怎样的一种打击。梁斌在看到刘真被批判时就气愤地说："什么修正主义？我保证刘真还不知道什么是修正主义"②。随着形势放缓，对刘真的评价也趋向了正面，周扬到河北省出席文艺座谈会时特意把刘真请到会场，并严厉批评有关的编辑："人家没有发表的稿件你们拿出去公开批判，这是不道德的"③。

1962年，刘真写了《长长的流水》、《弟弟》、《密密的大森林》、《对，我是景颇族》、《豆》等考察边境少数民族生活的小说。《长长的流水》反映了刘真第二次获解放的舒畅心情，以及对日益缺乏的同志之间的人情味、人性美的由衷歌颂。从创作到阅读，刘真始终刻意保持一种"童年"的视角，通过一种纯真的、不作假的创作和阅读过程，一种抒情的、非功利化的人际关系的表现，洞察或讽刺成人现实世界的虚假和荒谬，所以刘真才说《长长的流水》"不是写给孩子看的，是通过孩子的故事，写给大人看的"④。在小说中，刘真已经不是单纯地用孩子的目光打量人生，而是对此有所超越。

对比茹志娟和刘真在十七年时期的小说创作，可以看出，相似的人生经历并没有导致两位作家完全相同的复制性创作。茹志娟得到的更多的是善意的批

---

① 王洋：《评〈英雄的乐章〉》，《河北日报》1960年1月10日。
② 刘真：《关于〈长长的流水〉》，《河北师范大学学报》1980年第1期。
③ 刘真：《他的名字叫"没法说"》，王蒙、袁鹰主编：《忆周扬》，内蒙古人民出版社1998年版，第393页。
④ 刘真《关于〈长长的流水〉》，《河北师范大学学报》1980年第1期。

评，让她试图改变自己的创作风格，选择了靠近文坛流行的男性化的创作。刘真受到的是严厉的批评，让她选择以童年的视角来表现自己对儿时的美好回忆，远离自己所处的现实世界。

三、宗璞：一颗温婉悲戚的《红豆》

相比较茹志娟和刘真而言，宗璞在十七年的小说显得更加独特。与茹志娟和刘真出身军旅不同，宗璞 1951 年毕业于清华大学外文系，父亲是著名哲学家冯友兰，出身于标准的知识分子家庭。因为受父亲冯友兰的影响较深，宗璞在十七年的小说中充满着知识分子气息，表现的也是她所熟悉的知识分子生活，特别是校园的生活和经历。和茹志娟、刘真这类革命型的知识分子相比，宗璞是典型的传统意义上的知识分子，而小说《红豆》表现的也是这种典型的传统意义上的知识分子在新的时代面前彷徨的矛盾心态。

宗璞在新时期曾回忆自己写《红豆》的目的是表现"在我们的人生道路上，不断地出现十字路口，需要无比慎重，无比勇敢，需要以斩断万路情丝的献身精神，一次次作出抉择。祖国、革命和爱情、家庭的取舍、新我和旧我的决裂，种种搏斗都是在自身的血肉之中进行，当然是十分痛苦"[①]，也就是说，作家写作的初衷和当时流行的写作风格与文学风气没有什么不同，表现的都是"祖国高于一切、革命高于一切"的这种时代流行的宏大主题。但小说选择的重点却是 1948 年中华人民共和国成立前夕这个关键的时刻，剧烈的社会变革使得大学二年级的江玫平静的生活出现了波折，父亲失踪、去世，恋人相恋、争执、分手，这些生活的波折让江玫动摇徘徊在革命者萧素和个人主义者齐虹之间。革命者萧素是新的生活的象征，但江玫却不能够理解她对革命的执着。恋人齐虹内心深处有一处无法改变的冷酷角落让江玫不能认同，但又为他的爱所倾倒。齐虹可以说是江玫的影子，是另一个江玫，他有着她的文化背景、审美情趣、长期形成的与革命时代不尽一致的优雅与艺术情趣。所以，与齐虹分手也就象征着江玫与旧日的自我断绝。在急剧变化的现实社会面前，江玫既不能回到过去，又没办法一下子进入现实中自己的角色。江玫的这种精神遭遇，在某种层面上，也是知识分子在建国

---

① 《宗璞文集》第 4 卷，华艺出版社 1996 年版，第 306 页。

后的尴尬心态的显露。

1958 年 7 月 28 日，在《红豆》发表一周年时，为了肃清小说在大学生身上散播的流毒，克服它"对读者的坏影响"，北京大学中文系三年级海燕文学社文学评论组召开座谈会讨论《红豆》。① 汪宗之认为《红豆》的艺术性和风景描写很有诗意，特别是齐虹踏碎红豆发夹的那段描写是作者高明的象征手法——给爱情悲剧安下伏笔。著名评论家谢冕回忆自己年轻时参加讨论会被《红豆》深深地感动了，以至于在看过《红豆》之后，曾特地到主人公江玫和齐虹定情的地方——颐和园玉带桥去凭吊一番，追溯他俩当年是怎样在这里定情的。他认为："作者对于主人公江玫在爱情上的矛盾心理是写得真实的，是合情合理的，因为江玫当时还不是一个无产阶级战士，她一面憧憬革命，一面又留恋着个人主义极为严重、以致走上背叛祖国道路的情人；她热爱光明，但又不忍和黑暗彻底决裂（最后还是决裂了）。这是符合历史真实的。同时，她正处于狂热的初恋中，也难于有冷静的头脑，心中充满矛盾是可以理解的"②。但讨论会上很多人却认为"从作品中看不到革命力量在江玫身上的增长，以及她怎样战胜资产阶级感情而成为好的共产党员"。有的认为江玫"实际上是被歪曲了的共产党员的形象"；有人认为"作品宣扬了革命是残酷无情的，它破坏了个人的爱情和幸福；党性和个性是对立的、矛盾的"；有人认为作品不符合"生活的规律"，"作家必须高度自觉地以社会主义精神教育人民，我们也正是首先以这个政治标准来衡量作品的。离开了这个前提抽象地谈'真实'，必然要犯错误"③。因此，有人批评宗璞在小说中"把应该否定的给肯定了，把应该丑化的给美化了。作者不仅美化了江玫，而且百般装扮粉饰堕落为祖国叛徒的齐虹。对于他的卑劣念头和罪恶行为不但没有表现谴责批判之意，反而通过主人公江玫的无限深情和依恋，显示他的'可爱'"④，并因此由作品延伸到对作者的批评："作者用了资产阶级的观点来理解革命者，在革命的幌子下来贩卖资产阶级的货色，因此作品就在去年修正主义泥流向我们冲击的时候，充当了宣传资产阶级思想的角色。"⑤

---

① 《〈红豆〉的问题在哪里？——一个座谈会记录摘要》，《人民文学》1958 年第 9 期。
② 《〈红豆〉的问题在哪里？——一个座谈会记录摘要》，《人民文学》1958 年第 9 期。
③ 《〈红豆〉的问题在哪里？——一个座谈会记录摘要》，《人民文学》1958 年第 9 期。
④ 《〈红豆〉的问题在哪里？——一个座谈会记录摘要》，《人民文学》1958 年第 9 期。
⑤ 《〈红豆〉的问题在哪里？——一个座谈会记录摘要》，《人民文学》1958 年第 9 期。

在这些批评面前，宗璞也认为自己的小说"在读者中散布了坏影响，感觉负疚很深"①，并认为自己之所以会这样写，是因为"自己思想意识中有很多不健康的东西。在写这个小说时，自己也被这爱情故事所吸引了……尽管在理智上想去批判的，但在感情上还是欣赏那些东西——风花雪月，旧诗词……有时欣赏是下意识的，在作品中自然流露了出来，它使我得到大家的批评和帮助，认识到自己思想感情上的重大缺点，认识到思想改造的重要"。②

在接下来的写作中，宗璞也一直试图尝试着改变自己写作的风格，但是，又不能放弃以自己独有的比较温和的方式表达对社会现状的独特感受。60年代初，宗璞写的依然是自己比较熟悉的知识分子题材，《不沉的湖》、《后门》、《两场"大战"》、《知音》③等小说的写作风格依然难以融入主流文学话语之中。编辑部因为"写我们当前的社会缺点，要注意投鼠忌器"④，而把小说《后门》改成了《林回翠和她的母亲》。宗璞则坚持认为："只顾投鼠忌器，那鼠把器中的粮食都吃光了，岂不损失了更重要的东西。"⑤可以看出，编辑部和宗璞对如何表现社会中存在的问题在态度上是明显不同的，宗璞依然难以让自己从内心认同于时代流行的文学潮流。

宗璞还有一篇具有寓言性质的小说《两场"大战"》，写的是一场双方都只有七八岁的孩子的打仗游戏，一场是少先队员小棣的内心斗争。少先队员小棣带领冲锋队员进攻对方碉堡时，弄倒并砸碎了工地上的几块红砖，被洪老师要求承认"损坏国家财产"的错误，小棣虽知道错误，就是拉不下脸承认。他姐姐小梅让他主动承认错误，并与其他小孩一起合力重修碉堡。这篇看似儿童文学的小说并没有刊登在儿童读物上，很明显有着现实的针对性。

宗璞曾说过，她所有的文字中，"批评精神是很微弱的"，她"以此自惭"⑥，在保持批评精神与接受改造之间，宗璞既为自己的文字不能有效地发挥批评精神而感到惭愧，又怕自己改造不好而与时代脱节。通过不断努力尝试，宗璞找到了

---

① 《〈红豆〉的问题在哪里？——一个座谈会记录摘要》，《人民文学》1958年第9期。
② 《〈红豆〉的问题在哪里？——一个座谈会记录摘要》，《人民文学》1958年第9期。
③ 分别发表于《人民文学》1962年第7期；《新港》1963年第2期；《北京文艺》1962年第6期；《人民日报》1963年11月26日。
④ 《宗璞文集》第4卷，华艺出版社1996年版，第334页。
⑤ 《宗璞文集》第4卷，华艺出版社1996年版，第334页。
⑥ 《宗璞文集》第2卷，华艺出版社1996年版，第1页。

一种调和的方法，那就是在生活中秉承一种知识分子人格：诚实、正义、有责任感等等。总的来说，宗璞的创作更能结合知识分子与女性这两种边缘话语，在创作上体现某种程度上的"主体性"。

但最终，宗璞意识到自己"写作不能自由，怎样改造也是跟不上"，因此，她表示"决不愿写虚假、奉命的文字，乃下决心不再写作"[1]。

四、家国话语规训下的女性自我想象

十七年时期，有一批女作家，她们的出身经历都与五四时代的女作家不同。如草明、白朗、杨沫等人，她们有的经历抗日战争，有的来自延安根据地；茹志娟、刘真、涵子都是新四军或八路军战士，袁静、韦君宜、李纳等都在青年时代就积极参加学生运动，她们与男作家一样参加革命，这种革命者的身份与经历使得她们在公众场合从不刻意突出自己的女性身份。她们的小说中，引人注意的是那些来自乡村的单纯、明净、天真的小女兵形象，这些单纯、明净、天真的小女兵形象是十七年小说中新女性画卷中的亮点。她们的小说在政治化年代多将笔触伸向时代的间隙，传递女性对生活的感受，而重大的历史事件只不过是小说背景而已。她们小说着重的是生活的某一时刻人物心灵的一点感悟。在此意义上，时间在她们的笔下是静止的，正如有的评论家把这种写法概括为"有点像静物写生，细腻逼真，神采毕露，然而运动的感觉还嫌不够，表现事物的发展也还不很充分"[2]。

但是，对女作家来说，无论是把自己全部交给党的革命战士，还是相对抽离政治的知识分子，她们在内心认同的是革命者的身份，女性身份则是次要的。或者说，解放了的中国并没有赋予女性这个身份以特殊的意义，而是和男性没有很大的差别，甚至还压抑了这种性别差异，使得被政治赋予"半边天"地位的女性像男人一样，乐于做革命战士和知识分子，而忽略甚至忘却了自己的女性身份。因此，在她们的小说中，性别并没有作为一个创作元素的可能性。但是，作为女性，她们所经历的生活体验和观察到的时代的变化，又不可能完全与男性作家相同，在艺术手法、书写的风格、回应现实问题的方式等诸多方面，也与男性

---

① 《宗璞文集》第 4 卷，华艺出版社 1996 年版，第 336 页。
② 欧阳云彬：《试论茹志娟的艺术风格》，《上海文学》1959 年第 10 期。

作家有很大不同，她们的创作也因此时而得到位于中心位置的男性话语的认同，时而受到位于中心位置的男性话语的排斥。更为复杂的是，无论是认同还是排斥，背后的权力机制并不是纯粹的性别差异，而是和千变万化的政治环境及权力游动的方向有关。

菡子的《前方》①是十七年小说中比较特别的一篇，小说讲述的是"我"在知道参加革命的丈夫牺牲的消息之后的反应，表现了"我"的心理坚强和战友之间的关爱，可见，小说的叙述框架还是迎合意识形态的建构需要的。但是，在细节上，小说以女性特有的细腻与绵密描述"我"的心理与情感的点滴波动与起伏，弥漫着干净而明媚的氛围，使得小说在整体上摆脱了悲伤。女性的温柔支撑着"我"和丈夫爱前方战友胜于爱生命，即使得知丈夫已经牺牲，她也依然带着"可望还不可及的事，会变得遥远似的，但当重新获得的时候，会有更大的愉快。没有挫折，也就没有战斗的幸福"的信念醒来，为前方的战友赶制食品，个人的痛苦在这种泰然和坚忍之中得到升华。中国革命之所以能够取得胜利，在某种程度上，正是女性，每一个平凡而又伟大的女性，以她那罕见的坦然与坚忍接纳了战争给生活带来的巨大苦痛，也化解了生活中不能承受的沉重。

韦君宜的《月夜清歌》②讲述几个从北京下放到农村的文艺干部，在村子里发现了一个很有歌唱天赋的女孩子秀秀，就竭力动员并创造条件让她去北京音乐专科学校专修班学习。大家对秀秀去大城市学习歌唱的前景非常乐观："那时候哇，你看她从歌舞剧院走出，穿上一件紧腰小袖羊毛衫，一条素罗长裙子，背后再低低地打上一条单辫子，那可就不是今天的陈秀秀哇。"但由于秀秀的母亲、未婚夫都不同意，秀秀自己也从犹豫到最后坚决地不去了，故事的矛盾也因此而得以完满解决。一篇表面上看来赞扬农村青年扎根农村建设社会主义的小说，为什么会在后来被打为"毒草"并上报到北戴河中央工作会议上呢？或许，茅盾先生当年的见解是最深刻的：这篇小说的"优点就在于'横看成岭侧成峰'，很耐人寻味"③。

无疑，秀秀的歌唱是美的，即使没有伴奏，声音不是很高，但是却亮极了，声音没有一点杂质，简直可以说是透明的。她运转着这声音，好似一串水晶球在

① 菡子:《前方》,《人民文学》1961 年第 12 期。
② 韦君宜:《女人集》,四川人民出版社 1980 年版, 第 164 页。
③ 韦君宜:《思痛录》,十月文艺出版社 1998 年版, 第 92 页。

清澈的溪水里互相碰击着流了下来。可以想见，有这样的好声音，如果秀秀真的到城市去专门学习的话，以后一定会有很大成就的。但是，正如作者所想起的普希金小说《驿站长》中那个跟城里人跑掉的驿站长的女儿一样，秀秀是属于农村的。秀秀在果园里使用长杆给果树喷农药的姿势极其轻巧，那碍手碍脚的长杆在她手里就像一根软软的柳枝一样，简直没有什么分量，她仿佛随意地一会儿指到东一会儿指到西，管子里喷出的农药成为一片闪光的雾网密密匀匀地喷在绿叶上，连最高大的树顶上也全无遗漏，她干这活儿真是毫不费力。所以，当一年以后作者再度听到秀秀的歌声的时候，一个感觉忽然浮上脑际——这不是别的歌，是果树的歌、月夜的歌、田野的歌！我忽然设想，假如这是在大戏院舞台上加上伴奏的话，未必就会有这么好听了，我也为秀秀而高兴了。小说值得珍重的还是作者对个体生命的尊重，在十七年集体化氛围中，尽管秀秀的选择可能受到意识形态的规训，但是，作者对秀秀选择的尊重确实是难得的，这也是作者身为女作家的细腻心思所带来的。

阿尔都塞认为，"一切意识形态都是通过主体范畴的作用，把具体个人呼叫或建构成具体主体的"，因此，作为主体的个人是"意识形态询唤作为主体的个人（Ideology Interpellates Individuals as Subjects）"①，可见，主体是在意识形态询唤下建构起来的。拉康描写主体被建构的过程则更加形象："象征符号以一个如此周全的网络包围了人的一生……在他出生时，它们给他带来星座的秉赋，或者仙女的礼物，或者命运的概略；它们给出话来使他忠诚或叛逆；它们给出行动的法则让他遵循，以至他还未到达的将来，以至他的死后；依照象征符号他的终结在最后的审判中获得意义，在那儿语词宽宥或惩治他的存在，除非他达到了为死的存在的主观实现"，因此，拉康把主体称为"被切割的主体"（la coupure du sujet），必须经过召唤（interpolation）来形成主体的论述位置（discursive position），在这个召唤／建构的过程中，总会留下一些"令人伤痛"的"污点"。②

但意识形态在建构以茹志娟、刘真、宗璞为代表的女作家主体时却有着更为复杂的过程。虽然这些女作家的写作都需要与家、国、党、母亲等时代政治话语发生关联，无论是主动生成的，还是被动改造的。但这种写作与时代政治话语

---

① 陈越编：《哲学与政治——阿尔都塞读本》，孟登迎译，吉林人民出版社 2003 年版，第 198 页。

② 《拉康文集》，褚孝泉译，上海译文出版社 2001 年版，第 290 页。

之间的关联，无论是使她们汇入主流或者靠近中心（茹志娟），或者是寻找生存的空间（刘真、宗璞），她们却能够寻找一处能够自处和舒展自我的心灵空间，对茹志娟和刘真来说，就是童年或者美好的过去，对宗璞来说则是人格。透过三位有代表性的女作家不自觉的女性自我书写，为我们提供了认识十七年时期女性作家在家国话语规训下的女性自我想象的标本和样板，留下了模糊却不一样的痕迹，那就是冰心所说的："仿佛是只有女作家才能写得如此深入，如此动人"①！

---

① 冰心：《一定要站在前面——读茹志娟的〈静静的产院〉》，《人民日报》1960 年 12 月 14 日。

第二章 十七年小说的主体想象与知识生产

第一节 十七年小说中知识分子的主体想象

"知识分子存在的理由就是代表所有那些惯常被遗忘或弃之不顾的人们和议题……知识分子既不是调解者，也不是建立共识者，而是这样一个人：他或她全身投注于批评意识，不愿接受简单的处方、现成的陈腔滥调，或迎合讨好与人方便地肯定权势者或传统者的说法或做法。"①萨伊德所描绘的无疑是理想意义上的知识分子光辉形象，也是知识分子对自己的主体确认。阅读十七年小说我们会发现，知识分子在十七年这一时期一直存在着对自我主体身份的焦虑，以及基于这种焦虑而对自己身份的主体想象，这也是自中国被迫进入"现代"以来，中国知识分子所不得不面临的困境。

一、使用与改造：知识分子主体想象的关键词

知识分子无疑是革命的参与者之一，但在革命中与革命之后的社会里，知识分子究竟处于什么位置，却一直是游移不定的。鲁迅在左联成立大会的讲话就有着非常清醒的认识："谁是人民文学家，不要以为现在为劳动大众革命，将来革命成功，劳动大众一定特别优待，捧着牛油面包来献他。"②这篇文章在解放后一直被当作对知识分子的警戒。其实，建国后知识分子对自我主体的定位与自我想象，与党一直以来对知识分子的认识有关。早在1926年，《中国社会各阶级的

---

① ［美］爱德华·萨义德：《知识分子论》，单德兴译，生活·读书·新知三联书店2002年版，第17、103页。
② 《鲁迅全集》第4卷，人民文学出版社2005年版，第227页。

分析》就从阶级关系的角度给知识分子定性，提出不同的阶级有不同的阶级性、政治态度、本质，明确指出了"谁是我们的敌人？谁是我们的朋友？这个问题是革命的首要问题"①。后来又多次指出："许多所谓的知识分子，其实是比较最无知的，工农分子的知识有时倒比他们多一点"（《整顿学风党风文风》）；"拿未曾改造的知识分子和工人农民比较，就觉得知识分子不干净了，最干净的还是工人农民，尽管他们手是黑的，脚上有牛屎，还是比资产阶级和小资产阶级知识分子都干净"（《在延安文艺座谈会上的讲话》）；"我历来讲，知识分子是最无知的……现在，知识分子附在什么皮上呢？是附在公有制的皮上，附在无产阶级身上"②。基于这种认知与定位，于是"要使用他们，同时对他们进行改造"③就成了党对知识分子的基本方针，也自然就成了知识分子进行自我主体想象的关键词。

知识分子的自我改造不只是在十七年才有之，而自延安整风起就在知识分子的潜意识中开始，一直贯穿于整个十七年历史。丁玲曾说："在整顿三风中，我学习得不够好，但我已经开始有点恍然大悟，我把过去很多行不通的问题渐渐明白了，大有回头是岸的感觉。回溯着过去的所有烦闷，所有的努力，所有的顾忌和过错，就像唐三藏站在通天界的河边看自己的躯壳顺水流去的感觉，一种幡然而悟，憬然而惭的感觉。我知道，这最多也不过是一个正确认识的开端，我应该牢牢拿住这钥匙一步一步脚踏实地地走去。前边还有九九八十一难在等着呢"④。同样是知识分子的刘白羽则认为必须把他们"在清水里泡三次，在血水里浴三次，在碱水里煮三次"，才能使他们的灵魂"干净得不能再干净了"。⑤

1949年，共和国建国伊始，围绕知识分子形象塑造问题的争论出现了知识分子对自己在人民共和国中身份与地位的第一次想象。1949年8月23日，《文汇报》报道了陈白尘介绍的第一次文代会精神要点："文艺为工农兵，而且应以工农兵为主角，所谓也可以写小资产阶级是指在以工农兵为主角的作品中可以有小资产阶级、资产阶级的人物出现。"五天后，该报发表了洗群的文章《关于

---

① 《毛泽东选集》第一卷，人民出版社1991年版，第1—11页。
② 《毛泽东选集》第五卷，人民出版社1977年版，第452页。
③ 中共中央文献研究室编：《建国以来重要文献选编》第一册，中央文献出版社1992年版，第259页。
④ 丁玲：《文艺界对王实味应有的态度和反省》，《解放日报》1942年6月16日。
⑤ 刘白羽：《心灵的历程》，解放军文艺出版社2003年版，第408页。

"可不可以写小资产阶级"的问题》进行质疑，此后，报刊上出现了支持或反对洗群观点的二十几篇文章，引发了一场规模比较大的争论。10月，何其芳在《文艺报》发表《一个文艺创作问题的论争》，试图对这个问题给予全面回答。后来，经过文艺整风，洗群在1951年底写了《文艺整风粉碎了我的盲目自满——从反省我提出"可不可以写小资产阶级"的问题谈起》的检讨："我在感情上所热切关怀的是小资产阶级底文艺方向，小资产阶级在文艺上的地位"[1]。"电影局艺术委员会学习小组"还给检讨加了按语，说"洗群同志已经正确反省到：当时那样提出'问题'的错误，'实质'上，是阻挠了工农兵文艺方向的宣传"[2]。

在当时，小资产阶级尽管也包括了市民、城市自由职业者等不同社会阶层群体，但它主要的指称对象还是知识分子。对从旧社会刚刚跨入新社会的大批知识分子出身的作家来说，能否塑造知识分子形象关涉到知识分子在新社会的社会身份等敏感问题，这次论争反映了以小资产阶级为主的知识分子对自己在建国后文学中的地位及主体身份的第一次想象性自我定位，自然，所得到的结论是否定的，被划归为小资产阶级的知识分子不可能在共和国的文学中出现。

1950年，萧也牧的《我们夫妇之间》在《人民文学》第3期发表，这是当代文学中最早以知识分子为主角展开叙事的小说。小说反映的是知识分子——李克和贫农出身的妻子随革命大军到城市以后对城市生活的不同感受和态度。我进城以后，一切都感到特别亲切，而出身农村的妻子则对一切都"看不惯"："男不像男，女不像女！男人头上也抹油……女人更看不的！那么冷的天气也露着小腿。怕人不知道她有皮衣，就让毛儿朝外翻着穿！嘴唇血红红，头发象个草鸡窝！那样子，还美的不行！坐在电车里还掏出小镜子来照半天！"经过夫妻二人的一番"争斗"，小说矛盾的解除是夫妇之间的矛盾消除了。

小说中对知识分子李克对城市生活的熟悉与享受、对旧城市的迷恋的描写，在当时无疑是"革命意志衰退"的典型表现，是被资产阶级思想所腐化的知识分子思想，不能容忍。于是，萧也牧被批评为"小市民的低级趣味"，"依据小资产

---

① 洗群：《文艺整风粉碎了我的盲目自满——从反省我提出"可不可以写小资产阶级"的问题谈起》，《文汇报》1952年2月1日。

② 洗群：《文艺整风粉碎了我的盲目自满——从反省我提出"可不可以写小资产阶级"的问题谈起》，《文汇报》1952年2月1日。

阶级观点、趣味来观察生活，表现生活"①，"离开政治斗争，强调生活细节"的那种创作方法，其写作动机是为了迎合"小市民的低级趣味"②。批评者还说萧也牧的创作"已经被一部分人当作旗帜"，用来反对"太枯燥、没有感情、没有趣味、没有技术"的"解放区文艺"，而拥护"留在小市民，留在小资产阶级中的趣味"③。在批评"萧也牧创作倾向"的同时，被点名批评的作品还有朱定的小说和电影《关连长》、白刃的长篇小说《战斗到明天》、碧野的长篇小说《我们的力量是无敌的》、商延诞的诗《笑——颂》、刘盛亚的长篇小说《再生记》、王林的长篇小说《腹地》等。批评表明了在十七年文学语境中彻底否定了小资产阶级在文学作品中的合法性，彻底剔除了知识分子对自己的想象与定位，知识分子只能适应当代中国的现代化进程，而别无他选。

"想象"的内涵非常丰富，它指出的是主体建构自己的过程，即主体不能藉由自己内心而完成对自己主体的建构，而必须依靠对外在客体的认知，在这种认知的过程中，主体时刻会受到文化和历史以及政治等各种因素的"肢解"与"侵蚀"，进而影响到主体的自我建构。因此，主体的建构过程时刻会受到各种外在因素的影响。十七年知识分子的自我想象就不能为知识分子自己所掌控，陷入了外界的"侵蚀"与"分离"的过程。

二、料峭春寒：知识分子的早春天气

知识分子较大规模地对自我的角色定位与想象出现在 1956 年到 1957 年上半年。1956 年，由于社会主义三大改造的完成，意识形态的建设也随之取得了成功，社会主义建设的主要任务已经转变为生产建设。在这种背景下，就必须调动包括知识分子在内的广大劳动者为社会主义建设服务，因此，解决知识分子的身份问题就被提上了日程。

1956 年 4 月 28 日，中共中央政治局扩大会议提出"百花齐放、百家争鸣"口号，5 月 2 日的最高国务会议宣布"在艺术方面的百花齐放的方针，在学术方面的百家争鸣的方针，是必要的"，"在中华人民共和国宪法范围内，各种学术思

---

① 陈涌：《萧也牧创作的一些倾向》，《人民日报》1951 年 6 月 10 日。
② "读者李定中"：《反对玩弄人民的态度，反对新的低级趣味》，《文艺报》第四卷第五期。
③ 丁玲：《作为一种倾向来看——给萧也牧的一封信》，《文艺报》第四卷第八期。

想，正确的、错误的，让他们去说，不去干涉他们"，"只有反革命议论不让发表，这是人民民主专政"①。5月26日，中宣部部长陆定一在中南海做了《百花齐放、百家争鸣》的报告，指出这一方针"是提倡在文学艺术工作和科学研究工作中有独立思考的自由，有辩论的自由，有创作和批评的自由，有发表自己的意见、坚持自己的意见和保留自己的意见的自由"②。1957年4月27日，中共中央发出《关于整风运动的指示》。于是，知识分子自建国以来一直被压抑的热情与主人翁意识被轰轰烈烈的鼓动了起来，"百花文学"就是知识分子对自我角色定位与身份想象的集中而强烈表现。

"百花文学"首先出现的是直面现实矛盾的"干预生活"的作品，主要有《组织部新来的青年人》（王蒙）、《在桥梁工地上》、《本报内部消息》（刘宾雁）、《田野落霞》（刘绍棠）、《改选》（李国文）、《草木篇》（流沙河）、《爬在旗杆上的人》（柳溪）等；还有突破了长期以来被封锁的人性、人情的禁区，表现人物丰富复杂内心世界的作品《在悬崖上》（邓友梅）、《幸福》（李威伦）、《美丽》（丰村）、《小巷深处》（陆文夫）、《红豆》（宗璞）、《布谷鸟又叫了》（杨履方）等，这类作品主要以《组织部新来的青年人》（王蒙）与《红豆》（宗璞）为代表。

《组织部新来的青年人》中林震是师范刚毕业的年轻人，他满腔热情参加工作，却发现自己的领导、老干部刘世吾麻木、冷漠，与自己对革命者的想象相距甚远，于是内心出现了裂缝。关于小说的写作动机，王蒙曾说是"想到了两个目的：一是写几个有缺点的人物，揭露我们工作、生活中的一些消极现象；一是提出一个问题，像林震这样的积极反官僚主义却又常在'斗争'中碰到焦头烂额的青年人如何处去"③。小说《组织部新来的青年人》发表后"引起了强烈的反应，在某些机关和学校里，人们在饭桌上、在寝室里都纷纷交换着各种不同的意见"④。《文汇报》、《光明日报》、《人民日报》、《北京日报》等多家报纸都刊登了评论文章，《中国青年报》和《文艺学习》组织了讨论，《文艺学习》的讨论从1956年第12期开始到1957年第3期结束，共收到稿件一千三百多篇。可以看出，小说

① 夏杏珍：《"百花齐放、百家争鸣"方针的形成过程的历史回顾》，《文艺报》1996年5月3日。
② 陆定一：《百花齐放，百家争鸣》，《人民日报》1956年6月13日。
③ 《关于〈组织部新来的青年人〉》，《人民日报》1957年5月8日。
④ 《文艺学习》1956年第12期。

的影响主要在知识分子层面，这与知识分子隐秘的自我角色定位与想象是有着密不可分的关系的。

而通过 1957 年刚发表就被批评的宗璞的小说《红豆》，我们可以看到知识分子在历史大变动中精神挣扎的痕迹。1957 年 7 月，《红豆》由《人民文学》的"革新特大号"作为"新人的作品"推荐发表，编辑的意图是为了贯彻"百花齐放、百家争鸣"的文艺方针。小说发表以后，《人民日报》、《中国青年报》、《文艺月报》等进行了近一年的批评，认为作品宣扬了资产阶级的"人情味"和爱情观。作家想要表现的就是这种人生在"十字路口的搏斗"，之所以选择一个爱情故事来表现这一主题，是因为"在我们的人生道路上，不断地出现十字路口，需要无比慎重，无比勇敢，需要以斩断情丝的献身精神，一次次做出抉择。祖国、革命和爱情、家庭的取舍、新我和旧我的决裂，种种搏斗都是在自身的血肉之中进行，当然是十分痛苦的"①。

对"百花文学"中的知识分子来说，"他们在革命中获得一种政治信仰和一种生活理想，也接受了一种有关未来社会的美好图景的许诺。但在这之后，他们逐渐觉察到理想与现实之间的距离，并在新的思想形态和社会制度中看到裂痕和污垢。而个人和社会之间的矛盾，也并未如他们原先想象的那样消失。这使他们惶惑，也使他们痛苦。他们在这批作品中表达了这种复杂的体验"②。对这类小说，研究者主要是从时代氛围分析其深刻原因，却不太注意知识分子对自身角色的定位与身份想象这条虽不清晰、但十分重要的思想线索。这批作品的重要意义其实包含着知识分子的"觉醒"这一精神现象，这一"觉醒"虽然在小说描写中被划上了句号，却在文本之外读者的丰富想象中顽强地生存了下来，无意识中流露出知识分子为自己寻找角色定位与身份想象的潜在意图。

三、"个人主义"还是"革命战士"

因为中国知识分子一贯有诗意化的表达和思维方式，所以，他们对"双百方针"政策所可能达到的边界的理解上包含着知识分子式的一厢情愿，如费孝通预感到的："对一般老知识分子来说，现在好像还是早春天气。他们的生气正在

① 《宗璞文集》第四卷，华艺出版社 1996 年版，第 306 页。
② 洪子诚：《1956——百花时代》，山东教育出版社 1998 年版，第 93 页。

冒头，但还有一点腼腆，自信力不那么强，顾虑似乎不少。早春天气，未免乍寒还暖，这原是最难将息的时节"①。就在这"早春天气"中，《人民日报》刊登了陈其通、陈亚丁、马寒冰、鲁勒的文章《我们对目前文艺工作的几点意见》②，认为"双百方针"实施后出现的一些消极现象，并提出要"压住阵脚进行斗争"，李希凡把上述创作称为"一股创作上的逆流"③。这一切都预示着知识分子对自己的角色与身份一厢情愿的定位与想象的某种危险已经开始表露出苗头。

随着革命形势的发展，"知识分子"形象开始在社会公众的心目中从"负面"转向反面。一些文章中把知识分子称作"被美化了的'反现状'的个人主义者"和"反党的个人主义者"④。周扬的《文艺战线上的一场大辩论》则对知识分子做了歧视性的分析："许多革命知识分子身上的个人主义毒素，说它是头脑中的私有制，是再恰当不过的。"⑤ 于是，一批被"规范"了的知识分子形象相继出现在小说中，如林道静（《青春之歌》），四敏、剑平（《小城春秋》），成岗、刘思扬（《红岩》），杨晓冬（《野火春风斗古城》），周炳（《三家巷》），贾湘农、江涛（《红旗谱》）。他们通过对"个人主义"的压抑和放弃，"脱胎换骨"成为一个合格的革命战士，同时又总是处于被怀疑、谴责的地位。林道静因为出身封建地主家庭，即使她的母亲是底层被剥削者，但在"根正苗红"的革命者卢嘉川、江华面前总是感到自卑，虽然她在示威游行和监狱中表现得英勇无比，但仍然被看成不成熟，是个人主义的狂热表现，心灵和精神始终处在很压抑的状态。"事实上，这也是一个历史困境。置身于一个准主体——为主流意识形态所询唤的个体位置之上，意味着他/她必须通过主体的行动方式来证明自己，来获取主体的命名；而作为一个历史的客体，则意味着他/她必须以被动消极的方式来负荷、承受一切，反之则是一种不可饶恕的僭越"⑥。这表明了知识分子在此时的角色疑惑与身

---

① 费孝通：《知识分子的早春天气》，《人民日报》1957年3月24日。

② 陈其通、陈亚丁、马寒冰、鲁勒：《我们对目前文艺工作的几点意见》，《人民日报》1957年1月7日。

③ 李希凡：《从〈本报内部消息〉开始的一股创作上的逆流》，《中国青年报》1957年9月17日。

④ 姚文元：《社会主义现实主义是无产阶级革命时代的新文学》，《人民文学》1957年第9期。

⑤ 周扬：《文艺战线上的一场大辩论》，《人民日报》1958年2月28日。

⑥ 戴锦华：《〈青春之歌〉——历史视域中的重读》，唐小兵编：《再解读：大众文艺与意识形态》，北京大学出版社2007年版，第201页。

份焦虑，他们已经不能很好地在革命事业中找到自己的位置了。

知识分子的精神取向也主要表现为对工农情感世界的体认，这是知识分子成长的必经之路。《青春之歌》出版后，很多批评者批评杨沫在以下几点没有写好：一、没有很好地写工农群众，却突出地写了知识青年；二、没有很好地写知识分子的改造；三、充满了小资产阶级情调。杨沫在随后的修改中增加了一位关键人物——一位神秘的农村老太太，林道静接受教育，彻底改变阶级立场，终于得到工农的认可。在这个过程中，林道静经历了激烈的思想斗争和对自身阶级意识深刻的自省和忏悔，作者用林道静这个角色形象地说明阶级原罪成为一切小资产阶级知识分子的阶级宿命。"在关于阶级、阶级斗争的'敌／我'针锋相对、水火不相容的权威话语中，知识分子被放置在一个暧昧不明的'友'的位置上。这与其说是一种位置的确认，不如说是一次放逐与搁置，它成为主流意识形态的一个'询唤'的姿态与许诺，但这样一种许诺如果不是'等待戈多'般的永远延宕，至少是难以兑现并迟迟不临的。知识分子作为永恒的准主体，承受着漫长的'思想改造'过程与'脱骨换胎'的痛苦，永远在穿越着灵魂与现实的炼狱，朝着一次许诺中的主体命名迈进"①。

法国社会学家布尔迪厄曾说："知识分子总是有某种负罪情结，这种情结很容易地将知识分子变成现存其他阶级的'同路人'，结果就是知识分子总是强调捍卫首要的普遍目标，而把捍卫自己的利益贬斥为一种法团主义，忘记了捍卫普遍性首先就要捍卫普遍性的捍卫者"②。域外学者也注意到了十七年知识分子政策的深刻矛盾：一方面在向知识分子灌输新的意识形态时，它比以往儒家思想对传统文人施加的更全面深入细致；另一方面它又激励知识分子在专业上多生产一些东西。在比较严厉时期，它要知识分子服从思想改造运动；在比较松弛的时期，又给他们某些责任和优遇，希望在实现现代化中赢得他们的合作。③

正是在这种现代性的两难困境中，知识分子在十七年始终不能给自己以很

---

① 戴锦华：《〈青春之歌〉——历史视域中的重读》，唐小兵编：《再解读：大众文艺与意识形态》，北京大学出版社 2007 年版，第 194 页。

② [法]皮埃尔·布尔迪厄：《现代世界知识分子的角色》，赵晓力译，韩少功、蒋子丹编：《是明灯还是幻像》，云南人民出版社 2003 年版，第 181 页。

③ [美]麦克法夸尔、费正清：《剑桥中华人民共和国史（1949–1966）》，马晓光等译，中国社会科学出版社 1990 年版，第 228 页。

好的定位与想象。在主流意识形态两难的位置确认与"询唤"的姿态与许诺中，知识分子作为永恒的准主体，承受着思想改造过程与脱胎换骨的漫长痛苦，穿越灵魂与现实的炼狱，朝着许诺中的想象的主体命名之路迈进。

第二节　社会主义现实主义：真实与规训之间的张力性书写

　　浏览十七年时期的许多小说及其争论，我们会发现，很多作家虽然在具体的文学主张上有着诸多的分歧，但是把现实主义作为他们所信奉与坚持的创作原则却是相当一致的。他们普遍认为现实世界是能被正确地认识与表现的，只有运用现实主义的创作方法，文学才能通过形象化的概括的方法，"忠实地描绘人类怎样进行生产斗争和阶级斗争以及这两种斗争在人的内心世界所引起的各种反应"[①]。特别是在1953年，社会主义现实主义作为共和国时代的文学理论和写作规范在第二次全国文代会上被正式确立为"整个文学艺术创作和批评的最高准则"[②]之后，诸多的分歧实际上集中在了对社会主义现实主义的理解上，即他们真实再现现实世界与作家的社会立场、政治意图和作品的社会效果之间的冲突上。虽然他们都十分重视创作的政治和社会效果，从不以真实再现作为文学最终目的，但是，对这一冲突的态度怎样，采取怎样的叙述策略来解决这一冲突，才是他们之间分歧的症结所在。

　　德国社会学家卡尔·曼海姆认为："一定的观点和一定的一组概念由于与某种社会现实紧密相关并产生于这一现实，便能够通过与这一现实的密切联系提供更多的揭示它们含义的机会"[③]。那么，我们通过对十七年社会主义现实主义歧义性的理解及其对作家文学创作的潜在规训的分析，也就能回到对当时的社会现实更深的理解中去。

---

① 茅盾：《夜读偶记》，《文艺报》1958年第1期。
② 周扬：《为创造更多的优秀的文学艺术作品而奋斗》，《人民文学》，1953年第11期。
③ [德]卡尔·曼海姆：《意识形态与乌托邦》，黎明、李书崇译，商务印书馆2000年版，第82页。

一、作家的立场与世界观："社会主义现实主义"

社会主义现实主义的提出与形成是与苏联十月革命胜利及其文学的繁荣分不开的，以高尔基为代表的苏联作家在忠于现实的基础上，力求对现实世界做出历史的全面描写，涌现了一大批杰作。这些日益成熟的创作经验被苏联作家从不同方面加以总结，并在苏联文艺界开展了创作方法的讨论。1934 年，在第一次全苏作家代表大会通过的《苏联作家协会章程》中，正式提出了以社会主义现实主义创作方法作为苏联文学与苏联文学批评的基本方法，"要求艺术家从现实的革命发展中真实地、历史具体地描写现实，同时艺术描写的真实性和历史的具体性必须与用社会主义精神从思想上改造和教育劳动人民的任务结合起来。社会主义现实主义保证艺术创作有特殊的可能性去发挥创造的主动性，去选择各种各样的形式、风格和体裁"[1]。可以看出，社会主义现实主义作为一种文学理论体系，它是苏联作家创作实践的理论总结，而不是一种空想的理论，正如马尔科夫所说："社会主义现实主义不是一个理论的幻影，这是一个实在的美学构成物，而且不能不看到它产生和发展的规律性过程"[2]。

虽然在苏联有关社会主义现实主义的争论一直存在，但在 1959 年全苏第三次作代会上，苏共中央给作代会的贺词仍然重申社会主义现实主义的意义："生活无可辩驳地令人信服地表明，社会主义现实主义的创作原则是不可动摇的和富有成效的，它真实地、历史地、具体地揭示我们时代的主要内容——向共产主义迈进"[3]。修改后的作协章程也写道："社会主义现实主义过去和现在都是苏联久经考验的创作方法"[4]。

中国最早介绍社会主义现实主义文学理论的是周扬，1933 年，苏联对社会主义现实主义还没定论时，周扬就发表了《关于"社会主义的现实主义和革命的

---

[1] 叶水夫编：《苏联文学史》第二卷，中国社会科学出版社 1995 年版，第 113 页。
[2] 叶水夫编：《苏联文学史》第二卷，中国社会科学出版社 1995 年版，第 113 页。
[3] 叶水夫编：《苏联文学史》第二卷，中国社会科学出版社 1995 年版，第 117 页。
[4] 叶水夫编：《苏联文学史》第二卷，中国社会科学出版社 1995 年版，第 117 页。

浪漫主义"——"唯物辩证法的创作方法"》一文 ①，向左翼文坛介绍社会主义现实主义，而左联执委会的决议更是以组织的名义宣告了左翼阵营所推崇的现实主义与其他主义的断然决裂："'社会主义现实主义'要和到现在为止的那些观念论、机械论、主观论、浪漫主义、粉饰主义、假的客观主义，标语口号主义的方法及文学批评斗争，特别要和观念论及浪漫主义斗争" ②。在后来的阐释中，周扬进一步认为："社会主义现实主义首先要求作家在现实的革命的发展中真实地去表现现实。生活中总是有前进的、新生的东西和落后的、垂死的东西之间的矛盾和斗争，作家应当深刻地去揭露生活中的矛盾，清楚地看出现实发展的主导倾向，因而坚决地去拥护新的东西，而反对旧的东西。" ③

　　随着共和国成立，在作家思想与世界观的改造过程中，对社会主义现实主义的强调与贯彻便成了文艺体制建设的必然措施。1952 年 12 月 12 日，胡乔木在对北京文艺工作者和全国文协组织的第二批深入生活的作家所做的关于文艺问题的报告中，重点阐释了社会主义现实主义的内涵，认为文艺界应掀起"社会主义现实主义的文艺理论的运动" ④。1953 年，周扬发表《社会主义现实主义——中国文学前进的道路》一文说："社会主义现实主义，现在已成为全世界进步作家的旗帜。中国人民的文学正在这个旗帜之下前进" ⑤。1953 年 3 月，全国文协常委会第六次扩大会议通过《关于改组全国文协和加强领导文学创作的工作方案》，提出"计划在年内召开全国会员代表大会，结合对社会主义现实主义创作方法的学习，讨论当前文学创作方法等问题"。1953 年的 4 月下旬到 6 月下旬，全国文委组织在京作家、批评家和文艺工作的领导干部 40 余人学习社会主义现实主义理论，重点研讨了关于社会主义现实主义的理论基础以及同过去现实主义的关系；关于典型和创造人物的问题；关于社会主义现实主义的党性和人民性问题；

---

① 周扬：《关于"社会主义的现实主义和革命的浪漫主义"——"唯物辩证法的创作方法"》，《现代》第 4 卷第 1 期。
② 《中国无产阶级革命文学的新任务——一九三一年十一月中国左翼作家联盟执行委员会的决议》，北京大学中文系中国现代文学教研室等编：《文学运动史料选》第二册，上海教育出版社 1979 年版。
③ 周扬：《社会主义现实主义——中国文学前进的道路》，《人民日报》1953 年 1 月 11 日。
④ 《文艺报》社论：《克服文艺的落后现象，高度地反映伟大的现实》，《文艺报》1953 年第 1 期。
⑤ 周扬：《社会主义现实主义——中国文学前进的道路》，《红旗》1952 年第 12 期。

关于目前文学创作上的问题。经过这一系列的现实与理论阐释，社会主义现实主义最终在第二次全国文代会上被正式确立为"整个文学艺术创作和批评的最高准则"①。

"文学体制在一个完整社会系统中具有一些特殊的目标；它发展形成了一种审美的符号，起到反对其他文学实践的边界功能；它宣称某种无限的有效性（这就是一种体制，它决定了在特定时期什么才被视为文学）。这种规范的水平正是这里所限定的体制概念的核心，因为它既决定了生产者的行为模式，又规定了接收者行为模式"②。可以看出，在十七年时期，社会主义现实主义作为一种创作原则已经成了衡量作家立场与世界观的一个标尺。十七年作家虽然不一定严格按照社会主义现实主义的定义去写作，但社会主义现实主义的精神实质已经在不断的制度建构中被作家们所接受，成为他们写作的标准。

但作家对现实的理解和阐释上却有着许多不同，因为"从理论上说，完全真实地再现现实将会排除任何种类的社会目的和社会主张"，而"当作家转而去描绘当代现实生活时，这种行动本身就包含着一种人类的同情，一种社会改良主义和社会批评"，于是"在现实主义中，存在着一种描绘和规范、真实和训谕之间的张力。这种矛盾无法从逻辑上解决，但它却构成了我们正在谈论的这种文学的特征"③。赵树理在十七年的遭遇便是这样一个例子，作为实践《在延安文艺座谈会上的讲话》的代表作家，他始终坚持认为自己的创作是对现实的反映，但赵树理"没有意识到'工农兵'并不是一个客观的存在，而是一个需要用叙事创造出来的本质；他也没有意识到'生活'与'现实'本身是不确定的概念，任何'生活'与'现实'都是一种叙事，在'社会主义现实主义'理论中，生活真实与艺术真实是不同概念。因此，当生活的意义被改变之后，赵树理的生活反倒变成了不真实的生活"④。这不只是赵树理个人所面临的困境，更是十七年作家共同面临的困境，而这一困境在十七年时期无法突破。

---

① 周扬：《为创造更多的优秀的文学艺术作品而奋斗》，《人民文学》1953 年第 11 期。

② [德]彼得·比格尔：《文学体制与现代化》，周宪译，《国外社会科学》1998 年第 4 期。

③ [美]雷内·韦勒克：《批评的诸种概念》，丁泓、余徵译，四川文艺出版社 1988 年版，第 232 页。

④ 李扬：《抗争宿命之路——"社会主义现实主义"（1942-1976）研究》，时代文艺出版社 1993 年版，第 93 页。

二、"歧路"/"广阔的道路"：社会主义时代如何"现实主义"

美国学者汤森和沃玛克在《中国政治》中认为当代中国有一种"动员和巩固"[①]的模式，群众运动式的"动员"和"制度化"的巩固交替出现，使得十七年中国的文艺生活出现紧张和松弛交替震荡的状况。这种紧张和松弛交替震荡的状况给十七年小说突破社会主义现实主义的某些规范带来了某种可能，因为与政治领域的这种"动员和巩固"相对应，文学领域内一种文学规范的产生是由接受领域无数相互作用又相互矛盾的元素组成的，对它的阐述与定义，如果无法将复杂而多变的社会审美整合为整体的认识，它就无法完全控制文学、驾驭小说，任何时期的文学都有规范无法控制的部分，因而也永远存在多种阐释的可能。

在 1956 年的政策调整时期，对社会主义现实主义的反思成为焦点，全国多种报刊对此均发表了文章，并结集出版。[②]有些反思的文章比较深入，引起文学组织者的警惕，甚至提出了"保卫社会主义文学"[③]的警告。秦兆阳认为："现实主义文学的思想性和倾向性，是生存于它的真实性和艺术性的血肉之中的"，"所谓的'社会主义精神'到底是什么呢？它一定是不存在于生活的真实和艺术的真实之中，而只是作家脑子里的一种抽象的概念式的东西，是必须加到作品里去的某种抽象的概念。这就无异于说，客观真实并不是绝对地值得重视，更重要的是作家脑子里某种固定的抽象的'社会主义精神'和愿望，必要时必须让血肉生动的客观真实屈从这种抽象的固定的主观的东西；那结果，就很可能使文学作品脱离客观真实，甚至成为某种政治概念的传声筒。"[④]周勃认为："苏联作家协会章程把社会主义时代的现实主义称为社会主义的现实主义，这作为一个方向，是应该肯定的。但从这个定义本身看，由于它并没有完全具有对现实主义艺术创作的科

---

① [美]詹姆斯·汤森、布兰特利·沃马克：《中国政治》，顾速、董方译，江苏人民出版社 1995 年版，第 152–154 页。
② 《社会主义现实主义论文集》一、二，新文艺出版社。第一集出版于 1958 年 6 月，收入 1956 年 12 月到 1957 年 12 月的文章，秦兆阳和周勃的文章附录在书的最后；第二集收入发表于 1958 年的文章。
③ 张光年：《社会主义现实主义存在着、发展着》，《文艺报》1956 年第 24 期。
④ 何直（秦兆阳）：《现实主义——广阔的道路》，《人民文学》1956 年 9 期。

学性、确切性概括，因而从现实主义艺术创作历史的实践来看，或从今天的创作实际来看，都是很难为实践的检验所承认的"①。刘绍棠认为社会主义现实主义的创作方法"不是首先要求作家以当前的生活真实为依据，不是忠实最现实的生活真实，而去从'现实底革命发展'去反映和描写生活，同时这种描写又要结合着'任务'。这就使得作家在对待真实的问题上发生了混乱，既然当前的生活真实不算做是真实，而必须去发展地描写，结合着任务去描写，于是作家只好去粉饰生活和漠视生活的本面目了"②。

　　1957年，《文艺报》发表于晴（唐因）的《文艺批评的歧路》、蔡田的《现实主义，还是公式主义》、唐挚（唐达成）的《繁琐公式可以指导创作吗？——与周扬同志商榷几个关于创造英雄人物的论点》③三篇文章，试图对社会主义现实主义进行反思。与这些反思性的文章相对，则是一大批作家学者发表文章维护社会主义现实主义的正统性。

　　站在今天的立场来看，这些反思和批评的文章之间并没有本质的对立。秦兆阳和周勃并不是真正地否定社会主义现实主义，并不真正地反对文学的党性、现实主义与浪漫主义相结合、文学的社会主义功利目的、作家的世界观改造、典型化等，秦兆阳在文章中说的再明确不过，就是在"坚持文学事业是人民的革命事业的一部分，应当为政治服务和为劳动人民服务"，并坚定地反对"所谓纯艺术的文学"、"所谓无倾向的文学"，因此提出"我们也许可以称当前的现实主义为社会主义时代的现实主义"。④也就是说，他们所反对的只是对社会主义教条化粗暴化简单化的理解与操作。丛维熙在《走向混沌》中谈到刘绍棠的一个例子，也可以从一个侧面印证这一点：几杯热酒下肚之后，刘绍棠说："别的还有什么？我们都是共产党培养出来的青年作家，还能对党怀有二心？该说就说，该写就写。比如，对毛主席《在延安文艺座谈会上的讲话》就

---

① 周勃：《论现实主义及其在社会主义时代的发展》，《长江文艺》1958年第12期。
② 刘绍棠：《现实主义在社会主义时代的发展》，《北京文艺》1957年第4期。
③ 于晴（唐因）：《文艺批评的歧路》，《文艺报》1957年第4期；蔡田：《现实主义，还是公式主义》，《文艺报》1957年第8-9期；唐挚（唐达成）：《繁琐公式可以指导创作吗？——与周扬同志商榷几个关于创造英雄人物的论点》，《文艺报》1957年第10期。
④ 何直：《现实主义——广阔的道路——对于现实主义的再认识》，《人民文学》1956年第9期。

应该提出修正意见。"①

三、真实与规训之间的张力性书写

在福柯的理解中，任何貌似独立的话语都与权力有关，一种文学形式的出现与权力和意识形态的建构有关。"对陈述的分析是一种历史分析，是一种避免一切释义的分析：它不去问那些被人说过的话里深藏着什么意义，什么是那些话里非自觉的'真正'意义，或者什么是含而未露的因素……与此相反，它要知道的是这些话语的存在形式……它们——只是它们而不是别的话语——在某时某地的出现究竟意味着什么"②。那么，对社会主义现实主义在十七年的话语书写，我们要追问的是它出现的背后机制是什么，它们与某一阶段的权力—意识形态的建构之间有着怎样的互文性关系，在社会主义现实主义的规训之下，小说作为一个各种力量互相纠结的场域，呈现了怎样的张力性书写。法国理论家阿尔都塞的"症候阅读"③理论也认为，"没有说出"的内容往往比"说出"的内容更重要，因为正是那些"没有说出"的内容才能凸显"说出"的内容的意识形态特性之所在。因此，考察那些"没有说出"的话语的意识形态特性就显得特别重要。

针对农村题材创作上的浮夸思想和人物形象单一化问题，邵荃麟在"大连会议"上提出解决的方法是"现实主义深化，在这个基础上产生强大的革命浪漫主义，从这里去寻求两结合的道路"④。他以赵树理的短篇小说创作为例，认为"在短篇小说里写出人的性格历史的过程，需要更强的概括力……将一个复杂的东西，通过艺术的概括，以小见大，像树干的横断面，可以看出年轮及树木的性格。复杂与单纯的关系，通过单纯看出复杂，从一粒沙看整个世界"。要达到"现实主义的深化"⑤，邵荃麟提出了后来被批判为"黑八论"之一的"中间人物"论："强调写先进人物、英雄人物是应该的。英雄人物是反映我们时代的精神的。

---

① 丛维熙：《走向混沌》，作家出版社 1989 年版，第 12 页。
② ［法］米歇尔·福柯：《知识考古学》，谢强、马月译，生活·读书·新知三联书店 2003 年版，第 109 页。
③ ［法］路易·阿尔都塞、艾蒂安·巴里巴尔：《读〈资本论〉》，李其庆、冯有光译，中央编译出版社 2001 年版。
④ 《邵荃麟评论选集》，人民文学出版社 1981 年版，第 400 页。
⑤ 《邵荃麟评论选集》，人民文学出版社 1981 年版，第 401 页。。

但整个说来，反应中间状态的人物比较少。两头小，中间大；好的、坏的人都比较少，广大的各阶层是中间的，描写他们是很重要的。矛盾点往往集中在这些人身上。我觉得梁三老汉比梁生宝写得好……有些简单化的理解认为，似乎不是先进人物就不典型。一个阶级只有一个典型，这是完全错误的看法。从这个理论出发，就容易把人物孤立起来"[1]。所谓的中间人物，是"不好不坏、亦好亦坏、中不溜的芸芸众生"[2]。

十七年小说在这一阶段为什么会提出重点描写"中间人物"呢？或许我们可以从另一层面上打开重新解读的空间与场域。这一文艺政策的调整是在党的农村政策调整的大环境下进行的，在当时国家经济出现困难的情形下，政治就不得不暂时地借助话语的作用，把建立"民族国家"以更快地实现国家的工业化与现代化的主要依靠力量，暂时由主要英雄人物转向普通大众，把民众调动起来参与国民经济的调整与恢复中去，以便能尽早地从历史与现实的窘境之中抽身出来，普通的民众也就在这一短暂的时期成了"'渡荒'岁月中的历史拯救力之所在"，执政党在普通人身上寄托着"不仅将与党同心同德、生死与共，而且将在创造历史的同时拯救现实"[3]的强烈政治层面与现实层面的欲望与话语诉求。

在卢卡奇的现实主义理论中，中间人物的作用并不局限于小说形式，更重要的是，它代表了一种可以称之为"中间道路"的历史观。于是，在这一时期被批评的小说文本中，我们就看到了"小腿疼"、"吃不饱"、"老坚决"、赖大嫂、丁黑凤、王如海、曹英、朱彦、李菊英等一系列普普通通的人物形象。但是，这些小说文本所表现的普通人物其实不"普通"，他们在各自的工作中勇敢地担当着自己所应有的担当，成为执政党在平凡岗位上的理念化身。

例如，比较典型的是《出山》中的开头，通过社员会的情节给王如海的出场营造声势："大家的情绪高得像一盆火，就差一个领头的。为选队长，社员足足开了一整天的会，给每个被提名的人都细细排了生辰八字。过筛过拣，筛筛拣拣，却没有一个人尽如大家的意。后来，有个社员猛然想起一个人。一提名，满

---

① 《邵荃麟评论选集》，人民文学出版社 1981 年版，第 401 页。
② 沐阳：《从邵顺宝、梁三老汉所想到的……》，《文艺报》1962 年第 9 期。
③ 戴锦华：《〈红旗谱〉：一座意识形态的浮桥》，唐小兵编：《再解读——大众文艺与意识形态》，北京大学出版社 2007 年版，第 208 页。

屋子的人都吼了起来：'好，就是他！'"①为王如海的出场做足了铺垫，接下来王如海所做的一切就有了可信性。所谓普通的王如海在他的那个环境里就不是"普通"的了："难道在我们目前的社会主义农村中，像这样的把新道德与某些传统美德融合为一，并以之作为'提高劳动生产率'的最大动力的'虎虎有生气'的典型人物，不是如毛主席说的'何止成千上万'吗"②？

即使是在以小说的清新风格出名的茹志娟的小说中，我们也依然能够看到这种痕迹的存在。《静静的产院》③中，谭婶婶接生之后笑着坐到椅子上，这时候她看到了头顶的电灯，习惯于点煤油灯的她觉得电灯真亮啊！她觉得这个静静垂挂着的东西不仅仅是个照明的电灯，在它的耀眼的光芒里还蕴藏了一种看不见的力量，这力量可以用来电疗、抽水、打针、救活早产儿。电，在小说里不仅仅是一种照明的能量，更重要的，它是一种力量的象征，现代化的力量的象征。而这种以电气化机械化为象征的现代化，是普通人对现代化的形象化理解，正像当时民间歌谣所说的，"楼上楼下，电灯电话"，既是执政党对自身建设目标的明确确认，更是大众对现代化生活的形象化设想。

透过讨论我们可以看出，正是权力话语的生产与潜在规训，才在作家的潜意识中形成了规训机制，而"借助这种机制，权力关系造就了一种知识体系，知识则扩大和强化了这种权力的效应"④。虽然这些普通的人物形象可以看作借助日常生活伦理与传统道德观念，对 1960 年代初期的社会现实的抵抗性书写，但是，当我们把关注的目光投向这些人物形象周边诸多游离物的时候，又未尝不可理解为在这些并不"普通"的普通人物身上，暗含着执政党在平凡岗位上的理念化身。正是这些在平凡的岗位上的执政党代表的作用，才能带领着众多的平凡人走出艰难的社会现状，共同渡过多难多艰的艰难时刻，并最终走向新的复兴。

竹内实在研究中国当代文艺思潮时，发现许多文艺命题争来争去，或是组织人争来争去，"就是为了维护一种更大的文艺命题的'权威性'。其实，人民不

---

① 方之：《出山》，《上海文学》1962 年第 8 期。

② 佛雏：《试从道德角度为〈出山〉一辩》，《雨花》1963 年 8 月。

③ 茹志娟：《静静的产院》，《人民文学》1960 年第 6 期。

④ [法]米歇尔·福柯：《规训与惩罚》，刘北成、杨远婴译，生活·读书·新知三联书店 2003 年版，第 32 页。

就是通过这样反复的校正，才日益看清楚了'历史'么？……正是借助于'为什么会这样'的质疑和回答，人们才能不断接近'其意味着什么'的答案，从而深入到现象的本质中去"①。对社会主义现实主义在十七年遭遇的探讨与分析，正是让我们借助于"为什么会这样"的质疑和回答，不断地逼近"其意味着什么"的问题内部，进而深入本质中去。至于冲突与争论中双方所共同面临的困境，则正好印证了黑格尔关于悲剧性的著名论断："这种冲突中对立的双方各有他那一方面的辩护理由，而同时每一方拿来作为自己所坚持的那种目的和性格的真正内容的却只能是把同样有辩护理由的对方否定掉或破坏掉。因此，双方都在维护伦理理想之中而且就通过实现这种伦理理想而陷入罪过中"②。

第三节　政治主体想象与文学的互文性书写

十七年小说与政治之间的关系过于紧密，这是不争的事实，这既是十七年小说的生成背景，也是十七年小说最受人诟病之处。1980 年代以来文学研究中的"去政治化"倾向所要剥除的也正是文学身上的政治因素，但是，我们在这一倾向中看到的却是以文学与政治的远近来判断文学的价值，小说有无政治性成了文学合法性的自我论证工具。在这种自我循环的论证中，历史材料被研究者用自己所抱持的某种理论强行"征用"和"劫持"，以证明自己的"后见之明"。这时的理论，在某种意义上就变成了杜拉斯深恶痛绝并自觉远离的"祸害"："我身上绝没有那种专横武断的思想，我是说，那种作为最后确定的思想。这种祸害我是一向远远避开的"③。其实，"去政治化"话语背后隐藏的恰恰是研究者更深的政治性诉求。因此，"去政治化"的宣称虽然充满道德正义的光芒，却总让人怀疑其目的所在，正如卡夫卡《城堡》中的一个人物对 K 说，他的一切行动只能从一个十分不同的、远非有利的角度进行解释，K 回答道："倒不是你的话有什么错，

---

① 《竹内实文集》第二卷，程麻译，中国文联出版社 2002 年版，第 187 页。
② ［德］黑格尔：《美学》第三卷·下，朱光潜译，商务印书馆 1981 年版，第 286 页。
③ ［法］玛格丽特·杜拉斯：《物质生活》，王道乾译，上海译文出版社 2007 年版，第 1 页。

只是这些话不怀好意"①。

考察十七年小说与政治之间的纠缠以及小说在政治话语覆盖下的言说困境，首要的任务不是匆忙地剥除文学与政治的关系，恰恰相反，仍必须将文学特别是十七年小说置放在与政治的互文中，才能更深刻地认识这一言说困境。正如阿伦特所说的："理解并不意味着不能从已有的结论中大胆的推论出前所未有的结论……理解意味着不先入为主地、认真地面对并抗衡现实——不管它可能是什么，或曾经是什么"②。因为在文学性背后总是深藏着政治性，而且政治性本身也从根本上构成了文学性，只有超越了这种二元对立的现代性思维迷思，才能对政治与文学的关系有更进一步的认识。

一、政治话语的覆盖性建构与抚慰性言说

德勒兹和迦塔利在《什么是哲学？》中评价卡夫卡的小说时，认为对卡夫卡来说："写作或写作的优先地位仅仅意味着一件事：它决不是文学本身的事情，而是表述行为与欲望连成了一个它超越法律、国家和社会制度的的整体。然而，表述行为本身又是历史的、政治的和社会的"③。十七年小说中不可否认有许多政治化的表述行为，有许多小说在某种意义上成为政治的"传声筒"，甚至成为现实政策的论证工具，即德勒兹意义上的无法"超越法律、国家和社会制度的整体"④。但从另一个视角来看，政治性意识形态话语的覆盖性反而刺激了十七年文学观察与想象世界特殊的叙事方式。拒绝承认这种政治意识形态话语所赋予的对十七年小说的刺激，会让我们丧失更好地理解十七年小说的可能性。

柄谷行人在研究日本现代文学的起源时发现，"风景是和孤独的内心状态紧密联结在一起的。这个人物对无所谓的他人感到了'无我无他'的一体感，但也可以说他对眼前的他者表示的是冷淡。换言之，只有在对周围外部的东西没有关

---

① ［奥］弗兰兹·卡夫卡：《城堡》，赵蓉恒译，安徽文艺出版社1997年版，第209页。
② ［美］汉娜·阿伦特：《极权主义的起源》，林骧华译，生活·读书·新知三联书店2008年版，第8页。
③ ［法］吉尔·德勒兹、菲力克斯·迦塔利：《什么是哲学？》，张祖建译，湖南文艺出版社2007年版，第93页。
④ ［法］吉尔·德勒兹、菲力克斯·迦塔利：《什么是哲学？》，张祖建译，湖南文艺出版社2007年版，第93页。

心的'内在的人'那里，风景才能得以发现。风景乃是被无视'外部'的人发现的"①。"风景"的发现在某种意义上是主体觉醒的产物，任何一种客观都是主体的产物，也可以说是自我改造的产物，而这种主体的产生是现代性带来的结果。作为独特的现代性实践过程，中国社会主义运动的现代性意义已经得到了理论界的普遍认可②，十七年历史得到了重新评价。通过这种"另类"现代性的理论阐释，十七年的政治经济成就得到了更为客观和深入的评价。

这一现代化理论的言说，主要是对"中国"这一历史主体的认知方式发生了转变，即改变把中国当作现代民族国家意义上的迟到者的历史定位，而将中国定位为一个全球资本体系中的落后国家，从这一现代性来理解，十七年政治对文学的每一次的意识形态性覆盖，都与执政党在当代中国尽快建设现代国家的政治性诉求有关。"现代"已经成为十七年"革命"最为主要的政治、经济、文化等目的诉求，也就是说，中国革命本身就是最"现代"的。现代性最重要的思维方式就是二元对立思维，二元对立思维要求主体必须通过找出与自己相对立的"他者"才能确立自身，才能确立自身的主体性与本质，这就是著名的《中国社会各阶级的分析》中"谁是我们的朋友？谁是我们的敌人？这个问题是革命的首要问题"③的现代性发问的本质所在，目的就在于找出"我们"的本质，而要找出这一本质，就必须设定"我们"的对立面——"我们的敌人"。可以说，十七年每一次政治对文学的覆盖都是为了找出政治这个最大的"现代性"自身的"他者"，以使自己更好地继续"革命"，只是在这一过程的表现形式上，存在着一定意义上的"反现代性的现代性"④。

在中国革命日益追求现代性的过程中，政治时时地越出自己的边界对文学

---

① [日]柄谷行人：《日本现代文学的起源》，赵京华译，生活·读书·新知三联书店 2006 年版，第 12 页。

② 参阅 [美]莫里斯·梅斯纳：《毛泽东的中国及其发展：中华人民共和国史》，杜蒲等译，社会科学文献出版社 1992 年版；[美]阿里夫·德里克：《世界资本主义视野下的两个文化革命》，林立伟译，《二十一世纪》总第 37 期，1996 年；[美]阿里夫·德里克：《革命之后的史学：中国近代史研究中的当代危机》，吴静妍译，《中国社会科学季刊》春季卷，邓正来主编，1995 年；[美]马克·塞尔登：《革命中的中国：延安道路》，魏晓明、冯崇义译，社会科学文献出版社 2002 年版。

③ 《毛泽东选集》第一卷，人民出版社 1991 年版，第 1 页。

④ 汪晖：《死火重温》，人民文学出版社 2000 年版，第 10 页。

予以干预，文学的一切争论最终都要以政治的论断为终结，最终政治对文学的影响是覆盖性的，也就不难以理解了。因为一个侵入政治主体范围的他性由于混淆了主体与他性的界限，从而导致了危及主体自我确证的危险性，所以，政治就每每会对文学的这种冒犯举动给以政治卫生学式的手术摘除。

在社会主义国家，"文学事业应当成为整个无产阶级事业的一部分，成为一部统一的、伟大的、由整个工人阶级的整个觉悟的先锋队所开动的社会民主主义机器的'齿丁和螺丝钉'"①。列宁对文学在革命后现代性征程中的地位界定，成为文学与政治扭结的基点。1954 年 12 月 8 日中国文联、作协主席会议通过的《关于〈文艺报〉的决议》，强调了刊物的宗旨：《文艺报》应该成为真正宣传马克思主义文艺思想、开展健康的有原则性的文艺批评的刊物；对资产阶级的各种错误的文艺思想进行斗争，坚决克服投降主义的倾向；积极扶持马克思主义的新生力量，坚决克服轻视和压制新生力量的倾向；有领导地有计划地开展文艺思想的自由讨论。同时，其他文艺刊物也应该以同样精神来开展文艺批评和自由讨论，保证文学艺术事业能够在马克思主义思想指导下健康地发展，真正担负起为国家社会主义建设事业服务的光荣任务。②不只是对文学的指导思想有了明确的规定，组织上的建构更是重要的。随着第一次文代会的召开及各级文联与作协的成立，作家艺术家被大规模地纳入体制之内，党对文学的领导自是题中之义。

回顾政治运动对文艺的覆盖性言说是艰难的，但是，我们要避免的恰恰是因这种痛苦而生发出来的道德性追索。对十七年小说，我们总是不由自主地从道德角度去拷问，思维习惯促使我们总是"把一个复杂的问题简化为因果关系简单豁然的问题，然后由此问题产生出责难与辩解的言语"③。福柯就明确表示反对这种将历史道德化的努力："不应该把一切都归于个人的责任，正如存在主义一二十年前所做的那样——你知道，他们认为每一个人都应该为某一件事情负责，世界上没有一件不公正的行为我们不是同谋"④。

"如果说，在 20 世纪，这个世界实际存在着所谓的'多样的现代性'，那么，所谓'当代'，所谓'革命中国'，又正是这一'多样的现代性'的冲突场

---

① 《列宁选集》第一卷，人民出版社 1972 年版，第 647 页。

② 《文艺报》1954 年第 23、24 期合刊。

③ 《赛伊德自选集》，谢少波等译，中国社会科学出版社 1999 年版，第 246 页。

④ 《权利的眼睛——福柯访谈录》，严锋译，上海人民出版社 1997 年版，第 178 页。

域，并且努力做出自己的回应，包括它的回应形式"①。这种在中国发现多样现代性的努力，其实是近年来兴起的文化多元主义思潮与学者们"在中国发现历史"，把中国的"现代性"向上拉长四五百年，追溯到宋代，从而发现了"多种现代性"、"非西方的现代性"的思潮的延续。②在共和国这一多样现代性的冲突场域中，对政治的高度强化，以及对一切阻挡前进脚步的惩罚，也就是可理解的了。

在新的生产关系刚刚建立，甚至还比较脆弱的情况下，要求承担生产关系再生产任务的意识形态强化其控制与规训职能具有一定的历史合理性。阿尔都塞曾经说过："任何一个阶级如果不在掌握政权的同时把意识形态国家机器置于自己的控制之下并在其中行使自己的霸权的话，那么它的统治就不会持久"③。意识形态强烈地渴求文学参与政治话语正确性与合法性的建设中去，并且随时提防着异己因素的出现与壮大。但也正是在这一革命现代性的冲突场域中，在主流意识形态话语的强势下，各种探索性的话语被遮蔽了。十七年小说作为各种现代性言说话语表征的冲突性文本，就集中体现了政治话语寻求自己合法性与普遍性的努力与渴求，同时也遭遇到了无能为力的尴尬与无言。

马克思说："思辨中止的地方，即在现实生活面前，正是描述人们的实践活动和实际发展过程的真正实证的科学开始的地方"，因为"这些抽象本身离开了现实的历史就没有任何价值"④。因此，在现代性中讨论十七年的"反现代性"，我们已经不能用成功与失败去界定政治对文学的影响。从现代性的角度来看，这种反抗是成功的，中国通过这种反现代性的现代性以更快的速度进入"现代"，也就是说，"历史"前进了，中国进入韦伯所定义的现代国家。只是这种反抗本身是建立在"理性的狡计"的基础上的。正如马克思在评论英国对印度的殖民统治时所说的：虽然英国在印度造成社会革命的动机是卑鄙的，谋取利益的方式是愚蠢的，但"问题在于，如果亚洲的社会状况没有一个根本的革命，人类能不能完

---

① 蔡翔：《当代文学六十年》，《当代作家评论》2008 年第 6 期。
② 见 [日] 沟口雄三：《中国前近代思想的演变》，索介然、龚颖译，中华书局 1997 年版；[美] 柯文：《在中国发现历史——中国中心观在美国的兴起》，林同奇译，中华书局 1989 年版；[美] 何伟亚：《怀柔远人——玛嘎尔尼使华的中英礼仪冲突》，邓常春译，社会科学文献出版社 2002 年版。
③ 陈越编：《哲学与政治——阿尔都塞读本》，孟登迎译，吉林人民出版社 2003 年版，第320 页。
④ 《马克思恩格斯选集》第一卷，人民出版社 1995 年版，第 31 页。

成自己的使命。如果不能，那么，英国不管是干下了多大的罪行，它在造成这个
革命的时候毕竟是充当了历史的不自觉的工具。这么说来，无论古老世界的崩溃
的情景对我们个人的感情是怎样难受，但是从历史观点来看，我们有权同歌德一
起高唱：'既然痛苦是欢乐的源泉，那又何必痛苦而伤心？难道不是有无数的生
灵，曾遭到帖木儿的蹂躏？'"①

二、文学话语的互文性书写与主体性确证

"无一社会制度允许充分的艺术自由。每个社会制度都要求作家严守一定的
界限"②。这实际上指出了政治和艺术之间难以抹平的差异性，政治总是要求一种
符合权力主体的统一性，而文学因为其不确定性而具有某种反抗性的特征。文学
与政治本来是非常复杂的关系，文学以感性的力量介入并反抗现实，文学既是政
治用来强化自身的手段，同时因为它又以感性的力量介入并反抗现实对它的政治
性覆盖，反而在某种程度上成为促使政治调整自身的工具。

政治行为的结果"往往——甚至经常——完全不合初衷，甚或时常同他截
然相悖"③。这是因为所有寻求强化其政治效果的政治运动，都不得不遵循明显是
自相矛盾的路线。政治行为的这种动机与效果之间的矛盾导致政治运动对文学创
作的影响并非立竿见影，在创作与政治之间存在时间落差，而这种落差在一定意
义上成就了小说创作的个性空间。具有强烈政治色彩的生活促成这一时期的小
说，政治与时代激发了作者的想象，他们以小说对现实进行特殊的回答，而未来
对这些小说的文学史评价，也将在特定政治环境影响下展开。

刘绍棠的小说《大青骡子》④是写农业合作社的，故事中的桑贵老汉为了爱
护合作社里的大青骡子，下雨的时候宁愿淋着自己也不舍得淋着大青骡子，把自
己的衣服披在骡子身上。合作社的关主任看见他光着膀子，棉袄披在骡背上，劝

---

① 《马克思恩格斯选集》第一卷，人民出版社 1995 年版，第 765 页。

② ［德］菲舍尔·科勒克：《文学社会学》，于沛译，见张英进、于沛编：《现当代西方文艺
社会学探索》，海峡文艺出版社 1987 年版，第 38 页。

③ ［德］马克斯·韦伯：《学术与政治》，冯克利译，生活·读书·新知三联书店 1999 年版，
第 102 页。

④ 刘绍棠：《大青骡子》，《天津日报》1952 年第 10 期。

他："咳！您真是死心眼，牲口淋淋怕什么？您这把年纪，万一受着秋寒呢？"桑贵老头哆嗦着发紫的嘴唇，笑着说："这场秋雨下完了，就该塌地啦！咱病几天没关系，傻青要是有个毛病，咱社里得多遭难？"为了不让大青骡子在雨中受淋受寒生病，所以当亲家顶着雨来借骡子拉在地里淋着的豆子的时候，他的回答是："秋雨天，让牲口去挨淋——主任批准了吗？"硬是不借，即使是女儿珠子气得脸发青也不行，被桑奶奶骂作"六亲不认"。

很明显，小说的主题表现的是参加合作社的农民以合作社的集体利益为重，这也是主流意识形态在当时所弘扬的核心价值观，小说与意识形态的建构是合拍的。共和国初期，人际关系面临复杂多变的环境，为了建立一个理想社会，就必须倡导一种新的文明、道德、风尚，而其核心就是建立符合社会主义新风尚与新道德的价值观。农业社社员桑贵老头与依然是单干户的亲家婆的关系是很复杂的，农村的亲家之间是必须互敬互助的，因为它关联到双方儿女的和睦。但桑贵老头为了保护农业社的大青骡子，不惜得罪亲家婆以及老伴、女儿，就是不把骡子借给亲家婆使用，可以看出新的社会体制改变了固有的人际关系，使农民的集体观念空前提高。

但结构起故事叙事核心的却明显是参加合作社的农民的日常生活与人情。小说中珠子的身上明显有着传统妇女的角色与观念，婆婆自己来接骡子拉豆子，却要说是"您闺女打发我来"的，而当父亲不借牲口的时候，婆婆又直对着她唠叨，她只好"用麻袋围着身子，戴着一顶霞赫老鸹的破斗笠"到娘家来借牲口。可是父亲的话更让她伤心："你嫁出去十几年，真是一盆泼出去的水，你爹妈都是六十开外的老干柴了，不是照旧下地受累，你是帮过割把豆子，还是帮过砍棵高粱？"面对父亲的埋怨，珠子只能眼圈红红的，声音有些哆嗦地说："我不是不能当家作主吗？"可以看出，虽然作者目的是表现合作社的优越性的，但珠子的生活依然是当时的女性的真实生活，而我们在阅读中真正的兴趣所在，也不在于农业合作社对农民的生活的影响，即政治对作家写作的规训，而在于小说所表现的农村农民的真正的生活状态，在那些意识形态建构力度所不能到达的生活深处。

今天我们对小说的评价，之所以会发生价值完全相反的判断，是因为我们身处德里克所说的"后革命氛围"中，"社会主义是我们所熟悉的，革命也是我们所经历的，但这也许属于已经过去的某个历史阶段，因为它也许再也不可能产生出所包含的那种集体认同。而另一方面，它们的遗产则依然有着重要意义，因为它们所造成的氛围依然存在于我们周围，即使由于新的发展和新的问题已变得复杂起来"①。对于这种因为时代的断裂所带来的"历史后见之明"的价值断定，比格尔认为："过去确实应被建构为现在的史前史，但这一构造仅仅把握了历史发展的矛盾过程的一个方面。要全面地掌握这一过程，有必要走出那曾经使知识成为可能的现在"②。因此，走出时代语境转换带给我们学术研究上的局限，即"现在"化约我们思考的能力，就成为我们面对历史时不得不注意的陷阱。

正是从这一角度，对十七年小说的批判，应当是立足现实语境对历史的约束而去重新建构批判知识的合法性的尝试。对于我们来说，真正的关键在于政治展开一种谱系学研究，研究者需要追问的前提应该是，我们自认为处在怎样的"外"在于十七年政治的视角，即阿尔都塞所说的，"意识形态从不会说：'我是意识形态'。必须走出意识形态，进入科学知识，才有可能说：我就在意识形态内部（这是相当罕见的情况）；或者说：我曾经在意识形态内部（这是一般的情况）。谁都知道，关于身处意识形态内部的指责从来是对人不对己的……这就等于说，意识形态没有（自身的）外部，但同时又恰恰是（科学和现实的）外部"③。如何处理这"内部"与"外部"的双重关系，对研究者来说，是一个严峻的考验。

显然，对十七年历史与文学关系的理论批评与研究应当超越惯常的二元对立层面上的操作，对两者结合需要在具体历史脉络上进行辨析。对任何一种理论来说，用现代性典型思维方式即二元对立思维框架来讨论思考，其所遮蔽的内容要比呈现的内容多。对政治与文学关系的揭示，并不是要简单地舍弃文学对理想境界的追溯，而是力图去探寻一种能够在更为宽泛层面上释放文学对政治反拨的能量。透过对十七年小说中政治对文学影响与文学主体抗争性书写的揭示，我们可以看出文学曾以怎样的方式参与历史建构，在建构过程中，又是以怎样的方式释放了它在想象更为合理生活时的乌托邦能量。

---

① ［美］阿里夫·德里克：《后革命氛围》，王宁译，中国社会科学出版社1999年版，第3页。

② ［德］彼得·比格尔：《先锋派理论》，高建平译，商务印书馆2002年版，第84页。

③ 陈越编：《哲学与政治——阿尔都塞读本》，孟登迎译，吉林人民出版社2003年版，第365页。

第四节 "萧也牧创作倾向"的发生学与政治卫生学

在十七年文学史中，读到萧也牧的遭遇的时候，会让我感到不可思议，因为在阅读他的受批判小说《我们夫妇之间》的时候，会感到这篇小说故事太单调，叙事太简单，甚至小说的语言都太乏味，根本不能理解这篇小说为什么会在当时"形成了一种'创作倾向'"①，甚至于受到那么大的批判。但是，当我们深入现象中去看的时候，又会感到必定有如此的遭遇。作为十七年文学史上第一次有影响的对创作倾向批评的承担者，萧也牧与历史不期而遇，可以说，如果没有萧也牧，也一定会有别人有这样的遭遇。历史的洪流滚滚向前，任何与它相遇的人必然会在无意之间被它裹挟，而把握不住自己的命运。

毫无疑问，萧也牧当时的创作和主流文坛自延安时代就已经形成的潜在文学规范与文学体制之间构成了某种冲突，他的创作在某种意义上可以理解为"反"体制的，但是，对于这种"反"我们却不能做绝对化的理解。李洁非认为"到'文革'结束为止，中国不存在与党的方针政策无关的文学创作，所有作品都对其中某项内容进行'配合'"②，这一判断虽说绝对，但萧也牧的创作的确可以说是对建国初期党的方针政策的配合与宣传。因此，他的创作和体制之间的冲突，"根源主要是他们坚持自己伦理的、哲学的，或者美学的信念和追求，这种信念和追求跟当时的体制发生了矛盾，或者说，当时的政治体制不容许这样的追求存在。所谓'反体制'是在这样的含义上来理解的"③。

因此，重新思考"萧也牧创作倾向"，我们所要做的是对这一批评之所以能发生的深层次原因做一追索，跟踪它在当时的细微足迹，分析它的发生学以及政治意识形态在当时对它所施行的政治卫生学式的手术摘除，从而为我们进一步思考小说在当时的言说环境提供一个标本，以更好地认识文学在转型期的困境。

---

① 丁玲：《作为一种倾向来看——给萧也牧同志的一封信》，《文艺报》1951年第8期。
② 李洁非：《一篇作品和一个人的命运》，《钟山》2009年第1期。
③ 洪子诚：《问题与方法——中国当代文学史研究讲稿》，生活·读书·新知三联书店2002年版，第158页。

一、"小资产阶级趣味"与"政治问题"

1949 年，历经苦难与炮火洗礼的人民共和国浴火重生。为了把一个落后的国家变成以民族认同为基础的现代意义上的国家这一"想象的共同体"[①]，执政党进行工作重心转移与新的国家建设势在必行。早在 1949 年 3 月，为新中国成立做准备的七届二中全会宣布了执政党工作重心的转移："从一九二七年到现在，我们的工作重点是在乡村，在乡村聚集力量，用乡村包围城市，然后取得城市。采取这样一种工作方式的时期现在已经完结。从现在起，开始了由城市到乡村并由城市领导乡村的时期"[②]，与此同时，中央还特别提到"社会主义"的问题："在谁领导谁的问题上，今天我们确定了城市领导乡村、工业领导农业的方针。城市领导乡村、工业领导农业，资本主义社会就是如此，社会主义社会更是如此"[③]。

在这种背景下，"进城"在当时成了与"解放"一样流行的关键词语，同时也是中国革命和共产党面临的新的重大转折与严峻考验。党对"进城"的严峻性早就有充分的考虑，在尚未"进城"的 1944 年，党就把郭沫若的《甲申三百年祭》当作整风文件下发党内，用几百年前农民革命的失败为党和革命队伍敲响了警钟，并将革命队伍进城比作"进京赶考"，把能不能经受住这场考验，看作关系到革命的未来与前途的首要问题。而一贯领时代风气之先的文学则敏锐地觉察到了"进城"这一时代巨变，萧也牧就在这时与时代遭遇了，时代造就了他，并为时代所成就。如果把萧也牧放在其他任何时代，或许会默默无闻，正是在革命向现代转型的特殊阶段，萧也牧才不期然地与时代砰然相撞。

新中国刚刚成立不久，天下虽安，但玄黄未定，一切都在变数之中，萧也牧就在新中国地位最高的文学刊物《人民文学》的"新年号"上发表了短篇小说《我们夫妇之间》[④]。小说表现的是知识分子出身的"我"（李克）和农民出身的

[①]　[美]本尼迪克特·安德森：《想象的共同体——民族主义的起源与散布》，吴叡人译，世纪出版集团 2005 年版。

[②]　《毛泽东选集》第 4 卷，人民出版社 1991 年版，第 1426-1427 页。

[③]　《周恩来选集》下卷，人民出版社 1984 年版，第 427 页。

[④]　萧也牧：《我们夫妇之间》，《人民文学》第一卷第三期，本文的论述主要以这个版本为主，适当参考作者做了很大改动，后来收入张羽、黄伊选编的《萧也牧作品选》（百花文艺出版社 1979 年版）。

妻子（张英）二人之间的故事。两人在战争年代结婚，"我"是知识分子出身的革命者，妻子是农民，他们在战争年代都忙于工作，紧张而忙碌的战争环境掩盖了二人出身和情感的差距，"每当晚上，我在那昏黄的油灯下赶工作，她呢，哄着孩子睡了以后，默默地坐在我底身旁，吃力地、认真地、一笔一划地练习写大楷"，"闲时，她教我纺线织布；我给她批仿，在她写的大楷上划红圈，或是教她打珠算，讨论土改政策"。这一婚姻模式被当时很多人视为"知识分子和工农结合的典范"，也是当时很多知识分子在革命环境中流行的婚姻模式，两人的婚姻一开始是美满的。

战争胜利以后，李克夫妇二人随革命大军到了城市，随着工作与生活环境的改变，夫妇二人在进城以后的差距越来越明显，冲突也随之而来。知识分子出身的"我"虽然多年离开城市，但对城市的一切依然感到特别亲切，"那些丝质的窗帘，有花的地毯，那些沙发，那些洁净的街道，霓虹灯，那些从跳舞厅里传出来的爵士乐……对我是那样的熟悉，调和……好像回到了故乡一样，这一切对我发出了强烈的诱惑，连走路也觉得分外轻松"。与之形成了鲜明对比的是妻子对城市生活的一切都"看不惯"，"男不像男，女不像女！男人头上也抹油……女人更看不地！那么冷的天气也露着小腿。怕人不知道她有皮衣，就让毛儿朝外翻着穿！嘴唇血红红，头发像个草鸡窝！那样子，还美的不行！坐在电车里还掏出小镜子来照半天"！

随着故事的推进，在他们的争执与分歧中，代表"工农兵"的妻子占了上风，而代表知识分子的"我"，行为举止就比较犹豫，欲言又止、不自信。两人之间愈演愈烈的冲突，使得李克怀疑"我们的夫妇生活能否继续巩固下去"。但在小说结尾，故事却发生了反转，妻子在长安街看到一个胖子打一个小孩而周围看热闹的人没人出面的时候，昂首挺胸地高喊："住手！你凭什么压迫人！"并把胖子送到了派出所，这让李克在妻子身上看到了自己身上缺少的那种嫉恶如仇的优点。而妻子也逐渐地改变了自己的缺点以更好地适应城市生活，出身贫农的妻子似乎渐渐认同了城市生活，"她还在小市上也买了一双旧皮鞋，逢市集会，游行时就穿上，回来，又赶忙脱了，很小心的藏到床底下的一个匣里"。妻子甚至以做女工工作需要来应对丈夫的疑问与质询，"在那些女工里面也有不少擦粉抹口红的，也有不少脑袋像个'草鸡窝'的"，因此她认为"不能从形式上、生活习惯上去看问题"，并认为自己过去的偏激是因为自己"文化、理论水平低！政策掌握得不稳"。小说的结尾——"我为她那诚恳的深挚的态度感动了！我的心又突突地发跳了！……我忽然发现她怎么变得那样美丽了呵！我不自觉的俯下脸去，吻着她的脸……仿佛回复到了我们过去初恋时的，那些幸福的时光"①。二人之间看似不可调和的矛盾在这种幸福时光中得以化解。

我们可以看出，在小说中，作者不仅仅写了妻子被城市改造，更以赞赏的语调写了她的被改造。这种对城市生活的熟悉与享受，对"旧城市"的迷恋，在当时被认为是"革命意志衰退"的表现，是被"资产阶级思想"给"腐朽"了的象征，因此也是"进城"之后的革命者所不能容忍的。

小说发表后，引起了广泛的社会反响，全国有四家报刊转载，上海昆仑影片公司还将作品搬上了银幕②，萧也牧成了当时全国最有影响的作家。"你的这篇不好的作品，却被许多'专家'们欣赏了。你的作品，在某些地方有了更大的市场，在上海被搬上银幕一个又一个（听说《锻炼》也曾有人想改为电影）"③。康濯说他曾经听到某剧作家对萧也牧这样讲："你的小说很好，每一篇都可以改成电影！"瞿白音表示："当我最初看到这篇小说的时候，我也是喜欢的，我也有改编意图的。"吴祖光则"觉得挺新鲜，挺有趣"④。普通读者的批评材料更可以证明这一点。一位工人作者深感《我们夫妇之间》引人入胜，也仿照其风格写了一篇小说；山东大学学生毕某说大学生普遍喜欢萧也牧的作品；部队的张某说他本人以及文工团的同志读了萧也牧的《我们夫妇之间》后，大部分人都满口称赞；淮北的萧某说："《我们夫妇之间》我是看过的，而且记得当时还错误的认为这作品很'好'，认为作品对知识分子和工农干部夫妇之间的生活细节的描写，是'真实'的，'典型'的，有'代表性'的，是一篇很生动而能说明问题的好作品"⑤。此外，小说还被改编成连环画、话剧等等。可以看出，萧也牧的创作，在共和国之初的确形成了一种"创作倾向"⑥。

这种创作倾向自然引起了文坛的警惕，1951年6月18日，第一篇批评文章出现在《人民日报》上，主要针对的是萧也牧的两个短篇小说——《我们夫妇之

---

① 萧也牧：《我们夫妇之间》，《人民文学》1950年第1期。
② 郑君里导演：《我们夫妇之间》，昆仑影业公司1951年。
③ 丁玲：《作为一种倾向来看——给萧也牧同志的一封信》，《文艺报》第四卷第八期。
④ 《记影片〈我们夫妇之间〉座谈会》，《文艺报》第四卷第八期。
⑤ 《对批判萧也牧作品的反应》，《文艺报》第四卷第十期。
⑥ 丁玲：《作为一种倾向来看——给萧也牧同志的一封信》，《文艺报》第四卷第八期。

间》和《海河边上》。文章批评萧也牧作品的不足之处在于对妻子即张同志描写的"丑化"，流露出"小资产阶级情绪"，强调要正确地去描写日常生活与爱情。[①]一周后，对文坛具有决定性影响的《文艺报》刊发了一篇署名"李定中"的读者来信，并配发了编者按，对萧也牧的小说提出了尖锐的批评，并且从政治意义上进行上纲上线，让人骤然感到空气中弥漫着"不安的气氛"。

"李定中"文章的"编者按"认为："陈涌同志写的《萧也牧创作的一些倾向》，对萧也牧作品做了分析，我们觉得，这样的分析是一个好的开始。读者李定中的这篇来信，尖锐地指出了萧也牧的这种创作倾向的危险性，并对陈涌的文章作了必要而有力的补充，我们认为很好"[②]。这篇被《文艺报》认为"很好的"的读者来信题目为《反对玩弄人民的态度，反对新的低级趣味》，从文章的题目就可以看出，文章对萧也牧的批评完全变成了一种指责、审判、裁决，明白无误地认定萧也牧的罪责："假如萧也牧同志真的是一个小资产阶级知识分子，那么，他还是一个最坏的小资产阶级知识分子！"把萧也牧小说中的人物等同于真实的萧也牧本人，根据他"玩弄人民"的态度来断定他的阶级属性，认为"简直能把他评为敌对阶级了"，他的态度"在客观效果上是我们的阶级敌人对我们劳动人民的态度"，并认为萧也牧的错误是"脱离政治"，虽然目前只是一个思想问题，但是发展下去，"就会达到政治问题"[③]。

"李定中"的文章发表之后，对这一问题的讨论发生了质的转变，萧也牧创作倾向的问题已经从文艺问题转为了政治倾向问题，后续的批评在《文艺报》上接连不断，从 6 月 25 日到 12 月 25 日，《文艺报》批评萧也牧持续了整整半年，发表批评文章 11 篇，召集批评会，读者来信、专业分析、领导论述、群众反映、会议表态、个人检讨等这些在以后的批评运动中常见的形式——上演。

在这一系列的批评中，萧也牧没有任何辩解的可能性，只能老老实实改正错误，发表检讨，从团中央宣传部去中国青年出版社当编辑，萧也牧的名字在报刊上消失，他的文学生命到此为止。

---

① 陈涌：《萧也牧创作的一些倾向》，《人民日报》1951 年 6 月 18 日。
② 《文艺报》第四卷第五期。
③ "李定中"：《反对玩弄人民的态度，反对新的低级趣味》，《文艺报》第四卷第五期。

二、"萧也牧创作倾向"的发生学

今天，我们看到的萧也牧作品，比较全面的应该是张羽和黄伊编选的《萧也牧作品选》[①]，编选的小说基本上能代表萧也牧全部的文学创作及文学成就。但是，浏览这些作品，我们会失望地发现，在今天能给我们留下阅读印象的，也就只剩下《我们夫妇之间》、《海河边上》、《锻炼》等很少的几篇小说，如果再苛刻一些的话，甚至连《我们夫妇之间》都显得有点难以猝读。如果我们仅仅看了这几篇小说，会对萧也牧当初受到那么激烈的批评感到不可思议，所以，对任何文学文本的解读还必须把它放回到历史语境中去。福柯的"知识考古学"意义上的话语与语境是一个充满着权力结构的张力场所，当我们把文学文本放回到历史语境中去的时候，就是把它放回到了当时的"权力话语"的结构网络之中，"文本在这个意义上便承担了自我的意义塑形与被塑形、自我言说与被权力话语言说、自我生命表征与被权力话语压抑的复杂缠绕结构之中"[②]。

因此，当我们进入与《我们夫妇之间》类似的文学文本时，就意味着"对压制文本的'权力'加以拆解，剥离文本中那些保留个体经验的思想、意义和主题的存在依据，揭示其背后被压制的权力结构，并进而挑明意识形态结构与个体心灵法则对抗所出现的各种新异意识和思想裂缝"[③]。而依靠这类文学文本的陈述"是一种历史分析，是一种避免一切释义的分析：它不去问那些被人说过的话深藏着什么意义，什么是那些话里非自觉的'真正'意义，或者什么是含而未露的因素……与此相反，它要知道的是这些话语存在的形式……它们——只是它们而

---

① 张羽、黄伊编选：《萧也牧作品选》，百花文艺出版社 1979 年版。目录如下：《秋葵》、《连绵的秋雨》、《沙城堡的风暴》、《我和老何》、《识字的故事》、《货郎》、《母亲的意志》、《携手前进》、《海河边上》、《我们夫妇之间》、《爱情》、《小兰和她的伙伴》、《大爹》、《掀帘战》、《拿炮楼》、《过封锁沟》、《王二栓》、《张老汉跳崖》、《"我是区长"》、《地道里的一夜》、《退租》、《羊圈夜话》、《北瓜》、《杨六十二》、《站长》、《黄昏》、《一堵墙》、《追契》、《重阳节》、《罗盛教》。前面有康濯的序言，后面有张羽写的《萧也牧之死》。
② ［法］米歇尔·福柯：《知识考古学》，谢强、马月译，生活·读书·新知三联书店 2003 年版，第 174 页。
③ 李杨：《抗争宿命之路——"社会主义现实主义"（1942–1976）研究》，时代文艺出版社 1993 年版，第 172 页。

不是别种话语——在某时某地的出现究竟意味着什么"①。

张羽、黄伊编选的《萧也牧作品选》收入的是萧也牧先后改动两次后的《我们夫妇之间》，李洁非曾经非常细致地对比这个文本与《人民文学》初次发表的文本，梳理了不同文本之间的修改，从中可以看出萧也牧是如何面对意识形态对自己的指责并加以消化吸收的。

改动主要涉及形式上的改变：发表的时候，每个章节均有原文中的一句话做小标题，如"真是知识分子和工农结合的典型"、"李克同志，你的心大大的变了"、"她真是一个倔强的人"、"我们结婚三年，知道今天我仿佛才对她有了比较深刻的了解"等，修改时均被删掉。具体语句方面的修改最明显的是表现李克进城之后对城市生活的熟稔与亲切的一大段城市环境的描写被整段删除了。"这城市，我也是第一次来，但那些高楼大厦，那些丝质的窗帘，有花的地毯，那些沙发，那些洁净的街道，霓虹灯，那些从跳舞厅里传出来的爵士乐……对我是那样的熟悉，调和……好像回到了故乡一样，这一切对我发出了强烈的诱惑，连走路也觉得分外轻松……虽然我离开大城市已经有十二年的岁月，虽然我身上还是披着满是尘土的粗布棉衣……可是我暗暗的想：新的生活开始了！"这一段，不论是从哪个角度考虑，萧也牧或许都明白，会给批评家们留下太多挑剔的口实，所以干脆删掉。其余的修改主要是针对妻子的，如妻子的不文明的语言行为举止，"他妈的"、"鸡巴的"一类口语等。因为这些语句容易被理解为对工农干部穿衣打扮、生活品味、言谈举止等的丑化，在实际的批评文章中，也是被这样操作的。萧也牧从事革命多年，对这些自然很明白，所以，遇到这类词句一律删除干净。②

最终，萧也牧却又不得不放弃了对小说的修改。因为他"把自己所写的作品以及批评我的作品的文章，全部细读一遍，并加以分析、推敲、思索"，得出的结论是"除非要把所有的字句全部删去，才能不见到它的错误的痕迹"，所以，萧也牧认为"不论我原来的写作企图如何，确是有着严重的错误和缺点"③。可见，小说《我们夫妇之间》作为整体，它的创作目的、写作出发点、写作意义已经被

① ［法］米歇尔·福柯：《知识考古学》，谢强、马月译，生活·读书·新知三联书店2003年版，第174页。
② 李洁非：《一篇作品和一个人的命运》，《北京文学·中篇小说月报》2009年第5期。
③ 萧也牧：《我一定要切实地改正错误》，《文艺报》第五卷第一期。

批评者彻底否定了，那么，无论小说如何修改，除非是全部删除干净，批评者们都能够从小说中找到所需要的批判材料，这正如批评者所质问的："为什么萧也牧不来描写那些能掌握政策，能管理城市，具有布尔什维克的热情与清醒的头脑，并且具有文化的工农干部呢？这样的人不是活活的存在在生活中，而且这样的人不是正在生长，正在越来越多吗"①？

今天重新看批评"萧也牧创作倾向"到底是什么原因呢？从丁玲在批评文章中提到的"去年曾经听到过一阵子，说解放区的文艺太枯燥，没有感情，没有趣味，没有艺术等呼声中所反对的东西"②，我们或许可以发现一点端倪。根本的原因在于萧也牧似乎是比当时的很多作家都比较早地敏感地触摸到了文坛转变的脉搏，即在新的和平建设环境中，如何更正确地看待革命文学以及如何更好地实现革命文学的转型问题。从当时的批评材料中，我们可以看到萧也牧这一转型的尝试纵使是无意的，但在潜意识中却有着自觉与清醒的认识，而且萧也牧的小说恰恰在无意中切合了这一文学转变的先风。

和当时文坛创作的实际情况相比，萧也牧的创作的确有着新鲜之处。当时诸多创作都是表现解放区工农群众在党领导下如何英勇奋战，并最终取得胜利的故事，而萧也牧的创作较早触摸到了文坛喧嚣表面之下那股潜流。所以，萧也牧才会感觉某些作品"有些狭隘和枯燥，某些作品不大能引人入胜"③。

从这些材料中我们可以看出，萧也牧有意识地试图调整自己的创作方向，而且有着比较明确的思考，并在创作中表现出来，也的确有别于当时文坛流行的创作倾向，显得新颖特别。萧也牧曾说："今天我们进入了城市，读者对象广泛了，局面大了，作品也应该有所改变，作品里应该加一些'感情'，加一些'新'的东西，语言也应该'提高'写，可以适当用一些知识分子的话来写作"④。可以看出，萧也牧虽然只是指出了写作技术性的东西，但在现实层面上却提出了极其重要的东西：在整个时代的工作重心都在由"农村"转向"城市"之后，如何继续执行党的文艺方针政策的根本问题。萧也牧敏锐地察觉到了时代氛围的转变，以及这种转变给文学带来的新契机，并在自己的创作中加以实践，努力让自己的

---

① 叶秀夫：《萧也牧的作品怎样违反了生活的真实》，《文艺报》第四卷第七期。
② 丁玲：《作为一种倾向来看——给萧也牧同志的一封信》，《文艺报》第四卷第八期。
③ 陈涌：《萧也牧创作的一些倾向》，《人民日报》1951 年 6 月 18 日。
④ 康濯：《我对萧也牧创作思想的看法》，《文艺报》第五卷第一期。

小说更加注重人情味，讲究生动性，注重新鲜感，并努力提高语言艺术质量，以更好地服务于变化了的革命形势。

当时的文坛也的确有很多作者的创作和萧也牧一样，出现了一些新的探索性作品，如《人民文学》上发表的短篇小说《关连长》（朱定）和《改造》（秦兆阳），以及碧野的长篇《我们的力量是无敌的》、白刃的长篇《战斗到明天》、王林的长篇《腹地》，均遭到不同程度的批评。

小说《关连长》中的关连长打仗身先士卒，勇猛异常，是一位普通的军人，但他强悍的外表下却又有着温和的内心，他"总爱把他的伤痕一直笑到耳朵后面去，谨慎而小心地从贴肉袋里摸出一个纸报，一层一层的剥开，最后拿出一张照片。上面是他的老婆，两手拉着两个孩子，脸都胖得像西瓜一样"。他打仗的目的也很简单，就是为了"以后我们的娃儿有的是好日子"，和当时流行的文学刻意拔高人物形成对比。正是因为这些细节描写，人物的牺牲壮举与日常生活联系在一起，他的牺牲才有了深厚的人性根基，关连长的魅力正在于他的阶级觉悟和他本身内在纯真人性有机融合在一起。《关连长》发表后引起了很大的反响，上海私营文华影片公司拍成电影在上海各影院放映，《大公报》副刊"周末影剧"对此片展开了热烈的讨论。而《人民日报》和《文艺报》却同时发表批评文章，批判作品"以庸俗的小资产阶级人道主义，歪曲了我们人民解放军的革命人道主义"，"以无原则的同情心、怜悯心，代替了严肃的战斗任务和战争目的"，"这种同情心，只能败坏斗争情绪，使我们的事业遭到失败"[①]。

碧野的小说《我们的力量是无敌的》表现的是作者作为一名知识青年在斗争实践中对基层官兵和人民战争的认识升华，很明显地带有作者的主观感情色彩。批评者认为作者"把党的领导写成了可有可无的东西，把党委、政治工作机关写成似乎没有存在的必要；把政治工作人员写成军事工作的陪衬"，"以十分庸俗的观点对我军的政治工作进行了污蔑和歪曲"，"碧野的思想感情是小资产阶级的，所以他虽然写了工农兵，却并不爱工农兵"，"《我们的力量是无敌的》是

---

① 分别见中央文学研究所通讯员小组：《评〈关连长〉》，《文艺报》第四卷第五期；《对于影片〈关连长〉的批评（综合稿）》，《新华月报》1951 年 9 月。

小资产阶级倾向的代表作之一"①。对这些批评意见,作者在小说重版前言中做了辩解:"这部小说是我在太原火线生活的收获。作为一个入伍不久的新战士,从一个侧面写出中国革命战争的伟大胜利,而且把这胜利的战果向全国人民汇报,我的情感是热烈的,心是忠诚的",但是"那种教条主义的批评,恰恰是与生活相违背的,凡是有生活内容有血有肉的描写,都被用僵硬的教条去框死,去否定"。②

王林的长篇小说《腹地》真实地表现了抗日战争时期冀中地区的现状,却被批评所描写的"这村前后两支书皆坏蛋,其余人旧思想相当严重或和平共居;没有革命空气,令人不知道光明何在?将黑暗不适当地夸大,看不到光明"③。小说对群众有丑化、庸俗化倾向,暴露的是"群众向来落后",核心问题是看不见党的领导作用。④

可以看出,批评重心都放在对作家思想根源的挖掘上,而不是放在作品艺术水平上。这让作家们有口难言,只能低头认错,公开发表检讨。

可见,即使没有萧也牧,也会出现萧也牧的替代者,既然文学转型已经开始,体现新的发展趋势的文学作品的出现就是必然的,萧也牧的出现也自然是必然的事情,萧也牧因之而成为历史人物。某人成为历史事件中的某一环节其实有很大的偶然性,没有某人或许还有别人。历史在萧也牧身上展开,个人成了历史展开的场所。

三、"萧也牧创作倾向批判"的政治卫生学

对于《我们夫妇之间》以及类似的一些作品,我们不能仅仅局限于它们作为文学作品的意义,还要把它们放回到语境之中,探讨它们的话语运作方式,以及在这些话语运作方式背后的认识机制。福柯知识考古学意义上的话语有"它自

---

① 分别见企霞等:《批判长篇〈我们的力量是无敌的〉》,《文艺报》第三卷第八期;张立云:《论小资产阶级思想对文艺创作的危害性——兼评碧野〈我们的力量是无敌的〉》,《解放军文艺》1951年第2期;张立云:《用什么教育战士》,《解放军文艺》1951年第6期。
② 碧野:《〈我们的力量是无敌的〉重版前言》,《人民日报》1980年4月16日。
③ 王林日记,1947年1月5日,见《新文学史料》2008年第2期。
④ 陈企霞:《评王林的长篇小说〈腹地〉》,《文艺报》第三卷第三期。

己的规范概念和论述范围，有它自己认可的对象和方法，这一切都决定了它自认为具有某种特定的真理性，知识考古学所需要发掘的正是那些因年代久远或因想当然从我们的视野中消失的认识机制"①。正是因时间隔断而导致认识机制的消隐，才会让我们重新解读这类小说会产生困惑与陌生的隔离感，它们作为文学作品与我们长期形成的对文学作品的理解惯性之间存在着似乎是不可逾越的鸿沟。

对历史的审视与理解，是需要一定时间的，当我们与历史现象拉开一定距离之后，就能尝试着认清这一类作品的产生机制与话语运作方式，这时对它们的理解"目的在于发现知识理论是在什么样的基础上成为可能的，是在什么样的知识系统中被建构起来的，究竟在什么样的历史先在假设条件下思想才会出现，科学才会确立，经验才会被反应进哲学，理性才会形成，而这一切（随着新的历史先在假设的出现）以后又会瓦解和消失"②。认识了这些批评的运作方式与话语言说机制，我们就不会简单地否定或者无原则地赞成，而应尽量以理性的态度去充分考虑其中隐藏着的复杂性，以更加开放的态度去面对曾经如此真切地属于我们的这段历史。因为，无论当时的这些方针政策带来了在"历史的后见之明"看来是如何严重的后果，但是，从第三世界所处的历史情境，尤其是从处于现代化矛盾与选择之中的百年中国的历史发展看，无论我们对时代的选择还是时代对我们的选择，都含有某种时代的"合理性"。

要更好地认识这种"合理性"，就不能不考虑文艺与政治的关系。虽然理想意义上的作家能够摆脱时代与民族的限制，成为超时代意义上的"共享者"，如同席勒所说的："在肉体的意义上，我们应该是我们自己时代的公民（在这种事情上我们其实没有选择）。但是在精神的意义上，哲学家和有想象力的作家的特权和责任，恰是摆脱特定民族及特定时代的束缚，成为真正意义上的一切时代的同代人"③。但是，人不能不受自己所属的时代，特别是所属时代政治的控制。当时的作家之所以心悦诚服地接受党的领导，是真诚地相信只有共产党才能改变中

① [法]米歇尔·福柯：《知识考古学》，谢强、马月译，生活·读书·新知三联书店 2003年版，第 6 页。

② [法]米歇尔·福柯：《词与物——人文科学考古学》，莫伟民译，上海三联书店 2001年版，第 11 页。

③ [德]卡尔·雅斯贝尔斯：《时代的精神状况》，王德峰译，上海译文出版社 1997年版，第 12 页。

华民族一百多年来饱受列强压迫的历史，这种情形，即葛兰西所指出的党在当时已经获得了"文化领导权"，"一个政治阶级的领导权意味着该阶级成功地说服了社会其他阶级接受自己的道德、政治以及文化的价值观念"①。在这个意义上，一个成功的统治阶级，就是那个在实际上取得政治权力之前就已经在精神和道德上取得了领导地位的阶级。

所以，当中国共产党在取得全国政权之后，凭借着在精神和道德上的领导地位而进行的一系列思想改造与"洗澡"运动，以及文艺界所进行的一系列运动之所以能顺利进行也就可理解了。这些运动的目的是让知识者主体把仅仅是道德责任的行为转化为本能的习惯，这就是伊格尔顿在论及美学与政治关系时指出的："从道德到文化的转变也就是从头脑的统治到心灵的统治的转变。诚如我们所知，'完整的'人类主体必须把必然性转化成自由，把道德责任转化成本能的习惯，这样主体就会如审美艺术品一样起作用"②。而在这一转变的过程中，一旦发现越轨行为，政治便会对其实施手术式的摘除术，这有点类似于"卫生的现代性"。③

诸多中国当代文学史著作对类似于"萧也牧创作倾向批判"这类散落在十七年文学中的小事件重视不够，在文学史叙述中多是一带而过，这种处理方法显然忽视了十七年文学发展的特点。历史叙述应该针对不同的叙述对象采取不同的叙述策略，对于十七年文学史叙述而言，我们所做的应该是高度关注类似"萧也牧创作倾向批评"这类看似简单的"小"文学事件对于文学观念生成的影响，去透视十七年文学观念演变的复杂变迁，来解释这些文学事件是如何曲折地影响当代文学走向的。通过对"萧也牧创作倾向批判"话语运作方式的深入分析，我们能够"避开流行而空洞的话语，真正进入到十七年文学史的肌理之中，来谛听文学史内部生长的声音，辨析它挣扎的过程"④。只有这样，我们的文学史研究才是鲜活的，我们的文学才是洋溢着生命力的，研究者所从事的文学事业才是有意义的。

---

① ［英］约尔·詹姆斯：《"西方马克思主义"的鼻祖——葛兰西》，郝其睿译，湖南人民出版社 1988 年版，第 129 页。
② ［英］特里·伊格尔顿：《审美意识形态》，王杰译，广西师范大学出版社 1997 年版，第 105 页。
③ ［美］罗芙芸：《卫生的现代性》，向磊译，江苏人民出版社 2007 年版，第 1 页。
④ 赵卫东：《寻求"文学事件"再度进入文学史的契机——从"萧也牧事件"说起》，《郑州大学学报》（哲学社会科学版）2005 年第 4 期。

第三章　主体构建与十七年小说作为方法

第一节　"锈损了灵魂的悲剧"与"优选者"的承担意识

　　1990 年代以来，海外中国现当代文学学者的研究传入中国，对十七年小说研究领域造成很大的冲击与话语侵蚀，以夏志清为代表的海外中国现当代文学学者的观点主导了学界对十七年文学的价值与意义判断，全面否定十七年小说的文学价值。其中，十七年小说缺少"感时忧国"[①] 的现实道义承担精神，就是他们批评十七年小说的主要观点之一。

　　但是，深入到十七年小说现场去看，我们会发现，作家从来就没有忘记用笔表达对现实的关注。在整个十七年时期，无论是在中华人民共和国成立初期，还是在形势愈来愈紧张的 60 年代，作家们也从来没有停止对民众苦难的关注与表现，没有忘记对现实的道义承担。或许，有时候作家们对现实的道义担当限于形势，无法像法国的左拉那样直接说出"我控诉"，而是用隐喻与曲折的表现方法，有时甚至是无意识的，用小说记录下当时的社会现实，给后人留下社会学文献所不能表现的真实见证。更复杂的是，一部分作家的小说本意是配合当时政策的，一度也确实因这种配合而得到好评，但是，随着形势的发展，却因"精神"发生了变化而导致作品配合不上形势，甚至配合失误，进而成为反面教材。

---

① 　夏志清：《中国现代小说史》，刘绍铭等译，复旦大学出版社 2005 年版，第 357 页。

一、"革命的第二天"：十七年初期小说对现实的反映

新中国成立后，绝大多数"知识分子是欢迎党的，因为他们讨厌国民党，又因为珍视党有统一国家的能力，还因为党有能力在经历了几十年的混乱之后保证了财政的稳定"[①]。绝大多数知识分子相信，只有中国共产党才能带给他们一个自由、民主的新中国。因此，1949 年中国共产党取得军事胜利的前夕，在意识形态方面已经基本确立了对知识界的控制。共产党在尚未统一全国前，已经在心理与道义上占尽优势，取得了人民当然也包括知识分子的支持与认可。

贝尔在论及"革命的第二天"时，曾这样解释："那时，世俗世界将重新侵犯人的意识。人们将发现道德理想无法革除物质欲望和特权的遗传。人们将发现革命的社会本身日趋官僚化，或被不断革命的动乱搅得一塌糊涂"[②]。共和国成立后，随着各项施政方针的推进与施行，数十年艰苦奋斗的战争环境过去，和平使得日常生活中的物质利益日渐突出，官僚主义、等级制度、封建陋习日益蔓延开来。这一切，在十七年时期的社会学等文献中肯定难以有直接的记载，人们也难以对当时的这些社会现象有直接的印象，但在十七年小说的文本中，这些却都有或明或暗的反映。

赵树理的《登记》[③]描写张木匠和"小飞蛾"的女儿艾艾与农村青年小晚的爱情没有经过传统的媒妁之言、父母之命，就被周围的人视为不正经。当时村里人对谁有这种闲话，两个人不只是恋爱不能成功，更残忍的是结婚后女的"就没有一个不挨打——婆婆打，丈夫打，寻自尽的，守活寡的……"艾艾的母亲小飞蛾因为在结婚前追求自由恋爱没有成功，和张木匠结婚后遭受张木匠的毒打，小飞蛾在挨打之后，"二十年来，几时想起都满身哆嗦"！更有意味的是张木匠的母亲，年轻的时候像小飞蛾一样，因为结婚后仍然爱着原来喜欢的男人，遭到老木匠的痛打，老了以后，却把这种教育女人的方法传授给的儿子："快打吧！如

---

① [美]麦克法夸尔、费正清：《剑桥中华人民共和国史（1949–1966）》，马晓光等译，中国社会科学出版社 1990 年版，第 61 页。
② [美]丹尼尔·贝尔：《资本主义文化矛盾》，赵一凡译，生活·读书·新知三联书店 1989 年版，第 75 页。
③ 赵树理：《登记》，《说说唱唱》1950 年第 6 期。

今还打得过来！要打就打她个够受！轻来轻去不抵事！"

赵树理在小说中对农村青年男女的爱情遭遇深表同情和理解，但从小说中表现的另一个侧面我们也可以看出北方农村严峻的生活现实。艾艾和小晚婚姻最大的障碍不是父母的阻拦，而是村民事主任想要艾艾嫁给自己的外甥，虽然认为艾艾"坏透了！跟年轻时候的小飞蛾一个样"，却以为"身材"是天生的，"是什么就是什么，行为是可以随着丈夫的意思改变的，只要痛痛打一顿，说叫她变个什么样就能变成个什么样"，因此，在他姐姐家里给他的外甥提亲时提到艾艾时说："好闺女！跟年轻时候的小飞蛾一个样！"所以，他才会在登记问题上多次作梗。从小说中可以看出建国初期婚姻法刚刚颁布时农村的现状，小说中的一些细节更可以看出当时一些村干部怎样利用封建势力的影响干坏事，可以看出农村所谓的正经的婚姻关系下掩盖着多少骇人听闻的悲剧，以及在这悲剧的婚姻关系中女人所承受的痛苦。可见，即使中华人民共和国成立了，官僚主义与封建势力的压迫依然存在，不会随着共和国的成立而自动消失。

李準的小说《不能走那条路》[①]表现了农村互助合作社的合法性，但也潜在地表现了建国初期农村依然存在的两极分化现象。小说中的张栓由于捣腾牲口，自己又不善于经营，几番下来不但没有赚到钱反而欠下几十万元的账，实在没办法，他只好一咬牙卖地。宋老定由于地种得好，再加上二儿子东林是个木匠，每个月都汇回家几十万，所以就具备了买地的实力。虽然小说最后由于宋老定"步地"回忆过去自己的艰苦生活而体会到了卖地的滋味并最终借给张栓三十万元钱让他发展生产，但是，我们可以想象，当时的农村一定存在着很多贫富分化的现象，如果不是农村互助合作社的成立，随着卖地买地交易的成功，刚"解放"不久的农村一定会回到之前的状况中去。

孙犁的小说《铁木前传》[②]则不仅写了农村中的两极分化，还进一步描写了这种分化给人的感情和心灵带来的隔膜与漠然。铁匠（黎老东）和木匠（傅老刚）解放前是患难兄弟，土地改革以后，黎老东因为是贫农，又是军属，分得了较多较好的地。黎老东出十石麦子想买村里一个老寡妇的房子，老寡妇有个侄儿要争这宅院，出十二石麦。黎老东和老寡妇的侄儿闹了纠纷，经村里调解，黎老东是军烈属，终于买到手。这些细节可以看出黎老东的生活之所以慢慢富裕起

---

① 李準：《不能走那条路》，《长江文艺》1954 年第 1 期。
② 孙犁：《铁木前传》，《人民文学》1956 年第 12 期。

来，与他儿子是军人，后来牺牲了，他成了军烈属有着很大的关系，可以见出革命成功后的利益分配问题。黎老东生活好了，一心想发家致富，把患难与共的兄弟傅老刚当作雇工，甚至在儿女亲事上也变了卦。当傅老刚到他新买的房子的时候，他的态度是那样的倨傲，傅老刚打量着亲家高高翻起的新黑细布面的大羊羔皮袄，忽然觉得身上有些寒冷似的。黎老东没有让客人进屋休息的意思，而是详细地说明建设宅院的计划，又带亲家去看猪圈。最后，推开北房门，叫亲家看马，这才顺便让到里间坐下来。

管桦的小说《辛俊地》[1]中，杨及昌在被打死的鬼子脚上扒下的一双皮鞋被村里给收上去了，当辛俊地问起的时候，杨及昌老婆不高兴地嘟哝："快别说啦，拿双皮鞋叫村里收上去了！说是给民兵穿。"老太婆伸开两手，就像乌鸦准备起飞时一样，用两手向衣襟上一拍，尖声叫着："民兵，民兵，什么事都把民兵摆在眼皮子底下。"通过这些细节，可以看出小说对当时的社会现实有着或明或暗的反映，尽管有些是隐晦曲折的。

耿龙祥的小说《明镜台》[2]对当时的社会分化以及社会现状的反映也一样比较曲折，批评锋芒也比较隐晦。小说中的我和妻子是革命胜利以前打过游击战争的老干部，我现在的任务是写一篇当年革命战争的回忆录，我记忆较深的是"下大雪，刮北风。一路上，妈妈（与我素不相识的穷苦老大娘）总让我走在南边。她用自己的身体替我遮着风雪。到了小河边，一只小船在等着我。妈妈把我紧紧抱住，从怀里掏出三个窝窝头，塞进我的口袋。她流着泪对我说：'希望你……'"毫无疑问，人民在革命年代与革命者一同受尽苦难，在革命胜利以后，我们与他们应该共享这胜利的成果。但现实却是在大风大雪天气里，作为干部的我在写稿件，妻子在房间里给他们刚满周岁的孩子打第四件毛衣。保姆刘雁红在抱着他们的宝宝不停地走动不停地唱着，保姆的 6 岁小女儿阿早却冒着泥泞去给他们的宝宝取牛奶。当我认为这样不好时，妻子的看法是："她在乡下也要做事的，多给她们两块钱就是了。"保姆不放心，让妻子抱一会儿他们的宝宝，她去迎一下阿早，妻子说："你等一等，我把这针打起来。"这时的我要抱宝宝，让保姆去接阿早，妻子说："你快点写你的吧。等会儿还要上街给宝宝买热水袋呢。"不知过了多少时间，保姆对妻说："唐同志，请你抱一小会。阿早还不回来，我

---

① 管桦：《辛俊地》，《收获》1958 年第 1 期。
② 耿龙祥：《明镜台》，《人民文学》1957 年第 1 期。

实在不放心。她只穿一件小棉袄。"妻说："你等一等，还有几针，打起来，宝宝明早要换。"当刘雁红第三次停下来，对妻说："唐同志，就请你抱一小会。阿早走了三个钟头了。"妻子则不耐烦的说："叫你等一等等一等的，就剩这几针。你吵得妨碍他的写作。"当墙报干事说有一个小女孩掉进河沟里，刘雁红脸色铁青着跑出去时，妻子关心的却是："那个小姑娘手里拿没拿奶瓶？这要真是阿早，我们宝宝明早上吃什么呢？"我们能够从小说中隐约地读出来的，是革命胜利以后的阶层分化，让人读后不能不感叹作家在写作时的良苦用心。

二、"锈损了灵魂的悲剧"与"干预生活"

1950 年代，对中国当代文学影响最大的当属苏联文学。1956 年苏共二十大以后，苏联提出了"干预生活"口号，出现了一大批表现现实生活情景的小说，但这些小说的目的却不是赞美现实。这些小说和以往那些表面上一味歌颂新生活，实际上却把生活简单化的小说有明显的差别。具有代表性的小说如奥维奇金的《区里的日常生活》、格拉宁的《探索者》（1954 年）、爱伦堡的《解冻》（1954–1956 年）、尼古拉耶娃的《前进中的战斗》（1957 年）、帕斯捷尔纳克的《日瓦格医生》（1957 年）、杜金采夫的《不是单靠面包》（1958 年）等。

这些作品面世时，苏联和中国文学界都有人认为是"资产阶级思想抬头"，但这股"解冻"[①]浪潮影响却非常深远，特别是对中国文学界的影响。1956 年 1 月，中国作家协会创作委员会小说组专门召集会议，组织学习讨论苏联尼古拉耶娃的中篇小说《拖拉机站站长和总农艺师》、奥维奇金的特写集《区里的日常生活》和肖霍洛夫的长篇小说《被开垦的处女地》，并认为虽然这些作品表现的侧重点不同，写作风格也不完全一致，但都在不同程度上反映了苏维埃政权建立初期的生活，特别是对革命政权机构内部教条主义等弊端的揭露，发人深省。

共和国建立以后，反映现实的小说受到很多方面限制，很多作家因为触碰现实而受到批评，文坛形成了一股教条主义的寒流，"凡是批评生活中阴暗的、不健康的、甚至是畸形的东西的文章，凡是描写人民群众的困难和疾苦的作品，不管其动机如何，效果如何，大都被不公正的指责为'歪曲现实、诋毁生活、诽

---

① ［苏联］爱伦堡：《解冻》，钱诚译，人民文学出版社 2010 年版。

谤社会主义制度'，有时甚至给作者加上一条莫须有的罪名，硬说他们是在有意识的进行'反党反人民'的勾当"①，这股教条主义的寒流在当时造成了"行行有禁忌，事事得罪人"②的社会状况。

但即使在这种社会背景下，反映现实，反映社会矛盾和斗争的小说也一直存在。有作家认为"现实主义文学不是小资产阶级的暴露文学，当然也不是粉饰现实的文学。现实主义的文学必须'大胆地表现生活的矛盾和冲突，必须善于使用批评的武器，把它当作一个有效的教育工具'"③。在苏联文坛的变化对国内文学的影响下，再加上国内政治形势的变化，1955 年前后，反映现实、侧重揭示社会生活矛盾、发现问题、批评缺点的作品日益增多。

孙谦的《奇异的离婚故事》④讲述的是一机关办公室主任于树德在进城后一心想抛弃乡下妻子而另寻新欢的故事，最终他所渴望的城里的爱情破灭了，女友将他告上法庭，单位把他的职务给撤了，随后乡下的妻子也和他离了婚。小说利用民间传统的"陈世美"故事情节搭建起叙事框架，加入现代内容，对共产党进城后出现的问题进行了激烈的批评，所以，小说遭受批评在所难免。批评者认为小说是对党对新社会进行攻击和污蔑的"一枝毒箭"，"披着反忘本反蜕化的外衣……恶毒地指向我们党，指向我们的社会制度"；小说硬把于树德的行为"派到共产党员头上，应该及早让党发现的问题，偏偏不准去发现"，"这不是反党，又是什么"⑤？可以看出，"干预生活"的写作倾向暗藏着极大危险。

王蒙的小说《组织部新来的青年人》⑥是"干预生活"最著名的代表作。小说描写了区委组织部对麻袋厂厂长王清泉的官僚主义问题从发现到处理的过程，以此对建国初期出现的一些问题进行独特的反思。林震在工作中经常产生压抑感，因为刘世吾等人为生活所带来的惰性，"散布在咱们工作的成绩里边，就像灰尘散布在美好的空气中，你嗅得出来，但抓不住，这正是最难办的地方"。小说中的王清泉原来在中央某部工作，因为男女关系犯错误被调到麻袋长担任厂长，但

---

① 黄秋耘：《刺在哪里？》，《文艺学习》1957 年第 6 期。

② 江有生：《行行有禁忌，事事得罪人》，《文艺报》1956 年第 15 期。

③ 邵荃麟：《沿着社会主义的方向前进》，《人民文学》1953 年第 11 期。

④ 孙谦：《奇异的离婚故事》，《长江文艺》1956 年第 1 期。

⑤ 红笔：《矛头指向哪里？——评孙谦的〈奇异的离婚故事〉》，《山西日报》1960 年 1 月 5 日。

⑥ 王蒙：《组织部新来的年轻人》，《人民文学》1956 年第 9 期。

是他的工作一向就是吃饱了转一转然后躲在办公室批批文件下下棋，每月在工会大会、党支部大会、团总支大会上讲话，批评工人群众竞赛没搞好，对质量不关心。但是，上级对他的检查结果却是官僚主义比较严重，但主要是作风问题，任务基本上完成了，只是完成任务的方法有缺点。这与刘世吾对工作的看法是一致的，刘世吾认为："问题不在于有没有缺点，而在于什么是主导的。我们区委的工作，包括组织部的工作，成绩是基本的呢，还是缺点是基本的？显然成绩是基本的，缺点是前进中的缺点。我们伟大的事业，正是由这些优缺点的组织和党员完成的。"

同样，小说中的刘世吾和韩常新都有严重的官僚主义作风。韩常新经常学领导拉长了声音训人，写汇报的时候强拉硬扯生动的例子，分析问题时用几个大而无当的概念，给人的印象是一个少壮有为的干部，他也因此而悠然得意。刘世吾虽然不像韩常新那样浅薄，但是他那些独到的见解、精辟的分析，在林震看来包含着一种可怕的冷漠。可以看出，小说对当时社会现状的反映是比较尖锐的。

林震恰恰是对"新"有感触、有怀疑的，他认为刘世吾不注意"从群众中、生活中吸取营养和力量"，"这样的刘世吾，怎么会不'热情衰退'"[①]，对党的事业没有了热情，所以才为官僚作风的繁衍带来了方便。

小说发表以后"引起了强烈的反应，在某些机关和学校里，人们在饭桌上、在寝室里都纷纷交换着各种不同的意见"[②]。《文汇报》、《光明日报》、《人民日报》、《北京日报》等多家报纸都刊登评论文章，《中国青年报》和《文艺学习》还组织讨论。一部分意见认为作品"大胆地揭露了现实生活中的矛盾斗争，鞭挞了生活中司空见惯的衰退现象"，因此它们不同于许多"概念化作品"，作品是"严酷地、认真地忠实于生活的"[③]。"作者敢于向缺点进攻的勇气是可宝贵的，这篇小说在揭发生活中的消极事物，在描绘各种样子的官僚主义者和政治衰退分子方面是比较成功的，是具有一定的深度的"[④]。与此相对，批评者则认为："在典型环境的描写上，由于作者过分'偏激'，竟至漫不经心地以我们现实中某些落后现象，

---

① 王蒙：《关于〈组织部新来的青年人〉》，《人民日报》1957 年 5 月 8 日。
② 《文艺学习》关于《组织部新来的青年人》的讨论专栏的"编者按"，《文艺学习》1956年第 12 期。
③ 刘绍棠等：《写真实——社会主义现实主义的生命核心》，《文艺学习》1957 年第 1 期。
④ 林默涵：《一篇引起争论的小说》，《人民日报》1957 年 2 月 12 日。

堆积成影响这些人物性格的典型环境，而歪曲了社会现实的真实"；"作品没有为人物性格找到和现实环境的真正的有机关系，用党内生活个别现象里的灰色的斑点，夸大地织成了黑暗的幔帐，想用'从上到下一系列缘故'遮掩党内生活的真实面目，为刘世吾、韩常新们的性格找出现实的根据，却歪曲了现实"①。

"干预生活"作品真正引起读者关注以至引起较大影响的是文学特写。《人民文学》发表时加以说明："我们不应该反对对于真人真事做适当的有益于真实性的加工。我们不应该反对作家可以选择各种生活侧面、各种有诗意的情节去刻画人物的精神面貌，而不一定大家都非正面地去写发明创造的事情或历史传记不可。我们也应该大力提倡那种用文学的概括手法写成的，并非真名真姓的特写。在目前，我们尤其应该提倡那种尖锐地提出问题的、批判性或讽刺性的特写，因为在这一方面我们还只是刚刚开始有了一些尝试"②。可见，特写更有利于发挥文学干预生活、影响公众的社会职能。

特写的流行与苏联的写作观念在中国的流行有很大关系。奥维奇金在访问中国时说："如果一部作品不受到一点阻碍，那就是它不触怒任何人——这还有什么意思呢？在苏联，也还有不少患恐惧症的胆怯鬼，不敢正视生活的冲突和矛盾。但只要你是从生活实际出发，深信自己所写的东西对党、对人民有利，就不必怕，它一定会受到党的欢迎！"他最欣赏涅克拉索夫的诗句："假如谁没有忧愁和愤怒／他就是不爱自己的祖国"③。奥维奇金的作品当时被誉为"对于党起了侦察兵的作用"，《区里的日常生活》发表后，"因为提出的问题与苏共第十九次党代会以及后来的九月全会提出的问题巧合，许多前苏联与中国读者都以为奥维奇金是受苏共的委托特意去采访然后写出来的"④。可以看出，在知识分子、作家和现实政治紧密地联系在一起的情形下，作家深信自己的写作一定会受到党的欢迎，尽管这种自信带有强烈的主观性和理想化色彩，这种状况恰恰证明了杰姆逊那个著名的论断："在第三世界的情况下，知识分子永远是政治知识分子"⑤。

---

① 李希凡：《评〈组织部新来的青年人〉》，《文汇报》1957 年 2 月 9 日。
② 何直（秦兆阳）：《从特写的真实性谈起》，《人民文学》1956 年第 6 期。
③ 刘宾雁：《和奥维奇金在一起的日子》，《文艺报》1956 年第 8 期。
④ 刘宾雁：《和奥维奇金在一起的日子》，《文艺报》1956 年第 8 期。
⑤ ［美］弗雷德里克·杰姆逊：《处于跨国资本主义时代中的第三世界文学》，张京媛译，张京媛主编：《新历史主义与文学批评》，北京大学出版社 1993 年版，第 240 页。

在"干预生活"的口号下，作家更看重的是介入社会和政治生活的程度，对文体并不在意。刘宾雁连续发表了《在桥梁工地上》、《本报内部消息》，通过建桥工地和新闻单位的日常生活描写，透过事情的表面，挖掘隐伏在像罗立正、陈立栋这样的人物"灵魂根底"的"顽固的腐朽思想"，"那种把一切东西都僵化起来为他自己服务的极可怕的保守主义"。"在这个东西的照明下，那一切原来看起来似乎正确的东西都变了样，都发出了一种腐烂的气味。"①《人民文学》为《在桥梁工地上》所加的"编者按"说："我们期待这样尖锐提出问题的、批评性和讽刺性的特写已经很久了，希望从这篇'在桥梁工地上'发表以后，能够更多地出现这样的作品"②。

耿简（柳溪）的《爬在旗杆上的人》③讲的是省委工作组组长朱光在"红五月"农业社为了让记者宣传报道，专做形式主义文章。特别是朱光让记者给农业社照相的那一段特别具有讽刺意味：记者李震为了拍送粪的照片，让社员们必须套车，还要套漂亮的壮牲口，牲口额上扎上彩花，并且让社员们把过年过节的新衣服穿上。在一连串看似让人发笑的描写中，作家对当时流行的浮夸风和形式主义做了尖锐而严厉的讽刺与批评。

文艺界对特写给予了极大关注。黄秋耘认为："它非常深刻而又大胆地揭露了我们日常生活中的矛盾和冲突，非常尖锐地提出了一个引人深思的悲剧性问题。——是的，这是悲剧。我所说的悲剧，不是爱情的悲剧，而是这些知识分子给市侩主义、犬儒主义锈损了灵魂的悲剧"④。对于年轻的共和国知识分子来说，他们认为"只有这样，我们才不至在人民的成就面前一味嬉笑，而不善于歌颂，在人民的困难和痛苦面前闭上眼睛，保持缄默；只有这样，我们才能创作出真实地反映我们这个时代，而且也无愧于我们这个时代的作品。""缺少对人民命运的深切关心，缺少对生活的高度热情，缺少'己饥己溺、民胞物与'的人道主义精神，缺少'死守真理、以拒庸愚'的大勇主义精神，就没有崇高的人格，也没有真正的艺术，生下来的只不过是美丽的谎言和空虚的偶像"⑤。正是基于这样的艺

---

① 李呦：《要探索和思考》，《文艺报》1956年第9期。
② 《人民文学》1956年第4期。
③ 耿简（柳溪）：《爬在旗杆上的人》，《人民文学》1956年第5期。
④ 黄秋耘：《锈损了灵魂的悲剧》，《文艺报》1956年第13期。
⑤ 黄秋耘：《不要在人民的疾苦面前闭上眼睛》，《人民文学》1956年第9期。

术理念，所以，他们对现实的批评，不是对他们献身的革命的怀疑，而是要求作家应是社会的"优选者"，应该承担重要的社会责任，包括"为人类的现在和未来而战斗"，"拂拭去人类心灵上的锈迹和灰尘"，"给与受难的劳动人民以支援和裨益"。①

三、"配合"式小说与特殊见证

随着革命形势的发展，对文学的要求也越来越激进，表现阶级斗争成为一切文学作品所必须遵守的规范，文学要想真实地反映社会现状几乎是不可能的了。但由于十七年时期的社会管理与控制，有一种"动员和巩固"②式的循环状态，在比较宽松情况下，会有限度留有让不同意见表达的空间，特别是当决策者在某些社会背景下有意识允许不同意见表达的时候，因此，也给文学表现社会现实留下了一定的生存空间。

赵树理的小说《锻炼锻炼》③就从侧面对社会现实做了隐喻性的描写。"争先农业社"主任王聚海常给人们平息争端，主张"和事不和理"，只求能够"了事"就好，并在工作中认为凡是懂得他这一套的人就当得了干部，不能按照他这一套来办事的人都还得"锻炼锻炼"。基于这一原则，他坚持认为副主任杨小四是个青年人，"还得好好锻炼几年"。但在强迫农民出工劳动中，杨小四以非常规的手段体现了自己的能力，主任王聚海则受到书记的批评："所以我说你还得'锻炼锻炼'！"这是一篇配合农业合作化运动而出现的小说，作家创作的主观意图自不用言说，但细读小说文本，我们会发现它所描写的真实生活场景的意义大于作家的主观创作意图。杨小四在处理"小腿疼"的纠纷的时候，不是以理服人，而是用"你是不是想打架？政府有规定，不准打架。打架是犯法的。不怕罚款，不怕坐牢你就打吧！只要你敢打一下，我就请得到法院"的恐吓来制服农民。支书也说："大字报是毛主席叫贴的！你实在要不说理要这样发疯，这么大个社也不是没有办法治你！"回头向大家说："来两个人把她送乡政府！"强迫参加劳动

---

① 《黄秋耘自选集》，花城出版社 1986 年版，第 423 页。
② [美]詹姆斯·汤森、布兰特利·沃马克：《中国政治》，顾速、董方译，江苏人民出版社 1995 年版，第 152 页
③ 赵树理：《锻炼锻炼》，《火花》1958 年第 8 期。

时说："谁也不许回村去！谁要是半路偷跑了，或者下午不来了，把大字报给她出到乡政府！"赵树理自己也认为："这是一个人民内部矛盾问题，王聚海式的、小腿疼式的人，狠狠整他们一顿，犯不着，他们没有犯什么法"①。从这些细节可以看出当时农村的一些真实状况，虽然限制很多，但赵树理在小说中真实地写出了当时农村的现实。

1960年代，特别是党的八届十中全会后，受社会大环境影响，表现"阶级斗争和阶级路线"的小说在当时成了创作模式。但深入文本中会发现，所谓的创作模式，并不是固定而僵死的写作套路，在具体写作中，很多小说没有完全接受这种规约的限制。这与知识在认知中的增殖相类似，无数相互冲突的因素让小说"没有屈从于一个限制的过程，相反却是服从于一个煽动不断增大的机制"，其中也包括对多元的经验的"撒播和移植的原则"②。时代对小说提出了新的限制和要求，但反过来，这些限制和要求又从知识认知的角度，刺激了小说发展。

1964年，陈登科的长篇小说《风雷》出版后引起较大的反响，并随即引起了大规模批评。小说描写的是1954年冬天刚刚经历严重水灾的黄泥乡，受饥饿威胁人心浮动。一个飞雪阴沉的夜晚，在龙庙集名声不好的女人羊秀英开的狗肉棚子里，以解放前伪保长、富农黄龙飞为首的一伙人，正在策划"利用冰雪在地，灾荒当头，煽动群众闹事，从中套购国家粮食"。这在建国后多是描写莺歌燕舞的农村题材小说中是罕见的，因此，小说在无意识间表现了1950年代后期政治运动和自然灾害给农村经济和农民生活带来的残酷生活。在这种形势下，《风雷》被赞赏为反映农村阶级斗争的"热情颂歌"，是描写农业合作化运动的"一幅壮丽的画卷"③。但也有批评者指出小说对农村形式的估计比较悲观，"把一个区委组织写得那样糟"，作品的调子那样低沉。④

由此可见，表现阶级斗争的小说也不一定就完全与时代合拍，也不一定就能获得时代的承认。十七年小说是在时代政治影响下产生的，但在具体写作中，

---

① 赵树理：《当前创作中的几个问题》，《火花》1959年第6期。
② ［法］米歇尔·福柯：《性经验史》，佘碧平译，上海人民出版社2000年版，第10页。
③ 黄估中：《一幅壮丽的画卷》，《湖北日报》1964年11月29日；张羽：《阶级斗争的热情颂歌——推荐反映农村阶级斗争的长篇新作〈风雷〉》，《湖北日报》1964年11月29日。
④ 吴子敏：《评〈风雷〉》，《文学评论》1965年第4期；桑雁、吴绣剑：《〈风雷〉有那样好吗？》，丁志聪：《对〈风雷〉描写农村阶级斗争的质疑》，《文学评论》1966年第2期。

那些相互作用和相互纠结甚至是相互诋毁的因素，又使得原来的叙事努力改变了方向，甚至在无意识中偏离了作家的初衷。而由于小说中多种叙事因素的复杂存在，小说实际上很有可能让自己游荡在被肯定或否定的危险中，从而无法与时代的文学规范一一对应，也给小说的多重解读留下了可能性的空间。

分析至此，我们还能对十七年文学缺少"感时忧国"的现实道义承担精神的断语认同并进而附和吗？正像以赛亚·柏林在《苏联的心灵：共产主义时代的俄国文化》^①一书中所揭示的，即使在冰封的世界里，也会有伟大的心灵。所以，对一切断语绝不要太热情，也没有必要太低沉，因为，当一切流逝之后，真诚持久地温暖着人们心灵并为人们所记住的，还是那些在困顿中执着坚守的心灵。

第二节 理想王国的梦幻写作：论十七年农业合作化小说

描写农业合作化和人民公社的文学始自 1950 年代，但是其来源却可以追溯到新民主主义革命时期的解放区文学。在紧张而严酷的战争环境中，1940 年代描写土改的小说比较关注农民的实际利益，特别是描写农民和干部的关系，这不只是体现了文学为政治服务的宗旨，也与当时必须动员和依靠农民赢得战争有关。建国初期，随着农业合作化政策的推行，描写农业合作化题材的小说应运而生，这些作品注重语言、情节和人物描写的传统经验，把当时激进的社会情绪与相对传统的表现方法融合起来，在当代小说史上产生了重要影响。

时代语境转换之后，这些小说也因所描写的历史事件得到完全相反的评述而成了聚讼纷纭的历史文本，历史事件被反转进而失去了合法性之后，描写历史事件的小说文本也理所当然地失去了其存在的正当性。身处今天语境中的我们，所要警惕并力图摆脱的，恰恰是这种分割文学文本血脉生气的强硬行为。我们似乎已经习惯将一些文学文本从它赖以生存的历史语境与历史结构中生硬地抽离出来并将其无限放大，从而为当下的文学史叙事提供合法性支持，这种态度的意识

---

① ［英］以赛亚·伯林：《苏联的心灵——共产主义时代的俄国文化》，潘永强、刘北成译，译林出版社 2010 年版。

形态性是不言而喻的。当我们挣脱所携带的"当下"的理论与知识去重新阅读描写农业合作化小说文本时，我们会发现，农业合作化这一历史事件与执政党在当时历史语境中对政治结构、生产方式、意识形态、道德伦理等想象性建构有密切关系。与此同时，在文学文本介入这一想象性建构的过程中，更多地被一种巨大的乌托邦激情所鼓舞，整个文本写作沉浸在一种梦幻般的理想状态之中，小说，便是对这种梦幻般理想状态的表征。

一、期许与限度：农业合作化小说的真实辩证法

从历史中抽身而出，以一种历史局外人的眼光去看农业合作化运动，关键的是要摆脱历史的"后见之明"，充分考虑到当时的局势，从而给历史事件以更加客观的定位。农业合作化运动在当时之所以能够发生并且轰轰烈烈地在全国铺展开来，是有着相当合理的逻辑运行规则的。

土改后，农业生产虽然有了一定的发展，但仍然有一些贫苦农民因为生产规模狭小而存在很多生活困难，根据当时的统计资料，在一些农村，"贫雇农每户平均占有耕畜 0.47 头，犁 0.41 个，一年用于购置生产资料的支出只有 30 元，其中购置生产工具的只有 3.5 元"[①]。可见，在这种条件下，贫苦农民因为缺乏生产资料根本就无法独立从事农业生产，一旦遇到自然灾害就会更加困难。这一情况一直到 1954 年都没有太大的改善。"贫雇农所占有的生产资料同中农、富农比较，耕地相当于中农的 64.3%，相当于富农的 31.6%；耕畜相当于中农的 46.4%，相当于富农的 27.7%；犁相当于中农的 48.6%，相当于富农的 29.5%；水车相当于中农的 46.2%，相当于富农的 37.1%"[②]。在这种情形下，农村就开始出现了新的两极分化现象，"有的开始出卖土地或出租，开始借贷，开始去做长工了"[③]。在当时的一些小说中，对这一现象就有潜在的表现，如孙犁的小说《铁木前传》[④]中

---

① 周鸿主编：《中华人民共和国国史通鉴》第一卷，红旗出版社 1993 年版，第 27 页。
② 苏星：《土地改革以后，我国农村社会主义和资本主义的两条道路的斗争》，《经济研究》1965 年第 9 期。
③ 1951 年东北局给中央的报告，《农业集体化重要文件汇编》（1949–1957），中共中央党校出版社 1981 年版，第 8 页。
④ 孙犁：《铁木前传》，《人民文学》1956 年第 12 期。

的黎大傻，贪吃懒做，每次集体分东西之后，他首先想到的不是如何更好地发展生产，改善一家人的生活，而是把分得的东西狠命浪费掉，把分得的粗粮变卖，换回麦子买面条。这样几次下来，黎大傻的家庭虽然分到土地了，也有了基本的生产资料，却没有发展生产，而把从事生产的"本"给吃光了，其结果就是，黎大傻的家庭变得越来越穷了。

在这种情形下，党中央认为，"对于农村的阵地，社会主义如果不去占领，资本主义就必然会去占领"①。为避免农村出现新的两极分化，让已经解放了的农民再度回到赤贫的生活中去，党中央决定实现农业合作化，以帮助缺少生产资料的农民从事农业生产。党中央的这种决定，是基于一定的现实考量的，因为农业合作化不仅在帮助缺少生产资料的贫困农民摆脱贫困提高生产方面显示出强大的优越性，在抵抗自然灾害方面也是个体农民和单个家庭没法相比的，1956 年的政府工作报告就明确指出了这一点："今年这么大的灾荒，我们的收成还是比去年增加了，这就是合作化的优越性，社会主义的优越性"②。即使是 1960 年代对农业合作化激烈批评的赵树理，也一样承认党的农业合作化政策在农村"停止了土改后农村阶级的重新分化"③，而曾从事过乡村建设、对农村深有了解的梁漱溟更从国家的意义上承认农业合作化运动的高度政治意义："从前农民散漫得很哪，各自自顾身家，没有组织……现在的确是组织起来了，完全组织起来了，政治经济都合起来了。这人民公社不单纯是一个经济组织"④。

同时，实现农业合作化也是年轻的共和国实现国家工业化战略，解决粮食和工业原料的需要，"如果我们不能在大约三个五年计划的时期内基本上解决农业合作化的问题……我们就不能解决年年增长的商品粮食和工业原料的需要同现时主要农作物一般产量很低之间的矛盾，我们的社会主义工业化事业就会遇到绝大的困难，我们就不可能完成社会主义工业化"⑤。而通过工业化实现国家独立、富强，是自近代以来几代中国人的梦想，党中央也多次强调"没有工业，便没

---

① 《建国以来毛泽东文稿》第四卷，中央文献出版社，1997 年版，第 357 页。
② 周恩来：《关于发展国民经济的第二个五年计划的建议的报告》，中央文献研究室编：《建国以来重要文献选编》第九册，中央文献出版社 1996 年版，第 167 页。
③ 《赵树理全集》第五卷，北岳文艺出版社 1994 年版，第 323 页。
④ 梁漱溟：《这个世界会好吗？》，东方出版中心 2006 年版，第 266 页。
⑤ 《毛泽东选集》第五卷，人民出版社 1977 年版，第 181–182 页。

有巩固的国防，便没有人民的福利，便没有国家的富强"①。

正如《关于建国以来党的若干历史问题的决议》指出的："在过渡时期中，我们党创造性地开辟了一条适合中国特点的社会主义改造道路。我们遵循自愿互利典型示范和国家帮助的原则，创造了从临时互助组和常年互助组，发展到半社会主义性质的初级农业生产合作社，再发展到社会主义性质的高级农业生产合作社的过渡形式"②。从今天的角度来看，农业合作化的历史意义更重要的还在于把人的改造和制度的改造结合起来，试图把个体小生产变为集体大生产，这本质上是一场巨大的社会革命，只是这场革命太超前了，超越了当时的社会现实，所以才带来一些负面效应。

当然，在合作化实行过程中，不可避免地出现所谓任务多、会议集训多、公文报表多、组织多、积极分子兼职多等"五多"的现象。尤其是 1953 年 2 月 26 日《关于农业生产互助合作的决议》公布后，"无论在老区如华北等地或新区如四川等地，均已发生了左倾冒进的严重现象"③。在快速推进中出现了一些荒唐口号与做法，如"思想教育不是万能的"、"群众的觉悟不能等待"、"运动要暴风骤雨"等，"群众由于害怕，向干部哭哭啼啼哀求入社，干部反认为群众的社会主义觉悟高，从而更助长了领导的盲目性"④。

这些负面现象在十七年小说中自然都有描写。束为的小说《老长工》中，生产队长郭在先对待社员"老生姜"的态度，从驻社干部王正民的批评中就可以看出："你是老共产党员，还是生产队长，大小也算是个干部了，可是出口骂人，动手打人，这还了得！共产党员如果都像你这样，那不是要脱离群众吗"⑤！在当时的小说中，运动中的一些诸如"只要发挥主观能动性，就能产生呼风唤雨的神奇力量"（《人民日报》1958 年 6 月 14 日）、"只要我们需要，要生产多少就可以生产多少粮食来"（《人民日报》1958 年 6 月 14 日）、"人有多大胆，地有多大产"

---

① 《毛泽东选集》第三卷，人民出版社 1991 年版，第 1080 页。

② 中国共产党中央委员会：《关于建国以来党的若干历史问题的决议》，中共党史出版社 2010 年版，第 26 页。

③ 1953 年 3 月 8 日，中央发出《关于缩减农业增产和互助合作发展的五年计划数字给各大区的指示》，中华人民共和国农业委员会办公厅编：《农业集体化重要文件汇编》，中共中央党校出版社 1981 年版，第 104 页。

④ 杨树标等：《当代中国史事述略》，浙江人民出版社 2003 年版，第 160–165 页。

⑤ 束为：《老长工》，《人民文学》1958 年第 5 期。

（《人民日报》1958 年 6 月）等思想，都有一定程度的表现。

1950 年代的文学处于特殊的社会环境中，浪漫的文学倾向固然有作家对艺术理解的原因，但农村迅猛的发展形势才是最主要的因素。1950 年代中后期，表现农业合作化题材的小说越来越多，如李满天的长篇三部曲《水向东流》（1956）、《水流千转》（1958）、《水归大海》（1959），王汶石的《风雪之夜》（1956）、《米燕霞》（1958）、《新结识的伙伴》（1958）等。作家的创作观念也越来越激进："我们这个时代的劳动者，是在共产主义思想光辉的照耀下翻天覆地、创造新世界的巨人，他们的精神世界和感情的海洋，比起前人来，不知要深邃多少倍"[1]！为了充分表现这样的新人，表现时代精神，小说中的农民在合作化道路上表现出的摇摆和犹豫逐渐减少，代之的是义无反顾地走合作化道路、勇于开拓、积极进取的新人形象，他们能"忍受一般人所不能忍受的艰难困苦，以快乐和自信的胸怀，面对眼前的贫苦生活而不叫苦；以超人的努力，从事常人体力不能负担的工作而不知累。他们既是凡人又是超人；既是普通人又是传奇的人物"[2]。

今天对农业合作化小说的指责，集中在它们对现实反映的不真实上。从农业合作化的历史来看，当时的确存在一些超越现实的激进做法，伤害了农民发展生产的积极性，也自然有一些作品单纯地迎合当时政治形势的需要。而问题的复杂性恰恰在于，文学反映生活本来就是多角度、多侧面的，小说这种文体本身的特点本来就赋予作家虚构的权利，他们可以根据自己的体察与感悟，对建国初期农村生活中出现的两极分化危险表示忧虑和担心，并通过小说抒发对乌托邦前景的希冀与憧憬，特别是当他们通过一定的方式表现了"合情合理的不可能"[3]情形的时候，这批在小说史上产生影响的农业合作化题材的小说，就无法简单地用真实与虚假去下断语了。

后来在评论这些小说的时候多以作家当时的情感为出发点，以此作为历史的证据，来论证这些小说的虚假。但是，这样的研究恰恰忽视的是对当时语境中的情感的体悟，而沉迷于历史的进步迷思。对这些农业合作化题材小说的阅读与评述，要回到当时的历史情境中，去体悟当时作家对农业合作化所抱持的那种敬

---

[1]　王汶石：《风雪之夜》，人民文学出版社 1959 年版，第 242 页。

[2]　王汶石：《风雪之夜》，人民文学出版社 1959 年版，第 242 页。

[3]　[古希腊] 亚里士多德：《诗学》，陈中梅译，商务印书馆 1996 年版，第 80 页。

意与热情，如果强行以今天的理念肢解前人的情感，所带来的也只是对历史空洞的理念叙述。

亚里士多德强调文学描写的对象即使不可能，也仍然为诗人、艺术家所向往，这是虚构艺术的本质，也是虚构艺术可成立性之所在，"如果诗人写的是不可能发生的事，他固然犯了错误，但是，如果他这样写，达到了艺术的目的……能使这一部分或另一部分诗更为惊人，那么这个错误是有理由可辩护的"。"为了获得新的效果，一桩不可能发生而成为可信的事，比一桩可能发生而不能成为可信的事更为可取"①。这就不仅肯定了创作中不可缺少的浪漫想象的作用，而且指出了作家还必须通过想象将合情合理的不可能，变得比不合情理的可能更好。小说的特点决定了它在以虚构方式表现历史上的人物与事件时不可能真实地还原历史，而只能是作家对历史事件和人物的一种想象性叙述。

时过境迁，当故事的背景变得不真切甚至模糊的时候，透过这些小说，我们仍能体悟变革时代中人物命运的悲欢离合，以及人们对理想世界的追求。在这个意义上，这也正是浪漫的本质："这个世界必须浪漫化，这样，人们才能找到世界的本意。浪漫化不是别的，就是本质的生成。低级的自我通过浪漫化与更高、更完善的自我同一起来。所以，我们自己就如像这样一个本质的生成飞跃的系列。然而，浪漫化过程还是很不明晰的，在我看来，把普遍的东西赋予更高的意义，使落俗套的东西恢复未知的尊严，使有限的东西重归无限，这就是浪漫化"②。这些描写农业合作化题材的小说，在重塑当时中国人的心灵史上的作用，也可以从这个意义上去理解，因为对于我们来说，"没有理由认为一种小说叙事比另一种更真实，因为我们没有能使我们判断不同成规的准确性的绝对标准。同样，既然历史和传记总是从这一或那一意识形态角度被叙述的，那么就可以争论说，被他们表现为现实的其实是对现实的某些主观的成规的看法"③。

方之的《出山》④写于1960年代初，小说所描写的是一个虽然实行合作化运动有五六年的时间但依然远近闻名穷的小王庄，整个庄子"两条瘦牛，一部破水

---

① ［古希腊］亚里士多德：《诗学》，陈中梅译，商务印书馆1996年版，第80页。
② ［德］诺瓦利斯：《断片》，转引自刘小枫：《诗化哲学》，华东师范大学出版社2007年版，第40页。
③ ［美］华莱士·马丁：《当代叙事学》，伍晓明译，北京大学出版社1990年版，第87页。
④ 方之：《出山》，《上海文学》1962年第8期。

车，青沙白螺蛳土，大、小五六十张嘴"，而且牛棚已经破旧，挡不得风寒；牛草只剩了五百斤，顶多够牛吃 10 天。这种贫穷的状况在"调整生产队规模时，周围村子不愿带他们。有的说：'家无量斗金，攀不得王家亲。'有的更干脆对大队支部书记说：'书记！一句话说到底，你要是强迫命令，我们马上就答应；若是跟我们商量呢，再说三天三夜，也是嘴上抹石灰——白的'"！这种状况让王如海一出山，就要全家人都为自己的决定作出牺牲，他要女儿与几个年轻姑娘上山砍柴，而且要挑最苦最重的活干。要妻子献出准备为外甥女小青做嫁妆的槐树，要儿子今后"多出力，少放炮"，牺牲掉按时孝敬老父亲的鲜鱼和美酒。王如海的形象显然已经超越了现实中的人的正常情感，而具有了理想的色彩，是作家对理想中的"人"的想象，是对未来的美好想象。

正是这种对未来的美好想象为文学回避真实的生活提供了经验，让文学得以超越现实生活而直接表现理想生活，正如周扬所阐释的："我们处在一个社会主义大革命时代，劳动人民的物质生产力和精神生产力都获得了空前的解放、共产主义精神空前高涨的时代。人民群众在革命和建设的斗争中，就是把实践的精神和远大的理想结合在一起的。没有高度的浪漫主义精神是不足以表现我们的时代，我们的人民，我们工人阶级的共产主义风格"[1]。事实上，任何一个作家都不会简单地听从意识形态的召唤，作家试图用文学在贫穷落后的农村现实中构建一个理想的世界图景，并以极大的热情去关注它、赞美它。

在柄谷行人看来，对对象的描述并不仅仅是一种单纯的模仿行为，而永远是一种主体叙述，主体或主体性是一个不断被建构的过程。在这一建构的过程中，时时能够见到国家、社会、制度、政治、意识形态等诸多力量介入的痕迹，从而形成了某种生产性的"装置"。我们之所以只能看到主体建构的结果，看不到这种介入的痕迹，是因为"所谓风景乃是一种认识性装置，这个装置一旦成型，其起源便被掩盖起来了"[2]。作为一种政治想象，十七年小说所表现的农业合作化到底是真实还是虚假对文学研究来说已经不特别重要了，我们今天重新研究这些小说，目的也不是对这些小说进行充满道德正义的裁判。对于今天的我们来说，重要的是农业合作化小说的文学想象折射了国家政治的物质性实践过程，通

---

[1] 《红旗》1958 年 6 月 1 日。

[2] ［日］柄谷行人：《日本现代文学的起源》，赵京华译，生活·读书·新知三联书店 2006年版，第 12 页。

过这些小说我们可以看到它们对农业合作化这一"风景"的发现与描述，所携带的中国作为现代民族国家的建构过程中的现代性冲动是如何介入文学想象中去的，政治又是如何侵蚀文学话语的。同时，它也为我们进入这一特定年代中国农民的情感史、命运史、心态史、性格史带来了多种的可能性。

二、农业合作化小说中的日常生活潜流

1953 年到 1955 年底，随着农业合作化运动的不断推进，以农业合作化为题材的小说也不断涌现，短短几年，公开出版的中长篇小说将近 20 篇[1]，如果加上各级文学期刊上发表的短篇小说，数量更多。文坛对农业合作化小说是积极赞扬的，认为这类小说"在一定程度上真实地反映了广大农民社会主义的热情，反映了农民各阶层的相互关系、冲突和矛盾，反映了农村中社会主义和资本主义两条道路的激烈斗争"[2]，"接触了当前农村的比较重大的主题"，"展示了一些农民们灵魂深处的崭新的变化，和社会主义的道德力量在人们之间的关系、家庭关系、夫妇关系、社会风习等方面所激起的崭新变化"[3]。

布迪厄在《艺术的法则》中认为：一种新的美学原则和艺术趣味的变革往往建立在作家写作伦理的变革的基础之上，波德莱尔等人首先是一种全新的写作伦理的实践者，在此基础上才生成不同于其前人的艺术法则。[4]农业合作化小说在此时的大量出现，正反映了新的写作伦理的变革。

1953 年底，《中共中央关于发展农业生产合作社的决议》刚颁布，11 月 20 日的《河南日报》就发表了李準的《不能走那条路》。小说中，主人公宋老定打算乘人之危买地，后来却主动拿钱帮助卖地的张栓发展生产。作品意向非常明确：如果贫苦农民获得土地后，一心只想发家致富，而党不及时制止这种"资本主义自发的倾向"，那么农村将出现两极分化，翻身农民将有可能重新回到被剥削的老路上去。小说反映的不仅是合作化运动，更反映了在激进社会变革面前人内心的转变，其中一个细节是宋老定去张栓的地里"步地"时想起张栓爹临死时

---

① 康濯：《关于两年来反映当前农村生活的小说》，《文艺报》1956 年第 5—6 期。

② 周扬：《建设社会主义文学的任务》，《文艺报》1956 年第 5—6 期。

③ 康濯：《关于两年来反映当前农村生活的小说》，《文艺报》1956 年第 5—6 期。

④ [法]皮埃尔·布迪厄：《艺术的法则》，刘晖译，中央编译出版社 2001 年版，第 127 页。

对张栓说"早晚咱有地了，再埋我这老骨头，没有地就不埋，反正我不愿意占地主们的地坷垃头"，没步完地就赶快回村子去了。在时代巨变面前，细节的描写让小说充满了丰盈生命力与生活色彩，借用傅雷的评论就是，由于作者从生活细部着眼，"运用了这一类好像漫不经意，轻描淡写的手法，富有思想性的内容才没有那副干枯冰冷的面目，才有具体的感性形象通过浓郁的诗情画意感染读者"①。就文学与政治的关系而言，合作化运动的历史合理性，也正是在这些细节的真实描写中，获得了真正意义上的表达。

《创业史》开始的景物描写，便充满着日常生活气息。早春清晨河两岸，在下堡村、黄堡镇和北原边上的马家堡、葛家堡，在苍苍茫茫的稻地野滩的草棚院里，雄鸡的啼声互相呼应着。在大平原的道路上听起来，河水声和鸡啼声是那么优雅，更加渲染出这黎明前的宁静。故事中，高增荣向姚士杰借粮食时，由于高增福是合作社的积极分子，整个前晌，姚士杰努力考虑着：怎样回答高增荣呢？他蹲在脚地上吸水烟，从后园的井里绞水，在马房里垫土，那半旧的破了底边的瓜皮帽下面，脑子里有两个姚士杰在争辩。这个姚士杰反对给高增荣借粮：他兄弟高二是姚士杰所痛恨的人；但是另一个姚士杰赞成：高增荣是个鲁笨人，有奶便是娘。当村干部能给他解决困难时，他就"和富农划清界限"；活跃借贷一没指望，他又投奔富农。这样的描写，正表现了土改及农业合作化中农村日常生活现状，比流行的农业合作化题材的文学更能见到当时的一些真实人心变化，让我们能从中窥见土改与农业合作化中的某些细微的流动痕迹。

周立波《山那边人家》②中的新娘子卜翠莲的嫁妆是一本红封面劳动手册，上面有她在劳动中挣得的两千多工分，用新娘子的话说就是："我不是来吃闲饭依靠人的，我是过来劳动的。我在社里一定要好好生产，和他比赛。"新娘子的嫁妆引来大家的羡慕，"这才是真正的嫁妆"。新郎邹麦秋也不示弱，新婚之夜爬进地窖里去照看社里的红薯种，让老社长一半夸奖一半责备地说："你呀，算是一个好的保管员，可不是一位好的新郎公。不怕爱人多心吗？"这样的情节设计当然带着时代潮流所留下的痕迹，但时代的潮流只是搭建起故事叙述的结构，真正支撑起小说骨架的，还是作家对民间婚姻风俗的细腻描绘。新婚初夜的听房，富有民间风俗的婚房布置，最显眼的是那一对细瓷半裸的罗汉，它们挺着胖大的

---

① 傅雷：《评〈三里湾〉》，《文艺月报》1956 年第 7 期。
② 周立波：《山那边人家》，《人民文学》1958 年第 11 期。

肚子，在哈哈大笑。可以看出即使是在时代的潮流之下，农村传统在最深处依然坚守着自己独特的生活原则。

合作化小说中的日常生活风俗的描写，给革命年代的文学创作以丰沃的营养滋润，让小说在红火的革命叙事骨架下，流淌着的是人性与人情的暗流。虽然大多数小说中能够随处见到政治话语对小说话语侵蚀的明显痕迹，在这些小说的叙事与故事构架上有着深深的时代痕迹。但是，恰恰是这些日常生活风俗的描写，让这些小说拥有了足以抵抗政治话语侵蚀的坚韧性，从而让小说能够经得起时代语境转换之后的重读，有着丰盈的生命力。

但是，小说中这些对日常生活的描写与表现，绝不是简单地为表现而表现，真正的目的是为了对日常生活进行提升，即"把普遍的东西赋予更高的意义，使落俗套的东西恢复未知的尊严，使有限的东西重归无限"[1]。只有如此，日常生活才能挣脱专属于它的领土，才能挣脱"日常存在的锁链"[2]，并进而给日常生活赋予超脱自己的意义，找到自己的本质，人们也才能通过这种描写找到世界的"本意"，虽然这种"本意"只是政治话语的一种型塑。

三、农业合作化之于女性解放的意义及局限

阿尔都塞认为"意识形态'起作用'或'发挥功能'的方式是：通过我称之为传唤或呼唤的那种非常明确的作用在个人中间'招募'主体（它招募所有的个人）或把个人'改造'成主体（它改造所有的个人）"[3]，农业合作化题材小说中的女性形象就可以从这个意义上去理解。在农业合作化题材的小说中，众多的女性形象开始作为主角出现在小说中，妇女形象也经历了从家庭到社会的位置转移的过程，这也是她们被意识形态"招募"并"改造"为主体的过程。李双双、叶英、白玫、卜翠莲、吴淑兰、张腊月，这些农业合作化题材小说中的女性主体都

---

① [德]诺瓦利斯：《断片》，转引自刘小枫：《诗化哲学》，华东师范大学出版社 2007 年版，第 40 页。

② [法]吉尔·德勒兹、菲力克斯·迦塔利：《什么是哲学？》，张祖建译，湖南文艺出版社 2007 年版，第 10 页。

③ 陈越编：《哲学与政治——阿尔都塞读本》，孟登迎译，吉林人民出版社 2003 年版，第 358 页。

面临着这一主体的询唤和改造的困境。

这里的意识形态并非简单地指与政治对应的统治，指的是人与现实世界之间客观的对象式的存在，由于人类对意识形态的认识具有拟想的性质，这种拟想与"人与现实的关系"之间形成阿尔都塞所说的"关系的关系"、"第二层关系"[①]，但意识形态却又时刻在制约着人在现实世界中的生活。农业合作化就是典型的人与现实的"关系的关系"，它要求处在其中的女性以"拟想的形式"去体验和再现自身与客观现实的关系，并对女性个体做出关于幸福远景的终极承诺。正是这种拟想和终极承诺，引导她们一步一步走出私有制和私有观念，产生对远方美景和幸福未来的心理期盼。在这一询唤下，女性开始把"意识形态对世界所体验而得"的依附关系作为"真实的和合理的"关系而接受。

正如当时一篇文章题目[②]所强调的，农业合作化是和女性的彻底解放紧密相关的，因而，能否动员女性最大程度地参与到合作化运动中来，也就成为农业合作化运动成功与否的重中之重和决定性因素。在共和国的农业合作化设计中，妇女是作为资源被国家征用的。在对农业合作化具有指导性作用的文件《一九五六到一九六七年全国农业发展纲要（修正草案）》中对动员劳动力提出的具体要求是：农村中的每个男子全劳动力每年至少做二百五十天左右的工作，妇女除了从事家务劳动以外，每一个农村女子全劳动力每年参加农业和副业（包括家庭副业）生产劳动时间不少于八十到一百八十天。[③]1958 年后，女性和男人一样，该出工的日子都得出工。1950 年，农村妇女参加田间劳动的比例，在新解放区只占妇女劳动力的 20–40%，到 1957 年，农村适龄妇女参加田间劳动的就有 70%，1958–1959 年，90% 的农村妇女参加了田间劳动。[④] 在农业合作化小说中，对女性走出家庭直接参与农业生产劳动的描写就是这种政策的直观表现。

农业合作化小说对妇女的叙述有着自己独特的叙述逻辑，那就是把女性参加农业合作化与否与爱情的幸福与否直接联系起来，这样，就潜在地把农业合作

---

① 于文秀：《阿尔都塞的"意识形态"理论与"文化研究"思潮》，《哲学研究》2002 年第 6 期。

② 燕凌：《合作化是农村妇女彻底解放的道路》，《中国妇女》1955 年第 2 期。

③ 转引自王政、陈雁主编：《百年中国女权研究》，复旦大学出版社 2005 年版，第 263 页。

④ 高小贤：《中国现代化与妇女地位变迁》，李小江等编：《性别与中国》，生活·读书·新知三联书店 1994 年版，第 113 页。

化与女性的个人幸福直接连在一起，把国家层面的宏观问题细化为个体层面的微观问题。于是，我们读到的是农业合作化运动催生的爱情故事，这些爱情故事反过来又为农业合作化运动的合法性提供了支持。如《三里湾》的玉生和灵芝、有翼和玉梅、满喜和小俊的恋爱，《山乡巨变》的陈大春和盛淑君的爱情，这些爱情故事不但受到读者的欢迎，更受到著名批评家唐弢的盛赞。① 我们当然不能把爱情故事当作作家真正用心所在，因为这些爱情故事本身承担着"文学/政治隐喻"的叙事功能。经由爱情故事的想象性叙述，农业合作化不仅仅是政治/经济事件，也是情感事件，人们在农业合作化中获得政治/经济利益的同时还收获美满婚姻和爱情。在小说中的爱情故事想象性叙述的抚慰下，农业合作化运动超越政治/经济层面进入私人情感领域，内化为青年男女的情感自然权利，在全面获得话语合法性的同时，把个体改造成意识形态询唤的主体。

孙犁的小说《铁木前传》② 中的满儿聪明，"不管多么复杂的花布，多么新鲜的鞋样，她从来一看就会，织做起来又快又好"，她也能干，"浇起园来，可以和最壮实的小伙子竞赛，一个早晨把井水浇干"，但由于包办婚姻让她不能和自己心爱的人生活在一起，她因此渴望得到生活和异性加倍的补偿，并因此而反对农业合作化。当她的丈夫从外地回家后，她母亲劝她回家，小满儿说："婚姻是你和姐姐包办的，你们应该包办到底，男人既然要回来，你们就快拾掇拾掇上车去吧。"当母亲和姐姐说她名声不好的时候，小满儿跳下炕来对着镜子梳理着头发，直眉立眼地说："名声不好听，也不是从我开始，是你们留给我的好榜样呀！"可见，与其说小满儿反对入社，反对合作化运动，不如说她是以自己特有的方式向不公正的命运实施报复。在小说的结尾，则暗示着小满儿只有加入农业合作社，她的未来生活才有幸福的可能性。

骆宾基的小说《父女俩》③ 中的"香姐儿"因丈夫早逝，带着八岁的儿子在集上摆豆腐摊，她人勤快，生意好，是方圆几百里老老少少没有一个不说"好"的出色人物，"一句话，在油庄她是封建思想体系所奉承的理想人物"。但香姐儿的爹邢老汉受封建思想影响比较严重，看不得女儿的一点高兴，如果香姐儿在生活中表现出一点青春的活力与快意，她爹邢老汉就要以"关心"为名打消它。当

---

① 唐弢：《关于文学语言》，《文艺月报》1959 年第 8 期。

② 孙犁：《铁木前传》，《人民文学》1956 年第 12 期。

③ 骆宾基：《父女俩》，《人民文学》1956 年第 10 期。

香姐儿因参加妇救会而生机勃发，像是复活了做闺女时代似的在发髻上插着一朵黄色的小野花的时候，邢老汉越看越不顺眼，忍了一天，终于对香姐儿说："你把头发上那根草，给我拔下来，掷出去！这像什么呀！呵！给谁看呀！呵？我真不愿说什么！"直到看见女儿"脸色又冷落了下来，失去了生活的光彩"，他"这才满足的怀着无限欣慰的心情走掉了"。后来香姐儿赶集碰到油庄民兵队队长张达动员她参加上级号召捉蚂蚱的活动，让她意识到生活中不仅有邢老汉等几个似乎专门监视、限制自己活动的人，还有农业生产合作社和张达对她的爱。香姐儿因农业合作社终于有机会冲破传统的限制，与自己所爱的人结了婚。香姐儿和张达的爱情更被农业合作社里的年轻人看作自己的胜利，看作是对那些封建传统的拥护者的严重的打击。

在这种想象性叙述的抚慰之下，农业合作化小说将妇女凝聚成一个类似于"想象的共同体"[1]的组织体，对这些女性来说，参加农业合作社之后，爱情就不仅仅是情感的，更是政治的，爱情超越了具体的"社会／政治"事件，变成了更多地带有象征意义的符号，于是，我们看到《我们播种爱情》[2]这样的书名。自然，这样的爱情叙述模式不会仅仅局限于文学领域，甚至影响到其他艺术领域，例如，电影《我们村里的年轻人》讲述了军人高占武复员回乡，立志改变山村面貌的故事。他带领村里的年轻人劈山引水，凿通山洞，两个月完成了两年的工程计划。高爱上了中学毕业生孔淑贞，队里的青年曹茂林也爱上了她。曹请高为他帮忙。高占武埋藏起自己对孔淑贞的感情，诚心诚意地去成全他们。孔淑贞的同学李克明原与刘小翠是一对恋人，李抛弃了刘，也来追求孔淑贞。孔淑贞心里爱的却是高占武。后来，茂林和小翠在劳动中产生了爱情。高占武向孔淑贞表白了心迹。李克明也在劳动中提高了觉悟，决心留在家乡建设农村。在农业合作化小说中，个人只有在投入国家政治的过程中才能得到自己的幸福。

李準的小说《李双双小传》[3]中的李双双17岁就嫁给了孙喜旺，由于她年龄小什么事也不懂，经常挨喜旺的打，喜旺遇事也从不与她商量。李双双年纪轻轻的就拖着三个孩子，整日在家纺线织布，拉扯孩子，村里街坊邻居很少有人知道

---

① ［美］本尼迪克特·安德森：《想象的共同体——民族主义的起源与散布》，吴叡人译，上海人民出版社，2011 年版。

② 徐怀中：《我们播种爱情》，人民文学出版社 1960 年版。

③ 李準：《李双双小传》，《人民文学》1960 年第 3 期。

她姓什么叫什么，老一辈人都管她叫"喜旺家"或者"喜旺媳妇"，年轻人则叫她"喜旺嫂子"。至于喜旺本人，在人前提起她，就只说"俺那个屋里人"、"俺小菊她妈"、"俺做饭的"。解放后，由于国家动员女性参加农业合作社，李双双在这时给"跃进"了出来，获得了与丈夫平等的地位。由于农业合作社实行男女同工同酬，李双双也有了经济收入，孙喜旺办什么事，也得和她商量商量了。喜旺若再独断专行，李双双可以找村干部评理。其次，由于有了农业社食堂，李双双彻底地从家务中解放了出来，人更积极了，被公社党委任命为孙庄司务长，被选为全县特等劳模，并去北京出席群英大会。在李双双参加农业合作社的过程中，"双双修了两天渠，脸吹得红扑扑的，话也稠了，笑声也响了，可是也更忙了。特别是做三顿饭。每天人家不下工地她就得跑回来，忙着烟熏火燎的烧火做饭，可是还没等吃到嘴里，队里就又打上工钟了"。这段话再联系小说中罗书记的"要是能把家庭妇女弄出来，咱们这个大跃进可就长上翅膀了"这句话，以及小说开始李双双的大字报"家务事，真心焦，有干劲，鼓不了！整天围着锅台转，跃进计划咋实现？只要能把食堂办，敢和他们男人来挑战"，农业合作化对女性的含义就更值得深思了。

王汶石的小说《新结识的伙伴》[①]中的吴淑兰是个公认的传统的"好女人"，从小寡居的母亲对她管束严厉，出嫁后村里人、亲戚、朋友都夸她是个好媳妇。丈夫把全部时间都用到工作上，她也从不抱怨，自始至终带着她那永不失去的宁静的微笑，担负起一切繁琐的事务：抚育孩子，孝敬公婆，缝缝补补，锄地，割草，喂牲口。是农业合作社改变了她，吴淑兰和妇女们一起下地，她无论做什么事都实心实意，干活谁也比不上她，半年后被选为副队长。在大搞农田水利的运动中，她积极参加干部学习班与妇女学习组，积极听党课，在人多的时候和人辩论。这时候的她，眼睛里有了奇异的光彩，嘴角泛起了新奇的笑容，她的变化连她自己都说不上来。正是农业合作化把她从传统的妇女角色中给解放了出来，尽管这种解放有着意识形态的某种"召唤"在里面，但农业合作化给吴淑兰打开了多彩生活确实是无疑的。

正如蔡翔总结的："'劳动'附着于'无产阶级'这一概念，展开一种既是民族的，也是世界的政治——政权的想象和实践活动。同时，这一概念也有效地

---

① 王汶石：《新结识的伙伴》，《延河》1958 年第 11 期。

确立了'劳动者'的主体地位，这一地位不仅是政治的、经济的，也是伦理的和情感的，并进而要求创造一个新的'生活世界'"①。经由农业合作化小说的想象性叙述，妇女，这一共和国话语中的"半边天"被意识形态有效地征用，并进而扩展到全体劳动者，在意识形态的召唤下劳动者被凝聚成"想象的共同体"②。而农业合作化小说也超越了"真实"与"想象"的界限，变成更多带有象征意义的符号，折射着政治的物质性实践过程。虽然具体实践过程及其结果没有达到预期目的，但身处今天的我们没有丝毫权力去嘲笑中国文学在这一阶段曾经蕴藏着巨大热情的乌托邦想象，我们看到的是作家如何坚持自己的理想的。那种身处"历史的后见之明"假想中的态度高地对历史所做的任何轻率否定与臆断，在某种意义上是一种历史意识的浅薄。

第三节　十七年小说的生活化政治与型塑新人

十七年小说的生活化政治运作逻辑指的是小说虽然在目的指向上是现实的政治，但在表现方式上几乎都切入人们的个体生活，通过个体的微观生活去表现宏观的政治叙事，几乎所有小说在目的指向上与当时政治政策都不相悖，它们面临的困境主要是与当时对文学功用的理解有分歧。十七年小说内在的细节与运行的逻辑方式，及其叙述话语所带来的裂缝，让身处其中的人无法对现实政治产生一种认同感。

一、"革命后"的"日常生活焦虑"

共和国成立后，随着国家工业化战略的逐步推进，各项经济指标逐渐得到恢复，整个国家开始进入了和平时期。在人们安于这种和平时期的日常生活的同时，如何把民众的热情与能量重新聚集到整个国家大政方针的实施与建设上来，

---

① 蔡翔：《〈地板〉——政治辩论和法令的"情理"化》，《文艺理论与批评》2009 年第 5 期。
② ［美］本尼迪克特·安德森：《想象的共同体——民族主义的起源与散布》，吴叡人译，上海人民出版社 2011 年版。

为了共产主义远景目标而不断奋斗，就成了执政党在和平时期所不得不考虑的迫切问题。于是，"革命后语境"与"日常生活焦虑"的分裂与对立成为执政党接班人建设所面临的悖论。

十七年小说之所以在当时受到批评，并不是因为它们与意识形态有不可弥合的鸿沟，它们中的大多数与意识形态都是不约而同地暗合的，甚至有的小说的创作初衷就是对意识形态的迎合。许多小说受批评的原因都集中在它们的叙事态度与叙述细节上，正是叙事态度与叙述细节引起了批评者的警惕，从而招致了它们被批评的命运。

欧阳山的小说《三家巷》[①]描写的是三家巷中属于工人阶级的周家、官僚地主阶级的何家、买办资产阶级的陈家三家之间错综复杂的关系。三家巷中的人物虽然因贫富悬殊而分属于不同的阶级，但那只是对人的阶级划分，取代不了现实日常生活中错综复杂的人与人之间的关系。因为姻亲关系，三家之间互相牵连，他们之间特别是青年人对阶级矛盾浑然不知，陈家大少爷陈文雄爱上了周泉，陈家二小姐陈文娣爱着周榕，还和妹妹陈文婷一起资助周炳读书，周炳和区桃则是一对恋人。这种错综复杂的恋爱关系才是小说真正让人感兴趣之处，也超越了小说在题材上的目的所在。当然，对小说的批评，也集中在爱情描写上面。批评文章认为："作者在作品中大肆宣扬资产阶级个人主义，宣扬阶级调和论和人性论，宣扬没落阶级的恋爱观和黄色毒素，对广大读者特别是青年起着严重的腐蚀作用。这种宣扬资产阶级思想感情的腐蚀性的作品，是代表资产阶级的利益同党争夺青年一代的"[②]。

诸多小说都表现了对日常生活的深深认同。雪克的小说《战斗的青春》中，高铁庄的理想就是："打走小日本，饱饱地吃上两顿肉饺子，回家小粪筐一背，种我那四亩菜园子，夏天干完了活，弄一领新凉席，在水边大柳树底下一睡，根本不用人站岗放哨。醒了到大河里洗个澡"[③]。路翎的小说《洼地上的"战役"》中，王应洪的梦境是金圣姬在北京天安门前舞蹈，跳给毛主席看。母亲和毛主席在一起，毛主席看着微笑了，毛主席也看了看他，对他点点头。这当然是王应洪

---

① 欧阳山：《三家巷》，广东人民出版社 1959 年版。

② 谢芝兰：《〈三家巷〉〈苦斗〉是宣扬资产阶级思想感情的腐蚀性的作品》，《红旗》1969 年第 11 期。

③ 雪克：《战斗的青春》，人民文学出版社 2005 年版。

对他与金圣姬之间甜蜜生活的现实想象的梦中折射，他的理想就是战争结束之后回家娶媳妇。批评者批评路翎"用卑鄙的个人主义代替了集体主义，用腐朽的自由主义代替了爱国主义和国际主义，用资产阶级个人主义者的思想感情，用颠倒黑白的办法来达到反革命宣传的目的"[1]，认为小说中的人物在无产阶级外貌下有一颗资产阶级灵魂，是庸俗的温情脉脉的小丑。作者这样写是对事实的歪曲，把自己的资产阶级思想感情以及由此形成的对战士心灵的错误理解强加给战士，是对战斗和生活本质的违背。

陆文夫的小说《小巷深处》[2]中，徐文霞对她和张俊之间爱情想象也归结到对日常生活的仰慕中。徐文霞对两人"五年以后"的理想是："那时候我是工程师，你是技术员……"，"那时候我们还在一起工作，机器出了毛病，我和你一起修，我满脸都是机器油，嘿，你会不认识我哩！""要是世界上有这么一对，他们一起工作，一道回家，星期天一起上街买东西，该多好啊！"其实，这种日常生活想象固然有着中国农民根深蒂固的乡土理想，但更重要的是它具有现代性的意义，得到现代话语的合法性支持，得到革命成功的幸福承诺与保证。可以看出，现代性想象对当时作家创作意识的影响是多么深刻，即使这种影响是隐藏着的潜在。

在"革命后"语境中，社会被设想成完美的"道德社会"，社会中每个个体不仅仅是政治主体，更是完美意义上的日常生活中的"道德主体"，即理想中的"六亿神州尽舜尧"，每个道德主体在这种完美幻象的设计下，个人恪守职责，控制自我欲望，强调奉献与牺牲，以此来支持整个国家的发展。但是，这一"道德乌托邦"主体在"革命后"的语境中所面临的重大挑战就是随着社会安定发展所带来的民众安于日常生活，并由此生发出一种私人性的个体化日常生活叙事，从而使得个体拒绝进入"政治生活及历史"，并对政治领域冷漠，于是，"日常生活的焦虑"[3]便时时困扰着主流意识形态的政治设计远景。

正如唐小兵的文章所揭示的，《年青的一代》和《千万不要忘记》之类的文学在现实生活层面直接提出了一个如何重新安排和组织社会生活这样一个大问

---

[1]　侯金镜：《评路翎的三篇小说》，《文艺报》1954 年第 12 期。

[2]　陆文夫：《小巷深处》，《萌芽》1956 年第 10 期。

[3]　唐小兵：《〈千万不要忘记〉的历史意义——关于日常生活的焦虑及其现代性》，唐小兵编：《再解读：大众文艺与意识形态》，北京大学出版社 2007 年版，第 223 页。

题，"日常生活"在社会主义中开始成为一个问题，并且迫切需要一个答案。而对这个问题的回答，忠实地指涉着一个时代的选择困境——在日常性的社会生活和组织层面上，怎样维持新兴社会政治权力的正常性，并且确保既定社会关系及体制的再生产，同时实现国民经济的工业化。①"日常生活的焦虑"在当时被认为"在阶级斗争激烈存在的今天，资产阶级思想无时无刻不在影响和腐蚀我们的青年一代，即使是血统工人的后代或者是革命烈士的子女，也免不了会受到资产阶级思想的影响"②。在这里"我们既看不见刀光剑影，也听不到枪炮轰鸣，整个斗争是在一个家庭内部发生的，是在亲属之间以'关心'、'爱护'的形势下进行的，问题的危险性和复杂性也就表现在这里"③。

在德勒兹和迦塔利的《什么是哲学？》中，这种"日常生活"与"革命后"语境之间的类似对立关系被描述为一种"脱离领土"的运动和"重建领土"的努力，"领土"被描述为一种"日常存在的锁链"。之所以会"脱离领土"，在德勒兹和伽塔利看来，有一种力量，"它扶持而不压制欲望，它让欲望在时间当中移动，脱离原来的领土，使它大量增加它的关联，使之进入另外的强度"，并进而导致"另建领土"的努力。④可以看出，所谓的"日常生活焦虑"在"革命后"的现代语境中，在国家推行工业化以使自己更加现代的进程中，已经不仅仅是"日常生活的焦虑"了。当民众试图突破这种"日常生活的焦虑"的时候，如果不能用有效的方式加以缓解，便会产生深深的"政治焦虑"。

尽管在重读这些小说的时候会为这种由"日常生活的焦虑"而导致的"政治焦虑"感到不解，但这种"焦虑"却是左翼批评家一直警惕的。1990年代以来，随着中国日益深入地参与到全球政治经济一体化中，日常生活也成为政治与文学的一种意识形态，甚至把政治与日常生活对立起来，并与所谓的幸福生活对接，认为在这种日常生活中，意识形态已经终结，人们要做的就是享受这种日常生活的幸福，在自己的日常生活中争取做一个好丈夫、好妻子、好职员，"再也

---

① 唐小兵：《〈千万不要忘记〉的历史意义——关于日常生活的焦虑及其现代性》，唐小兵编：《再解读：大众文艺与意识形态》，北京大学出版社2007年版，第223页。
② 贾霁：《新人新事新主题——谈1963年话剧创作的几点收获》，《戏剧报》1964年第2期。
③ 燕平：《一场复杂的阶级斗争——看话剧〈千万不要忘记〉》，《上海戏剧》1964年第3期。
④ [法]吉尔·德勒兹、菲力克斯·伽塔利：《什么是哲学？》，张祖建译，湖南文艺出版社2007年版，第41页。

没有什么值得去奋斗、去欲求、去爱了"①。基于这种认知，他们强行用一种形而上学的"减法"，消减掉日常生活的丰富性与复杂性，解构理想、诗意等在日常生活中的位置，把日常生活提升为"判断世界的标准，也成了我们赖以生存和进行生存证明的标志"②。

　　而在左翼批评家看来，这种日常生活恰恰是资本主义的"意识形态的诡计"。他们认为，这种话语背后，隐藏着的逻辑是日常生活成了"历史终结"③，同时也是资本主义柔性统治的胜利，在日常生活被当作普世化的生活的时候，这种关于日常生活的叙事话语则成了"日常生活的殖民"④。因此，他们时刻提醒人们，不要忘记日常生活背后的意识形态本质。在这个意义上重新理解十七年小说的"日常生活焦虑"，会有更为可观的认识。

二、在"未来"中展开"现在"：重建"革命者的精神生活"

　　"阅读总是历史性的，它在特定的文化语境中发生，为解释者所在群体的需求所塑造……阅读深深地打上了文化的烙印，是文化决定了我们观察世界的方式（或曰眼界），为我们划定了一条分界线：在一个给定的文化语境中，什么东西可以被说、读、写、看，什么东西不能……阅读什么，如何阅读，必须得到期待、驱使或允许"⑤，这一判断用到对十七年小说的理解上更具指向性。以十七年小说对社会生活的意义以及高层对文学的重视来说，更有意义的是如何阅读，被要求和鼓励的是在阅读过程中联系自己的思想改造实际和联系当前的生产斗争实际。

　　对十七年小说来说，在这个时代环境中出现就已经注定了它不可能仅仅只承担纯粹的文学任务，时代环境及意识形态的政治诉求让它负载了太多文学之外

---

① [美]麦克尔·哈特、[意]安东尼奥·奈格里：《帝国——全球化时代的政治秩序》，杨建国、范一亭译，江苏人民出版社 2003 年版，第 86 页。

② 刘震云：《磨损与丧失》，《中篇小说选刊》1991 年第 2 期。

③ [美]弗朗西斯·福山：《历史的终结及最后之人》，黄胜强等译，中国社会科学出版社 2003 年版，第 3 页。

④ [德]于尔根·哈贝马斯：《合法化危机》，刘北成等译，上海人民出版社 2000 年版，第 257 页。

⑤ [英]丹尼·卡瓦拉罗：《文化理论关键词》，张卫东、赵顺宏译，江苏人民出版社 2006 年版，第 56 页。

的超载功能，最重要的意识形态任务就是在"未来"的想象中展开对"现在"意识形态的辅助性构建：重建"革命者的精神生活"①。

自共和国成立以来，党对精神生活的建设一直非常重视，特别是 1962 年 9 月，在八届十中全会明确指出社会中"存在着无产阶级和资产阶级之间的阶级斗争，存在着社会主义和资本主义这两条道路的斗争"②之后，党中央展开了一系列的"社会主义教育运动"，其根本目的就是培养革命接班人，重建"革命者的精神生活"。这一培养接班人的运动，自然是从青少年开始的。1958 年 6 月 28 日的《共青团三届三中全会关于改进少年先锋队工作、开展共产主义少年儿童运动的决议》和 1958 年 8 月 9 日的《中共中央转发共青团中央关于改进少年先锋队工作的报告》，显示了接班人"从娃娃抓起"的努力。1964 年 6 月《人民日报》和《红旗》杂志配发社论，认为培养无产阶级革命事业接班人问题"从根本上说，就是老一代无产阶级革命家所开创的马克思列宁主义的事业是不是后继有人的问题，就是将来我们党和国家的领导能不能继续掌握在无产阶级革命家手中的问题，就是我们的子孙后代能不能沿着马克思列宁主义的正确道路继续前进的问题，也就是我们能不能胜利地防止赫鲁晓夫修正主义在中国重演的问题。总之，这是关系到我们党和国家命运的生死存亡的极其重大的问题。这是无产阶级革命事业的百年大计，千年大计，万年大计。帝国主义的预言家们根据苏联发生的变化，也把'和平演变'的希望，寄托在中国党的第三代或者第四代身上。我们一定要使帝国主义的这种预言破产。我们一定要从上到下地、普遍地、经常不断地注意培养和造就革命事业的接班人"③。

1963 年，《红旗》杂志第 9 期刊发虞挺英的文章《加强对青少年的政治思想教育》，明确提出了"教育革命下一代"的重要意义："把我们的青少年培养成为无产阶级革命事业的可靠接班人，始终高举无产阶级的革命红旗，永远坚持共产主义的方向，这关系到社会主义和共产主义的伟大事业"，"为了把我们的青少年培养成为坚强的革命后代"，"首先是要加强对青少年的政治思想教育"。同时，

---

① 魏巍：《弃燕雀之志，慕鸿鹄而高翔》，《中国青年》1963 年 20-21 合刊。

② 《建国以来毛泽东文稿》第十册，中央文献出版社 1996 年版，第 196 页。

③ 《关于赫鲁晓夫的假共产主义及其在世界历史上的教训——九评苏共中央的公开信》，《人民日报》1964 年 7 月 14 日。

将所谓的"旧思想、旧意识"定义为"教育"的他者或者斗争对象。①

　　1963-1965 年，《中国青年》杂志组织"青年应该有什么样的幸福观"讨论，同时展开"革命青年应该怎样看待理想和贡献"辩论。这些问题概括起来就是：青年应该根据什么确立自己的理想？参加农业生产算不算有理想？怎样看待一个人的贡献大小？怎样理解螺丝钉和栋梁的关系？在日常生活中如何实现远大理想？怎样把理想和现实结合起来？等等。②1964 年第 5-13 期《中国青年》讨论"革命青年应该怎样看待理想和贡献"，1965 年第 5-14 期讨论"什么是革命青年的理想生活"？ 1963 年，许多报纸对革命青年应该有什么样的幸福观问题展开广泛而热烈的思想讨论，《大众日报》开辟"怎样正确地对待幸福"专栏，《河南日报》以"向雷锋同志学习"为题开展讨论，《南方日报》开设专栏"农村生活的前途和乐趣在哪里？"，《北京日报》开展"青年人怎样生活才有意思"的讨论，《解放日报》1963 年至 1964 年组织"戏装照好不好"和关于抵制"奇装异服"的讨论，1964 年《解放军报》开展"青年战士怎样革命化"的讨论，《河北日报》组织"关于彩礼问题"的讨论，反对婚姻上的陋习，《河北农民报》1965年举办"是当'李双双式'的干部还是当'孙喜旺式'的干部"的讨论等等，这一切的目的都是为了在社会生活中"和资产阶级享乐主义划清界限"③，树立"无产阶级的幸福观就是为革命而斗争"④的理想和信念。

　　培养接班人，"蕴含着个体对国家、民族、文化的想象及对自我身份认同和社会流动的预期，交织着各种象征关系的维持、争斗和妥协，只能借助政治仪式这种象征性实践来表征和操演"⑤。随着义务教育的普及，"生在新中国长在红旗下"的每一个适龄儿童都毫无例外地在"少先队"加入仪式中被赋予第二次诞生——"我们是共产主义接班人"，并在以后的政治仪式中不断被培养、锻造，且取得了非常理想的效果。

　　在一些回忆文章中，我们可以看到这些"培养接班人"的措施所带来的效

---

① 虞挺英：《加强对青少年的政治思想教育》，《红旗》1963 年第 9 期。
② 陈亦斌：《革命青年应该怎样看待理想和贡献》，《中国青年》1964 年第 5 期。
③ 敢峰：《和资产阶级享乐主义划清界限》，《中国青年》1963 年第 16 期。
④ 高泽虹：《享乐至上是资产阶级幸福观的核心》，《中国青年》1965 年第 3 期第 4 期。
⑤ 程天君：《"接班人"的诞生——学校中的政治仪式考察》，南京师范大学出版社 2008年版。

果，如"'我们是新中国的小主人公，少儿队是我们自己的组织'，这种主人翁感是建国初期的时代情绪，今天回味那处处以'小主人'自居的劲头，仍怦然心动"①；"从《东方红》到革命现代京剧，我熟悉了那些旋律里的每一个角落，我甚至能够看见里面的灰尘和阳光照耀着的情景"，"我突然被简谱控制住了，仿佛里面伸出了一只手，紧紧抓住了我的目光"②。

"身体的生成不是一个自发、天成、生物决定甚或个人意志反映的结果"，而是"一个非常政治性的过程和结果"③。在持续不断的规训与重建之下，社会群体的日常生活日益革命化。在王汶石的小说《黑凤》④中，"从落地到会走会跑，这期间，从没离开过妈妈一步"的黑凤，"由于一个偶然的机缘，黑凤的心，在不知不觉中，发生了大变化"。这个偶然，来自二舅以革命军人形象的介入。"女人啊，什么都能干！你长大了，想干什么都行"，包含着对女性解放的现代性诉求，"舅舅带你到外边上学"则是革命对未来远景的允诺。在这一叙述的过程中，作为个体的黑凤的日常生活无意识中被说服并被建构起来。

张弦的小说《甲方代表》⑤中，我和白玫之间的爱情，是以白玫的坚守原则严守工程质量为前提的，他们的爱情也最终被收编入现代工厂以对生产过程全面控制为基本准则的现代性行为模式，现代性的道路必然需要白玫和"我"这种新时代的工人。南丁的小说《检验工叶英》也具有同样的意识形态说服作用，叶英对产品质量严格把关，即使是父亲的老朋友赵叔叔也一样毫不留情。最后，矛盾的解决是叶英想出了检验产品的新方法，大大降低了产品的废品率而心里充满了幸福感，"一个人和大家一起，为了一个崇高的理想而活着、劳动着、斗争着，再没有什么比这更美好的了"⑥。

甚至在李威伦的《爱情》这样直接以"爱情"为标题的小说中，周丁山和

---

① 钱理群：《五爱》、《主人翁》，吴亮主编：《日常中国——50年代老百姓的日常生活》，江苏美术出版社1999年版，第158页。

② 余华：《阅读》、《音乐课》，吴亮主编：《日常中国——50年代老百姓的日常生活》，江苏美术出版社1999年版，第132页。

③ 黄金麟：《历史、身体、国家——近代中国的身体形成（1895-1937）》，新星出版社2006年版，第6页。

④ 王汶石：《黑凤》，《延河》1962年第5、6、7期连载。

⑤ 张弦：《甲方代表》（《上海姑娘》），《人民文学》1956年第11期。

⑥ 南丁：《检验工叶英》，《长江文艺》1955年第2期。

叶碧珍之间的爱情，也是以他们对个人情感的抑制与克服最终整合为对"人民"的爱为基础的，而小说中认为"这正是爱情——一个青年团员、一个真正的医生，对人民，对自己的职业，那深厚的、真挚的爱情。还有什么样的爱情，会比这更崇高、更美丽呢"①？可见，小说中意识形态对个体的劝服与收编作用非常明显和有效的。

正因十七年小说的生活化政治，才让其中的许多人物从文学领域跨入思想教育领域，他们就已经不再是单纯的文学形象，而是变成一代人心目中的"青春偶像"，"一种比任何思想体系都要先进和革命的意识形态"。作为"无产阶级"的化身，他们也变成"人的本质的代名词，实际上成为了一种人们永远追求而又无法达到的状态"②。

第四节　困顿中的退守与坚持：论十七年的路翎小说

在路翎以长篇小说《财主底儿女们》刚登上文坛不久的 1945 年 7 月 3 日，胡风曾激动地断言："时间将会证明，《财主底儿女们》底出版是中国新文学史上一个重大的事件"③。在不久之后的 1947 年，唐湜更是欣慰地说："路翎的作品正是一片阳光，有变幻莫测的光彩与灼人的热，而且他还是早晨的阳光，会给人奇异的、疏阔的感觉"④。然而仅仅几年之后的 1952 年，作为好友与同仁的舒芜却在公开信中说："时间所证明的是什么呢？除了我们自己和当时读过的人之外，恐怕已没有人听过它的名字。"⑤ 在这前后完全相反的评价中，路翎的小说经历的是一个不断地退守与坚守的灵魂承受煎熬的过程。路翎在十七年中的小说创作，以

---

① 李威伦：《爱情》，《人民文学》1956 年第 6 期。

② 李杨：《抗争宿命之路——"社会主义现实主义"（1942–1976）研究》，时代文艺出版社 1993 年版，第 257 页。

③ 胡风：《青春底诗——路翎著长篇小说〈财主底儿女们〉序》，路翎：《财主的儿女们》，人民文学出版社 1985 年版。

④ 唐湜：《路翎与他的〈求爱〉》，转引自张业松编：《路翎印象》，学林出版社 1997 年版，第 18 页。

⑤ 舒芜：《致路翎的公开信》，《文艺报》1952 年第 1 期。

及他在小说中所表现出来的退守与坚持，非常典型地代表了路翎在新的时代话语背景中所面临的困顿状态，并进而见证了一代知识分子在政治与时代面前所面临的困境。

一、路翎在十七年不断被边缘化的过程

共和国成立之初，路翎和很多从旧时代过来的知识分子一样，真诚地反思过自己："到了阳光中，我身上的疮疤就明显地暴露出来了。对于过去我无所留恋，我希望在这伟大的时代中，我不再像过去追随得那么痛苦"，"劳苦的人民不是像我这里所写的这样无望地生活，这样壮烈地反抗，这样满身血痕，到处要直对障碍而搏击的，在解放了的这广大的土地上，人民是已经成为历史的主人和新世界的创造者了"。①可以看出，路翎和绝大多数知识分子是一样的，对于新政权是发自内心认同的。

1949年南京解放后，路翎随即满怀热诚地创作了活报剧《反动派一团糟》，以及反映解放初期工人生活的剧本《人民万岁》，后改为《迎着明天》。1950年初，路翎到上海、天津等地工厂深入工人的生活，创作了表现解放后工人生活的四幕剧《英雄母亲》，随后积极响应国家号召，创作了反映抗美援朝的剧本《军布》。11月，路翎随同剧团到沈阳访问准备出国的志愿军，并于年底创作剧本《祖国在前进》。1952年12月，路翎和中国作家采风慰问团一起，"在一九五二年底去朝鲜，一九五三年七月朝鲜停战后回国。在朝鲜半年多的时间里，我先后访问过志愿军几个部队，到过开城、平壤等地，接触到志愿军的一些指导员，听到了在几次战役中中朝人民军队英勇作战的事迹和战斗情谊。也到过许多朝鲜人民家里作客，和他（她）们同桌共餐，欣赏他（她）们的歌唱和舞蹈，听他（她）们倾诉这几年间经历的患难。我也在前沿阵地和战士们一起在壕沟里躲避美帝国主义B26轰炸机……朝中两国人民和军队的国际主义精神，志愿军英勇顽强的战斗作风，朝鲜人民和军队宁死不屈的英雄气概，都使我感动，并在激动之余写了些东西"②。从这些经历可以看出，路翎是积极主动地去适应新的社会生活和新的文学规范的，他发自内心地真诚希望能融入新的社会中去，却避免不了被主流

---

① 路翎：《在铁链中》，海燕书店1949年版，后记。

② 路翎：《初雪》，宁夏出版社1981年版，后记。

文坛一步步边缘化的宿命。

其实，路翎被边缘化的过程早在建国前就已经开始了。1948 年 3 月 1 日，香港出版的《大众文艺丛刊》第一辑《文艺的新方向》批评路翎："这位被称为最不沾染'客观主义倾向'的作家，确实有着太强的知识分子的主观，他的太强的主观妨碍了他去认真地写出他所看到的工人。"[①]建国后，他在 1949 年至 1951 年为积极适应新的文学规范而创作的四部话剧《人民万岁》、《英雄母亲》、《祖国在前进》、《祖国儿女》全都没有被批准上演，这让路翎感到自己像是"陷在八阵图里面"而无处用力："我说的苦痛，就是在修改这些剧本时，一定要改成那样，我有一种受摧残的感觉。"他不明白自己倾注了大量心血的剧本为什么要受到诸多的批评，连上演的机会都没有。

像所有来自国统区的作家一样，此时的路翎面临着类似于十字路口的选择：是忠于时代规范还是坚持自己的艺术准则？这是路翎一直困惑着的问题，也使他苦闷不已。

但瞬息万变的现实并没有给路翎解决自己苦闷的时间，而是不停地鞭打着路翎尽快地适应新时代的写作规范。1950 年，《朱桂花的故事》、《女工赵梅英》受到批评；1951 年，剧本《人民万岁》、《祖国在前进》被批评为是"明目张胆地为资本家捧场"的作品；1952 年，舒芜发表措辞严厉的公开信。

路翎，这个"中国的罗曼·罗兰"、"中国的左拉"[②]，因无法适应新时代的文学规范而只能渐渐沉默，并最终成了文学史上的"陌生人"[③]。

二、政治规训中的无奈退守

如果深入了解一下路翎在十七年时期的创作，就会发现，这时的路翎已经意识到自己的创作必须转型以适应新的时代。而实际上，路翎在建国初的文章里，作品的风格已经变得明朗高昂了，以往作品中底层人物内心的那种"被奴役的创伤"已经不见了，代之以明朗的无产阶级的英雄形象。从中不难看出，路翎

---

① 胡绳：《评路翎的中篇小说》，《大众文艺丛刊》第一辑《文艺的新方向》，1948 年 3 月 1 日。

② 刘西渭：《咀华集》，人民文学出版社 2001 年版，第 171 页。

③ 野艾：《对一个熟悉的陌生人的问候——向路翎致意》，《读书》1981 年第 2 期。

已经在积极地适应新生活，积极地描写生活进而热情讴歌这种前所未有的由人民创造的新生活。

在新中国成立后的一段时间里，路翎创作了11篇以反映工人的思想状态、精神面貌转变为主要内容的短篇小说，结集为《朱桂花的故事》出版。[①]11篇小说无一例外表现的主题都是"旧社会让人活不下去、新社会共产党让人新生"这一新中国初期文学的流行题材。小说的主人公有的是父母被日本人杀害（《"祖国号"列车》），有的是孩子被国民党杀死《荣材婶的篮子》，有的是自己饱受地主、资本家、反动政府的迫害（《试探》、《替我唱个歌》、《劳动模范朱学海》、《林根生夫妇》等），这些十七年小说中常见的苦大仇深的阶级和民族压迫让落后的工人转变为先进的工人阶级一分子，更是十七年小说中惯常的情节设计。这些小说从内容到主题以及形式上和40年代刚出现在文坛的路翎相比简直判若两人。路翎原来小说中常见的原始强力、灵魂搏斗、精神奴役创伤等元素几乎不见了，代之以工人阶级之间的"爱情、友谊、同情"。

广受赞扬的《初雪》、《洼地上的"战役"》等路翎在十七年时期的最优秀的短篇小说，北京、天安门、毛主席、指导员、党等新时代话语处处可见。在《洼地上的"战役"》中[②]，政治对人物的情感直接干预，王应洪与朝鲜姑娘的情感在萌芽时期受到的是组织上的告诫，而金圣姬对爱情的内在认可是以战争结束后的和平生活为最终归宿的，这也是政治对个体幸福生活的允诺。小说中的冲突从早期人物的内心冲突转向后来的外在冲突，显示了路翎其实在心里已经放弃了自己早期的写作风格而认可了新时代的写作规范。

在同样写朝鲜战争的小说《战争，为了和平》中，爱情已经和早期路翎小说中常见的人物内心的萌动和情欲的疯狂完全无关，取而代之的是理性压制了情感，张桂珍和英雄赵庆奎之间的感情是先有婚姻，然后是政治上的先进性。在她眼中，实现爱情的条件，同样是政治上的进步，只有政治上的平等才能"配得上他"。对赵庆奎来说，婚姻因为妻子政治上的进步也有了美的感觉，有了所谓爱情。同样，魏玉兰因为哥哥的牺牲而把悲痛转化为对于革命事业的热情。革命最终成为情感的能指，感情的发生依赖于政治的进步或革命的成功，政治的强化作用显得更为明显了。小说中的英雄在面对各种困难时都是以党的教导为指导，并

---

① 《十月文艺丛书》之一，知识出版社1951年版。
② 路翎:《洼地上的"战役"》,《人民文学》1954年第3期。

转化为乐观向上的激情和信心，口号式的标语也越来越多。

最为明显的情节是《洼地上的"战役"》中王应洪的梦境：他梦见金圣姬在北京天安门前舞蹈，跳给毛主席看，母亲和毛主席站在一起，毛主席看着微笑了。毛主席在梦中出现，用路翎自己的话来说，就是为了表现"我的小说中的人物是对毛主席抱着神圣的感情的"，是为了"在战士的心灵里，将对毛主席的感情和对家乡、亲人的感情"相联系。

正因为路翎的小说已经有了这些改变，所以在小说受到批评时，路翎才会感到委屈，才会感到不解。

《女工赵梅英》的结尾，军事代表在制服了捣乱的女工赵梅英之后想到的是"即使是一块石头，也会在这革命的大熔炉里受到锻炼的"，于是，他的"脸上就出现了一个愉快的微笑"。《初雪》结尾"大雪无声地、密密地降落着，这台车后面的那两条很长的黑色的车迹很快地就被大雪盖住了"①。大雪盖住了黑色的车迹，象征着正义终将战胜邪恶。路翎建国后的小说，几乎在每篇的结尾都可以看出这种似乎是在"表明心迹"的语句，这些语句向我们展示着一个在困顿中焦灼无奈的灵魂，如何在强大的现实面前弯下了自己的脊梁。

路翎的小说中之所以会出现这些改变，或许在路翎的理解中，他的小说中添加了大量的"毛主席"等新时代的政治正确的语词就是符合了新时代的写作规范，这可能是路翎在潜意识中退守的策略。路翎已经做了这么多的改变，还会招来这么多的批评，也正因如此，路翎才会对一系列的批评感到不可思议，在面对这些批评的时候，无奈地发出"为什么会有这样的批评"②的质疑。

三、困顿中执着坚持的力量

钱理群认为，路翎的艺术生命可以用"一生两世"来概括，路翎的艺术生命与风格在建国后已经"销磨殆尽，几近于零"，这才是"真正的恐怖"③。但是，通过细读路翎的小说文本我们会发现，路翎在十七年所创作的小说，其实在退守

①　路翎：《初雪》，《人民文学》1954 年第 1 期。
②　路翎：《为什么会有这样的批评？》，《文艺报》1952 年第 1、2 期合刊和第 3 期第 4 期连载。
③　钱理群：《精神界战士的大悲剧——说〈路翎未完成的天才〉》，《读书》1996 年第 8 期。

中又显现着自己默默坚持的力量。

路翎的十七年小说总的风格是清新，特别是他的志愿军题材小说，和诸多志愿军题材小说最明显的区别是充满了亲情和乐观主义精神。但是，现实中路翎真实的看法并不像小说中那样乐观，他曾说："我底屋子周围就荡漾着粗嘎的愉快的歌声，但以我底邻人们看，要拔去旧中国，还需要很多时间"①。这种困顿与挣扎就凸显在他建国后的创作中，原始强力总会或隐或显地出现。《人民万岁》反映的是工人护厂斗争这一流行题材，和众多同类型题材的小说不同的是，路翎小说重在展示的是工人由自发到自觉的转变过程。主人公刘冬姑是一个肉体和精神双重饥饿的女性，她挣扎在堕落的深渊，她从孤独、自傲、有能力、有技术的工人李迎财身上获得灵与肉的满足，以恶的形式与黑暗的社会殊死抗争。从这个人物身上，我们可以明显地看到郭素娥的身影与痕迹，刘冬姑就是郭素娥在新时代的复活。但是，与路翎以前小说不同的是，他没有让主人公一任原始强力盲目支配，而是让自发的原始强力在党的引导下，在工人运动的锻炼中，在精神的自我试炼里，成为自觉的革命力量，刘冬姑和李迎财双双在与反动派的斗争中献出了宝贵的生命。"原始强力"这种人物精神的复活与改写，无疑透露出路翎在困顿中坚守与被规训的痕迹。

对于小说中人物身上的原始强力，路翎的诠释是："反抗封建束缚的那种朴素的、自然的、也就常常是冲动性的强烈要求，这种自发性是历史要求下的原始的、自然的产儿，是'个性解放'的即阶级觉醒的初尘的带血的形态，它是革命斗争和革命领导的基础"②。因此，在路翎的十七年小说中，人物之间的感情、关系矛盾的解决，并没有当时流行的那样，主要靠政治斗争解决矛盾，而是人们之间这种自发性的感情，隐隐约约地可见"原始底强力"的影子。在小说《女工赵梅英》、《锄地》、《粮食》中，同样都写落后分子与积极分子之间的矛盾，结局都是矛盾的缓和，但路翎在小说中设计的解决矛盾的，不是通常小说常见的落后分子政治觉悟的提高，或者政治口号的感化，或者组织上的教育等情节，而是"人情"这一当时小说中罕见的元素。女工赵梅英最终承认错误是因为军事代表不计前嫌来看她，刘良感到愧疚是因为看到工人们工作的热情和老工人的随和，刘长巧改过是因为积极分子朱桂芬将粮食分给大家而没有给自己。与此相对，之前朱

---

① 晓风编：《胡风路翎文学书简》，安徽文艺出版社 1994 年版，第 149 页。
② 余林（路翎）：《论文艺创作底几个基本问题》，《泥土》1948 年第 6 期。

桂芬发表过一长串的政治理论演讲对她却毫无影响。在路翎小说的情节设计中，人情的感化作用已经远远超过了政治的号召力量，路翎的本意是体现共和国背景下落后分子的积极转化，但潜在最终流露出的却是"原始底强力"的影子。

正因为路翎的小说表现了人与人之间的淳朴感情，而不是用政治去处理人与人之间的关系，所以他的小说相对当时的很多小说更具有魅力，也才显得新鲜。《初雪》一发表，就受到读者热烈欢迎，"有人捧场，有人赞美，甚至有人专函祝贺"[①]。巴人在最先表扬路翎的文章中说："因为他的描写是真实的，所以也有诗意。他的描写是生动的、细致的和具体的"。在主题思想上，这篇小说"能使读者意识到，被压迫民族的共同命运，就是生长他们敢于对敌展开共同斗争的伟大力量"[②]。文章肯定了路翎的转变，认为"生活的实践也已带领我们的作家正从自己身上逐渐生长起对劳动人民的热爱的生长"，"这是一个人民作家在今天前进的道路，也是使自己有成就的道路"[③]。《洼地上的"战役"》发表后反响更为热烈，"有人洒了同情之泪，深夜写信向路翎致敬。并且还听说一位教授兼作家惊叹它是解放以来最优秀的作品，真正的社会主义现实主义杰作"[④]，"我们有些读者便相信了，感动了"[⑤]。

路翎的"退"与"守"并非个体问题，而是作家普遍面临的尴尬。路翎成为我们见证一代知识分子在政治与时代面前的困境及个人坚守的极佳标本，这或许就是个人在历史面前的一种必然：历史前进的必然让个人成为历史展开的见证。

---

① 刘金：《感情问题与其他》，《文艺月报》1954年第9期。
② 巴人：《读〈初雪〉——读书随笔一》，《文艺报》1954年第2期。
③ 巴人：《读〈初雪〉——读书随笔一》，《文艺报》1954年第2期。
④ 魏巍：《纪律——阶级思想的试金石》，《解放军文艺》1955年第3期。
⑤ 陈涌：《认清〈洼地上的"战役"〉的反革命本质》，《中国青年》1955年第14期。

第四章　主体重述与十七年小说的叙事伦理

第一节　"儿女情"与"迷惑力"：十七年小说的规训机制

十七年时期的很多小说表现的只是再简单不过的感情，并进一步地对人性、人情问题做了稍微深入的思考，我们今天看这些小说之所以会有疏离感与陌生感，就是因为我们对这些小说周围所缠绕着的游离物分辨不清，只有拨开这些缠绕在小说周围的游离物与迷雾，才能让我们对十七年小说有进一步的深入思考。

一、人性与人情——从三篇论文谈起

"文学是人学"，"'人'的发现，人对自我的认识、发展与描绘，人对自我发现的对象化，及'人'的观念的演变，是贯穿与推动 20 世纪中国文学发展的内在动力"①。文学因为关注的是人类心灵，所以最能敏锐地感应到人类思想的变化，倾听到人类灵魂最迫切的呼唤，对"人"的认识也最直接。因而，在许多时候，文学除了它单纯的文学意义之外，还有更多的文学之外的意义，比如，通过文学认识思想史的意义。十七年小说自然也不例外，也有对"人"的发现，只是十七年小说所发现的"人"可能更具有思想史的意义。

文学作品是以人的情感为表现核心的，它要讲述的就是人的情感、意志、心理、想象和感受，体现人的尊严、价值和需要，以及人对未来应然生活的想象，从这个意义上说，"文学是人学"。这些本是文学的题中之义，但社会主义现

---

① 朱栋霖等编：《中国现代文学史（1917–2000）》，北京大学出版社 2007 年版，第 2 页。

实主义"首先要求作家在现实的革命的发展中真实地去表现现实。生活中总是有前进的、新生的东西和落后的、垂死的东西之间的矛盾和斗争，作家应当深刻地去揭露生活中的矛盾，清楚地看出现实发展的导向，因而坚决地去拥护新的东西，而反对旧的东西"①，社会主义现实主义强调的是作家的阶级意识和政治立场，要求作家的作品必须反映出"历史发展的必然趋势"，强调的是文艺的阶级属性与政治属性，文艺必须为社会主义服务，这就使得十七年小说对人性与人情的思考更多地具有政治属性。

十七年文学界对人性与人情问题的理论思考，以三篇文章最为典型，它们是钱谷融的《论"文学是人学"》、巴人的《论人情》、王淑明的《论人情和人性》。

钱谷融的文章一开始就对当时流行的工具论文学观展开直接批评，旗帜鲜明地说："我反对把反映现实当作文学的直接的、首要的任务；尤其反对把描写人仅仅当作是反映现实的一种工具、一种手段。"紧接着，钱谷融指出自己对文学价值的理解："一切艺术，它的最最基本的推动力，就是改善人生、把人类生活提高到至善至美的境界的那种热切的向往和崇高的理想。"这种艺术观点承认人类在精神上、价值形态乃至心理生活上可以相通、可以通约，对走向绝对化的主流文学观念是釜底抽薪的批评。他得出的结论是："在文学领域内，一切都决定于怎样描写人，怎样对待人，真正的艺术家决不把他的人物当做工具，当做傀儡，而是把他当成一个人，当成一个和他自己一样的有着一定的思想感情、有着独立的个性的人来看待的"②。

钱谷融的文章理论思辨的气息较为浓重，而巴人的《论人情》③则更多地带有随感性质，情感气息较浓，文章所论范围也只限定在文艺领域。作者指出当时文艺存在的教条气浓重，人情味太少，"往往是失掉了立场，也丢掉了理想"。在此基础上，巴人阐明，"人情是人与人之间共同的东西"，人情是与人的自然需求、本能欲求相关的那些东西："饮食男女，这是人所共同要求的"，"能'通情'，才能'达理'。通的是'人情'，达的是'无产阶级的道理'……人情是人和人之间共同相通的东西……本来所谓阶级性，那是人类本性的'自我异化'。而我们要使文艺服务于阶级斗争，正是要使人在阶级消灭后'自我归化'——即

---

① 周扬：《社会主义现实主义——中国文学前进的道路》，《人民日报》1953 年 1 月 11 日。

② 钱谷融：《论"文学是人学"》，《文艺月报》1956 年第 9 期。

③ 巴人：《论人情》，《新港》1957 年第 1 期。

回复到人类本性，并且发展这人类本性而日趋丰富"。论述之后，在文章的结尾巴人特别声明"文艺必须为阶级斗争服务"。可见，巴人依然是当时文艺政策忠实的拥护者。但对文艺作品终极价值的强调，恰是对当前文艺教条内在的否定，这也是巴人论文的悖论及其真正的价值所在。

王淑明的《论人情与人性》①对文艺的终极价值的强调则更加直接，一开始就强调"人类在一些基本情感上，仍然具有着'共同相通的东西'"，"不能否认人类的某些基本情感，也具有相对普遍的基础"。而在对人性的论证上，王淑明认为"人性是向上的，追求美好生活与要求满足美好的欲望的"。承继这一观点，他两年后发表的《关于人性问题的笔记》②一文更是明确指出："我们所讨论的人性内容……是指人的日常生活中所表现的思想感情，习性，心理等特点而言。"在王淑明看来，文艺作品越是有人情味，政治性也就越强，"只要作者能按照生活原有的样子去描写，作品自然就会富有人情味，也就会有很强的政治性。而政治，在作品中的地位，并不是外加的，而是在情节和人物的形成、发展中有机的结合着的"③。

这几篇关于人性与人情问题理论思考的文章，在20世纪中国文学理论批评史上具有重要意义，"无论巴人还是王淑明，他们对人情或人性的探讨，在理论品行上特富超越性，为现代文学史确立了新境界……代表了现代文学批评历史上最高的收获"④。最重要的是，这三篇文章都表现出要求以"人"为中心。巴人的文章中充满深情："文学史上最伟大的作品，总是最具有充分的人道主义的作品"，"无产阶级必须起来斗争，就是要'消灭集中表现在他自己的处境中的现代社会的一切违反人性的生活条件'，从而来'消灭自己本身的生活条件'，使自己本身成为真正的人，恢复了人类本性"，并大声疾呼"魂兮归来，我们文艺作品中的人情啊"⑤。钱谷融更是明确地说："文学要达到教育人、改善人的目的，固然必须从人出发，必须以人为注意的中心；就是要达到反映生活，揭示现实本质的

---

① 王淑明：《论人情和人性》，《新港》1957年第7期。
② 王淑明：《关于人性问题的笔记》，《文学评论》1960年第3期。
③ 王淑明：《关于人性问题的笔记》，《文学评论》1960年第3期。
④ 许道明：《中国现代文学批评史新编》，复旦大学出版社2002年版，第409页。
⑤ 巴人：《论人情》，《新港》1957年第1期。

目的，也还必须从人出发，必须以人为注意的中心"①。

但随着形势的转变，他们的理论思考所能够进行的空间越来越逼仄，这几篇文章也都遭到猛烈的批评。

时过境迁后，文学重点在表现人性人情是再正常不过的常识，但是，那个时代语境中的理论家们却为呵护这些文学常识付出了很多，时代语境转换之后所带来的巨大反差让我们唏嘘不已。

二、"为什么会有这样的批评？"：十七年小说的叙事伦理

在十七年文学的第一波小说中，与《我们夫妇之间》同时遭受批评的，是在同一期《人民文学》上发表朱定的小说《关连长》②和秦兆阳的小说《改造》③，以及碧野的长篇小说《我们的力量是无敌的》④、白刃的《战斗到明天》⑤、王林的长篇小说《腹地》⑥。

朱定的小说《关连长》⑦叙述的是关连长在战争中为了避免敌人的火力伤害学校内的学生，宁可让自己的部队付出惨重代价，甚至自己也壮烈牺牲的故事，小说的本意是正面歌颂解放军为保护儿童勇于自我牺牲的革命精神。但这种表现高尚的人道主义精神的情节设计却被质问为什么要设置这样一个救小孩与牺牲战士相冲突的情节，因为这个冲突"把观众拖进这样一个狭小的圈子：好像我们不挽救这群孩子就是不人道"。"把我军的指挥员写成没有高度战略思想的拼命主义的冒险者"，"影片里的关连长是以无原则的同情心，怜悯心，代替了严肃的战斗任务和战争目的"，而"这种同情心，只能败坏斗争情绪，使我们的事业遭到失败"。"即使影片所反映的故事是一件实事，也不能说明我们革命人道主义的本质，不能典型地说明我们解放战争的正义性"⑧。客观地说，小说《关连长》故事

---

① 钱谷融：《论"文学是人学"》，《文艺月报》1956 年第 9 期。
② 朱定：《关连长》，《人民文学》第一卷第三期。
③ 秦兆阳：《改造》，《人民文学》第一卷第三期。
④ 碧野：《我们的力量是无敌的》，上海新华书店 1950 年版。
⑤ 白刃：《战斗到明天》，中南军区政治部 1951 年版。
⑥ 王林：《腹地》，上海新华书店 1949 年版。
⑦ 朱定：《关连长》，《人民文学》第一卷第三期。
⑧ 《对于影片〈关连长〉的批评（综合稿）》，《新华月报》1951 年第 9 期。

情节设计的确有使"革命"的正义性陷入两难境况的可能，因为这种"两难选择"中的任何一种选择都有可能让"革命"染上悲剧色彩，这种悲剧色彩又非常可能进一步扩大为对战争悲剧中人的价值的追问，战争损害了人的价值，当然就可能导致"革命"的被动。

方纪的小说《让生活变得更美好些》①描写村支部书记何永关怀关心青年的特殊要求——适当的文娱活动、恋爱、婚姻等，使人们心情舒畅、充满活力地向着更加美好的未来前进。但小说被批评为"恋爱至上主义者"和"弗洛伊德主义"："难道我们党在农村中长期对农民所进行的教育和政治上组织上的领导作用，还不如一个漂亮姑娘所起的作用吗"②？

邓友梅的《在悬崖上》③讲述的是当时社会中非常少见的婚外恋的故事，男主角遇到了美丽动人的加丽亚，两人之间的情感使得他的家庭面临解体的危险。小说发表后受到很多的称赞："加丽亚是一个朝气蓬勃的青年形象，她有无数青年支持着她，她一定要成长、发展……我们要指出作者的错误，我们要为加丽亚鸣不平"④。而对小说的批评却主要集中在感情方面："加丽亚的所谓'珍惜青春'无非是要保持着'像黄金一样'的姑娘身份，以便随时随地的都有'爱五亿九千九百九十万人的权利、和被他们爱的权利！'加丽亚用她的最可宝贵的青春、热情和聪明所追求的就是这种东西。她的灵魂是多么空虚呵，她的生活是多么的无聊"⑤！"假如把加丽亚这号人写得——连自己也没有意识到，只是不知不觉写得——不只是对男主人公那号人有吸引力，而且引得读者也都'挺欣赏'，都爱起她的那个'风度'、'趣味'、'性格'、'作风'来，那就有把读者也引到'悬崖上'去的危险了"⑥。

对人性人情的讨论比较集中和深入的是关于高缨的短篇小说《达吉和她的父亲》及改编电影的讨论。⑦从1961年到1962年，《文艺报》罕见地六次开辟专

---

① 方纪：《让生活变得更美好罢》，《人民文学》第一卷第五期。
② 郝彤：《从一篇小说看文艺创作中的一种倾向》，《人民日报》1950年3月12日。
③ 邓友梅：《在悬崖上》，《文学月刊》1956年第9期。
④ 孟冬：《为加丽亚鸣不平》，《文学月刊》1956年第12期。
⑤ 李凤：《务请悬崖勒马》，《文艺学习》1957年第2期。
⑥ 张天翼：《〈在悬崖上〉的爱情》，《文艺学习》1957年第1期。
⑦ 高缨：《达吉和她的父亲》(短篇小说)，《红岩》1958年第3期；《达吉和她的父亲》(电影剧本)，《电影文学》1960年第10期。

栏讨论《达吉和她的父亲》，报刊上发表的文章也达一百余篇之多，中国作协四川分会还把这些讨论文章编辑成《达吉和她的父亲讨论集》公开出版。①

高缨在阐述自己的创作目的时说："我要写的是民族团结的主题"，"骨肉之情只不过是为主题服务的故事情节，而绝不是主题本身"，"在任何情况下，爱都不可能没有阶级内容"②。但小说却并不如高缨所说的那样，小说中马赫、任老汉和达吉的内心冲突，人性中自私与善良的碰撞，亲情与恩情的自然流露等有关情感的故事，是小说留给我们最强烈的感受。解决马赫和任老汉之间矛盾的也不是作者在创作设计的"民族团结的主题"，而是任老汉的一番话："妞儿……你……留下来吧！留在你阿大的身边吧！我已经看清楚了，他比我还爱你。我生了你，可是他养育了你，他对你的恩情比海还深……我已经受够别离的苦了，我的心早已分成了两半边。而今，我不能再把马赫老爹的心分成两半，不能让他再流老泪了，妞儿，留下来吧"③。虽然这段话不那么自然，人为加工的痕迹也非常明显，但两位父亲互相让步的缘由不是当时诸多小说流行的民族大义阶级感情等宏大的政治话语，而是马赫和任老汉之间对亲情与"同病相怜"的体谅。与小说中对亲情的重要性相对的是，小说结尾"只有我们的阶级，我们的党，才在世界上广泛而深远地传播着、铸造着真正的爱，真正的人们的博爱！这种爱，高高地站立在人类之间，站立在释迦牟尼与耶和华偶像的上面，放出永恒的光彩。正是为了让人类生活在永远没有仇恨、永远相爱的社会里，我们许多兄弟洒了自己的鲜血；也正为了这，我们才冷酷地憎恨一切敌人"④这段话，就显得特别的突兀与空洞，可以想见是作家对当时流行创作模式的刻意迎合。

小说发表后，无论是支持者还是批评者都把关注的焦点指向小说中的感情描写。冯牧认为："在这场惊心动魄的矛盾冲突之中，最终取得胜利和凌驾一切的，既不是此方，也不是彼方，而是具有无比强大征服力量的共产主义精神，是蕴藏在人们心灵中的劳动者的崇高无私的光辉品质"⑤。批评者则指出小说宣扬

---

① 《文艺报》1961年第10、11、12期和1962年第2、4、7期；中国作协四川分会：《达吉和她的父亲讨论集》，四川人民出版社1962年版。
② 高缨：《关于〈达吉和她的父亲〉的创造过程》，《文艺报》1962年第7期。
③ 高缨：《达吉和她的父亲》，《红岩》1958年第3期。
④ 高缨：《达吉和她的父亲》，《红岩》1958年第3期。
⑤ 冯牧：《〈达吉和她的父亲〉——从小说到电影》，《文艺报》1961年第7期。

"永恒的人类之爱"，马赫尔哈的觉悟是由于他对达吉的爱，促使任秉清转变的也是马赫尔哈对达吉的爱，小说最后胜利的是共产主义精神，而不是爱。但作者"把本来是奴隶的阶级友爱，加以抽象化，绝对化，当作是'永恒的'人类之爱，不分场合无条件地加以歌颂。把爱当作是固定不变的歌颂的对象"①，同时批评小说"过多地描写了'亲子之爱'、'儿女之情'，'爱'的'迷惑力'令人'智昏'"②。这些意见和讨论，提供了一扇窗口，让我们得以了解文艺界在调整时期如何认识人性、人情、艺术性等一直被压抑的问题。

对刘澍德的小说《归家》的讨论，也集中在人性与人情方面。小说单行本的内容提要对故事的概括是：农村姑娘李菊英在农业专科学校毕业后，怀着为农业技术改革服务的远大抱负回到家乡。由于父辈在合作化道路上的分歧，竟和她已经订婚的爱人朱彦解除了婚约。小说以菊英归家后的生活遭遇和两个青年的感情纠葛为主线，反映了农村中两条路线的斗争，刻画了 1961 年整风整社后农村新老干部的精神风貌，以及他们对农业技术改革的迫切愿望。③

可以看出，《归家》的"感情"线索只是牵动情节发展的脉络，不是小说的主题，小说的主题还是歌颂农业合作化。但读者却是把小说当作爱情故事去阅读的，对它的争议性也集中在爱情方面，无论是肯定还是否定的意见，几乎都谈到爱情和朱彦、菊英之间的关系。"朱彦和菊英的爱情故事，是作者主要的描写对象，也是这部作品成功的主要方面"④；"《归家》可以说是一个爱情故事"，"感到很大的满足"⑤。否定者认为小说中的爱情描写"不值得赞赏"⑥，"旧爱加上新情，旧的创痛加上新的猜疑，扭结在一起，形成一个独特的世界"，"处处流露着低级的趣味，庸俗的格调"⑦，"恋爱至上主义"⑧，"小资产阶级知识分子的缺点"⑨。自然，

---

① 杨田村：《谈小说〈达吉和她的父亲〉的思想内容——兼与冯牧同志商榷》，《四川文学》1961 年第 9 期。

② 林志浩：《是迷惑力，还是艺术说服力？》，《文艺报》1961 年第 12 期。

③ 刘澍德：《归家》，上海文艺出版社 1963 年版，封底。

④ 张迅：《读〈归家〉上部》，《大公报》1963 年 4 月 28 日。

⑤ 刘金：《〈归家〉——一部富有特色的新作》，《文艺报》1963 年第 1 期。

⑥ 崔宗理：《不值得赞赏的爱情——评〈归家〉》，《北京日报》1963 年 8 月 22 日。

⑦ 何文轩：《评〈归家〉的爱情描写》，《文艺报》1963 年第 12 期。

⑧ 樊骏、吴子敏：《〈归家〉的思想倾向和艺术倾向》，《文学评论》1963 年第 4 期。

⑨ 许孝伯、陈奉德：《〈归家〉的矛盾冲突及人物形象》，《文艺报》1963 年第 7-8 期。

批评者主要针对的也是小说中的爱情，批评菊英的"小资产阶级的变态心理和患得患失的思想情绪"，说"像她这样在爱情关系上朝三暮四、喜怒无常的人，居然会积极负责地对待工作，大公无私地对待同志，严肃忠诚地对待组织，会有什么共产主义的崇高心灵"[①]。

作者在小说中没有简单地把政治上两条路线的斗争理解为解决个人婚姻问题的前提，突出的是个体感情在两条路线中受到的创伤，以及这种创伤难以愈合所带来的矛盾与冲突。可以说，当作者选择以两个青年的情感纠葛作为情节发展主线，就先天地决定了感情在小说的叙事中所起的是主要作用，小说中人物的行为也比较容易偏离革命化的英雄儿女的道德规范这一当时流行的文学规范，因此，受到批评也就在所难免。

三、十七年小说对人性人情的开掘

十七年小说对人性人情的探讨并没有因受到批评而断绝，相反，作家从不同角度进行了深入描写。正如当时的一篇文章所指出的，这些描写常会被批评为"'现实生活中有这样的情形么？''你为什么不把中农的性格写成动摇的呢？''党员是特殊材料制造的，难道也会落泪么？''你把张三的品质写的这样坏，工人阶级中难道有这样的人么？'"[②]在这些批评面前，作家的写作是只能是"战战兢兢，如临深渊，如履薄冰'"[③]。在这种时代背景下，作家笔下的人性与人情只能变得越来越抽象，甚至抽取了男女之间纯粹的爱情，而变形为家国一体等不那么纯属于个人的感情。

十七年小说中对情感的这种书写模式类似于勃兰兑斯在波兰浪漫主义文学中发现的情形。波兰浪漫主义文学产生的背景是波兰在当时作为独立国家已不存在，作家"笔下的爱情变得多么抽象，多么缺乏具体形相，这一点实在令人惊异。它照例是情感，从来不是欲念。和这一点协调一致的是爱情的悲苦：在他们的诗歌中爱情的悲苦多于爱情的欢乐，总是被放在次要地位，而被比较起来不是那么纯属个人的情感，例如政治热忱或者爱国主义所压倒"，以至于勃兰兑斯

---

① 金乡：《菊英值得歌颂吗？》，《中国青年报》1963 年 7 月 18 日。
② 姚雪垠：《打开窗户说亮话》，《文艺报》1957 年第 7 期。
③ 姚雪垠：《打开窗户说亮话》，《文艺报》1957 年第 7 期。

说："我们再也找不到比在波兰浪漫主义文学中所描写的……更加没有性的恋爱了"[①]。

作为当时统一文坛的创作方法，社会主义现实主义强调作家的阶级意识和政治立场，要求作家必须反映出"历史发展的必然趋势"，任何对人性人情的探讨与之相撞，必然会面临困境，但十七年小说中对人性与人情的探讨与描写却一直存在着，只是这种探讨遵循着独特的叙事伦理。

谢璞的小说《五月之夜》[②]表现生产队长叶香直到临产前三天才请假，生产后脑子里所思考的也还是队里生产上的安排的故事。故事的意图很显然，但小说给我留下最深印象的不是叶香的全心全意地为生产队里的付出，而是小说对乡村生活习俗的描绘，虽然时隔几近五十年，今天读来，小说中所描写的场景依然是那样的亲切。美妙的五月之夜，迷人的月亮，睨着熟透的枇杷和酸甜的杨梅微笑，才喷开的榴花枝头，有痴心的杜鹃一声声啼叫，也许让饱含菜油麦粒的香味和青草气息的清风灌醉了。在这迷人的乡村晚景中，女生产队长叶香的家里已经涌进了一屋子的客人，来看她新添的八斤半的小男孩。大家用一盏用香油调出来的锅墨烟子给忙着在灶房烧糖水的丈夫画了个大花脸，丈夫一急用毛巾擦却擦成了黑包公。满屋子讨论的都是月婆在坐月子期间所应忌讳的以及众人对新媳妇的调侃，充满了幸福的笑声，传到了堂前梁上的燕子窝里，燕子也呢喃了起来。

西戎的小说《赖大嫂》[③]"把现实生活中的那些属于中间人物的性格、思想上的庸俗，形象地勾勒出来"，目的是以"教育那些在现实生活中大量存在的中间人物"[④]。在大连"农村题材短篇小说创作座谈会"上，小说被作协副主席邵荃麟专门提及，与赵树理的《锻炼锻炼》一起当作是写"中间人物"的代表作品受到高度肯定。从1964年秋天起，文艺界开始大张旗鼓地批评"中间人物论"，《赖大嫂》自然难逃被批评的厄运。批评者认为赖大嫂是一个"唯利是图、损公肥己、放泼耍赖、蛮横抗拒国家政策的人"，"她不仅表现得非常落

---

① [丹麦]勃兰兑斯：《十九世纪波兰浪漫主义文学》，成时译，人民文学出版社1980年版，第62页。
② 谢璞：《五月之夜》，《人民文学》1962年第10期。
③ 西戎：《赖大嫂》，《人民文学》1962年第7期。
④ 沈思：《我读〈赖大嫂〉》，《火花》1962年第10期。

后，屡犯错误，而且在农村两条道路的尖锐斗争中，也不可能不处心积虑地追求资本主义道路"。批评者认为邵荃麟在大连"农村题材短篇小说创作座谈会"上把这篇小说当成是写"中间人物"的代表，"这不是对于占农村人口绝大多数的、坚决走社会主义道路的贫农下中农群众的污蔑吗"？小说中的正面人物在斗争中总是毫无办法、软弱无力，"不能不是歪曲我国社会主义农村显示斗争生活的面貌"①。

重新阅读这篇小说，留给我们印象的，当然不是作家潜意识中对政策方针的解释，而是赖大嫂的性格。她精明、泼辣、有心计，在丈夫面前也是强势的，处理家庭事务，只有赖大嫂说了算数，就连村里的有关会议，还得赖大嫂说了话，这才真正合法化了。这样的女性形象即使是在今天的农村，也可以说是很常见的。赖大嫂有三次养猪的经历，第一次钻养猪政策的空子，猪不明不白地死了，队里让退出剩余的饲料，她说猪已经吃完了，白白得到队里的猪饲料。第二次喂猪是因为队里研究出新的喂猪办法，队里不供应饲料，自喂自养收入归自己。她怕收入归公，但又怕将来真的收入归自己了，还是抓了小猪，对小猪放任自流，并到队里的生产地里去放养。和立柱产生矛盾之后，一气之下把猪杀了吃了。却没想到这次真的收入归自己了，听到立柱妈卖给食品公司一口大肥猪，在供销社买回了许多好东西，她的所有的怒火全都泼向了老实的丈夫："我没生下好命，儿子媳妇不孝顺和我分家；遭了你这死老汉，也是整天气我。好，你们把我气死，你们就高兴了！"当丈夫叹气要离婚时，赖大嫂一把揪住赖永福的领口，"好，好，离婚！现时就离！""谁又不是十七的、十八的，一辈子没男人也不稀奇你这号东西！离了你这活死人，倒没人气死我了"②！在某种意义上，赖大嫂的这种种行为何尝不可以看作是对自己命运的不甘与反抗？

透过这些描写我们可以看出，《赖大嫂》这篇小说的实际阅读效果已经脱离了作者创作当初图解政策意图的控制，即已经脱离了小说自己的"领土"③，小说也由图解党的农村政策方针转变为表现发生在农村夫妻之间、邻里之间的日常生

---

① 紫兮：《"写中间人物"的一个标本》，《文艺报》1964 年第 11-12 期。
② 西戎：《赖大嫂》，《人民文学》1962 年第 7 期。
③ [法] 吉尔·德勒兹、菲力克斯·迦塔利：《什么是哲学？》，张祖建译，湖南文艺出版社 2007 年版，第 10 页。

活故事，对农村人性与人情的书写是这篇小说具有持久生命力的关键所在，也是小说能在今天感动我们的原因所在。

实际上，文学领域这种短暂的人性抬头不可能是偶然的现象，而是政治运行到一定阶段所带来的必然结果。随着革命形势的发展，革命也越来越需要更加纯洁的政治要求，而任何人性的杂质都有可能影响政治的纯洁，这种更加纯洁的政治要求必然对每一个个体提出更高要求，而当"政治已经运行到了它的抒情时期。既然人们已经找到了本质，叙事的使命也就自然终结了。使人的自然本质抽象化的目的就是为了将国家组织起来，因此，消除人的自然本性不是革命的目的，而是革命的手段"[1]。于是，十七年小说对人性人情的探讨在小说的表现形式上也越来越变形，与此对应，为了更高的革命目的，小说中的个人则成了"超越了普通生理躯体的崇高躯体"[2]。

第二节　"1962，你不选英雄事迹"：十七年小说的生产与增殖

1962 年只是十七年再普通不过的年份，之所以选择这"不具关键意义的年头"[3]来作为考察十七年小说的切入点，是因为当我们遵循"叙事不妨细致，但是结论却要看远不顾近"[4]的历史态度，更多地从文学自身的发展规律，把这一年发生的一些看似不相关的文学现象放在一定的时间跨度之下去仔细考察，从文学史的角度深入去看的时候，就能够牵连出这些看似不相关的文学现象的前因后果，厘清文学在这一阶段的发展脉络，及其在表面现象遮掩之下深层的历史含义。

---

① 李杨：《抗争宿命之路——"社会主义现实主义"（1942–1976）研究》，时代文艺出版社1993 年版，第 206 页。

② [斯洛文尼亚]斯拉沃热·齐泽克：《意识形态的崇高客体》，季广茂译，中央编译出版社 2002 年版，第 200 页。

③ 黄仁宇：《万历十五年》，生活·读书·新知三联书店 2006 年版，第 1 页。

④ 黄仁宇：《万历十五年》，生活·读书·新知三联书店 2006 年版，第 307 页。

这一年出现的许多小说一改以前小说以英雄人物为主角的文学成规，不约而同地选择普通人为主角。这一看似随意的转变，其实却隐含着内在的隐秘合理性与深层的必然性，而正是因为这一选择，也为十七年小说埋下了危机。

一、"家务事"与"儿女情"：题材问题讨论

1960 年，为了渡过暂时性的国民经济困难，八届九中全会和中央工作会议要求全党恢复实事求是传统，加强调查研究，搞一个实事求是年，并通过了"调整、巩固、充实、提高"的方针，即"1961 年应当适当地缩小基本建设的规模，调整发展的速度，在已有的胜利的基础上，采取巩固、充实和提高的方针"①。

与经济和政治领域的调整政策相对应，文化领域各种调整也随之展开。1961 年 6 月 1 日到 28 日中宣部召开文艺工作座谈会，文化部同时在北京新侨饭店召开故事片创作会议（即"新侨会议"），调整了诸多限制文艺创作的教条；中国戏剧家协会 1962 年 3 月在广州召开全国话剧、歌剧、儿童创作座谈会（即"广州会议"），陈毅发表了落实知识分子政策的讲话：应该为知识分子脱掉资产阶级的帽子，加上劳动人民知识分子之冕，"今天我给你们行'脱帽礼'"②。1962 年 4 月 23 日，中央批转了中央宣传部和文化部党组、文联党组提出的《关于当前文学艺术工作若干问题的意见（草案）》（即"文艺八条"），给文艺立法，降低对文艺领导的随意性不确定性。1962 年 8 月 2 日，中国作家协会在大连召开"农村题材短篇小说创作座谈会"。由于这一系列政策的实施，1962 年前后，文学出现了短暂的"春天"，被认为是建国后知识分子政策贯彻得较好的时期之一，也是知识分子心情舒畅、积极性高的时期之一。

这一时期文学领域一个非常重要的话题是关于题材选择的讨论。在十七年时期，题材的选择有着至关重要的意义，题材被认为是关系到对社会生活本质反映的真实程度，也关系到文学方向的确立，选取何种题材，关系到文学的性质所在。因此，题材在十七年是被严格分类的，分类在实质上包含着阶级区分，被

---

① 《中国共产党第八届中央委员会第九次全体会议公报》，1961 年 1 月。
② 陈毅：《在广州全国话剧、歌剧、儿童创作座谈会上的讲话》，《党和国家领导人论文艺》，文化艺术出版社 1982 年版，第 122 页。

赋予不同的价值等级。典型的例子是 1949 年建国初上海的《文汇报》所进行的"可不可以写小资产阶级"的讨论最终被认为"阻挠了工农兵文艺方向的宣传"①，讨论的发起者洗群在《文汇报》检讨，主持讨论的唐弢和《文汇报》总编室都做了检讨。②因此，十七年小说在题材的选择上应该选择能正确反映社会生活的本质的题材，写出"新的世界，新的人物"，"民族的、阶级的斗争与劳动生产成为了作品中压倒一切的主题，工农兵群众在作品中如在社会中一样取得了真正主人公的地位"③。所以，阶级斗争主题和革命英雄人物的塑造是社会主义现实主义坚不可摧的基石。

在 1960 年代文艺调整期间，题材问题被提上了调整日程，受到非同寻常的重视。1961 年第 3 期《文艺报》就题材问题做专论，清楚地指出："工农兵方向下的百花齐放，要求创作的题材、体裁、风格的多样化。要完满地回答这个要求，就要正确地对待题材问题。题材的多样化，大有助于体裁、风格的多样化；而题材问题上的清规戒律，不但限制了体裁、风格的多样发展，对文艺创作的全面繁荣也会带来不利的影响；那是同百花齐放的要求相抵触的"④。《文艺报》同时鼓吹打破题材问题上的清规戒律，以促进文艺创作的繁荣。1959 年到 1961 年，茅盾、欧阳文彬、侯金镜、魏金枝、细言（王西彦）、洁泯等众多名家关于茹志娟的小说《百合花》的讨论，就是题材多样化努力的一部分。对茹志娟创作特点的概括，建立在人物形象上有高大、叱咤风云的英雄和普通平凡的小人物区分的基础之上。在讨论中，有的评论家试图取消英雄与小人物、写社会主要矛盾与不正面表现这种矛盾、取消"主花"与"次花"的界限等小

---

① 洗群：《文艺整风粉碎了我的盲目自满——从反省我提出"可不可以写小资产阶级"的问题谈起》，《文汇报》1952 年 2 月 1 日

② 讨论情况见洗群：《文艺整风粉碎了我的盲目自满——从反省我提出"可不可以写小资产阶级"的问题谈起》，《文汇报》1952 年 2 月 1 日；乔桑：《关于"可不可以写小资产阶级"问题的几点意见》，《文汇报》1949 年 9 月 3 日；黎嘉：《我对"可不可以写小资产阶级"的一点意见》，《文汇报》1949 年 9 月 3 日；编辑部给读者的信：《能不能写小资产阶级呢？》，《文艺报》第一卷第十期。

③ 周扬：《新的人民的文艺》，中华全国文学艺术工作者代表大会宣传处编：《中华全国文学艺术工作者代表大会纪念文集》，新华书店 1950 年版，第 13 页。

④ 《文艺报》专论：《题材问题》，《文艺报》1961 年第 3 期。

说题材的建议 ①，但在当时的背景下，是不可能取得成功的。

　　但是，虽然有诸多题材应该多样化的声音，众多的批评者仍然坚信社会主义现实主义题材有高下之分。邵燕祥的小说《小闹闹》②写了一个婴儿的诞生给父母给家庭带来忙碌紧张而又欢乐欣慰的氛围，小说不只有声有色地描绘了"小闹闹你给家庭带来多少朝气"，而且将这生命的"朝气"和家庭的爱升华到更高的境界。唐弢在评论中虽然支持题材多样化，却仍然认为《小闹闹》"全部过程充满了琐屑的叙述"，"全部过程又充满了庸俗的卖弄"，并严厉地斥责"这是名副其实的所谓'家务事，儿女情'的典型，是烦琐的'家务事'和卑微的'儿女情'相结合的典型"③。到了后来，这一类文学作品就被定性为资产阶级"人性论"的标本，批评的人更是指斥作者："站在资产阶级立场，对党和社会主义制度极端不满，看不到光明面，看不到英雄人物"④。

二、"1962，你不选英雄事迹"

　　这一时期众多的小说都不再以革命战争年代的英雄人物作为主要表现对象，而是把"矛盾往往集中在中间人物身上"⑤，集中在一些普通平凡的小人物身上，主角都是普通的身边人。这种对普通人物形象的选择，在更重要的意义上"代表了一种可以称之为'中间道路'的历史观……庸常之人对日常生活的延续为文化的延续或发展提供了基础"⑥。

　　这一时期众多小说都是以普通人为表现对象的，如李准《李双双小传》（《人民文学》，1960 年第 3 期）、宗璞《桃园女儿嫁窝谷》（《北京文学》，1960 年第 11 期）、《耕耘记》（《人民文学》，1960 年第 9 期）、茹志娟《静静的产院》（人

---

① 细言：《有关茹志娟作品的几个问题——在一个座谈会上的发言》，《文艺报》1961 年第 7 期。

② 邵燕祥：《小闹闹》，《上海文学》1962 年第 6 期。

③ 唐弢：《关于题材》，《文学评论》1963 年第 1 期。

④ 邵燕祥：《人生败笔——一个灭顶者的挣扎实录》，河南人民出版社 1997 年版，第 109 页。

⑤ 《文艺报》编辑部整理：《关于"写中间人物"的材料》，《文艺报》1964 年第 8、9 期合刊。

⑥ 《卢卡契文学论文集》，张黎译，中国社会科学出版社 1981 年版，第 403 页。

民文学 ），1960 年第 6 期 ）、赵树理《实干家潘永福》（《人民文学》，1961 年第 4 期 ）、谢璞《二月兰》（《人民文学》，1962 年第 3 期 ）、江流《还魂草》（《安徽文学》，1962 年第 5 期 ）、汪曾祺《羊舍一夕》（《人民文学》，1962 年第 6 期 ）、王汶石《黑凤》（《延河》1962 年 5、6、7 月连载 ）、西戎《赖大嫂》（《人民文学》1962 年 7 月 ）、《丰产记》（《人民文学》，1963 年第 4 期 ）、张庆田《"老坚决"外传》（《河北文学》，1962 年第 7 期 ）、西戎《赖大嫂》（《人民文学》，1962 年第 7 期 ）、方之《出山》（《上海文学》，1962 年第 8 期 ）、赵燕翼《桑金兰错》（《人民文学》，1962 年第 10 期 ）、刘真《长长的流水》（《人民文学》，1962 年第 10 期 ）、陆地《故人》（《广西文艺》，1962 年第 11 期 ）、宋词《落霞一青年》（《人民文学》，1962 年第 12 期 ）、林斤澜《新生》（《人民文学》，1962 年第 12 期 ）、王蒙《夜雨》（《人民文学》，1962 年第 12 期 ）、刘澍德《归家》（《边疆文艺》，1961 年第 2 期到 1962 年 11 期 ）、《拔旗》（《人民文学》，1961 年第 4 期 ）、胡万春《王刚传》（《上海文学》，1963 年第 11–12 期 ）、骆宾基《山区收购站》（《上海文学》，1963 年第 12 期 ）等。

　　这些小说在题材的选择上和以前的小说明显不同，都不以革命英雄人物为表现对象，却以独特角度使十七年小说趋向细腻和精致，对之前浮躁的创作是有力反拨。如果把红色经典所表现的重大题材视为十七年文学的中心，这些普通人物的故事表现的则是细小的人生涟漪，它们重视普通人物在日常生活中的感受，虽然也有迎合时代趋向的意图，但对人物与生活事件精细的观察与揣摩，却是很具艺术功力的，构成了那个时代独特的文学风貌。

　　这一时期的确存在着时代规约与禁忌对小说的限制，但是小说却没有完全接受时代规约的限制，而是同知识一样，"服从于一个煽动不断增大的机制"，其中也包括对多元的传统经验的"撒播和移植的原则"[1]。这些作品诞生于特殊年代，必然会染上时代痕迹，探明这些作品形成的契机，能更好地说明时代对小说的限制和要求是如何从知识认知的角度刺激这一时期小说发展的。

　　当我们把关注的目光暂时地从这些小说身上抽离，而去更多地关注这些小说周边众多的游离物时，我们会惊奇地发现，这些小说之所以不约而同地选择普通人物作为表现对象，并不只是因为政治的激发，同时也是权力在潜意识的层面

---

① ［法］米歇尔·福柯：《性经验史》，佘碧平译，上海人民出版社 2002 年版，第 10 页。

上制造与生产的结果。

阅读文学文本，对我们来说"重要的是讲述神话的年代，而不是神话所讲述的年代"①。福柯意义上的知识和权力之间是相互影响的，权力无所不在，权力不但生产知识，而且生产现实，社会中的每个个体从现实中获得各种知识后，权力便隐秘地在个体身上实现了生产方式的转变，"借助这种机制，权力关系造就了一种知识体系，知识则扩大和强化了这种权力的效应"。因此，福柯警告我们："对这些'权力—知识关系'的分析不应建立在'认识主体相对于权力体系是否自由'这一问题的基础上……相反，权力—知识，贯穿权力—知识和构成权力—知识的发展变化和矛盾斗争，决定了知识的形式及其可能的领域。"②

由于复杂历史与现实的复合推力，这一时期小说大量相似题材的选择，反而使得创作的增殖过程被掩盖了。正如戴锦华在解读《红旗谱》时所敏锐指出的："朱老忠不仅是大跃进中神化的群体——'创造历史的动力'的肉身呈现，而且是此后的'渡荒'岁月中的历史拯救力之所在。他（们）不仅将与党同心同德、生死与共，而且将在创造历史的同时拯救现实"③。1960 年代小说正可以在这一层面上打开重新解读的空间与场域。在党的经济政策调整过程中，暂时借助话语的作用，把建立民族国家以更快地实现国家的工业化与现代化的主要依靠力量，暂时地由主要英雄人物转向普通大众，从而把全体民众调动起来参与到国民经济的调整与恢复中去，以便尽早地从历史与现实的窘境中脱离出来，普通民众也就在这一时期成了"'渡荒'岁月中的历史拯救力之所在"④。执政党在普通人身上寄托的是希望亿万普通人"不仅将与党同心同德、生死与共，而且将在创造历史的同时拯救现实"⑤的强烈政治层面与现实层面的欲望与话语诉求。

---

① ［美］布里恩·汉德森：《〈搜索者〉——一个美国的困境》，戴锦华译，《当代电影》1987 年第 3 期。
② ［法］米歇尔·福柯：《规训与惩罚》，刘北成、杨远婴译，生活·读书·新知三联书店 2003 年版，第 29—32 页。
③ 戴锦华：《〈红旗谱〉——一座意识形态的浮桥》，唐小兵编：《再解读——大众文艺与意识形态》，北京大学出版社 2007 年版，第 217 页。
④ 戴锦华：《〈红旗谱〉——一座意识形态的浮桥》，唐小兵编：《再解读——大众文艺与意识形态》，北京大学出版社 2007 年版，第 217 页。
⑤ 戴锦华：《〈红旗谱〉——一座意识形态的浮桥》，唐小兵编：《再解读——大众文艺与意识形态》，北京大学出版社 2007 年版，第 217 页。

于是，在小说文本中我们就看到了"小腿疼"、"吃不饱"、"老坚决"、赖大嫂、丁黑凤、王如海、曹英、朱彦、李菊英等生活在我们身边的普通人物。透过这些普通人物形象，我们可以看出小说家们的兴趣不在于表现英雄人物的光辉事迹，而主要在于日常生活中富有幽默感和戏剧性的故事。故事中有斗争的描写，但是作者的态度却不是居高临下的，而是在对人物抱持很大成分的同情，甚至带着几丝迷惘情绪，这些都使得这些小说具有浓重的人情味。

但是，这些小说所表现的普通人物其实又是不"普通"的，他们在各自的工作中都能够勇敢地担当，这些普通人实际上成了执政党在平凡岗位上的理念化身。方之的小说《出山》[①]中的王如海就是党在普通群众中的典型代表，小说开头通过社员会的情节为王如海的出场营造声势，他所在的小王庄因为穷，调整生产队规模的时候，周围的村子都不愿意带着他们。王如海这时勇敢地站出来，带领全庄人发展生产，并舍弃了很多个人的东西。在这个意义上，普通的王如海成了党的化身，当然就不普通了。

可以看出，正是权力话语的生产与潜在规训，才在认识主体——作家的潜意识中形成规训机制，而"借助这种机制，权力关系造就了一种知识体系，知识则扩大和强化了这种权力的效应"[②]。虽然这些普通人物形象可以看作是作家借助于日常生活伦理与传统道德观念，对当时的社会和文学风气的一种反驳。但是，当我们把关注的目光投向这些人物形象周边诸多游离物时，又可理解为在这些并不"普通"的普通人物身上暗含着执政党在平凡岗位带领着众多的平凡人走出艰难的社会现状，共同渡过多难多艰的"危亡"时刻，并最终走向新的复兴的期冀。

"一旦作家开始动笔，作品中出现了人物，一旦这些人物按照作家的意志获得了生命，他们就会开始对提纲提出异议，与提纲做起对来。作品开始按其本身的内在逻辑展开"[③]。正因为这些小说中有多种叙事因素的存在，才会让这些小说获得独立的生命，游走在各种政治意见的边缘，与各种文学规范无法一一对应，才会出现各种解读之间的差距与悖论。这就是文学本身，它虽然与哲学、政治、

---

① 方之：《出山》，《上海文学》1962 年第 8 期。
② [法] 米歇尔·福柯：《规训与惩罚》，刘北成、杨远婴译，生活·读书·新知三联书店2003 年版，第 32 页。
③ [俄] 康·帕乌斯托夫斯基：《金蔷薇》，戴骢译，上海译文出版社 2007 年版，第 51 页。

社会等各相关领域有着深刻的联系并受到它们的影响，但在表现社会生活上却不会与哲学、政治、社会等相关领域完全一致，而是介于它们之间的审美创造活动。正因为此，文学才会因其永恒的魅力，感染着我们，诱惑着我们，让我们情不自禁地对它附身下去，为它痴迷不已。

第三节　十七年小说的上海书写及其主体重构

上海，这座中国现代化程度最高的城市，频频作为知识分子想象现代的话语言说载体，出现在文学作品中。上海及以其为代表的现代生活在中国现当代文学中的重要地位，随着 1990 年代以来都市文学的研究热潮，特别是以李欧梵的《上海摩登》①为代表的一批研究专著的出版，得到了很好的阐释。上海，以其华丽与精致的现代生活，承载了国人对繁华的艳羡目光，以及对现代化梦想的替代性想象与渴望。但研究者的关注点大多不约而同地放在现代文学中的"新感觉"派和张爱玲小说，以及当代文学中以王安忆为代表的上海小说，直接跳过了从共和国建立到新时期这段将近三十年的历史。或许，在诸多研究者看来，上海在这段历史中的地位是尴尬而又暧昧不明的，作为共和国的异数，上海无法叙述自己，在这段将近三十年的文学中是缺失的。但是，通过对大量十七年小说的阅读，我们会发现，以上海作为话语言说载体的上海书写一直在十七年小说中存在着。

所谓上海书写，"是指以上海为表现背景展示 20 世纪中国人在上海这样一个现代化大都市中的生活习俗、情感方式、价值判断和生存形态，以及书写者本身在这种书写过程中所体现出的对上海的认识、期待、回忆和想象。上海书写并不等同于上海题材的文学创作，而是在上海题材的基础上，浇铸进书写着对上海的情感态度和价值判断。而上海在上海书写中，既是一个背景，又不只是一个背景——它是一个参与作品成立的重要角色"②。因此，通过探讨上海在十七年文学

---

① 李欧梵：《上海摩登——一种新都市文化在中国（1930–1945）》，毛尖译，北京大学出版社 2001 年版。

② 刘俊：《论二十世纪中国文学中的上海书写》，《文学评论》2002 年第 3 期。

中的尴尬与无言，对认识上海书写中知识分子对上海的话语期待与想象性价值判断，认识话语在规训过程中的变异与流转，有着极为重要的意义。

一、道德"恶魔"化——"恶之花"上海

1949 年 5 月 27 日，中国人民解放军全面进驻上海。但是，革命虽然胜利了，面对着上海这个战利品，革命者却没有胜利的喜悦与轻松，反而充满了面对庞大"恶魔"的警惕与恐惧。这是因为"中国自古以来就是一个农耕文化占据主导地位的国度，由于长久以来受到传统农业文化的影响和近代的无产阶级革命'农村包围城市'的洗礼，城市成为了一个复杂、含混不清的所指。即使最后无产阶级占领了城市，宣告了革命的胜利，但他们对于城市的警觉和怀疑仍然挥之不去"①。作为上海的首任市长，陈毅就曾这样警告过："我们解放军除西藏之外，全国都到过，可是说不定到上海就被人打倒在地上……在上海你随便进入人家，就可能会被人弄死。所以，我们进城后越小心越好……在城市我们可能要上当，要谨慎才好"②。这种话语所表现的绝不是主人翁心态，疑虑与恐惧似乎更适合于这些进入上海的"他者"。于是，上海新的主人认为对每个个体"应当加强城市生活常识教育，使现有人员懂得，现在住在城市的机关部队更可以进行实地教育（如开电灯、上灯泡、拉抽水马桶……）。遵守公园规则，不践踏青草，不攀枝折花，在房内不随地吐痰，保持桌椅门板、痰盂清洁，克服农村旧生活习惯"③。之所以如此，因为"一些从来没有进过大城市的干部和战士，在南京闹出了许多洋相，把蒋介石办公室外二百米的红地毯，剪成打地铺的垫子；不少官兵不会使用抽水马桶，把住宅弄得一塌糊涂；头等火车座位上的漆皮都被战士剥掉"④。从中可以看出胜利者面对上海这座现代化的庞然大物时的疑虑与恐惧相交织的复杂心态。这支过去长期在农村从事革命工作的胜利者，如今突然面对全然陌生的城

---

① 高山：《政治语境·文化裂隙·个性探询》，《当代电影》2005 年第 2 期。
② 上海市委宣传部、党史研究室、档案馆：《接管上海》，中国广播电视出版社 1993 年版，第 497 页。
③ 上海市委宣传部、党史研究室、档案馆：《接管上海》，中国广播电视出版社 1993 年版，第 497 页。
④ 上海市委宣传部、党史研究室、档案馆：《接管上海》，中国广播电视出版社 1993 年版，第 497 页。

市，这种陌生感所带来的心理上的震惊与恐惧是可以想象的。

疑虑、警惕、恐惧，这种陌生感带来的是十七年小说对上海的"恶魔化"处理。以周旋的"金嗓子"为代表的百乐门袅娜老歌、穿着高叉旗袍的名媛小姐、香浓的咖啡、忧郁的爵士乐等典型的上海影像，在迈入红色共和国的话语叙述之后，作为政治承载的"主体"角色，被工农兵革命者赋予了道德化外衣。上海作为腐蚀革命意志的渊薮，成了腐朽和落后的代名词，成了"恶之花"和革命者的城市恐惧症的替罪羊，1949 年，《文艺报》就刊文把上海定位为"黄色文化"之都："黄色文化在上海是比较根深蒂固的"，"普通所称'海派'人的特点是：爱虚荣，华而不实，蔑视劳动，十足的'拜金狂'者。在上海的马路上，我们可以看到穿着花背心，小裤脚管、奇形怪状、搔首弄姿的男女们，他们大都模仿着美国影片中的打扮，充分地表现出一副油腔滑调、游手好闲的派头"，"软性的、色情的书报等，成为唯一合乎他胃口的消遣品了"[①]。在这尴尬的境地中，上海成为嘲笑与讥讽的对象，"对于上海人，我总有一种不好的成见。上海姑娘常常给我这样的感觉：她们爱打扮、爱时髦、爱玩、爱闹、爱叽叽喳喳没完没了的说话……就是不爱干活"[②]。上海，在不经意间完成了它在"革命"中国的身份转变，和"她"有关的一切都染上了不良居心。

《霓虹灯下的哨兵》重点描写了上海对革命者的诱惑。上海的典型画面是"南京路，华灯初上。摩天大楼上霓虹灯光闪闪烁烁，海报《白毛女》和美国电影广告《出水芙蓉》在争艳夺目"。在革命者队伍中，作为上海兵，童阿男很快就适应了上海生活，每天参加游园大会，陪女同学频繁进出作为上海城市文化象征的国际饭店、咖啡馆、跳舞厅。三排长陈喜在进驻南京路后，由于放松了警惕，受到资产阶级香风熏染，忘记了艰苦朴素的革命传统，并且说班长赵大大"黑不溜秋靠边站"，更嫌弃妻子春妮土气跟不上潮流。这些"不健康"和"危险"的因素，最终在指导员路华的思想政治工作下被剔除了，革命者幡然醒悟，意识到了危险："同志们！我们站在这条路上，要把父辈为它流血牺牲的革命事业继承下来，担当起来"[③]！在这种对上海道德化排斥中，革命者自身的因素并没有成为"质变"的考量因素，重点预防的是外部的诱惑与腐蚀，上海成了腐蚀革

---

①　余雷：《黄色文化的末路》，《文艺报》第一卷第七期。
②　张弦：《甲方代表》，《人民文学》1956 年第 11 期。
③　沈西蒙：《霓虹灯下的哨兵》，《剧本》1963 年第 2 期。

命者意志的"恶魔"。

萧也牧的《我们夫妇之间》是十七年小说中最早以城市为背景展开叙事的小说，小说发生的背景并不是上海。但由小说改编的电影《我们夫妇之间》[①]却巧妙地把小说故事发生的城市由原著中的北京替换为电影中的上海，微妙地处理了对城市的态度，把对城市的罪恶想象全部集中到上海身上。影片中，张英在乡村劳模大会的台上痛斥旧社会的惨无人道、高呼"共产党万岁"革命口号的激昂场面，与之相对应的是上海舞场主当街欺凌弱女的丑恶嘴脸。上海，在无意中成为对城市疑虑与恐惧这种"集体无意识"的替罪羊，成了滋生社会不平等、思想堕落和道德败坏的中心，成了资产阶级"恶魔化"的代表。

羽山和徐昌霖的小说《东风化雨》[②]描述的是上海民族资产阶级在战争烽火的年代创办并发展长江橡胶厂的故事，记述了长江橡胶厂在抗日战争以及第三次国内革命战争中的变迁，反映了民族资产阶级在不同历史时期所经历的复杂曲折的道路，也反映了工人阶级在党领导下与资产阶级及一切反动势力所做的斗争。批评者关注的不是资产阶级复杂曲折的奋斗道路，而是认为"王少堂从一个身着一件破长衫，手持一柄破雨伞来到上海的没落地主，没几年时间就摇身一变为上海橡胶业的巨子"，"揭露了王少堂为人之卑鄙无耻，但是将他最大的罪恶：剥削工人这一点给掩盖了"[③]。最巧妙的是，《东风化雨》最后把斗争锋芒完全集中在国民党对工人和资本家的迫害，被批评为"彻头彻尾地开脱了资产阶级对工人阶级进行敲骨吸髓的剥削罪恶，使读者不知不觉的把工人阶级对资产阶级血迹斑斑的阶级仇恨，把无产阶级与资产阶级的阶级矛盾和阶级斗争，忘得一干二净"[④]。

二、"平民"英雄——上海的"红色转身"

1949 年后，上海作为资本家的天堂与革命者的地狱而被列为重点改造对象，因为只有"将消费的城市变成生产的城市，人民政权才能巩固起来"[⑤]。这个时期

---

① 郑君里导演：《我们夫妇之间》，昆仑影业公司 1951 年。

② 羽山、徐昌霖：《东风化雨》，上海文艺出版社，第一部，1959 年版，第二部，1962 年版。

③ 王绍玺、吴立昌：《〈东风化雨〉的资产阶级倾向》，《收获》1965 年第 6 期。

④ 申文钟：《〈东风化雨〉的错误倾向》，《河北文学》1966 年第 4 期。

⑤ 《毛泽东选集》第一卷，人民出版社 1991 年版，第 1318 页。

文学中的上海也遵循意识形态的规训与召唤，开始了它的"红色转身"，这一转身的标志性符码就是在上海书写中出现了许多"平民"英雄。

现代文学中所展示的摩登腐化的上海生活理所当然地受到了厌恶与摒弃，在杜宣的小说《无名英雄》中，革命者夫人柳初明就直接表达了对资产阶级日常生活方式的厌恶："要我从擦粉、抹胭脂、管理家务中找出它的政治意义来，真把我烦透了。"陈志航的态度则更加激烈："当我每天和这些卑鄙无聊、堕落腐化的生活搞在一起的时候，真把我憋死了"①。正因此，我们才看到这一时期小说中的正面女性大都脂粉不施，素面朝天，穿着朴素，"不爱红妆爱武装"，为无产阶级事业而奋斗、全心全意为人民服务。于伶的小说《七月流火》中的华素英说："除了工作，我生命里没有什么可留恋的。个人的事情，先别谈论"②。丰村的小说《美丽》也和主流意识形态分享着同一话语逻辑运作方式，首长秘书季玉洁更是全身心地为首长服务，并视为自己应尽的职责："对首长的生活，我深深感觉需要有更妥善的安排和更细心的照顾，不然，使首长用于领导工作的精力而耗费在生活小事上面，我该如何向党交待呢？"如果首长自己照理日常生活，她就"觉得这是不应该的，为什么要首长自己分神呢"③。

1959 年之后，上海的平民身份建设进入一个高潮阶段，在官方的影响下，上海的普通民众也都参与到这一关于上海新身份认同的重建之中。官方收集出版了《上海民歌选》、《上海大跃进的一日》、《上海民间故事选》、《上海故事选》等群众创作文集，上海的《上海文学》、《文艺月刊》、《收获》等杂志期刊集中刊登了表现上海形象的小说，特写集《上海解放十年》与《上海十年文学选集》（1949 — 1959）囊括了话剧剧本、短篇小说、论文、特写报告、散文杂文、诗歌、儿童文学、戏曲剧本、电影剧本、曲艺等十余种文艺样式。其中，典型的如特写集《上海解放十年》，它的作者是"上海解放以后，直接参与这场斗争或目睹这场斗争生活的"亲历者。④ 全集 40 万文字基本上体现了当时人们对上海的认识，文章的题目如《新的》、《第一次》、《春天》、《变迁》、《拥护》、《第一炉》、

---

① 杜宣：《无名英雄》，《剧本》1957 年第 2 期。

② 于伶：《七月流火》，《剧本》1961 年第 11 期。

③ 丰村：《美丽》，《人民文学》1957 年第 7 期。

④ 姚延人、周良才、杨秉岩：《欢呼〈上海解放十年〉的出版》，《上海文学》1960 年第 7 期。

《翻身》、《第一家》、《诞生》、《冬去春来》、《成长》、《今昔》、《新村》、《笑声》、《奇迹》、《跨上》、《颂歌》等，非常典型地体现了这些亲历者对于上海新身份的理解与认同。

不仅仅是小说，这一时期其他有关上海的文学也都塑造了这种背离旧"上海"而投入"人民"怀抱的青年人形象。话剧《年青的一代》里，萧继业一心扑在勘探工作上，到国家最需要最艰苦的地方去，哪怕遭受截肢的危险，也无怨无悔。而林育生则贪图个人舒适，迷恋城市生活的繁华安逸，期望"白天我们一起去上班，晚上回来就听听音乐，看看小说，读读诗，看看电影，星期天上公园，或者找几个朋友聊聊天"[①]。在意识形态代言者萧继业的眼里，这种生活方式是要严加摒弃的资产阶级腐化堕落思想，是必须改变的："使谁的生活变得更幸福？是仅仅使你个人的生活变得更幸福？还是使千百万人因为你的劳动而变得更幸福？如果一个人只追求个人的幸福，忘记我们的国家现在还是一穷二白，在我们的面前还排着多少困难，忘记我们青年人对党和人民应负的责任，这样的幸福会把我们引导到什么地方去呢"[②]？在意识形态的规训与召唤下，林育生的"大家辛辛苦苦地劳动是为了什么？不就是为了生活变得更好更幸福吗"的困惑，最终通过林育生的亲生父母被敌人杀害这一话语叙述被剔除了，林育生最终背离了自己的精神向往地"上海"，投入"人民"的怀抱。以诸多的平民为代表的上海，在意识形态的红色话语规训中最终实现了自己的"红色转身"。

三、"小资"重现——上海的"狐步舞"

"上海"在现代文学中的形象是一系列"小资"：浪漫的气质、文质彬彬的谈吐、执着的爱情追求，激进并勇于牺牲，同时又具有幻灭、动摇、颓废的消极情绪。他们活跃在上海的舞厅、歌厅、咖啡馆里，在"冒险家的乐园"里跳着曼妙的"狐步舞"。但随着共和国的成立，这些生活方式被认为是"失范"的，是资产阶级的生活方式，他们的身份变得可疑，他们的话语变得犹豫不定，甚至出现在文学中的合法性也被剥夺了。

周扬在第一次文代会上指出："沉溺于自己小圈子内的生活及个人情感的世

---

① 陈耘：《年轻的一代》，《剧本》1963 年第 8 期。
② 陈耘：《年轻的一代》，《剧本》1963 年第 8 期。

界"的知识分子的生活和情感是"渺小与没有意义"的^①，这等于宣布了以小资产阶级为代表的知识分子"小圈子内的生活及个人情感的世界"不宜进入文艺作品中。1949 年 8 月 23 日上海《文汇报》报道了陈白尘介绍的第一次文代会精神要点："文艺为工农兵，而且应以工农兵为主角，所谓也可以写小资产阶级是指在以工农兵为主角的作品中可以有小资产阶级、资产阶级的人物出现。"该报接着发表了洗群的文章《关于"可不可以写小资产阶级"的问题》，引起了争论。经过文艺整风，洗群检讨，"当时那样提出'问题'的错误，'实质'上，是阻挠了工农兵文艺方向的宣传"^②。这场讨论之所以能够首先在上海出现而不是别的城市，预示着文坛剥除以上海为代表的"小资"生活方式的开端。在十七年文学代表作"三红一创、青山保林"中，我们几乎看不到以小资为代表的城市浮华，小资的生活方式也几乎是绝迹的。

然而"文学的'特性'，使情绪、观点、意向的表达，有某种隐蔽性，或'寓言性'，存在某种'空白'，而又隐含着特定时期不同意见的表达的可能性"，这种"隐蔽性"和"空白"使得文学"包含了一种'超意义'，即我们通常说的'言外之意'。或者说文学作品具有一种'背叛能力'。这种'背叛能力'，指的是在不同历史条件下对作品的不同理解、阐释"^③。通过细读文学作品，我们仍能发现十七年小说中的"小资"形象并没有绝迹，而是在红色外衣的隐蔽下，跳着曼妙的"狐步舞"而悄然显形。

建国初期，上海资产阶级的浮华生活方式并没随着共和国的建立而彻底消失，其流光溢彩的现代生活并没有被红色风暴雨打风吹去，这种生活方式在新中国"不但留下了难以计数的花岗石银行大楼和花园洋房，还留下了它们所培养的生活方式和日常趣味"^④。大世界、七重天、五层楼、荣康酒家、百乐门、美琪、新雅粤菜馆、华懋大厦、水上饭店、国际饭店，作为上海象征的南京路上这些以繁华和精致为代表的上海的繁华旧梦，在十七年小说中悄然显形。

---

① 周扬:《新的人民文艺》，中华全国文学艺术工作者代表大会宣传处编:《中华全国文学艺术工作者代表大会纪念文集》，新华书店 1949 年版，第 13 页。

② 《"编者按"》，《文汇报》1952 年 2 月 1 日。

③ 洪子诚:《问题与方法——中国当代文学史研究讲稿》，生活·读书·新知三联书店 2002 年版，第 213 页。

④ 王晓明:《从"淮海路"到"梅家桥"》，《文学评论》2002 年第 3 期。

周立波的小说《上海的早晨》是表现党对资本主义工商业进行社会主义改造的作品，虽然作者的创作主观上是反映在中国共产党的领导下对资本主义工商业和资产阶级的和平改造，工人们最后斗争的胜利，无疑反映了意识形态训导过程的完成。但小说中男欢女爱的浪漫情调、如歌如诉的清雅娇媚、潇洒感伤的精神状态、资本主义的生活方式、价值观念，无意中流露出对都市生活、意识、精神的娴熟乃至钟情的隐秘情怀。徐义德、朱延年在生活中的奢华放纵，徐家太太的争风吃醋以及男欢女爱，徐义德书房的雅致，这些与小资生活方式联系在一起的城市情调，在小说里以隐晦的形式出现，我们似乎看不到作家在创作时的厌恶与批评的意味，反而隐约地能够从作家的描写中觉察到其中透露出的几丝欣赏乃至羡慕的眼光。"城市及其生活情调附身于革命而出场，革命要颠覆旧城市的统治者，要改造旧城市的社会，城市以其幽灵化的形式模仿死亡从而获得新生"①，这些上海繁华景象的描写，到底在多大程度上能够起到政治话语预设的规训作用是值得怀疑的，至少，当时的人们在阅读中被这种繁华所勾起的艳羡的目光和对现代梦的渴望则是可以肯定的。

在柄谷行人看来，所描述的对象只是存在于叙述之中，客体并不先于主体而存在，而只是主体的叙述之物。柄谷行人用"装置"这一概念来描述主体的产生，在他看来，主体的产生不是先验存在的，而是一个不断地被建构的过程，在这个被建构的过程中充满着国家、社会、政治、意识形态等诸多力量的介入，构成了某种生产性的"装置"。由此可以看出，十七年文学中的上海书写不能仅仅看成是一种纯粹的"风景"描写，而应该看作是充满着国家、社会、政治、意识形态等诸多力量的介入并冲突着的某种生产性的"装置"，而我们之所以看不到诸多力量的作用与介入，是因为"所谓风景乃是一种认识性的装置，这个装置一旦成型，其起源便被掩盖起来了"②。在共和国追寻现代的革命语境中，上海始终无法言说自己，无奈地几度上演"变形记"，尴尬地成了失语的"大他者"。

---

① 杨宏海：《全球化语境下的当代都市文学》，社会科学文献出版社 2007 年版，第 15 页。
② ［日］柄谷行人：《日本现代文学的起源》，赵京华译，生活·读书·新知三联书店 2003 年版，第 12 页。

第四节　赵树理的十七年小说及其现代性悖论

重新思考十七年小说，无论我们从哪个角度进入，赵树理都是一个无法绕开的巨大存在，这既是因为赵树理文学的巨大成就，也因为赵树理文学所抱持的理念在"现代"的尴尬与无奈。

1940 年代，赵树理以《小二黑结婚》、《李有才板话》、《李家庄的变迁》"闻名全国"，"成了整个文坛议论的中心"①。解放区将其看作实践《在延安文艺座谈会上的讲话》的"一个胜利"②，国统区左翼评论家将其看作"中国文学走向民族形式的一个里程碑"③。晋察冀豫边区文联更是把其创作树立为"赵树理方向"："我们觉得，应该把赵树理同志的方向提出来，作为我们的旗帜，号召边区文艺工作者向他学习、看齐"④！但进入十七年时期，赵树理却因为跟不上迅疾发展的时代形势而"奉命进部读书"。他在这一时期的每篇小说发表后均遭到批评家的苛责，1959 年更是因《公社应该如何领导农业生产之我见》成为右倾机会主义的代表被连续批评，直至成为"反革命修正主义文艺路线的'标兵'"⑤、"贫下中农的死敌"⑥。这个深有意味的转折，表征着赵树理的小说在十七年时期的尴尬处境及其现代性悖论。

今天，我们重返十七年，探讨作为十七年文学"方向"与"高标"的赵树理在这一特殊时期进退失据的心态及其遭遇，之所以具有特殊意义，因为胡风、丁玲、陈企霞、冯雪峰、胡适等批评对象都是党的文艺思想确立最高权威地位之前的人物，而赵树理的小说却是被认为最能体现《在延安文艺座谈会上的讲话》

---

① ［日］今村与志雄：《赵树理文学札记》，王保祥译，黄修己编：《赵树理研究资料》，北岳文艺出版社 1985 年版，第 465 页。

② 周扬：《论赵树理的创作》，《解放日报》1946 年 8 月 26 日。

③ 茅盾：《论赵树理的小说》，《文萃》1946 年第 10 期。

④ 陈荒煤：《向赵树理方向迈进》，《人民日报》1947 年 8 月 11 日。

⑤ 魏天祥：《赵树理是反革命修正主义文艺路线的"标兵"》，《光明日报》1967 年 1 月 8 日。

⑥ 转引自范家进：《现代乡土小说三家论》，上海三联书店 2002 年版，第 322 页。

的文艺理念的，在《在延安文艺座谈会上的讲话》被确立为十七年文学唯一的标准之后，赵树理文学应该是十七年文学从世界观到创作方法的重要典范。但是，这一被认为最能体现《在延安文艺座谈会上的讲话》的典范却在共和国语境中不断地遭遇尴尬与无言的处境。所以，赵树理在十七年的进退失据为我们认识十七年文学的现代性悖论提供了至关重要的视角。

一、"这是农民吗"：赵树理的进城与批评

1959 年，陈伯达主办中国共产党的理论刊物《红旗》。作为一份纯理论刊物，陈伯达却突发奇想，让《红旗》也发表一些文学作品，而最有资格在上面发表文学作品的无疑就是赵树理，因为赵树理的小说被认为是最能体现《在延安文艺座谈会上的讲话》的文艺理念的，历史在这时不期而遇撞到了赵树理。

陈伯达向赵树理约稿的几个月之后，赵树理寄过来不是小说，而是他的意见书——《公社应该如何领导农业生产之我见》，赵树理自己的解释是："我到了基层生产单位的管理区，对有些事情就进退失据……我不但写不成小说，也找不到点对国计民生有补的事。因此我才把写小说的注意打消，来把我在农业方面（现阶段的）一些体会写成了意见书式的文章寄给你"[①]。赵树理之所以会写这篇文章，是有很深的缘由所在的。

作为代表《在延安文艺座谈会上的讲话》文艺理念的旗帜性作家，在第一次文代会上，赵树理被列入 99 人主席团，并被选为全国文联和全国文协常委，随后被选为中国人民政治协商会议文艺界的 12 个代表之一，担任中国戏曲改进会副主任委员、《文艺报》编委、《小说月刊》编委、工人出版社社长、文化部戏曲改进局曲艺处处长等一系列职务。按照一般人的理解，这一系列职务既是党和国家对赵树理的认可，更是对赵树理的奖励，得到如此高的认可，此时的赵树理应该有"春风得意马蹄疾，一日看尽长安花"的得意感才对。但是，这一系列职务却在赵树理心里形成了严重的障碍，从《赵树理传》中的这个近乎故事性的情节就可见一斑："赵树理进城以后，常常到街头去转，他仍然穿着一身农民服装，连他喝酒的方式，也活像一个华北地区的大车把式。走到酒店门口了，拐进去，

---

① 《赵树理文集》第四卷，工人出版社 1980 年版，第 1664 页。

把手往柜台上一拍，拿起酒杯，一仰脖，一饮而尽，然后出了门，继续走。肚子饿了，在临街的摊子上，烧饼、豆腐脑，什么便宜吃什么，跟人力车夫、拣煤渣老汉坐在同一条凳子上，边吃边谈。有时从口袋掏出旱烟袋，吸几口，递给那些人力车夫、拣煤渣老汉"[①]。不难看出，赵树理到北京以后，即使是身兼多职，他的思维与观念还依然停留在解放前的思想状态中，似乎完全不知道此时的文坛已经"天翻地覆慨而慷"了。所以，当听到赵树理说"老李，你不知道，我这人就爱喝老豆腐，觉得比山珍海味还对口味。再说，还可以顺便和老乡们说道说道"的时候，北京市文委书记李伯钊严肃地批评他："不大愿意跟知识分子作家一起吃吃饭，聊聊天，可不大对头哇！"[②]

正是由于与主流文坛的疏离，赵树理才有可能在自己主编的《说说唱唱》上刊载淑池的小说《金锁》。小说讲的是一个乡村流浪汉金锁，流落在恶霸地主家，地主欠下他的工资不给，又骗来一个女难民，说要给长工娶妻。后地主强奸女难民未遂，要将二人一同治死。结果金锁未死，投奔了解放军。和当时的文学规范不同的是，小说有浓厚的民间色彩："草浦庄第一号有名的大户人家就是驴宅。驴宅无论男女老少都被人叫做'××驴'或'驴××'，以至连真实姓名也埋没了；如黑驴、白驴、花驴、杂毛驴、老黑驴、小黑驴、公驴、母驴、瞎驴、拐驴、洋驴、土驴、驴混子、驴棰子。金锁不是驴宅的正脉，是拐驴曹五爷的干儿子。"[③]

这和建国后文坛对文学的要求有明显差距，但赵树理却认为这种描写是"真正了解未解放前的农村"，发表这样的小说"可使人了解革命势力来到之前自然状态下的农村具体情况如何"[④]。正是这篇赵树理认为作者最了解农村的小说给赵树理带来了第一次严厉批评："这是农民吗？简直是地痞，连一点骨气都没有的脓包，只是地主的狗腿，旧社会的渣滓才有这样的性格。"[⑤]

可以看出，赵树理和主流文坛对农民形象的理解第一次产生了多么大的差距，因为最了解农民、最善于表现农民形象而被树立为体现《在延安文艺座谈会

---

① 董大中：《赵树理评传》，百花文艺出版社 1986 年版，第 111 页。
② 高捷等：《赵树理传》，山西人民出版社 1982 年版，第 130 页。
③ 淑池：《金锁》，《说说唱唱》1950 年第 3—4 期。
④ 赵树理：《关于〈金锁〉发表前后》，《文艺报》第二卷第五期。
⑤ 邓友梅：《评〈金锁〉》，《文艺报》第二卷第五期。

上的讲话》文艺理念的旗帜的赵树理，却被批评为不懂农民，被质疑为"这是农民吗"？对此，赵树理却固执地辩解道："我之所以选登这篇作品，也正因为有些写农村的人，主观上热爱劳动人民，有时候就把一切农民理想化了，有时与事实不符，所以才选了一篇比较现实的作品来做个参照"①。赵树理的"检讨"和批评文章刊登在同一期的《文艺报》上，明显可以看出文艺界领导的意图是批评赵树理，可是赵树理却奉劝"作农村工作的同志"，不要"事先把农民都设想成解放军那样的英雄好汉"②。从检讨中可以看出，赵树理和意识形态对农民形象的理解差距越来越大，赵树理的认识仍然停留在原点，遭受批评在所难免。

与此同时，赵树理发表了小说《邪不压正》和《传家宝》，赵树理写这两篇小说的意图是"想写出当时当地的土改全部过程中的经验教训，使土改中的干部和群众读了知所趋避"③。但批评者认为"作者善于表现落后的一面，不善于表现前进的一面，在作者所集中要表现的一个问题上，没有结合整个历史的动向来写出合理的解决过程"④。从批评文章中，我们可以解读出赵树理与当时文坛要求文学反映历史动向的文学规范有很大的差距。

在发展变化了革命形势面前，赵树理积极地试图努力调整自己，其中一个非常典型的事例就是对待农业合作化的态度，前后就有着明显的变化。1951 年9 月，全国第一次互助合作会议后，中央起草了《关于农业生产互助合作的决议（草案）》，而赵树理则认为现在的农民没有互助合作的积极性，只有个体生产的积极性。"但不久之后，赵树理在随后的小说《三里湾》中，主题却变成了"走社会主义道路是大势所趋、人心所向，有资本主义思想的人，虽然费尽心机，也拖不住农业向集体化的方向发展，最后他们只得分别认输"⑤。

这种对农业合作化态度的前后变化，可以看出赵树理追赶时代的迫切愿望。《登记》发表后，赵树理也开始意识到自己表现新人物的能力的欠缺："从群众的实际生活中来，渐渐以至于完全脱离群众的实际生活，如不彻底改变一下现状，

---

① 赵树理：《关于〈金锁〉发表前后》，《文艺报》第二卷第五期。
② 赵树理：《关于〈金锁〉发表前后》，《文艺报》第二卷第五期。
③ 赵树理：《关于〈邪不压正〉》，《人民日报》1950 年 1 月 15 日。
④ 竹可羽：《评〈邪不压正〉和〈传家宝〉》，《人民日报》1950 年 1 月 15 日。
⑤ 赵树理：《与读者谈〈三里湾〉》，《文艺报》1962 年第 10 期。

自己的写作历史是会从此停止的"①。但这种渴望追赶时代的努力并未能给他的小说带来成功，也未得到认可。能体现赵树理这种追赶时代努力的是他的小说《三里湾》，小说反映了三里湾如火如荼的农业社会主义改造，试图表现农业合作化运动给农村带来的新气象，以证明农业合作化运动的合法性。但小说写得最生动的不是作者苦心经营的先进人物党支部书记王金生，而是作者最善于表现的处于常态中的农村芸芸众生，如范登高、"糊涂涂"马多寿、袁天成等。赵树理自己也承认："对旧人旧事了解得深，对新人新事了解得浅，所以写旧人旧事容易生活化，而写新人新事有些免不了概念化——现在较以前好些，但还是努力不够"②。《三里湾》发表后，周扬即提出《三里湾》"所展开的农民内部或他们内心中的矛盾""不是很严重，很尖锐，矛盾解决得都比较容易"，因而"使作品在思想上和艺术上没有能够取得更大的成就"③。

1958 年，赵树理的小说《锻炼锻炼》刊于 8 月号《火花》杂志，《人民文学》9 月号转载，当年作家出版社的《一九五八年短篇小说选》，将其作为"头题"佳作收入选本，可见这篇小说在当时的影响。小说在读者中间反响热烈，《文艺报》1959 年春召开座谈会，并辟"文艺作品为何反映人民内部矛盾"专栏，在 7、9、10 三期相继发表 12 篇文章，对此篇小说展开争鸣，另外，《火花》、《人民文学》、《北京文艺》等杂志也发表了评论。但小说也引起了激烈批评，武养认为小说所表现的问题是不"真实"的，没有表现出农村中"应该有"的进步人物、党的政策和两条路线斗争，因而是一篇歪曲"现实"的小说。批评者质问赵树理为何在小说中只写了"一大群不分阶层的、落后的、自私到干小偷的懒婆娘"，而没有表现出农村中作为"大多数"的进步妇女形象，"难道这就符合农村现实吗？难道这就是农村妇女的真实写照吗"？"这就是社干部的形象吗？这就是农村现实情况的写照吗"④？鲁达批评赵树理："在作品里，是三角恋爱的架式突然变成了三对未婚夫妇"，"看了这些意外的、快速的婚姻，使我感到这些当代的新青年在对待婚姻问题上，那态度未免过于草率了"，"对这三对青年恋爱的方

---

① 赵树理：《决心到群众中去》，《人民日报》1952 年 5 月 2 日。
② 赵树理：《〈三里湾〉写作前后》，《文艺报》1955 年第 19 期。
③ 周扬：《建设社会主义文学的任务——在中国作家协会第二次理事会议（扩大）上的报告》，《文艺报》1956 年第 5、6 期。
④ 武养：《一篇歪曲现实的小说——〈锻炼锻炼〉读后感》，《文艺报》1959 年第 7 期。

式、态度和感情的一模一样的描写，也使作品在这一点上失去了人物自己的性格，失去了生活的色彩，自然也就失去了美感"①。江天的《关于塑造普通人物的几点质疑》②等文章，也都对赵树理进行了严厉的批评。

在此情形下，对赵树理来说，陈伯达的约稿给正处在苦闷中的赵树理提供了一个希望，让赵树理以为可以用意见书的形式来表达自己对农村问题的思考，并把这种思考传递给高层。赵树理似乎从来没有想过应该转变的其实是自己的世界观，在这个问题上，他和一个老农无异，固执地坚持自己的意见。

二、"农民世界观会影响千百读者，所以不能不帮助你"

8 月 7 日，中共中央向全党发出了《关于反对右倾思想的指示》，要求"坚决反对右倾思想"③。8 月 26 日新华社播发《中共八届八中全会公报》指出："当前的主要危险是在某些干部中滋长着的右倾机会主义思想……他们对于几亿劳动人民和革命知识分子在大跃进运动和人民公社运动中所取得的伟大成绩估计过低，而对于在这两个运动中由于经验不足而产生并且已经迅速克服的若干缺点，则估计过于严重……全会要求各级党委坚决批判和克服某些干部中的这种右倾机会主义的错误思想"④。在此种形势下，陈伯达看到赵树理的意见书，立刻批转作协党组，摘录成绝密文件，开始了对赵树理的批评，从 1959 年 11 月一直到 1960 年 2 月，"连续开会，上纲上线，轮番冲击"⑤。

批评中的许多言论用辞激烈，"赵树理采取与党对立的态度，有些发言是污蔑党的，说中央受了哄骗，这难道不是说中央无能，与右倾机会主义的话有什么区别"，"赵树理的态度很不好，到了使人不能容忍的地步了。他对党和党中央公然采取讥讽、嘲笑和污蔑的态度，实在太恶毒了"，"真理只有一个，是党对了还是你对了？中央错了还是你错了？这是赵树理必须回答的一个尖锐性的问题，必

---

① 鲁达：《缺乏爱情的爱情描写》，《文艺报》1956 年第 2 期。

② 江天：《关于塑造普通人物的几点质疑》，《新疆文学》1962 年第 11、12 期合刊。

③ 中共中央文献研究室编：《建国以来重要文献选编》第 12 册，中央文献出版社 1995 年版，第 496 页。

④ 中共中央文献研究室编：《建国以来重要文献选编》第 12 册，中央文献出版社 1995 年版，第 530 页。

⑤ 陈徒手：《一九五九年冬天的赵树理》，《读书》1998 年第 4 期。

须服从真理"①。可是，赵树理依然坚持认为"这篇文章我写了两个月，像农民一样固执了两个月，住上房子，现在马上把它拆掉，不容易"②。对于赵树理的固执，邵荃麟指出："你狭隘的农民世界观会影响千百读者，所以不能不帮助你"③。

邵荃麟的这句话，才真正触及赵树理的灵魂深处，赵树理之所以会进退失据，根源就在他"狭隘的农民世界观"。革命形势已发生天翻地覆的转变，随着整个国家经济体制战略格局的调整，"现代化"成了国家首要追求的目标，要迅速地实现工业化就必须优先发展工业，农业就必须服务、支持、适应、支援工业，农村也相应地实行粮食"统购统销"政策，由国家来控制与调整农产品价格，农民就要为国家整体发展做出贡献。而赵树理在"狭隘的农民世界观"的支配下，看不到国家战略性策略调整，固执地为农民利益"请命"，他所面临的困境在所难免。

1962 年，随着中央调整方针的实施，"农村题材短篇小说创作座谈会"在大连召开，对社会现实问题进行了非常尖锐的思考，如作协党组书记邵荃麟所说的："处理内部矛盾也有不同的态度，从右的修正主义来强调内部矛盾，就会把它夸大而致否定社会主义，认为无产阶级专政没有优越性等等。从左的方面来看则是否认这个矛盾，粉饰现实，回避矛盾，走向无冲突论"④。在这种观点下，赵树理再度成了反思农村文学并进而反思整个文学现状的一面"镜子"。

邵荃麟在大会的发言中说："前几年对老赵的创作估计不足"，"这次要给以翻案，为什么称赞老赵？因为他写出了长期性、艰苦性，这个同志是不会刮五风的，在别人头脑发热时，他很苦闷，我们还批评了他，现在看来他是看得更深刻一些，这是现实主义的胜利"⑤。周扬也认为："赵树理同志对农村确实熟悉……后来不少方面证明赵树理同志是正确的，譬如对于生产指挥太多太死，他那时就有意见。这种精神值得学习。他从生活里感受到的，他能够坚持，他并不因为作协批评他并贴了大字报（有时内部用大字报不一定都适当）而消极下来"⑥。邵荃麟

---

① 陈徒手：《一九五九年冬天的赵树理》，《读书》1998 年第 4 期。
② 陈徒手：《一九五九年冬天的赵树理》，《读书》1998 年第 4 期。
③ 陈徒手：《一九五九年冬天的赵树理》，《读书》1998 年第 4 期。
④ 《邵荃麟评论集》，人民文学出版社 1981 年版，第 402 页。
⑤ 《邵荃麟评论集》，人民文学出版社 1981 年版，第 402 页。
⑥ 《周扬文集》第四卷，人民文学出版社 1991 年版，第 364 页。

在接下来的讲话中引出了著名的"中间人物论":"茅公提出'两头小,中间大',英雄人物与落后人物是两头,中间状态的人物是大多数,文艺教育的对象是中间人物,写英雄是树立典范,但也应该注意写中间状态的人物。""矛盾点往往集中在这些人身上"①。虽然议题是"农村题材短篇小说创作",但由于农民与农村问题的复杂性,许多不属于"农村题材创作"的问题,以及诸多文学以外的问题,都在会议上被提了出来。在这种背景下,赵树理再一次走上了历史前台。

受到从邵荃麟到周扬的肯定,证明赵树理坚持的文学方向是正确的。这是进入十七年时期赵树理受到的第一次全面肯定。赵树理的发言也代表了他的想法:"我想到农村一个是粮食,一个是日用品,过几年大概还是可以写的;但现在写,为什么可以不写这些呢?怎么避得开?我常常一想就碰墙"②。可以看出,经历过批评,赵树理思考的问题依然是农民问题。

然而,赵树理,包括邵荃麟与周扬都不会想到,是政策调整给他们带来表达内心的机会,调整一旦完成,政治便又会迅速地回到自己运行轨道上去。而他们顺应政策的行为,就会在变化莫测之间给自己带来瞠目结舌的后果。

三、"贫下中农的死敌":赵树理的现代性悖论

1962 年 10 月 6 日,中共中央满怀信心宣告:"最困难的时期已经度过,农村城市的经济形势正在逐步好转。"③ 没过多久,北戴河会议上又严厉追问:"有些同志过去曾经认为是一片光明,现在是一片黑暗,没有光明了。是不是一片黑暗,两种看法哪种对?"④ 八届十中全会则发出"阶级斗争是不可避免的。这是马克思列宁主义早就阐明了的一条历史规律,我们千万不要忘记"的警告⑤,党的工作重点再次转移。

在这种大环境下,赵树理连续发表了《老定额》(《人民文学》,1959 年第 10

① 《邵荃麟评论集》,人民文学出版社 1981 年版,第 402 页。
② 《赵树理文集》第四卷,工人出版社 1980 年版,第 1711 页。
③ 中共中央文献研究室编:《建国以来重要文献选编》第 15 册,中央文献出版社 1998 年版,第 658 页。
④ 《建国以来毛泽东文稿》第 10 册,中央文献出版社 1998 年版,第 16 页。
⑤ 中共中央文献研究室编:《建国以来重要文献选编》第 15 册,中央文献出版社 1997 年版,第 648 页。

期）、《套不住的手》（《人民文学》，1960 年第 11 期）、《实干家潘永福》（《人民文学》，1961 年第 4 期）、《张来兴》（《人民日报》，1962 年 5 月 19 日）、《互相鉴定》（《人民文学》，1962 年第 10 期）、《卖烟叶》（《人民文学》，1964 年第 1–3 期连载），小说仍把重点放在表现老一辈农民的品格上，被批评就不可避免了，"反革命修正主义文艺路线的'标兵'"、"贫下中农的死敌"，一顶顶帽子飞向了他。

从赵树理在十七年从"赵树理方向"到"修正主义标兵"进退失据的心迹与足迹中，可以看出，赵树理至死都在为自己心目中的农民、农业坚守着。当形势困难时，他恪守的现实主义精神，让他成为党的农村工作的一面旗帜；而当党克服困难，实现工作重心转移时，他就会被当作是"死不悔改"的反面教材。

赵树理的文学观念之所以很难随着形势的变化而变化，一切都缘于他心目中理想的"农民"。正如有学者指出的："赵树理没有意识到'工农兵'并不是一个客观的存在，而是一个需要用叙事创造出来的本质；他也没有意识到'生活'与'现实'本身是不确定的概念，任何'生活'与'现实'都是一种叙事，在'社会主义现实主义'理论中，生活真实与艺术真实是不同的概念。因此，当'生活'的意义被改变之后，赵树理的'生活'反倒变成了不真实的生活"①。而对赵树理文学问题的思考，"关涉到有关 20 世纪中国文学的现代性评价体系及其内部冲突；更关涉到如何理解作为第三世界、后发现代化国家的中国文学（尤其是 40–70 年代这一特定历史时段）的现代性那个特质。可以说，这是一种返观和复杂化我们几已定型化的文学'现代'观的尝试。赵树理文学以它暧昧的'陌生'感和疏离的样态，质疑着我们关于'现代'文学的想象方式，并召唤着一种重新理解的可能性"②。赵树理在十七年的困境暗含了他坚守的理念和现代性的话语冲撞。

这实际上是非现代化国家反抗现代性的"悖论"。在西方实行现代化的过程中，它更重要的统治是文化逻辑，在现存的世界秩序中，没有国家能够摆脱这种逻辑的缠绕，因为它们不可能不现代化。换句话说，"在 20 世纪，所有反抗的方式都确认了西方所定义和创造的现代性是普遍的。在本世纪初期兴起的民族解放

---

① 李杨：《抗争宿命之路——"社会主义现实主义"（1942–1976）研究》，时代文艺出版社 1993 年版，第 93 页。

② 贺桂梅：《赵树理文学的现代性问题》，唐小兵编：《再解读——大众文艺与意识形态》，北京大学出版社 2007 年版，第 87 页。

运动之后，所有的西方人都被赶出了从前的殖民地。不过，西方没有失败，他们让这些非西方国家按照民族国家的方式组织起来，发展现代化，参加世界经济。所以西方人走了，却让本地人从事他们的未竟之业"。"西方人回到本国去了，让非西方的本地人将自己的生产力发展到一定的程度一边参加国际市场，对这个目标，资本主义与非西方的马克思主义政府并没有什么不同……你看不到西方的存在"①。有可能正是因为发现了西方文化的这个"理性的狡计"，党后来才毅然开始了生产力至上观念的批评，提出无产阶级专政下继续革命的理论，试图以阶级理论来打破以西方为主导的现代性逻辑。

而组织现代民族国家以对抗西方物质与文化入侵的过程，在赵树理看来却是以侵犯并伤害他想象中的农民"共同体"利益为代价的。他小说中的农民是作为群体去承载他的现代性想象的，对他来说，忠实地表现农民、农村阶层的现状才是现实主义应有之义。但是，现实主义也是一种权力，"文学史上一个简单的事实是现实主义不仅仅变成了对于当代现实的描绘，它暗含着人类同情心、社会变革、甚至社会反叛的宣传和教育"②。事实上，革命也从来不会满足于作家所提供的原始生活记录。在马克思主义作家看来，革命是一个阶级"推翻"另一个阶级的伟大事业，因此，它必然会比生活的原貌"更集中、更强烈、更典型"，革命者"无异是一群'革命的炼金术士'"③。在党向共产主义宏伟"蓝图"迈进的征程中，赵树理显然是不合时宜的。而当他理想中的"农民阶级"这一历史承载主体的内涵被抽换后，他不得不由"铁笔圣手"悲剧般地沦落为"贫下中农的死敌"。

1990 年代以来，随着中国改革开放步伐加快，中国农民进一步参与到现代化进程中，农村城镇化，也一直是国家推行的现代化方案。2011 年末，中国大陆总人口 134735 万人，其中城镇人口 69079 万人，占总人口的比重达到51.27%，首次超过农村人口。④这一人口结构的改变，改变了传统中国留给人们

---

① 李杨、[美]白培德：《文化与文学：世纪之交的凝望》，国际文化出版公司 1993 年版，第 100 页。

② [美]华莱士·马丁：《当代叙事学》，伍晓明译，北京大学出版社 1990 年版，第 59 页。

③ 张旭东：《序言》，[德]本雅明：《发达资本主义时代的抒情诗人》，张旭东译，生活·读书·新知三联书店 1989 年版。

④ 中国社会科学院：《城市蓝皮书：中国城市发展报告 NO.5》，新华网，http://news.xinhuanet.com/2012-08/14/c_112722956.htm。

的农业社会的印象，这无疑表征着中国共产党在推动当代中国由传统的农业社会向以工业为主导的现代社会转型所取得的巨大成就，对当代中国的现代化具有特殊的意义。但是，在这一以城镇化为标志的现代化过程中，我们不应该忽略的是依然占据我们国家人口很大比重的农村人口，农村人的喜怒哀乐，他们的梦想与追求，依然是我们国家现代化成功与否的非常重要的标志。在这个意义上，今天重读赵树理文学，是每个文学从业者都应该重视的文学资源与精神遗产。

第五章　作为一种传统的十七年小说及其当时代关联

　　1990 年代以后，中国面临着在"后革命"时代的道路选择问题。特别是 1993 年以后，中国开始社会主义市场经济建设，随着市场中心的确立，人们的价值观念、行为方式、文化态度都开始面临新的挑战。在这种背景下，文学界用"后新时期"来标示 1990 年代以来的文学和以前文学的巨大差异，后现代主义因素流行于中国文坛，文学开始消解忧患意识，尤其注重"那些艰难困苦或无所适从的尴尬生活情景，以及被客体力量支配的失重生活"[①]。

　　随着中国经济发展的加速，中国的 GDP 总量已经跃居世界第二，成为世界第二大经济强国，但与之伴随的是中国农民工在 2014 年底已经达到惊人的 2.74 亿，而且还有越来越多的农村年轻人不断地涌入城市，成为农民工大军中的一员。这 2.74 亿的单独个体既是新世纪以来中国经济持续飞速发展的动力与支撑，更表征着新世纪以来中国崛起的秘密，是实现"中国梦"的最强大依靠。因此，如何表现这些人的生活及情感，才是新世纪以来的中国当代文学所面临的时代"资源"以及真正的"想象中国的方法"[②]。

　　遗憾的是，这个当下中国最大的现实，却没能够在 1990 年代以来的当代文学中有深刻的反映。诚然，在当代中国，文学被边缘化是一个不争的事实，但我认为更大的缘由可能是当代文学日益远离当代中国人真实的生活与精神现实。文学本应该是当代中国人现实生活的精神反映，把每一个个体与自己所置身的当下时代链接在一起，使个体生活成为大时代精神的见证，成为表征当下时代伟大

---

① 　陈晓明：《反抗危机——论"新写实"》，《文学评论》1993 年第 2 期。
② 　王德威：《想象中国的方法——历史·小说·叙事》，生活·读书·新知三联书店 1993 年版。

"中国梦"的载体。但可惜的是，在 1990 年代以来的当代文学中，我们恰恰找不到这个能让每个当代中国"人"能够共享的"精神共同体"。

庆幸的是，当下中国的"漫长的 90 年代"①并没有完全铺展开来，中华民族的伟大复兴这一"中国梦"还没有完全实现，历史并没有像福山断言的那样终结，这就注定了当代文学不得不在当下这个大时代中重建个体与大时代的精神纽带，唯有如此，文学才能够浴火重生。在这一背景下，十七年小说作为中国当代文学重建个体与当下时代精神关联的一种资源，意义就显得愈加重要。

第一节　日本学者"赵树理研究"的生命情怀 与方法论意义

由于与中国特殊的地缘政治与文化渊源，日本学者对中国现当代文学的发展一直特别敏锐，赵树理文学更是一出现在文坛就受到了日本学者的关注。自从 1947 年日本学者伊藤克首次把赵树理文学翻译到日本以来，赵树理文学被翻译成日文的作品共 46 种（次），其中仅《李家庄的变迁》就有 5 种版本。②译介的同时，鹿地亘、小野忍、竹内好、釜屋修、荻野修二、加藤三由纪等著名学者也开始了对赵树理文学的持续研究。特别是 1950 年代，随着赵树理文学被大量地译介到日本，受到日本城市和农村广大读者的欢迎，赵树理研究也达到了高潮。

日本学者把赵树理文学研究与战后日本知识界的战争悔恨和对中国的负罪意识相结合，与美国高压占领政策导致的赤色清洗产生共鸣，用异质的赵树理文

① 这一词语借用以布罗代尔为代表的法国年鉴派史学"漫长的 16 世纪"概念和意大利著名经济学家乔万尼·阿瑞吉"漫长的 19 世纪"概念对世界历史长时段的描述，借指中国自 1990 年代经济全球化以来的主体重构尚未完成。见 [法] 布罗代尔：《15 至 18 世纪的物质文明、经济和资本主义》，顾良、施康强译，生活·读书·新知三联书店，1993 年版；[意] 乔万尼·阿瑞吉等：《现代世界体系的混沌与治理》，王宇洁译，生活·读书·新知三联书店 2003 年版。
② [日] 藤井省三：《日本人对现代中国的解读——20 世纪中国文学阅读史》，《扬子江评论》2010 年第 4 期。

学反省日本的中国观与亚洲观，用赵树理文学异质的现代性重建战后日本国民文学，试图拯救日本民族意识。他们的研究根源于他们的生活和时代去反思知识分子命运，追问革命与文学的内在可能性。这种研究既面对外在的严酷环境，又直面内心的惨烈挣扎，在反省与批评中重建"自我"，在学术研究中投进整个生命的精神力量，对中国现当代文学研究具有重要的方法论意义。

一、用异质文化确证真正的日本"自我"

"二战"后的日本随着美国占领政策的变化以及赤色清洗带来的高压政治，导致日本整个社会抵抗情绪非常强烈，读者和研究者在这种感同身受的社会氛围中对战争中的中国文学产生了强烈兴趣。基于相似处境，"日本人才开始把美军作为占领军来认识，从中，产生了对法国的抵抗文学、中国的抗战文学的共鸣"①。赵树理文学之所以在 1950 年代的日本拥有最广泛的读者层与最深入的研究，与日本强烈渴望全面了解中国是密不可分的，赵树理文学的独特性恰恰满足了日本普通读者和研究者的这一"期待视野"："假如想了解抵抗运动的全部，就必须同时阅读其他的文学作品。那么，赵树理的《李家庄的变迁》等是合适的"②。

在最初的阅读与研究中，赵树理文学被认为是中国共产党政治的形象记录："今天，在我国，赵树理是引人注目的，这似乎与他是由中共提拔起来的这一点大有关系，对共产党的关心，在今天的日本是非常强烈的。人们希望了解中共所做的事情，希望了解中共的文学，这种兴趣就转向了赵树理。而且，仅仅在这一点上，赵树理对这个要求给予了我们最好的回答"③。中国现在怎么样了，特别是华北农民所经历过的，而且继续经历着的痛苦但有希望的生活怎么样了，中国农村由于新社会制度的建立发生了什么性质的变化，这些"从论文、统计数字中体

---

① [日]丸山升：《鲁迅、革命、历史》，王俊文译，北京大学出版社 2005 年版，第 385 页。
② [日]釜屋修：《赵树理研究与小野忍》，潘世圣译，刘柏青等编：《日本学者中国文学研究译丛》一，吉林教育出版社 1986 年版，第 188 页。
③ [日]洲之内彻：《赵树理文学特色》，王保祥译，黄修己编：《赵树理研究资料》，知识产权出版社 2010 年版，第 401 页。

会不到的具体知识，从赵树理的小说中开始体会到了"①。在这种阅读期待下，赵树理文学的重要性就在于他用故事"把各种人物放进来，用他们所属的各种阶级必然的历史命运，交织成变革时期的社会缩影；人物，除作为事件发展的要素外，不具有更多的意义"②。正因如此，赵树理文学中的人物被认为不是只具有社会意义的历史价值的影子，他们代表了历史必然性，连反对社会权威的战斗都不用参加，随着新的政府和法令如救世主一般应声而到，道路自动打开。

但由于中日两国之间的特殊地缘政治的缘故，"二战"后日本对中国的感情非常复杂，对战争的悔恨和对中国的负罪意识在知识界形成了一种"悔恨共同体"③。"这种罪的追究体现在文学上，必然要与中国同类的作品进行比较，诸如老舍的《四世同堂》、丁玲的《我在霞村的时候》、《新的信念》等，这种反观对我们来说，可以认为是痛烈的自我反省"④。日本学者关注以赵树理为代表的新中国文学，首先是把其置于中国革命和世界反法西斯战争坐标系给以高度评价："新中国的文学在世界文学中翻开了崭新的一页，它将在促进世界文学的发展中发挥重要作用"⑤。著名汉学家釜屋修则指出，"二战"后日本的中国研究一个重要视点是"反省导致本国战败的军国主义和侵略战争"，"反省自己的中国观、亚洲观"，"在文学研究方面情况也一样"，为了使日本"不能再走老路"，日本学者"把对中国事情的旺盛的探求愿望及其结果向日本国内进行积极介绍"，表现出了"对中国革命胜利的祝福，对其世界史意义的确信"⑥。而曾"三次被征召"参加侵华战争的西野辰吉更是反省："我——阿Q的日本儿子——在这场战争中，也三次被征召。不知是什么机缘，我三次都是在内地部队服役，终于没参加实战。但是，一读中国文学，我仍旧如反射一般，不能不想到包括我在内的日本全体民

---

① ［日］洲之内彻：《赵树理文学特色》，王保祥译，黄修己：《赵树理研究资料》，知识产权出版社 2010 年版，第 401 页。

② ［日］洲之内彻：《赵树理文学特色》，王保祥译，黄修己：《赵树理研究资料》，知识产权出版社 2010 年版，第 401 页。

③ ［日］丸山真男：《日本政治思想史研究》，王中江译，生活·读书·新知三联书店 2003 年版，第 238 页。

④ ［日］竹内好：《昭和文学にたはゐ中国像》，中国研究所 1957 年版，第 39 页。

⑤ ［日］商仓穰：《赵树理的〈李家庄的变迁〉》，《人民文学》1951 年第 9 期。

⑥ ［日］釜屋修：《赵树理研究与小野忍》，潘世圣译，刘柏青等编：《日本学者中国文学研究译丛》一，吉林教育出版社 1986 年版，第 188 页。

众，不能不想到全体日本民众与中国民众被置于加害者与被害者的关系上"①。

在这种反省意识下，"'赵树理热'更主要的是希望从中国新文学里找到自己国家走向光明未来的途径"②。赵树理文学的朴素表达，被赋予了"真实性"的价值，并进一步被强化为缓解日本战后寻找"民主"焦虑的有效方式。

竹内实把赵树理文学与鲁迅的"主观现实主义"相比，认为赵树理的现实主义是一种"客观现实主义"："客观现实主义描写人物时，不直接触及人物的内心世界，而是根据描绘人物身体的行动来理解人物的内心世界"，客观现实主义重视故事性，"为了追求情节展开的有趣，为了追求多姿多彩、千变万化的人物的命运的有趣程度，首先必须十分用心地设计好开始的场面"，这恰恰明显地衬托出人物的心理与性格。③ 在日本"最好的赵树理理解者"小野忍的研究中，赵树理是文学与"过去的文学，特别是西欧近代文学绝对忠实的文学观，作为惟一的尺度来衡量文学作品"不同，即使是单单从"喜闻乐见"层面已无法否定赵树理文学的"划时代意义"，"而且我相信，从唱本说书里是可以产生托尔斯泰、福楼拜的"④。因此，小野忍断定：赵树理文学的伟大是"展示了摆脱西欧近代文学的方向，是第一个在鲁迅的预言完全实现的征途上树立起路标的人，因此，赵树理在文学上的功绩很像鲁迅的文学功绩，都具有完成了文学变革的意义"⑤。桧山久雄认为西方现代文学"内心独白、意识流、超现实主义诸如此类的方法，脱离社会政治内容，只写自然形态的人"，而赵树理"写人的社会政治内容方面是使人惊异的"⑥。加藤三由纪则把赵树理文学命名为"朴素的现实主义"："赵树理尽管对农民的进步一直抱有热切的希望，但并不故意去捏造易于说服或对什么事都似乎理解正确的农民形象。赵树理毕竟让我们感到，他和那些'局外人的文学

① ［日］西野辰吉：《竹内好译编〈鲁迅作品集〉》，《近代文学》1953 年第 8 期。
② ［日］加藤三由纪：《赵树理研究在日本》，中国赵树理研究会编：《赵树理研究文集·外国学者论赵树理》，中国文联出版社 1998 年版，第 199 页。
③ ［日］竹内实：《关于赵树理型的小说》，董静如译，中国赵树理研究会编：《赵树理研究文集·外国学者论赵树理》，中国文联出版社 1998 年版，第 96 页。
④ ［日］小野忍：《赵树理——20 世纪作家评传之一》，董静如译，中国赵树理研究会编：《赵树理研究文集·外国学者论赵树理》，中国文联出版社 1998 年版，第 88 页。
⑤ ［日］小野忍：《赵树理——20 世纪作家评传之一》，董静如译，中国赵树理研究会编：《赵树理研究文集·外国学者论赵树理》，中国文联出版社 1998 年版，第 88 页。
⑥ ［日］桧山久雄：《赵树理——现代中国作家》，日本和光社 1954 年第 7 期。

家'或取材肤浅的文学不可同日而语","他采取了更好地关怀帮助单干户从而扩大了合作社的正确态度",这正是能够让范登高、马多寿转变的巨大力量,因此,"作家的真情实感是感动广大群众的看不见的因素,理解不了这一点,就不能说真正看懂他的作品"①。

对日本学者来说,通过作为异质文化的赵树理文学这个媒介完成了对自我的否定,并把"中国"内在化了,作为异质文化的"中国"也获得对于日本的否定性存在价值,而真正的"日本"则在这否定中得以重新确认。因为"日本文化作为日本文化而存在,是不能创造历史的……日本文化只有否定了日本文化自身,才有可能成为世界文化","支那问题只有转化为日本文学的改革问题才能具有意义","我们试图通过否定这一行为,来把握作为构成现代文化基础的文化自律性。而作为否定媒介选择的对象,是现代支那文学"②。

二、作为异质现代的赵树理文学与日本国民文学的重建

"一味地从功利性的角度来关注赵树理,很快就会失去新鲜感,活力也很难持续"③。经历过初期"功利性"的译介与解读,日本学者的赵树理研究开始了学术化的过程,最重要的一步便是对赵树理文学异质现代性的集中阐发,并与战后日本国民文学倡导紧密结合,试图达到拯救日本民族意识的目的。

"二战"结束一直到1950年代,日本青年的思想中普遍存在着竹内好指认的"虚无主义和存在主义",他们在生活中把"个人事件"和"社会事件"对立起来,陷入孤独绝望这种最根本的"现代性困境"④。但是,"在以表面的现代化还未成熟的个体为条件建立起来的日本社会里,想要诚实地生存下去,诚实地思考人生,是不能停留在虚无主义和存在主义之上的",因此,日本青年就寻找到了赵

---

① [日]加藤三由纪:《关于〈三里湾〉的评价》,高捷译,《山西大学学报》1987年第2期。
② [日]竹内好:《近代的超克》,孙歌等编译,生活·读书·新知三联书店2005年版,第28页。
③ [日]加藤三由纪:《赵树理研究在日本》,中国赵树理研究会编:《赵树理研究文集·外国学者论赵树理》,中国文联出版社1998年版,第198页。
④ [日]竹内好:《近代的超克》,孙歌等编译,生活·读书·新知三联书店2005年版,第28页。

树理这"惟一的一个人"①。

《李家庄的变迁》中的小常和铁锁"生活在一种悠然自得、自我解放的境界之中",他们"通过抛弃自己和自己所处的世界,而获得了更加广阔的世界,并在那世界中得到了自由的自己。没有得到自己安身的环境这件事本身,说明了他们可以在无限广阔的空间游弋。也就是说,他们可以悠然自得地生活在与自己息息相通的世界之中"②。要达到这一程度,"只有作为集团(民族、国民)的典型而完成时,才能达到的境界"③。而当时日本青年"无论怎样努力,也不可能达到这个境地。我是多么憎恨自己的小市民习性啊!因为过于习惯'自我修身养性',其结果对于我说来,很难恢复与别人感情上的联系。个人的事件同社会的事件,对于我来说,是截然不同的两回事"④。小常和铁锁"在完成典型的同时,就融入背景中去了",日本青年却"使这两者不得不对立起来","在读《李家庄的变迁》的时候,不禁对小常、铁锁这些人物产生了羡慕之情"。⑤

赵树理小说的这种读者,就是竹内好一直寄予厚望的"青年",他们"由于不满现状,总是想追求某种带根本性的东西。因此,他们想接近中国文学。固然,也有学生从开始就想专攻中国文学。但是,与其那样说,不如说是因为他们在学习西欧文学、日本文学时感到不满足,于是就不断摸索,最后终于找到了中国文学这个方向"⑥。他们之所以选择阅读赵树理文学,是基于"求生的欲望",并进而寻找"整体中个人自由",但时代让他们看不清整体在哪里,而赵树理文学却"在创造典型的同时,还原于全体的意志。这并非从一般的事物中找出个别的事物,而是让个别的事物原封不动地以其本来面目溶化在一般的规律性的事物之

---

① [日]竹内好:《近代的超克》,孙歌等编译,生活·读书·新知三联书店2005年版,第28页。

② [日]竹内好:《新颖的赵树理文学》,晓浩译,黄修己编:《赵树理研究资料》,知识产权出版社2010年版,第423页

③ [日]竹内好:《新颖的赵树理文学》,晓浩译,黄修己编:《赵树理研究资料》,知识产权出版社2010年版,第423页

④ [日]竹内好:《新颖的赵树理文学》,晓浩译,黄修己编:《赵树理研究资料》,知识产权出版社2010年版,第423页

⑤ [日]竹内好:《新颖的赵树理文学》,晓浩译,黄修己编:《赵树理研究资料》,知识产权出版社2010年版,第423页

⑥ [日]竹内好:《新颖的赵树理文学》,晓浩译,黄修己编:《赵树理研究资料》,知识产权出版社2010年版,第423页

中。这样，个体与整体既不对立，也不是整体中的一个部分，而是以个体就是整体这一形式出现"①，恰好最符合他们寻求"整体"的理想。于是，梳理日本 1950 年代赵树理研究热中的研究文章会发现，"关于赵树理的研究并非发表在学术杂志上，相反，很多文章都发表在一般的文艺杂志上"②。也就是说，对研究者来说，赵树理研究并不是一种纯粹的学术，目的是让更广大的读者看到关于赵树理的文章，特别是当时的日本"青年"这一理想中的读者。

竹内好之所以特别强调赵树理文学异质现代性及其对当时日本青年重塑世界观的重要作用，是有着一贯的坚持的。正如铃木将久指出的："更重要的是 1950 年代初期高度评价赵树理的作品，同时倡导了日本国民文学。"③ "二战"后日本国内局势不稳，加上美国占领政策带来的高压政治，导致的后果是"二战"前的日本民族意识已经被完全否定，日本人特别是青年对"什么是日本"这一问题完全失去了作为"整体"的内在追问。日本学者的焦虑是如何重建"国民文学"并进而重建日本的民族意识，这也是竹内好一直集中探讨的问题所在。从 1940 年代后期开始，竹内好研究的集中点就是"国民文学"。他以非常激烈的态度批判日本普罗文学缺乏政治责任感与民族拯救意识，批判日本近代主义文学对民族问题处理不当，对文学青年由于投机不能成为创造未来文学的力量感到绝望。"国民文学"对他来说不只是文学问题，更是日本民族意识独立的手段。他之所以把赵树理文学当作日本国民文学的榜样，正因为赵树理文学对民族意识的保留这一"新文学的本质问题"让他看到了这个"很大的理想"，所以他才不吝对赵树理文学大加赞美："如果仔细咀嚼，就会感到的确是作家艺术成功之所在，稍加夸张的话，可以说其结构的严谨甚至到了增一字嫌多、删一字嫌少的程度！"④

同样，其他日本学者对赵树理文学异质现代性的解读，目的也是为了重建日本国民文学并进而重建日本的民族意识。斋藤兵卫认为赵树理文学之所以在日

① ［日］竹内好：《新颖的赵树理文学》，晓浩译，黄修己编：《赵树理研究资料》，知识产权出版社 2010 年版，第 423 页
② ［日］池田智惠：《探索新的"文学"的可能：我读赵树理》，《文艺理论与批评》2008 年第 4 期。
③ ［日］铃木将久：《竹内好"国民文学论"与中国人民文学的问题》，《河南大学学报》2006 年第 6 期。
④ ［日］竹内好：《新颖的赵树理文学》，晓浩译，黄修己编：《赵树理研究资料》，知识产权出版社 2010 年版，第 431 页。

本被广为阅读，"因为中共在中国称霸以来，中国文学被升格，对中国的幼稚的人民文学，日本文学已显出抱有劣等感这种愚蠢的迹象；这种对中国文学的劣等感，并不是由于对欧洲文学没有必要的自惭形秽而导致的"①。小野忍决意"把自己的赵树理论同斋藤的庸俗论调明确地针锋相对"，认为赵树理文学"即使在今天也还是以独特的艺术形式存在着，无与伦比。一句话，那是以托尔斯泰的'艺术论''明晰、单纯、简洁'的主张为标准的作品形式。他的某些短篇作品也具有托尔斯泰民间故事的韵味"②。有研究者指责赵树理文学没有一行描写自然景物，甚至连作为人物生活绝对条件的自然景物描写也没有，今村与志雄则认为："风景是通过作品中人物的眼光来描写的。赵树理写风景写人物的细节时，几乎，不，必然是通过人物的眼光来描写的。"③洲之内彻认为虽然赵树理文学是一元化价值的世界，不具有人和社会对立的现代品格，但赵树理"是不觉得受约束的。他没有机会感受到人和社会的对立，这对他来说是缺少的。但是，这是现代人面临的巨大苦恼之一"④。

可以看出，日本学者对赵树理文学异质现代性的强调，是为了对抗现代文学对"固定坐标"的预设。这种预设作为文学现代性的某种"风景"，"乃是一种认识性的装置，这个装置一旦成型出现，其起源便被掩盖起来了"，它让我们"所需要的不是代替这个透视远景提示另一个别的远景（如'反现代'主义那样），我们只需要注视使这个远景成为可能，且被视为无可置疑、不证自明的那个装置"⑤。而日本学者对赵树理文学现代性的解读，是要"打碎被知识和权力不断强化的'常识'，并在打碎这些常识之后，告诉善良的人们，如果你认同了这些约定俗成的前提，那么在你自认为是为正义"⑥。正因为"赵树理周围的环境

---

① ［日］斋藤兵卫：《两篇小说——文艺时评》，《文学界》1953 年第 3 期。

② ［日］小野忍：《中国现代文学·茅盾与赵树理》，陶振纲译，武鹰、宋绍香编：《日本学者中国文学研究译丛》四，吉林教育出版社 1990 年版，第 190 页。

③ ［日］今村与志雄：《赵树理文学札记》，王保祥译，黄修己编：《赵树理研究资料》，知识产权出版社 2010 年版，第 420 页。

④ ［日］洲之内彻：《赵树理文学特色》，王保祥译，黄修己编：《赵树理研究资料》，知识产权出版社 2010 年版，第 406 页。

⑤ ［日］柄谷行人：《日本现代文学的起源》，赵京华译，生活·读书·新知三联书店 2003 年版，第 12 页。

⑥ ［日］竹内好：《近代的超克》，孙歌等编译，生活·读书·新知三联书店 2005 年版，第 4 页。

中，不存在作者与读者隔离的条件，因此，使他能够不断地加深对现代文学的怀疑。他有意识地试图从现代文学中超脱出来"[①]。所以，赵树理文学不但是现代的，而且"既包含了现代文学，同时又超越了现代文学，这就是赵树理文学的新颖性"[②]。而这种新颖性，对亟需通过重建"国民文学"并重拾日本国民特别是青年对"日本"民族国家认同的当代日本来说，是至为重要的"资源"借鉴。

三、革命与文学，或知识分子的当时代命运

日本学者在赵树理研究中不但贯穿着重塑日本国民文学与民族国家认同这一鲜明的问题意识，更重要的是反思知识分子的当时代命运，追问文学之于革命的可能性。研究者既要面对外在环境的严酷，又要挣扎在惨烈的内心，这种根源于他们的生活与时代的灵魂苦斗是日本研究者学术生命矗立的坚韧之所在。

著名思想史学者藤田省三在悼词《竹内好》中认为：竹内好在日本现代史中为"中国"确定了独特位置，使它成为现代日本社会基本问题载体。对竹内好而言，中国不是外在的"他者"，而是自我否定的内在契机；在这一悖论层面上，竹内好把中国变成自己一生奋斗的精神原点。[③]赵树理文学被认为是"人民文学"的典型代表，而竹内好的赵树理研究刻意强调赵树理文学既不同于"现代文学"又不同于"人民文学"的独特性，因为"人民文学"的特征是"个性寓于共性之中"，它创造出的人物"不是完成的个体，而最多只不过是一种类型"，个性泯灭于为整体服务中。而赵树理文学"是让个别的事物原封不动地以其本来面目溶化在一般的规律性的事物之中。这样，个体与整体既不对立，也不是整体中的一个部分，而是以'个体就是整体'这一形式出现。采取的是先选出来，再使其还原的这样一种两重性的手法。而且在这中间，经历了生活的实践，也就是经历了斗争。因此，虽称之为还原，但并不是回到固定的出发点上，而是回到比原来的基

---

① ［日］竹内好：《新颖的赵树理文学》，晓浩译，黄修己编：《赵树理研究资料》，知识产权出版社2010年版，第428页。

② ［日］竹内好：《新颖的赵树理文学》，晓浩译，黄修己编：《赵树理研究资料》，知识产权出版社2010年版，第428页。

③ ［日］竹内好：《近代的超克》，孙歌等编译，生活·读书·新知三联书店2005年版，第3页。

点更高的新的起点上去"①。因此，赵树理文学不但在创作方法上超越了以西方现代为"固定坐标"的现代文学，重要的是他的文学观与人生观本身就是全新的。

同样，小野忍所着力强调的也是赵树理文学在革命时代与民众融合一体，用文学描写抗战史实与农民翻身等革命中的翻天覆地变化，"它不是'黑暗的暴露'，而是'光明的赞歌'，成功地赢得了广大读者"②。釜屋修在"文革"刚结束便写下《赵树理自杀未遂考——三十年代的赵树理》、《野草·老二黑离婚·山药蛋派》等文章，以悲壮的语调盛赞赵树理文学，认为在中国"文学史上'人民作家''赵树理方向'的光辉地位，无疑是属于赵树理的"③。日本学者通过赵树理文学独特现代性研究，着力强调的是知识分子在革命时代的命运与文学在革命时代的可能性，进而强调包括中国与日本在内的整个非西欧的亚洲在抵抗和批判以西欧为中心的"现代"过程中的宿命，试图探索出基于亚洲自身的历史经验和现实状况的现代化道路，这在日本学界作为一种方法论已经成为重要的学术传统。

以内藤湖南、宫崎市定为代表的京都学派的"东洋近世说""把以中国为中心的东亚区域构成一个具有现代性动力和轨迹的历史世界"④，认为唐宋时代以贵族制度衰败为迹象的"唐宋之变"是独立于西洋近代的历史现象，导致中国在世界上最早进入现代，是与欧洲平行的现代过程。而"作为方法的亚洲"则是竹内好在研究包括赵树理文学在内的中国现当代文学的现代性所提出的独特命题，他在中国"反现代的现代性"⑤的革命中发现了亚洲实现自身现代化的"抵抗"原型，并基于此形成思考"二战"后日本现代化并反思日本失败之所在的思想方法。日本学者这些从亚洲内部寻找现代性的叙事，目的都是为了抵抗欧洲中心主义与现代性的话语霸权，进而探索战后日本在美国占领下实现现代的可能性。

但随着 1970 年代末以来中国改革开放政策的实施，特别是冷战格局解体，

---

① ［日］竹内好：《新颖的赵树理文学》，晓浩译，黄修己编：《赵树理研究资料》，知识产权出版社 2010 年版，第 430 页。

② 宋绍香：《赵树理文学在日本》，《延安文艺研究》1990 第 1 期。

③ ［日］釜屋修：《玉米地里的作家——赵树理传》，梅娘译，北岳文艺出版社 2000 年版，第 128 页。

④ ［日］内藤湖南：《概括的唐宋时代观》，黄约瑟译，刘俊文编：《日本学者研究中国史论著选译》，生活·读书·新知三联书店 1992 年版，第 10 页。

⑤ 汪晖：《死火重温》，人民文学出版社 2000 年版，第 10 页。

"作为方法的亚洲"受到日本学者质疑和批判。竹内好认为"东方的现代，是欧洲强加的产物，或者说是从结果推导出来的"[①]，即亚洲的现代并非内在的自发过程，而是一种被迫的"抵抗"的历史，而西欧现代性有着内在的"危机"和"困境"这一无法摆脱的"宿命"[②]，赵树理文学所在的东方则代表着超越这种"宿命"的可能，"似乎正是由于东方的不断反抗，欧洲性传播到东方的同时，逐渐产生了超越它的非欧洲性的东西"[③]。在竹内好看来，赵树理通过对"中世纪文学"资源的借用，创造了超越西方现代性的异质现代文学，这正是"东方"现代（文学）的典范。

在沟口雄三看来，竹内好"只是将坐标轴转了一百八十度的弯，而'先进—后进'结构本身却没有受到完全的否定"，其内在仍是欧洲中心主义的某种颠倒[④]，因此，这种异质现代性的讨论仍旧是在现代主义的框架内思考问题。[⑤]因为"作为方法的亚洲"无论是把亚洲作为另类于欧洲的特殊现代性形态，还是"冲击—回应"这种把欧洲作为潜在对抗对象的现代模式，在方法论上都是一种"欧洲式的透视法"，即以欧洲的近代为尺度来观察近代中国思想体制的"知的帝国主义"[⑥]，这样的思维体制长期以来被我们自己用作自我观察的透镜。当我们在一种"承认的政治"[⑦]基础上论述亚洲独特"现代性"时，"正如一切带有明显目的论倾向的取向那样，它们从根本上说都是一种循环推理，因为它们最后在庞大

① ［日］竹内好：《近代的超克》，孙歌等编译，生活·读书·新知三联书店2005年版，第182页。

② ［日］洲之内彻：《赵树理文学特色》，王保祥译，黄修己编：《赵树理研究资料》，知识产权出版社2010年版，第406页。

③ ［日］竹内好：《近代的超克》，孙歌等编译，生活·读书·新知三联书店2005年版，第184页。

④ ［日］沟口雄三：《日本人视野中的中国学》，李甦平等译，中国人民大学出版社1996年版，第16页。

⑤ ［日］子安宣邦：《东亚论——日本现代思想批判》，赵京华译，吉林人民出版社2004年版，第343页。

⑥ "知的帝国主义"是柯文《在中国发现历史——中国中心观在美国的兴起》一书的日译书名。

⑦ ［加］查尔斯·泰勒：《承认的政治》，董之林、陈燕谷译，汪晖、陈燕谷编：《文化与公共性》，生活·读书·新知三联书店1998年版，第290页。

复杂的历史现实中所发现的现象恰恰就是它们一开始就要寻找的现象"①，而这种思维模式恰恰是最西方的。

然而在代田智明看来，即使在 21 世纪的未来，竹内好"作为方法的亚洲"仍是有效的，它不仅具有"抵抗"的反殖民主义机能，更具有主动立足亚洲重新把握和开掘东西方思想资源的思想与方法论意义。在此意义上，竹内好"作为方法的亚洲"以及坚持与自己内部之恶斗争的精神应该得到创造性的继承。②就赵树理研究而言，开掘出亚洲独特的思想资源，克服以西欧为中心的现代性话语霸权，探索亚洲作为方法的可能性与现实性，才是知识分子在面对革命与文学这一严肃的挑战时所应有的抱负与追求，更是知识分子的当时代命运所在。

结语　整体中的个人自由与研究者的"宿命"

在日本学者的赵树理研究中，下面的这段对话具有特别的意味：

直率地说，现在还读赵树理先生的作品么？对我这种冒失的提问，曾有不少的人不知所措。只有赵二湖回答说："已经不怎么读了。"话音里有一种苦涩的味道。这种苦涩，像是一个作家在质疑究竟将自己的基础置于何处，还未摆脱迷惑似的。他大略地告诉我，模仿父亲已经不可能。眼下的时代，即使是农村的青年人，也喜欢读城市中的爱情故事，像广东的杂志《作品》或北京的杂志《十月》上发表的那种东西了。③

这是日本汉学家、著名学者荻野修二访问赵树理故居时的一段对话，也是作为异质现代的赵树理文学在这个资本愈益全球化时代的表征。以资本的扩张为先锋的西方现代性在亚洲让"一切坚固的东西都烟消云散了，一切神圣的东西都被亵渎了，人们终于不得不冷静地直面他们生活的真实状况和他们相互的关

---

① 柯文：《在中国发现历史——中国中心观在美国的兴起》，林同奇译，中华书局 1989 年版，第 5 页。
② [日]代田智明《现代论的走向：再论"作为方法的亚洲"》，赵京华译，《野草》1999 年第 2 期。
③ [日]荻野修二：《访赵树理故居》，程麻译，中国赵树理研究会：《赵树理研究文集·外国学者论赵树理》，中国文联出版社 1998 年版，第 105 页。

系"①。"革命"和"共产主义"的价值观对很多读者特别是青年很难产生心灵上的共鸣，赵树理文学也有了很大的"隔世之感"，对当下时代的读者来说，"个体"与"整体"已经严重脱节，一个无法从"整体"体会"个体"共同价值的时代已经君临。重读赵树理文学，进而实现竹内好意义上的"整体中个人自由"，才是今日文学研究者不得不面对的迫切难题，更是时代赋予研究者的使命所在，或者说是洲之内彻意义上的研究者的"宿命"②。

在沟口雄三看来，竹内好通过对中国文学的研究来批判日本的"脱亚"式现代命题，正是在中国身上寄托了其对亚洲应有的光明未来的憧憬："这种憧憬是指向各种各样日本内部的自我意识——反对日本近代百年间各种各样的反日本意识，作为反自我意识的投影而形成于自身内部的自我意识。正因为这憧憬不是针对客观的中国，而是指向来自主观想象的'我的中国'，所以，这个'中国'才是彻头彻尾地成为日本近代的反命题，也才能够被憧憬。"③这种憧憬恰恰征兆了竹内好所理解的近代："如果没有无数为了自我确立而进行的殊死搏斗的瞬间，不仅会失掉自我，而且也将失掉历史。"④把握这种"亚洲／日本""为了自我确立而进行的殊死搏斗的瞬间"，用研究者特有的历史情怀与内省精神既批判外界又反省自身，在反省中求生存，在批判中重建自我，则构成了日本学者赵树理研究独特的思维方式和研究视角。

"从终极结果上来说，与生活不相联系的学问根本不存在，任何学问都是从我们应该怎样生存这一追问出发的"，"那种使用他人语言谈论的体系，于我到底有何意义？它与我的欢乐和悲哀到底有何种程度的关联？与生活建立了互动关系的观念，才具有知识生产的能动性"⑤。日本学者在面对所处时代的警醒与追问，以及在学术研究中投进整个生命的精神力量，恰恰是中国学者所应深深铭记并融

---

① 《马克思恩格斯全集》第 4 卷，人民出版社 1974 年版，第 469 页。
② ［日］洲之内彻：《赵树理文学特色》，王保祥译，黄修己编：《赵树理研究资料》，知识产权出版社 2010 年版，第 406 页。
③ ［日］沟口雄三：《日本人视野中的中国学》，李甦平等译，中国人民大学出版社 1996 年版，第 3 页。
④ ［日］竹内好：《近代的超克》，孙歌等编译，生活·读书·新知三联书店 2005 年版，第 183 页。
⑤ ［日］竹内好：《近代的超克》，孙歌等编译，生活·读书·新知三联书店 2005 年版，第 5 页。

化进自己研究生命中去的。

第二节　作为一种资源的十七年小说：《人生》
的知识社会学解读

　　路遥研究中存在着一个悖论：作为路遥影响最大的小说，《平凡的世界》获得了最广泛读者的接纳，形成了"《平凡的世界》现象"，甚至得到官方话语认可，获得茅盾文学奖；但研究者认可的却是《人生》，"路遥在当代文学发展中的意义到《人生》就为止了，他在文学史上的位置更因其英年早逝而被圈定"[①]。

　　通过对《人生》中的身体、风景、现实主义等关键词的语境化重返式解读，我们可以清楚地认识在 1980 年代语境中意识形态建构是如何产生和发挥效用的，文学为建构新意识形态的合法性提供支撑与论证的独特方式，揭示出权力、制度、意识形态对文学与人的"规训"的深刻变化与隐秘成规，进而理解十七年小说是如何作为一种资源在 1980 年代以后的文学中隐秘存在的，以及在当下这个高度商业化的时代里，在一个权力话语不断地生产出它的衍生者，并且渗透到社会所有层面的社会里，文学与文学研究如何才能实现对现实的发言，文学这种"无能的力量如何可能"[②]？

一、身体与政治：意识形态叙事的融入与殖民

　　"他的身体是很健美的。修长的身材，没有体力劳动留下的任何印记，但又很壮实，看出他进行过规范的体育锻炼。脸上的皮肤稍有点黑，高鼻梁，大花眼，两道剑眉特别耐看。他是英俊的，尤其是在他沉思和皱着眉头的时候，更显

[①]　邵燕君：《倾斜的文学场》，江苏人民出版社 2003 年版，第 160 页。
[②]　蔡翔、罗岗、倪文尖：《无能的力量如何可能》，《21 世纪经济报道》2009 年 2 月 23 日。

示出一种很魅力的男性美"①。

这是小说开始对高加林身体的描写。路遥一直把柳青当作自己创作与人生的导师，《人生》开始也引用了柳青的话作为对整部小说意义的概括。柳青的《创业史》对身体的描写是：

"刘淑良是一个二十几岁的劳动妇女，前额宽阔的长方脸盘，浓眉大眼，显得精明能干。生宝再看她托在木炕沿上的两手和踏在脚地上的两脚，的确比一般只从事家务劳动的妇女要大。骨骼几乎同他一样高大，猛一看似乎有点消瘦，仔细看却是十分强壮。"②

知识社会学的基本理论前提在于"视角获得"，即"那种被一个特定集团内当作绝对的而加以接受的东西，在外人看来是受该集团的处境限制的，并被认为是片面的"③。我们突破这种视角限制之后要深思的是，路遥这种关于身体的思维方式和知识表述，"是与什么样的社会结构有关系时才产生出来和发挥效用的"④？当我们用"知识社会学"的方法去观察这两段身体描写的时候，就会发现"身体的生成不是一个自发、天成、生物决定甚或个人意志反映的结果"，而是"一个非常政治性的过程和结果"⑤。

一直以来，对身体进行规训都是权力所要努力的目标，由此形成了"身体政治"，而身体也从未停止过对权力的反抗。在巴赫金的研究中，身体对权力长久以来的反抗发展成一种"诡态现实主义"和"低俗的身体层面"。通过对其生物功能如吃喝拉撒、性交、嘉年华节上的堕落等的肆无忌惮的描述，怪异的身体对中世纪的基督教会的霸权意识形成了挑战。⑥在福柯的卓越研究中，"肉体也直接卷入某种政治领域；权力关系直接控制它，干预它，给它打上标记，训练它，

---

① 本文所引《人生》中文本，均据北京十月文艺出版社 2009 年版，下引文本不再一一标出。

② 柳青：《创业史》，中国青年出版社 1960 年版，第 260 页。

③ [德] 卡尔·曼海姆：《意识形态与乌托邦》，黎明、李书崇译，商务印书馆 2000 年版，第 288 页。

④ [德] 卡尔·曼海姆：《意识形态与乌托邦》，黎明、李书崇译，商务印书馆 2000 年版，第 288 页。

⑤ 黄金麟：《历史、身体、国家：近代中国的身体形成》，新星出版社 2006 年版，第 6 页。

⑥ [俄] 米哈伊尔·巴赫金：《拉伯雷的创作与中世纪和文艺复兴时期的民间文化》，李兆林等译，河北教育出版社 1998 年版，第 7 页。

折磨它，强迫它完成某些任务、表现某些仪式和发出某些信号"，而所有这些针对肉体的施加控制行为，被福柯称为"肉体的政治技术学"①。

柳青与路遥对身体的不同描写，就表现了政治对身体关注的变化，反映的是 1980 年代国家执政方针的变化与整个社会的转型。在柳青描写身体的年代，国家的政策是大力发展工业化，农村全力支持城市建设，这一政策将城乡差别固定化和扩大化，最终导致农村封闭式的社会结构。特别是 1958 年《中华人民共和国户口登记条例》的颁布，农民被禁锢在指定个体位置上，身体只能被规训成适合农村劳动生活的样态。所以，柳青笔下的劳动妇女和男人一样强壮，脸型宽阔，浓眉大眼，手脚粗大，突出的是身体的"物质"方面的特点，而没有任何与"精神"有关的描写。这完全是为塑造农村"合格"的个体劳动者，以投入"火热的社会主义现代化建设"中去服务的。而路遥对身体的描写关注的更多的是身体的健美、修长、耐看、英俊、魅力等"精神"特性所显露出来的男性美，但这种男性美不是在农村长期体力劳动形成的，而是通过标准的体育锻炼塑造出来的。这种对身体关注的重心已经发生了彻底的转移，从对身体的劳动属性关注转移到对身体"精神"属性的赞美，暗示了意识形态对身体的标记。

《人生》中与身体密切相关的，还有巧珍刷牙、漂白井水这两个事件。高加林为了让井水更干净而在水井里放了漂白粉，结果招致众多担水人的粗话咒骂："你妈不讲卫生，生养得你缺胳膊了还是少腿了？"最后是代表权威的高明楼让众人服帖并争着担水回家了。巧珍刷牙被村子里传得"风一股雨一股"的，很多人跑过来看热闹，导致巧珍挨了父亲一顿臭骂："狗屁卫生！你个土包子百姓，满嘴的白沫子，全村人都在笑话你这个败家子！你羞先人哩！"这两个事件表面上是关于卫生的，实际上却是 1980 年代的意识形态话语通由卫生对每一个个体身体的规训与"殖民"。正如英国学者大卫·阿诺德在对英国在印度殖民统治中的卫生政策的研究中指出的，英国的殖民主义体现在身体方面，尤其是在像腺鼠疫等传染病爆发的时候，西医及西方的疾病预防方法体现出"对身体的侵犯"，这是以现代的健康和卫生为口号，粗暴而强迫地对身体进行殖民。②

---

① [法]米歇尔·福柯:《规训与惩罚》，刘北成、杨远婴译，生活·读书·新知三联书店 2003 年版，第 28 页。
② David，Arnold, *Colonizing the Body:State Medicine and Epidemic Disease in Nineteenth-Century India*[M]. Los Angeles:California University Press1993，p211.

在路遥的描写中，还有着更深层意义。知识社会学"关心客体在不同的社会背景下，以何种不同的方式把自己呈现给主体"，即"社会结构何时、何地开始表现在论断的结构中？在什么意义上，前者具体地决定后者"[①]？高加林刷牙，高三星刷牙，巧玲刷牙，大家谁也不奇怪，唯独巧珍刷牙，大家感到又新奇又不习惯，那么，巧珍为什么要忍受着挨骂和刷破牙床的痛而坚持刷牙呢？村民讽刺她："一天门外也没逛，斗大的字不识一升，倒学起文明来了！"可见，很明显是因为刷牙代表着文明，大家关注的不是刷牙本身，而是刷牙主体。既然刷牙代表着文明，那也只有代表着文明的人去做这件事大家才能接受，这正是1980年代主流政治意识形态对身体的建构在文学中的投影。"文明"是国家意识形态对当时的改革开放这个大政方针政策的一种现代化允诺，在小说中，这种建构已经以一种强硬的方式闯入这个偏远的乡村，开始在每个个体身上显形。同时，这种新的社会结构也出现在路遥的文学叙事之中，从而让文学中的身体一起汇入到大叙事中去，为建构新合法性提供着有力的支撑与论证。

二、风景与权力：现代化话语的扩张与散布

《人生》中经常可以见到大段大段的景色描写：

"天蓝得像水洗过一般。雪白的云朵静静地飘浮在空中。大川道里，连片的玉米绿毡似的一直铺到西面的老牛山下。川道两边的大山挡住了视线，更远的天边弥漫着一层淡蓝色的雾霭。向阳的山坡大部分是麦田，有的已经翻过，土是深棕色的；有的没有翻过，被太阳晒得白花花的，泛出一层淡淡的浅绿。"

路遥其他小说中同样经常出现这种大段大段的风景描写，蓝天、太阳、永恒、青春、生命等这些词汇在路遥的风景描写中扮演着非常重要的地位。"风景"频繁出现在《人生》中，已经不仅仅作为人物活动的背景那么简单，而是成了一种现代的"认识性装置"。柄谷行人认为"风景不仅仅存在于外部，为了风景的出现，必须改变所谓知觉的形态，为此，需要某种反转"，而要造成这种反转，"只有在对周围外部的东西没有关心的'内在的人'那里，风景才能得以发现。

---

① ［德］卡尔·曼海姆：《意识形态与乌托邦》，黎明、李书崇译，商务印书馆2000年版，第270页。

风景乃是被无视'外部'的人发现的"①。也就是说，只有具有现代意识的人才能够"发现"风景，才能有"发现"风景的内心和眼睛。

《人生》中很多具有"风景"意味的画面描写，都在某种程度上参与了1980年代国家意识形态的权力话语建构。意识形态在1970年代末"重启"的中国社会现代化的一个重要的参考坐标就是西方，"理论家们将西方的、工业化的、资本主义的民主国家，特别是美国作为历史发展序列中的最高阶段，然后依此为出发点，标示出现代性较弱的社会与这个最高点之间的距离"②。在这个坐标下，包括中国在内的众多发展中国家对于现代化的想象与规划，都需要依照西方标准来做出判断。《人生》中的许多"风景"描写都带有意识形态现代化权力话语扩张与散布的痕迹，例如，这段高加林观察巧珍的侧影：

"他好像在什么地方见过和巧珍一样的姑娘。他仔细回忆了一下，才想起他是看到过一张类似的画。好象是俄罗斯画家的油画。画面上也是一片绿色的庄稼地，地面的一条小路上，一个苗条美丽的姑娘一边走，一边正向远方望去，只不过她头上好像拢着一条鲜红的头巾……"

在高加林的眼里，巧珍这个从没走出过村子的标准的中国农村姑娘的第一印象竟然不是中国传统农村姑娘的美，而是西方的油画，这绝对超出了巧珍的认知范围。同样，巧珍对她和高加林之间爱情场景的想象，也是非常的"现代"：

"她曾在心里无数次梦想她和这个人在一起的情景：她把她的手放在他的手里，让他拉着，在春天的田野里，在夏天的花丛中，在秋天的果林里，在冬天的雪地上，走呀，跑呀，并且像人家电影里一样，让他把她抱住，亲她……"

这种关于爱情幸福生活的想象，在1970年代末中国政府开始启动现代化，并将"实现四个现代化"作为国家幸福远景之前的文学叙事中出现是绝对不可能的，也是危险的。而在1980年代的语境中，却是非常自然的事情。因为"现代化"作为一种中国政府、知识界构想、规划和想象的知识语言，已经扩张并融入包括偏远乡村没有多少文化知识、没接受过现代文明的巧珍的潜意识中，成为一种被整个社会普遍分享的现代化意识形态。《人生》中出现的这些话语痕迹，就

---

① ［日］柄谷行人：《日本现代文学的起源》，赵京华译，生活·读书·新知三联书店2003年版，第12页。

② ［美］雷迅马：《作为意识形态的现代化——社会科学与美国对第三世界政策》，牛可译，中央编译出版社2003年版，第6页。

为现代化作为一种意识形态权力话语的扩张与散布及其再生产过程提供着见证，也支持着我们关于文学处于社会结构中心并承载着远远超过文学自身的社会功能，及其对现实发言的可能性的论证与想象。

三、《人生》与现实主义：最现实的就是最现代的

长期以来，现实主义一直是评论者对《人生》创作风格的指认，"这部作品之所以被称为严格的现实主义作品，不仅在于作品展示的大量的生活细节、农村生活图画都相当逼真，而且在于作者精细深刻地刻画出了人物的心理、性格，写出了中国农民个体和群体的命运"[①]；路遥"坚持了文学的现实性和当代性的统一，一贯重视文学的'时代意义'和'社会意义'重视创作题材'广阔而深刻的社会生活的内涵'，创作服务于现实人生的活文学，小说的现实魅力就在于服务人生和取材于现实人生的统一"[②]。

柄谷行人认为，写实主义的本质在于非亲和化，即为了使眼睛熟悉某种事物而让你看没有看到过的东西，不断地把亲和性的东西非亲和性，因此，"在这个意义上，所谓反写实主义的，如卡夫卡的作品亦属于写实主义。写实主义并非仅仅描写风景，还要时时创造出风景，要使此前作为事实存在着的但谁也没有看到的风景得以存在。也因此，写实主义者永远是'内在的人'"[③]。由柄谷行人这句话反推过去，我们会发现，现实主义在深层次意义上也是最现代的文学表现手法，而这一点，《人生》可以作为有力的印证。《人生》这种最现实主义的表现手法，表达的恰恰是最现代的内在渴求，表现了路遥内心深处认同并非常渴望追求现代化的潜意识心态，这也正是意识形态规训的痕迹所在。

路遥创作《人生》时，现代化在中国已经有一定程度的展开，我们从小说中可以明显地感觉出来。巧珍喜欢高加林的是他那一身本事：吹拉弹唱，样样在行；会安电灯，会开拖拉机，还会给报纸上写文章哩！再说，又爱讲卫生，衣服不管新旧，常穿得干干净净，很深的香皂味！高加林的这些本事，无一不是这场

---

① 研讨会纪要：《一部具有内在魅力的现实主义力作》，《花城》1987年第3期。
② 李星：《在现实主义的道路上——路遥论》，《文学评论》1991年第4期。
③ ［日］柄谷行人：《日本现代文学的起源》，赵京华译，生活·读书·新知三联书店2003年版，第19页。

源于国家意识形态允诺而呈现出来的现代化的样态。同样，在高加林和黄亚萍两人之间的谈话中，出现的更多的是对现代化至关重要的能源问题：除了石油，现在有十四种新能源和可再生能源的复合能源，太阳能、地热能、海洋能、波浪能、潮汐能……这些现代化的代名词，让高加林面对着作为意识形态现代化代表的黄亚萍只能惊讶得半天合不拢嘴。此时，意识形态的潜在规训已经不言而喻。

在1980年代的知识构成与文学叙事中，"现代化"是至为关键的主题词，并且构成了主流论述的知识范式。但是，深入"现代化"的历史语境和学科背景我们就会发现，"现代化理论"是携带着强烈的地缘政治意识形态而迅速全球化的，与1980年代中国知识构成与文学叙事扭结成错综复杂的关系扣。美国学者雷迅马详细描述并分析了在冷战格局中，为了与苏联革命范式的发展模式争夺新兴第三世界国家，美国的经济学、政治学与社会学等社会科学界，是如何构造出"现代化理论"的。这一理论的核心部分集中于几个"互有重叠互有关联的假设之上"，它从西方发达社会中提取出有关现代性的规范知识，并用来作为衡量第三世界国家现代化程度的准则。① 可以看出，在1980年代中国语境中，包括"现代化"在内的被我们视之为理所当然所分享的一些东西，在其背后，其实是充满意识形态意味的社会共识。

更为重要的是，路遥为高加林所安排的道路及其小说在读者群中的接受效果，更是充满着对"现代化"这个意识形态深深的"认同"与对读者群的意识形态"构建"。小说结尾，德顺爷爷对高加林说：

"就是这山，这水，这土地，一代一代养活了我们。没有这土地，世界上就什么也不会有！只要咱们爱劳动，一切都还会好起来的。再说，而今党的政策也对头了，现在生活一天天往好变。咱们农村往后的前程大着哩，屈不了你的才！"

听到这些，高加林一下子扑到在德顺爷爷的脚下，两只手紧紧抓住两把黄土，沉痛地呻吟着，喊叫了一声："我的亲人哪……"

在这个略显庸俗化的结尾中，由于农村的现代化改革并没有进一步的启动，路遥并不能为高加林指一条更光明的路去走，所以只能用这种抒情的语言把他给强行地收编。高加林的结局如何，从《人生》的阅读接受中或许可以看出一些端倪。在2009年的新版《人生》封面上，印着两段话：

---

① [美]雷迅马：《作为意识形态的现代化——社会科学与美国对第三世界政策》，牛可译，中央编译出版社2003年版，第7页。

18 岁时我再度高考失利，应聘了五六个工作都没人要，只能去当送杂志的零工，是《人生》改变了我，让我意识到不放弃总有机会，否则我现在还在踩三轮车呢。

——马云

这么多年我看过很多作品，都对我电影创作有很大的影响，但是对我帮助最大的反而是这本《人生》，它让我开始对社会有了新的认识，开始思考我的人生。

——贾樟柯

这才是路遥小说现实主义最现代的地方：用自己的现实主义文学把主人公及潜在的社会"劳动者"收编到为实现国家"现代化"这个当下最大的意识形态之中。正是在这个意义上，路遥小说能够受到作为普通劳动者的读者和官方话语的欢迎与首肯，才能够得到理解。路遥的《人生》在用文学作为一种行动方式，反抗世界对个人的征召与规训的同时，却又在无意识中与现实社会意识形态妥协进而达成和解，在某种意义上可以说是同谋的隐秘存在。这意味着社会整合的核心统治模式发生了实质性变化：以广告取代权威性，以创造出来的需求取代强制性规范，一个"受到监控的"社会已经为一个"自动监控的"社会所取代，而一个这样的社会，在齐格蒙·鲍曼的研究中，恰恰是最为现代甚至是后现代的。[1]

结语　"无能的力量如何可能"

在中国已经高度现代化的 21 世纪当下，当年高加林所面临的生存困境，依然在广大来自农村、希望凭一己努力获得在城市中扎根机会的大学毕业生与打工者身上上演着。在他们拼搏奋斗的时候，《人生》能够带给他们短暂的慰藉。我们今天重读《人生》的时候，应该思考的是，到底什么才能给现在的无数"高加林"们以更强大更现代的精神支持，让他们能够寻找到一个更加理性也更为稳固的在城市中生存下去的精神支撑点？

当下的文学研究者在面对《人生》之类的作品的时候，往往是失语的，这部作品评论史上的一些观点也被反复地演绎与过度地征用，并被循环施加在对小

---

[1]　[法]齐格蒙·鲍曼：《立法者与阐释者——论现代性、后现代性与知识分子》，洪涛译，上海人民出版社 2000 年版，第 223 页。

说及作家的评论上。通过对《人生》的知识社会学解读，我们发现，当代权力对知识分子的规训主要采取内在的方式，即葛兰西所说的"认同"①，即通过言说的运作，让外在的规训逐渐地转化为主体的内在要求。福柯意义上的权力是一个"生产性"的概念②，在他看来，权力渗透在社会所有层面，产生出各种各样的关系，而不仅是简单的支配关系，正是权力的结合或者纷争才构成了巨大、复杂而纷繁的形式本身，社会机制正是权力的战略形式。

当我们面对《人生》这样的文学文本，而我们的研究与创作都处在当下时代这种历史局限性的判定之下的时候，我们要考虑的是，文学以及对文学的研究，是否会在这种历史局限性的判定之下，失去对于文学事实应有的谦虚与诚恳？正如日本学者沟口雄三在反省日本学界的中国研究时曾批判的那样："如果说历史学在某种意义上可以称为假说的学问，那么，这个结构相应地具备作为假说的机能。问题是假说再怎么样也是假说而不是事实……换句话来说，由于没有别的假说与之对立，因此它基本上失去了假说对于事实本该具有的谦虚"③。这一批判，对我们今天的文学研究同样具有反思意义。

最后，我们要追问的是，在当下这个高度经济化商业化的时代里，在一个"权力"话语不断地生产出它的衍生者，并且渗透到社会所有层面的社会里，文学与文学研究如何实现对现实的发言，"无能的力量如何可能"④？

第三节　作为传统的十七年小说与后现代主义批判性知识生产

自从中国的"后现代启蒙者"詹姆逊 1985 年在北京大学开讲后现代并出版

① ［意］安东尼奥·葛兰西：《文化与意识形态霸权》，见 J.C. Alexander and S. Seidman 编：《文化与社会》，Cambridge：Cambridge University Press，1990，p.47.

② 《权利的眼睛——福柯访谈录》，严锋译，上海人民出版社 1997 年版，第 27 页。

③ ［日］沟口雄三：《作为方法的中国》，李甦平、徐滔译，中国人民大学出版社 1996 年版，第 24 页。

④ 蔡翔、罗岗、倪文尖：《无能的力量如何可能》，《21 世纪经济报道》2009 年 2 月 23 日。

《后现代主义与文化理论》以来，后现代主义及利奥塔、德里达、福柯等后现代理论家被推到了当代文学面前，研究者以巨大热情迅速接受了后现代主义，并把它运用到对当代文学的阐释上，后现代主义的理论穿透力在很短的时间内影响到社会学、政治学、经济学等领域，甚至作为一种常识走进了大众的日常生活，后现代也旋即成为学术界使用频率较高的关键词之一。后现代主义不仅影响了中国当代文学版图，改变了研究者的问题意识，它的想象力和理论激情所衍生出来的新历史主义、后殖民、庶民研究、酷儿研究等后现代理论，更把文学与政治学、社会学、经济学等研究领域的联系重新激活，赋予当代文学研究以新的理论穿透能量，和当代中国社会现实相暗合，成为我们考察当代中国的一个表征性症候。

"后现代主义作为一种意识形态，只有作为我们社会及其整个文化或者说生产方式的更深层的结构改变的表征才能得到更好的理解"[1]。作为理解 1980 年代末以来当代中国谋求自己主体性重构表征的一种知识和方法，在今天对后现代主义进行"批判性"重读，考察它和当代中国的精神关联，解开它与中国当代史的复杂纠结，进而与当下中国社会现实形成有效对话，并重新理解当代文学对构建"精神中国"的积极意义，都有着不可忽视的启示作用。要指出的是，这里的批判，更多的是康德意义上的"批判"，即它不是我们在一般意义上使用的"否定"，而是对后现代主义相关观点或结论的思考和提问。

一、被安装的"后现代编码"：后现代如何成为一种知识

虽然董鼎山早在 1980 年就已经在《所谓"后现代派"小说》中把后现代主义概念介绍进了中国，但当时中国文坛忙于对人性、人情、人道主义这些现实主义范畴的问题进行讨论，现代派文学尚未进入研究者的视野，根本不可能关注过于超前的后现代。1985 年，两个美国人不约而同地来到北京，劳生柏把国家美术馆变成了堆放废物展示波普艺术的场地，詹姆逊则把北大变成后现代启蒙讲台，两人共同揭开了中国后现代主义的大幕。

在北大讲座中，詹姆逊借鉴恩斯特·曼德尔《晚期资本主义》的分期理论，将资本主义分为资本主义、垄断资本主义和晚期资本主义三个发展阶段，现实主

---

[1] [美] 弗雷德里克·詹姆逊：《文化转向》，胡亚敏译，中国社会科学出版社 2000 年版，第 1 页。

义、现代主义和后现代主义是这三个阶段对应的主导性文化模式。其中，后现代主义是晚期资本主义文化现象，它反映了文化逻辑被资本逻辑吸收，成为资本继续扩张和渗透的工具，因此，"所谓'后现代主义'根本无法脱离晚期资本主义世界文化领域里的基本变化因素而独存。这种变化，包括了文化在社会功能上的重大变化"①。所以，詹姆逊认为后现代主义不可能出现在 1985 年的中国文学中。和詹姆逊的理解相似，欧美后现代理论家认为后现代主义"只是一种西方的模式"②，"对想象的后现代主义式吁请……在中华人民共和国是不存在的……在中国出现对后现代主义的赞同性接受是不可想象的"③。

但西方后现代理论家的否定性言论阻止不了中国学者对后现代的接受，在热衷翻译后现代理论著作的同时，他们迅速地把后现代批评运用到对当代文学的解读上，在先锋小说、新写实主义、消费文学和先锋批评中阐释出后现代因素，从"深度模式的削平"、"历史意识的消失"、"主体性丧失"、"距离感消失"四个方面论证"中国已经全面走入了后现代主义时代"④。同时，研究者还从中国文化内部发掘出后现代因子，"中国后现代的产生不是西方后现代文化的单向移植。传统道家、儒家和禅宗文化中蕴含着深刻的解构精神、实用主义和世俗倾向，并与西方后现代思潮达成一致"，以证明中国是"后现代主义的温床"⑤。

在柄谷行人看来，"所谓风景乃是一种认识性的装置，这个装置一旦成型出现，其起源便被掩盖起来了"⑥。要想认识后现代主义这一当代文学的装置性"风景"，就必须对其是如何被安装到当代文学中去进而成为一种知识做一番知识考古，唯有如此，才能对后现代主义在当代中国的知识化和意识形态化有清醒的认识，并对其背后的"权力"运作保持足够的警惕。后现代主义之所以会成为当代

① [美]詹明信：《晚期资本主义的文化逻辑》，张旭东等编译，生活·读书·新知三联书店 1997 年版，第 503 页。

② [加拿大]琳达·哈琴：《后现代主义运动：从西方到东方》，王潮选编：《后现代主义的突破：外国后现代主义理论》，敦煌文艺出版社 1996 年版，第 3 页。

③ [荷兰]杜威·佛克马：《后现代主义的诸种不可能性》，吴剑平译，《当代电影》1994 年第 2 期。

④ 陈晓明：《无边的挑战——中国先锋文学的后现代性》，时代文艺出版社 1993 年版，第 5 页。

⑤ 江腊生：《后现代主义思潮在中国繁盛的背后》，《河北学刊》2005 年第 4 期。

⑥ [日]柄谷行人：《日本现代文学的起源》，赵京华译，生活·读书·新知三联书店 2003 年版，第 12 页。

文学和当代中国的一种知识，背后有着潜在的"权力"运作，这个"权力"就是当代中国在谋求现代化过程中由官方主导、知识分子积极参与和民间响应的现代性意识形态建构。

自从中国社会被迫进入现代以来，"救亡"的主题一直是中国文学主要用力之处，作为一个不断被阐释和重构的现代传统，"救亡"已成为中国现代文学的话语场，并被铺展为现代文学的意识形态，其背后的诉求是中国如何才能"现代"。这一诉求并不是历史的自然进化过程和知识分子的主动选择，而是携带着强烈的功利色彩，甚至为了能够迅速摆脱民族生存危机而在当代中国以"反现代的现代性"[①]这一形式出现。虽然随着 1970 年代末全球格局从冷战转向了全球资本主义，这一形式被割断，但中国的"现代"进程不仅没有停止，反而有着更为完整的规划和展望，那就是邓小平的"一个中心两个基本点"这一著名理论，现代化这个一直被"固定于欧洲的历史概念"[②]开始作为一种意识形态成为 1980 年代以来当代中国被政府、知识界以及普通民众所共享的价值判断。当代中国不仅没有因为社会主义阵营的"危机二十年"[③]而停止现代进程，历史没有终结，反而成了具有典型症候性的话语场域。

从这一角度来看，当代中国在知识分子主导下对后现代主义的积极接受，就绝对不是一种自作多情的一厢情愿，而是有着真切的历史与现实内容的。从这个意义上理解詹姆逊"第三世界的文本，甚至那些看起来好像是关于个人和利比多趋力的本文，总是以民族寓言的形式来投射一种政治：关于个人命运的故事包含着第三世界大众和社会受到冲击的寓言"的判断[④]，才更有确切性。

从 1985 年开始，中国社会改革的范围和程度进一步深化，1985 年的《关于科技体制改革的决定》、《关于教育体制改革的决定》和 1986 年的《关于精神文明建设指导方针的决议》等一系列改革文件的公布，表明改革开始进入实质性的阶段，随后的社会主义初级阶段理论的提出，则催生了人们对中国现代化的想

① 汪晖：《当代中国的思想状况与现代性问题》，《天涯》1997 年第 5 期。
② ［日］富永健一：《"现代化理论"今日之课题——关于非西方后发展社会发展理论的探讨》，严立贤译，《国外社会科学》1986 年第 4 期。
③ ［英］艾瑞克·霍布斯鲍姆：《极端的年代——短暂的 20 世纪》，郑明萱译，江苏人民出版社 1999 年版，第 603 页。
④ 张法：《文艺与中国现代性》，湖北教育出版社 2002 年版，第 13 页。

象。文艺现代化表现在文学上是各种新的批评方法被批评家迅速用到对文学的研究实践中，1985 年也被称为"方法年"、"观念年"。正是 1985 年以后的当代中国发生的某种根本性的改变，为当代文学接受后现代主义提供了实践的话语场域，它也是当代中国走向全球化时代的某种现代表征，是"中国从分散世界史中的古代中国走向统一世界史的特征"①。

可见，当代文学接受后现代主义，主要是为了讲述当代中国自己的"故事"，因为"一切现代主义作品本质上都是被取消的现实主义作品……通过取消故事，新的小说比任何真正的现实主义的、老式的、解符码化的叙事更有力地讲述了这个现实主义的故事"②。中国自被迫进入现代以来对"现代"的不停追求，甚至不惜以"反现代的现代性"进入"现代"，其背后潜在的诉求是对西方承认中国现代的需求，中国与西方之间也"一直都深深地打着否定承认的烙印"③。故而，在"承认的政治"④基础上主动地接受后现代主义，意味着后现代主义在意识形态上并没有搁置"民族寓言"的宏大叙事，而是进一步推进了中国的现代性工程，"民族寓言"的宏大叙事和中国的现代性工程在当代中国是并行不悖的。

正是由于 1990 年代以来的当代文学被安装了"后现代编码"，当代文学并没有像"纯文学"提倡者所希望的那样，能够摆脱意识形态的规训体系，把文学还给"文学"，而是变成一种"知识"，并进而被当代中国的"现代"这一宏大叙事所收编，在更宽泛的层面上进一步强化了"现代"这个当代中国的大叙事，为其合法性提供着支撑性的叙述。

---

① [美]詹明信：《超越洞穴——破解现代主义意识形态的神话》，陈永国译，[英]弗朗西斯·马尔赫恩编：《当代马克思主义文学批评》，刘象愚等编译，北京大学出版社 2002 年版，第 197 页。

② [美]弗雷德里克·杰姆逊：《处于跨国资本主义时代的第三世界文学》，张京媛译，《当代电影》1989 年第 6 期。

③ [德]尤尔根·哈贝马斯：《民主法治国家的承认斗争》，曹卫东译，汪晖、陈燕谷编：《文化与公共性》，生活·读书·新知三联书店 1998 年版，第 348 页。

④ [美]查尔斯·泰勒：《承认的政治》，董之林、陈燕谷译，汪晖、陈燕谷编：《文化与公共性》，生活·读书·新知三联书店 1998 年版，第 290 页。

二、"欠发达的后现代主义"与作为一种方法的后现代

马歇尔·伯曼认为存在着"先进民族国家的现代主义"和"起源于落后与欠发达的现代主义"。"欠发达的现代主义"指的是第三世界的现代主义，"在相对落后的国家，现代化的进程还没有进入正轨，它所孕育的现代主义便呈现出一种幻想的特征，因为它被迫不是在社会现实而是在幻想、幻象和梦境里养育自己"，"孕育这种现代主义成长的奇异的现实，以及这种现代主义的运行和生存所面临的无法承担的压力——既有社会的、政治的各种压力，也有各种精神的压力，给这种现代主义灌注了无所顾忌的炽烈热情。这种炽烈的激情是西方现代主义在自己的世界所达到的程度很少能够望其项背的"[①]。借鉴伯曼的描述，中国的后现代主义可以被指认为"欠发达的后现代主义"。

反对者之所以不承认中国存在后现代主义，一个主要的原因就是后现代主义是晚期资本主义的文化现象，而当时的中国现代性都还是"一项尚未完成的方案"，文学中的现代主义也正处在"现代"与"伪现代"争议的尴尬之中，中国实在缺少后现代主义赖以产生的社会基础。所以，他们理直气壮地反问："在一个现代主义根本没有形成气候，更谈不上成为文化传统一部分的国度里，怎么可能产生以对现代主义的僭越为目标的'后现代主义'呢"[②]？

但在中国后现代主义者看来，虽然中国经济总体上处在"欠发达"状态，但改革开放以来中国经济发展带来的商业意识开始逐渐渗透当代中国的各个角落，商品消费开始成为人们的主导性生活方式，消费时代的迹象开始初露端倪，摇滚乐和电子游戏厅、先锋小说和实验诗歌、广告、娱乐影视等等消费符号的出现，使得文化在转瞬间膨胀为一种以商业利益为主要能指的神话和对各种欲望的追逐，这已经足以对以往中国社会的政治、经济、文化产生巨大的冲击力量。正是这种"冲突的、富有张力的文明情景"为后现代主义提供了丰富的土壤。[③]

[①] ［美］马歇尔·伯曼：《一切坚固的东西都烟消云散了——现代性体验》，徐大健、张辑译，商务印书馆 2003 年版，第 304 页。

[②] 贺奕：《不幸的类比——"后现代主义"理论的中国市场》，《当代作家评论》1993年第 5 期。

[③] 陈晓明：《历史转型与后现代主义的兴起》，《花城》1993 年第 2 期。

可见，中国的后现代主义论争背后，潜在的逻辑并不是中国存不存在后现代主义，以及如何理解这种"欠发达的后现代主义"，这绝不仅仅是单纯的文学问题，它牵涉到如何看待 1980 年代末以来当代中国社会的发展现状和现代化进程。在这个意义上，后现代主义实际上已经成为理解当代中国的一种方法，研究者通过它所要论证的，不是什么才是真正的后现代主义、中国存在不存在后现代主义这样文学领域内的问题，而是当代中国以何种方式获得自己的"后现代"，即一位学者所急切提出的："西方都已经后现代了，我们该怎么办"①？

在这一过程中，值得我们警惕的是，后现代主义原本是反叛现代主义而出现的一种文化批判力量，它是一种反抗体制的抵抗性话语，"是一种精神、一套价值模式，它表征为：消解、去中心、非同一性、多元论、解元话语、解元叙事；不满现状，不屈服于权威和专制，不对既定制度发出赞叹，不对已有成规加以沿袭；睥睨权威，蔑视限制，冲破旧范式，不断地创新"②，但这一反叛性的文化批判力量缘何会在当代中国成为大学和文学史中被规范和教条化了的知识，被掏空了它的颠覆性力量，从而成为体制的支持性理论呢？

毋庸置疑，后现代主义在中国的背景是改革开放所带来的市场化，以及伴随市场化而来的弥漫于整个社会的世俗化和商品化。在商品化大潮裹挟下，市民文化和消费文化开始占据人们阅读的中心，文学中的大叙事已经消失不见，革命年代的英雄遭到了无情的解构，崇高与庄严也成为了文学无情嘲弄的对象。例如，有学者认为，在作为后现代主义典型文本的余华的先锋小说《往事与刑罚》中，就对中国文化中的历史和伦理道德价值展开了无情的批判。作为中国文化中意义权威的历史在小说中全是酷刑和死刑，当历史崇高光圈显出原形，只是盲目残杀的刀刃之反光，当以"历史的利益"为名而实行的酷刑被剥去言辞装饰的时候，历史就失去了意义的权力。③但这种后现代主义却轻而易举地就被消费文化收编，并借助于张艺谋等第五代导演的电影在国外流行，满足着西方关于中国的

---

① 盛宁：《人文的困惑与反思——西方后现代主义思潮批判》，生活·读书·新知三联书店 1997 年版，序言。

② [法]让-弗朗索瓦·利奥塔：《后现代状况——关于知识的报告》，车槿山译，生活·读书·新知三联书店 1997 年版，第 87 页。

③ 赵毅衡：《非语义化的凯旋——细读余华》，张国义：《生存游戏的水圈》，北京大学出版社 1994 年版，第 258 页。

私密想象和中国观众的隐秘心理。

　　同样被评论家认为是中国后现代主义典型文本的新写实小说，则因为题材的非政治化倾向而被评论者认为是"一种自我防范的手段，为的是躲避官方政治权力所操纵的主流文学话语的干涉。然而正是这种非政治的姿态，这种对大政治的厌倦，在一个国家权力已将社会充分政治化的环境中，却恰恰变成了一种政治态度，一种向国家权力要求独立的民间空间的政治要求"，并被认为是"向形成一个独立的公众空间跨出了重要的一步"①。但在消费文化的解构下，新写实小说《一地鸡毛》中的小林通过非政治化的日常生活觉悟到的却是："其实世界上事情也很简单，只要弄明白一个道理，按道理办事，生活就像流水，一天天过下去，也满舒服。舒服世界，环球同此暖凉。"②这种日常生活叙事弥漫在新写实小说中的同时，应该具有的批判性力量消失了，文学被细节充满，历史没有了，深度被抹平了，历史的动感也消失了，只剩下"细节肥大症"了。同样，詹姆逊所概括的审美通俗化、消解深度模式、主体残片化、拼贴杂凑等后现代主义特征，都能在 1990 年代以来的当代中国文学中得到印证，我们在接受这种后现代主义的时候，詹姆逊的批判立场却被悬置并消失不见了。

　　之所以会发生这种倒转，和中国在"现代"的独特境遇有关。中国是在西方殖民侵略和挤压下被动地进入现代的，这种痛感使得中国对现代性的追求有着现实的紧迫压力。改革开放以后又恰逢全球化扩张所带来的第三世界国家革命失败，从另一个方面强化了中国的民族国家认同，这也是后现代主义在中国衍生为后殖民理论的现实社会基础。随着冷战结束，历史转型给当代中国带来的不仅仅是地缘政治格局变化，更是每一个个体对世界体认方式的剧烈变迁，人们在重组着自己关于现代的想象与体认。所以，伴随着中国加速融入世界经济一体化过程的，是官方对中国特殊现代性的话语建构，以建构不同于西方现代性的政治和文化制度。这既是民族国家身份认同的基础，也是中国社会主义意识形态的必然。

　　正是基于全球化时代中国对独特现代性追求的境遇，当面对西方后现代主义这种"优等生文化"的时候，中国后现代主义者更多的是谋求后现代主义对当代中国现代的建构性。在"系统介绍当代西方最主要的批评理论流派"的《走向后现代与后殖民》一书中，作者强调自己作为"在海外的人"对"中国问题"发

---

① 徐贲：《走向后现代与后殖民》，中国社会科学出版社 1996 年版，第 234 页。
② 刘震云：《一地鸡毛》，《小说家》1991 年第 1 期。

言的优势，特别突出自己"就当代'中国问题'作了极富启发性的理论阐释"①；"专门论述西方后现代主义文学"的《西方后现代主义文学研究》，也辟有专门研究"后现代主义中国化"和"中国后现代主义文学"两章②；研究日本后现代文化的专著，也刻意强调"本书写作的主要动力就在于通过对日本后现代批评的分析，为中国提供一个切近的参照和借镜"③。可见，中国的后现代主义者之所以搁置后现代主义的批判性，并以之作为一种方法建构当代中国"欠发达的后现代主义"，既是民族潜意识的作用，又"恰好满足了当代意识形态的需要"④。

中国对后现代主义思潮的接受过程作为极具症候性的个案，表征了中国这个曾经与世界的"现代""脱钩"的社会主义国家在与世界重新接轨时的急迫与无奈，作为处于"进步/落后"话语框架中的被动一方，不得不在文学乃至整个知识界构造出一种"欠发达的后现代主义"，并进而对后现代主义投射强烈的激情。但作为资本全球化时代欠发达的国家，因自身的现代化进程还没有进入正轨，只能从被迫建立在关于现代性的幻想与梦境上汲取营养，使得这种"欠发达的现代主义"以一种悬浮于中国社会现实之上的隐喻方式得以繁衍和蔓延。同时，基于现代化意识形态而产生的对中国作为独特民族国家的独特现代性的体认，在潜意识中悬置了后现代主义的批判能量，成为阐释中国关于后现代主义迷思的方法，并繁衍出一种无害的中国后现代主义，进而在新世纪成为重构"中国"主体的注解性材料。而丧失了批判精神的后现代主义，在自己套上这个死结之后，作为一种方法的后现代主义在完成了它的使命的同时，不得不"颓然下场"⑤。

三、超越后现代主义与"中国"主体性重构

刚进入新世纪不久，伊格尔顿就推出了《理论之后》一书，认为"随着一场新的全球资本主义叙事的开始，以及所谓的反恐热，人们曾经熟悉的所谓的后

① 徐贲：《走向后现代与后殖民》，中国社会科学出版社1996年版，第220页。
② 曾艳兵：《西方后现代主义文学研究》，中国社会科学出版社2006年版，第258页。
③ 赵京华：《日本后现代与知识左翼》，生活·读书·新知三联书店2007年版，第290页。
④ 杨扬：《先锋的遁逸》，《二十一世纪》1995年第6期。
⑤ 孟繁华：《众神狂欢——当代中国的文化冲突问题》，今日中国出版社1997年版，第111页。

现代主义思维方式正在走向终结","理论的黄金时代已经过去。"①与此同时，曾经在中国当代文学中轰轰烈烈——上演的西方文学思潮，也在进入新世纪后集体失声了，所以中国学者争相引述伊格尔顿的"理论之后"，认为伊格尔顿决绝地唱出了理论的"挽歌"。同样，后现代主义也在进入新世纪后逐渐地退出了中国学者的研究视野，在中国完成了它的"不冒险的迁徙"，渐渐远去。

但中国"漫长的90年代"并没有过去，历史并没有像西方学者断定的那样终结，一场以重构全球化时代"中国"主体的运动开始以官方为主导，进而蔓延到了文学领域，看似已经隐身的后现代主义，在新的语境中开始了它的"意识形态的缝合"②。那个从中国被迫现代开始就一直苦苦寻求的游移不定的"中国"主体，在新世纪随着中国经济的飞速发展而逐渐清晰，并最终随着中国经济在2011年以GDP总量超过日本跃居全球第二而尘埃落定，实现中华民族伟大复兴这一"中国梦"则是官方对"中国"主体的最终确认。在这一确认中，中国已经摆脱了西方"影响的焦虑"，那个包括中国在内的东亚国家在应对并企图进入全球资本现代化转型过程中可疑的国家主体不存在了，竹内好意义上的东方国家在认同以西方为主导的现代化过程中因对自我文化主体无法把握的孤独感而导致的"宿命"已经消失了。③

这场对中国主体重构的知识阐释运动背后，有一个潜在的指涉逻辑，那就是新世纪以来中国经济的崛起，以及中国被纳入全球化格局这一历史现实。因为这一现实格局给中国带来的不只是外部环境的改变，更"带动了中国内部的社会组织方式，包括社会阶层分化、族群认同与边疆关系、中央与地方的权力格局、城市与乡村及东部与西部等区域关系的变化。在这种全新的历史语境下，重新思考何谓'中国'，如何评价中国的现代化道路，都是至关重要的现实问题"④。在中国越来越深入地融入全球化格局这一过程中，这些改变的影响是深远的，只有在重构"中国"主体的知识逻辑下，才能凝聚个体对这个"中国"主体的认同。

---

① [英]特里伊格尔顿:《理论之后》，商正译，商务印书馆2009年版，第1页。

② [斯洛文尼亚]斯拉沃热·齐泽克:《意识形态的崇高客体》，季广茂译，中央编译出版社2002年版，第121页。

③ [日]竹内好:《近代的超克》，孙歌等译，生活·读书·新知三联书店2005年版，第184页。

④ 贺桂梅、徐志伟:《重返80年代，打开中国视野》，《现代中文学刊》2012年第3期。

所以，在这种全球化格局下，中国学者开始谋求中国的"文化自觉"，"'文化自觉'这一命题中的'文化'，涉及经济、政治、法律、教育、学术和其他领域中的方方面面；这一命题中的'自觉'表达的是在全球化的处境中对于中国的文化自主性的关切和思考"①。在这一"文化自觉"的视野中，中国的崛起被阐释为"不仅是指其经济增长，而且是建构了一套不同于西方现代文明的政治体制以及与这套体制相匹配的政治哲学思想"②。"中国"这一主体已经发生了变化，中国已经不是以往"主体"中的西方全球化现代格局中的迟到者，中国的现代化实践也得到了一种结论性的认可，成了某种"现实"。既然"中国"这一主体在世界格局中的位置变化已经成了"完成时态"，那今天中国的"崛起"，在某种意义上就被理解为是一种"复兴"。对当代中国"现代"的这种带有结论性的认可，也暗合了中国政府实现中华民族伟大复兴这一"中国梦"的官方表述，或者说，在某种意义上成了一种"国家装置"。

但是，无论"中国"这一主体被表述为何种方式，一旦它在潜在意义上被指认为是与西方"落后 / 先进"这一二元对立的判断，其内在的思维方式都是"以欧洲为中心看待世界史的欧洲一元化"观念所造就的"先进—后进的结构"。③这样一来，当我们在重构"中国"主体的时候，"正如一切带有明显目的论倾向的取向那样，它们从根本上说都是一种循环推理，因为它们最后在庞大复杂的历史现实中所发现的现象恰恰就是它们一开始就要寻找的现象"④。也就是说，研究者所论证的"中国"或许仅仅只是对自己心目中想象"中国"的理论推演，而不具有任何现实针对性，这是我们构建"中国"主体时不得不警惕的关键之处。

后现代主义在中国的理论旅行突出地显示了这一点。研究者认为，后现代主义在同中国本土文化的碰撞和交融中，产生了带有更多的第三世界"后殖民"特征的变体，以区别于西方后现代主义。这种刻意对中国主体与西方现代性区别开来的努力，最终带来的只能是一种"本真的、绝对的、不变的'中华性'"⑤，对

---

① 潘维：《中国模式——解读人民共和国的 60 年》，中央编译出版社 2009 年版，第 3 页。

② 强世功：《中国香港——政治与文化的视野》，生活·读书·新知三联书店 2010 年版，第 207 页。

③ [日] 沟口雄三：《日本人视野中的中国学》，李苏平等译，中国人民大学出版社 1996 年版，第 20 页。

④ [美] 柯文：《在中国发现历史》，林同奇译，中华书局 2002 年版，第 5 页。

⑤ 张法、张颐武、王一川：《从"现代性"到"中华性"》，《文艺争鸣》1994 年第 2 期。

"中华性"的刻意强调，带来的是某种程度的民族主义的膨胀。而与民族主义结合起来的后现代主义，所抵抗的对象不是"存在于本土社会现实生活中的暴力和压迫"，而是"第一世界对第三世界的话语压迫"，因此"它不仅能和官方民族主义话语相安共处，而且以其舍近求远、避实就虚的做法，顺应了后者的利益，提供了一种有利于官方意识形态控制和化解的所谓对抗性的人文批判模式"[①]。回顾新世纪以来当代文学中的美女作家的身体写作、官场小说、黑幕小说、宫廷小说，对这一判断会有更清醒的认识。正因如此，后现代主义才会轻而易举地就被当下的社会体制所吸纳，进而丧失理论穿透力，走向"理论之后"也就势所必然了。

也正是因为这一点，当詹姆逊 2002 年在华东师范大学开讲《现代性的幽灵》时，认为"当前现代性的另一个谎言，就是所谓'交替的或选择的现代性'，有拉丁美洲的现代性、印度的现代性、非洲的现代性、希腊或俄国的现代性、儒家的现代性"；这些"交替的或选择的现代性""忽视了现代性的另一种本质意义，即世界范围的资本主义本身的意义。资本主义全球化在其制度的第三阶段或晚期阶段所投射出来的标准化，对所有这些关于未来世界的文化多样性的虔诚希望都投以怀疑，而这个世界已经被一种普遍的市场秩序殖民化了"[②]。中国学者对待詹姆逊的态度却发生了一百八十度的大转弯，由 80 年代的热情追捧变成了新世纪的大加挞伐，批判詹姆逊的后现代主义隐含着文化霸权。

究其原因，除了中国学者和詹姆逊因东西方身份不同而对现代性的理解不同之外，更重要的是此时中国已不是那个跟在西方后面追求现代的"落伍"者了，而是正满怀信心地走在自己独具特色的发展道路上。而带着复兴强国的民族独特性的"中国梦"必须借助于西方才能标明自己的独特现代性，一旦离开了西方，中国现代性的独特性将无法表征。如果把萨义德有关东西方关系的"在与东方有关的知识体系中，东方与其说是一个地域空间，还不如说是一个被论说的主题，一组参照物，一个特征群"，"对东方的直接观察或详尽描述只不过是由东方有关的写作所呈现出来的一些虚构性故事，这些虚构故事相对于另外一种类型的

---

① 徐贲：《走向后现代与后殖民》，中国社会科学出版社 1996 年版，第 370 页。
② ［美］弗雷德里克·詹姆逊：《单一的现代性》，王逢振等译，天津人民出版社 2005 年版，第 24 页。

知识体系来说必然处于次要的地位"① 这段话中的"东方"换成"西方",对这一点的理解,会更加清晰。

虽然中国学者对伊格尔顿"理论的黄金时代已经过去"的断言深表认同,后现代主义在21世纪的当下也的确已经离我们渐渐远去,但它却没有从我们的生活中彻底地隐退,而是已经融入了我们的日常生活。因此,我们今天要反思的是,如何才能更好地超越后现代主义。如果缺少了这种反思意识,随着中国进一步更深地融入全球经济一体化之中去,后现代主义也只是一个常常挂在嘴边的名词,或者是一本"尚没有打开就已经合上了的书"②。

第四节　重述中国主体:"崛起"与"文化自觉"的中国

1990年以来,随着中国越来越深地被裹挟进全球一体化经济格局中,以及中国改革开放不断向深层次推进,中国开始作为经济大国崛起。经过持续多年的高速增长,中国经济总量在2011年超过日本成为全球第二大经济体,并超过德国成为世界第一出口大国。特别是2008年以后,在全球各国均陷入金融危机的形势下,中国经济却奇迹般不降反增,GDP年增长率保持超过8%的惊人数字,与此伴随的是北京奥运会、上海世博会在中国的成功举办,这些经济"奇迹"成了"中国模式论"的最好证明。于是,在这一背景下,有关"中国"主体的争论在学界不断被提及。这一争论的焦点是中国未来的发展是继续改革开放,进一步融入全球经济一体化之中去,还是寻求独特的中国价值,坚持发展"中国模式",走中国自己独特的实现现代的发展道路,实现中华民族伟大复兴这一"中国梦",为世界提供另类现代性,这成了知识界重建"中国"主体的逻辑起点。

这种争论在某种意义上也是某种"危机"的征兆,它意味着曾经被广为接

---

① [美]爱德华·萨义德:《东方学》,单德兴译,生活·读书·新知三联书店1999年版,第229页。

② 张旭东:《批评的踪迹——文化理论与文化批评(1987–2002)》,生活·读书·新知三联书店2003年版,第122页。

受的那个"中国"主体开始面临着重新建构，已经不能成为知识界理解中国现实的基本话语方式。之所以会发生这一变化，一个重要的原因是中国已经融入全球一体化之中去，在这一过程中，全球化不只是中国的外部环境问题，它更在深层次上"带动了中国内部的社会组织方式，包括社会阶层分化、族群认同与边疆关系、中央与地方的权力格局、城市与乡村及东部与西部等区域关系的变化。在这种全新的历史语境下，重新思考何谓'中国'，如何评价中国的现代化道路，都是至关重要的现实问题"①。

于是，我们看到，在十七年文学这个当代中国关键时段的文学成为阐释当代"中国"的方法与知识的时候，关于"中国"阐释的知识化过程正在急剧推进。而如何改变当代文学只能充当阐释"中国"的注脚与材料的尴尬处境，为其注入当下时代意义，使其成为当代思想与理论的中心，是当代文学研究迫切需要解决的课题，也是文学从业者所面临的时代重任。

其实，这种"影响的焦虑"②自 1990 年以来在学界就一直存在着。1990 年以来，随着中国改革开放的进一步深化，学术评价与学术标准也进一步西化，学术研究上如何用中国自己的声音说话，如何面对当代中国自己的问题，如何用中国自己的方法解决中国面临的发展问题，是 1990 年以来包括文学研究在内的人文科学研究一直都在思考的紧迫问题，"长期以来，我们一直在'搬演西方来表达中国'。20 世纪中国批评的历史几乎就是西方各种批评流派在中国、在汉语文化圈轮番上演的历史。应该承认，今天这种演出已接近尾声。这种借用他人以言说自己的理论批评模式是造成理论与本土生活相疏离、造成文学理论失语症的直接原因"③。这样的观点在 1990 年以来的知识话语中越来越常见，对西方普遍主义的批判，呼唤"中国"主体意识，在学术界已经成为一个越来越自觉的问题意识。

福柯意义上的"知识"指的是："由某种话语实践按其规则构成的并为某门科学的建立所不可缺少的成分整体，尽管它们并不是必然会产生科学，我们可以

---

① 贺桂梅、徐志伟：《重返 80 年代，打开中国视野》，《现代中文学刊》2012 年第 3 期。

② [美]哈罗德·布鲁姆：《影响的焦虑——一种诗歌理论》，徐文博译，江苏教育出版社 2006 年版。

③ 《汉语批评：从失语到重建（笔谈）》，《求索》2001 年第 4 期。

称之为知识。"①这种意义的知识形成于话语实践与某门学科的关系中，知识不仅为科学提供了对象，而且"也是一个空间，在这个空间里，主体可以占一席之地，以便谈论它在自己的话语中所涉及的对象；知识，还是一个陈述的并列和从属的范围，概念在这个范围中产生、消逝、被使用和转换"②。可以看出，福柯意义上"知识"的形成过程，需要经历"历史化"过程，"不仅意味着将对象'历史化'，更重要的应当将自我'历史化'"。③因为，"没有对自己学科的'本质化'想象，就不可能完成对自己学科的'历史化'工作"④。

新世纪以来的当代文学研究，在理论探讨和文学史写作实践中，"历史化"都是比较明显的理论增长点。对研究客体遵循的是"回到现场"原则，即"将'问题'放回到'历史情境'中去审察"，"通过尽可能全面翔实史料的展示，还原多元共生、丰富复杂的当代文学的本真状态，靠史实说话，以史实取胜"⑤。洪子诚更是把"回到现场"定为一种反思性的策略："从文学史写作自身的角度看，我将它理解为具有'自反'意味的理念和策略，即针对我们过去生产的历史论述的'反思'。"⑥在"历史化"或"知识化"的过程中，研究主体遵循的是"价值中立"的原则，即"致力于淡化个人的主观色彩，强化突出编写的文献性、原创性和客观性，把大部分的篇幅留给原始文献史料的辑录介绍上，自己尽量少讲；即使讲，也是多描述少判断"⑦。

当代文学这种"历史化"或成为"知识"的过程，是1990年知识分子所倡导的"专业化"或者"岗位意识"的延续。1990年，随着社会主义市场经济的建立，商品经济开始渗透到社会各个方面，学界自然难以独守在象牙塔内，迫于社会现实压力，研究者放弃直接介入现实的思想方式，转而从事更为专业化的学术研究和知识生产。陈平原在关于学术史和学术规范的讨论中，强调"辨章学

---

① [法]米歇尔·福柯：《知识考古学》，谢强、马月译，生活·读书·新知三联书店2002年版，第236页。
② [法]米歇尔·福柯：《知识考古学》，谢强、马月译，生活·读书·新知三联书店2002年版，第236页。
③ 李杨：《50-70年代中国文学经典再解读》，山东教育出版社2002年版，第366页。
④ 程光炜：《当代文学学科的"历史化"》，《文艺研究》2008年第4期。
⑤ 吴秀明：《中国当代文学史写真》，浙江大学出版社2002年版，第11页。
⑥ 洪子诚：《"文学史热"及相关问题》，《韩山师范学院学报》2009年第2期。
⑦ 吴秀明：《中国当代文学史写真》，浙江大学出版社2002年版，第12页。

术、考镜源流"，刻意在学术与政治间做出区分，建立"为学术而学术"的专业精神。[①]"重写文学史"倡导者陈思和更是明确提出知识分子要树立"岗位意识"："我所说的岗位意识，是知识分子在当代社会中的一种自我分界……第一种含义是知识分子的谋生职业，即可以寄托知识分子理想的工作……另一层更为深刻也更为内在的意义，即知识分子如何维系文化传统的精血"[②]。与此同时，文化领域内韦伯的"学术作为一种职业"被广为传诵，陈寅恪被推举为文化英雄，都昭示着知识分子对学术立场、学者自觉的认同。[③]在"为学术而学术"话题讨论的后期，更强调从现实反思转向对学科疆界和学科自主性的维护，并最终随着教育部《高等学校哲学社会科学研究学术规范》的颁布，成为体制性"知识"生产专业化和学科化必须遵守的组成部分。

新世纪当代文学研究中的历史化潮流与当代文学成为一种"知识"和"专业"，在现实层面是"权力"介入的结果。因为权力和知识之间是互相生产的，"权力制造知识，权力和知识是直接相互关联的；不相应的建构一种知识领域就不可能有权利关系，不同时预设和建构权力关系就不会有任何知识"[④]。当代文学在成为一种"知识"的同时就具有了繁衍权力的体制性支持，并在某种程度上主宰了对当代文学的理解，遮蔽了对当代文学多维阐释的可能性。

当代文学研究之所以不尽如人意，研究者争论不休的焦点是当代文学对社会主义革命文学的无力阐释，而对当代文学成为一种"知识"最重要的推手就是对十七年文学"反现代的现代性"的阐释。十七年文学因处在一个运动频仍的时代而被判为伪文学而逐出了文学话语讲述序列，成为一种尴尬的文学浮游物。但是，历史是复杂的，"如果我们确实是这样或那样的混杂物，那么，那些假设的过去与现在、我们与他们之间的断裂就仅仅只是现代主义的一种特别的虚构"[⑤]。因此，当十七年文学因"反现代的现代性"被激活反而成为各种思想与理论分歧

---

① 陈平原：《学者的人间情怀》，《读书》1993 年第 5 期。

② 陈思和：《知识分子在现代社会转型期的三种价值取向》，《上海文化》1993 年第 1 期。

③ 戴锦华：《书写文化英雄》，江苏人民出版社 2000 年版，第 18 页。

④ [法]米歇尔·福柯：《规训与惩罚》，刘北成、杨远婴译，生活·读书·新知三联书店 2003 年版，第 29 页。

⑤ [美]何伟亚：《怀柔远人——马嘎尔尼使华的中英礼仪冲突》，邓常春译，社会科学文献出版社 2002 年版，第 253 页。

激烈纠葛的"战场","反现代的现代性"也被视为当代文学史叙述的重要纲领。①

在这一话语逻辑中，十七年文学被赋予"现代性"的某种品格。十七年文学因诞生在反抗西方现代性的中国而天生地具有了对现代的反抗性，而无论在西方之内还是西方之外对现代性的反抗都只能采用二元对立的方式进行，这种二元对立的思维方式恰恰是现代性的基本逻辑。因此，十七年文学不但不是"五四"新文学的中断，反而是其合乎逻辑的发展的必然，对现代性反抗得越强烈，其本身的现代性就越强烈、越彻底。

与文学研究相对应，理论界对中国社会主义运动的现代性意义也做了深入阐释。②研究者从更为宽泛的现代化范式出发，将中国革命视为作为第三世界国家的中国实现国家现代的主要方式，将十七年看作现代化的初始阶段，十七年的政治经济成就也得到了更为深入的评价。

在这一理论视野中，中国的社会主义运动之所以具有"反现代的现代性"，主要是对"中国"的认知方式发生了转变。以前的那个中国之所以被排斥在"现代性"之外，是因为把中国看作是以西方为主导的现代"民族—国家"意义上的落后国家；而在民族国家的视野中，中国是在"二战"后非殖民化进程中的独立国家浪潮中寻求发展的第三世界国家。在这一过程中，"现代"已经成为中国社会主义"革命"最为主要的政治、经济、文化等等目的诉求。也就是说，中国革命本身就是最"现代性"的，作为中国革命本身组成部分的十七年文学，也理所当然地最具"现代性"。

在这一逻辑中，当代文学已经成为一种"知识"，为"中国阐释"的知识化过程提供着持续的动力，并进而建立起自身的知识场域，或一种基于当代经验的知识传统。蔡翔认为，"革命中国的正当性"及其"尊严政治"实践是其潜在的知识论证，它所创造的世界不但拥有政治经济的合法地位，更获得了一种阶级尊严，而文学作为"革命中国"伴随者，也成了人类文化根本转折的见证者和参与

---

① 南帆：《现代主义、现代性与个人主义》，《南方文坛》2009 年第 4 期。

② 参阅 [美] 莫里斯·梅斯纳：《毛泽东的中国及其发展：中华人民共和国史》，杜蒲等译，社会科学文献出版社 1992 年版；[美] 阿里夫·德里克：《世界资本主义视野下的两个文化革命》，林立伟译，《二十一世纪》总第 37 期，1996 年；[美] 阿里夫·德里克：《革命之后的史学：中国近代史研究中的当代危机》，吴静妍译，《中国社会科学季刊》春季卷，1995 年；[美] 马克·塞尔登：《革命中的中国：延安道路》，魏晓明、冯崇义译，社会科学文献出版社 2002 年版。

者。当代文学代表的是一种"弱者的反抗",而支持或反对这一"弱者的反抗",所要争辩的就"不仅是中国革命的正当性,也事关未来的正义"①。至此,当代文学在"革命中国"的阐释中就具有了知识范畴的独立性,甚至在某种程度上被认为具有了类似"乌托邦"的价值品格。

但是,当代文学研究中的"中国"阐释这一知识化过程不可避免地会遇到理论困境,而承担另类现代性论证的"当代文学",反而在逻辑上进一步验证了西方理论的强大输送如何作为知识的条件。事实上,西方理论在中国当代文学研究中经过近二十年的"旅行","中国"已经跨越地缘政治和单一民族国家视野,"从全球资本主义体系强大的扩张力和毁灭性诱惑中解释社会主义的困境"的外部,融合了"从作为历史主体的'前现代''民族'不可遏制的表达的必然性……非西方的想象逻辑和符号可能性","解释作为'当代文学'的民族文学的兴起"这一内部。②当代文学研究已经很难分辨某一论证"中国"的知识体系在本质上是中国的还是西方的。

与文学领域重建"中国"论述相对应的,是思想文化界对中国"文化自觉"的热衷与追捧,"文化自觉"甚至被"中华文化论坛"树立为基本宗旨:"'文化自觉'这一命题中的'文化',涉及经济、政治、法律、教育、学术和其他领域中的方方面面;这一命题中的'自觉'表达的是在全球化的处境中对于中国的文化自主性的关切和思考。"③在思考"进入二十一世纪,中国如何面对全球化的挑战"的问题上,提倡者认为新世纪中国应该"通三统",即古典中国以人情为核心的孔夫子传统、十七年时代的平等传统和邓小平时代的市场传统这三者的融合④,认为中国之所以崛起,"不仅是指其经济增长,而且是建构了一套不同于西方现代文明的政治体制以及与这套体制相匹配的政治哲学思想"⑤。

---

① 蔡翔:《革命/叙述——中国社会主义文学—文化想象》,北京大学出版 2010 年版,第225 页。
② 张旭东:《批评的踪迹——文化理论与文化批评(1987–2002)》,生活·读书·新知三联书店 2003 年版,第 243 页。
③ 潘维:《中国模式——解读人民共和国的 60 年》,中央编译出版社 2009 年版,第 2 页。
④ 甘阳:《通三统》,生活·读书·新知三联书店 2007 年版,第 3 页。
⑤ 强世功:《中国香港——政治与文化的视野》,生活·读书·新知三联书店 2010 年版,第 207 页。

可以看出，"文化自觉"的重心不是"文化"和"自觉"，而是对"中国"的重新认知与认同。强调"自觉"，说明提倡者认为"中国"这一主体的位置已经发生了根本性的变化，中国已经不再是西方全球化现代格局中的迟到者，当下中国的现代化实践因其伟大成就已经得到了某种结论性的认可，成了某种"现实"，既然"已经在舞台上了，就不能不说话"①。既然"中国"这一主体在世界格局中的位置变化已经成了一种"完成时态"，那今天中国的"崛起"，在某种意义上就是一种"复兴"②，而这种"复兴"，也是西方学者在中国研究中所强调的。

这些从中国内部寻找现代性的叙事，目的都是为了抵抗欧洲中心主义与现代性的话语霸权，而其背后潜在的更为重要的背景是中国作为某种意义上"大国"的经济崛起。在本质上，这些理论阐释的本身还是一种"起源论"。之所以一定要在中国内部寻找现代的起点，因为"起始的观念，更准确地说，起始的行为，必然涉及到划界的行为，通过这一划界行为某个东西被划出数量巨大的材料之外，与它们分离开来，并被视为出发点，视为起始"③。而福柯认为，对现代性起源的讨论背后隐藏的是知识与权力的关系："谱系学家需要历史来消除关于起源的幻象，其方式类似一个需要医生来驱赶自己灵魂中阴影的优秀哲学家。他必须能够认出历史的诸多事件，它的跌宕、它的意外、它并不牢靠的胜利和难以承受的失败，说明开端、返祖和遗传……只有形而上学家才会从起源那飘渺的理念性中去寻求自己的灵魂。"④

正如贺桂梅所明确指出的那样⑤，种种关于"中国"的论述，在潜在的逻辑上都直接指涉着新世纪以来中国经济的崛起，以及中国被纳入全球化格局这一历

---

① 赵汀阳：《天下体系——世界制度哲学导论》，江苏教育出版社 2005 年版，第 67 页。

② ［英］安格斯·麦迪森：《中国经济的长期表现——公元 960—2030 年》，伍晓鹰、马德斌译，上海人民出版社 2008 年版；［法］费尔南·布罗代尔：《15 至 18 世纪的物质文明、经济和资本主义》，顾良、施康强译，生活·读书·新知三联书店 1993 年版；［德］贡德·弗兰克：《白银资本——重视经济全球化的东方》，刘北成译，中央编译出版社 2008 年版；［美］彭慕兰：《大分流——欧洲、中国及现代世界经济的发展》，史建云译，江苏人民出版社 2010 年版；［美］乔万尼·阿瑞吉、［日］滨下武志、［美］马克·塞尔登：《东亚的复兴——以 500 年、150 年和 50 年为视角》，马援译，社会科学文献出版社 2006 年版。

③ ［美］爱德华·萨义德：《东方学》，王宇根译，生活·读书·新知三联书店 1999 年版，第 21 页。

④ ［法］杜小真编：《福柯集》，王简译，远东出版社 1998 年版，第 150 页。

⑤ 贺桂梅：《重讲"中国故事"》，《天涯》2009 年第 61 期。

史现实。显然，新世纪当代文学研究有关重建"中国"的论述，更值得关注的是其背后的构成方式，以及包含的或隐或显的政治态度。因为这些重建"中国"论述的本身，不只是如何认识当下中国社会现实这么简单，更重要的是这种行为本身是对当下中国社会现实问题的回应，事关对中国社会发展方向的引领，也就是说，"方法"与"知识"本身，隐含着深深的潜在诉求。

　　新世纪当代文学研究成了重新阐释与论证"中国"的方法与知识，这也是"知识社会学"关注的知识与世界之间关系的核心问题。在"知识社会学"的视野中，一门学科不可能存在完全与价值没有关系而全然超出权力体制的客观"知识"，只存在着解释现实"世界"的具体知识形态，在这个意义上，知识生产本身便成为一种介入性的理论与思想实践活动。[①]当我们在"承认的政治"[②]基础上认识新世纪当代文学研究中重建"中国"论述的方法与知识的时候，"正如一切带有明显目的论倾向的取向那样，它们从根本上说都是一种循环推理，因为它们最后在庞大复杂的历史现实中所发现的现象恰恰就是它们一开始就要寻找的现象"[③]。这样一来，新世纪当代文学研究所要论证的"中国"或许仅仅只是研究者对自己心目中想象"中国"的理论推演，而不具有任何现实针对性。当代文学研究也因此丧失了在批判性知识生产中的核心地位，逐渐丧失了自己的学科合法性。在某种层面上，这也是中国当代文学在新世纪进一步被边缘化、逐渐远离公众视野的主要原因之一。

---

① ［德］卡尔·曼海姆：《意识形态与乌托邦》，黎鸣、李书崇译，商务印书馆2000年版第287–291页。

② ［美］查尔斯·泰勒：《承认的政治》，董之林、陈燕谷译，汪晖、陈燕谷编：《文化与公共性》，生活·读书·新知三联书店1998年版，第290页。

③ ［美］柯文：《在中国发现历史——中国中心观在美国的兴起》，林同奇译，中华书局2002年版，第5页。

结束语　重建十七年小说与当代中国的精神关联

"逝者如斯夫，不舍昼夜。"半个世纪的时光转瞬即逝，但人间已是几度沧桑。如今再重读十七年小说，就像我为了探寻它们而在图书馆翻阅查询的那些并不久远的报刊资料一样，脆黄，布满尘土，散发着陈旧的气息，那些曾经无比真切的文学如今却显得那样的模糊，让我时常产生恍若隔世之感。

意大利思想家吉奥乔·阿甘本认为，所谓的"同时代性"指的"就是一种与自己时代的奇异联系，同时代性既附着于时代，同时又与时代保持距离"，"真正同时代的人，真正属于其时代的人，是那些既不完美地与时代契合，也不调整自己以适应时代要求的人……但正是因为这种境况，他们才比其他人更有能力去感知和把握他们自己的时代"[1]。在这个意义上，十七年小说无疑表现了文学的"中国故事"，因而与十七年的社会现实是紧密地联系在一起的，是在当时各种复杂的现实关系的交互作用冲撞之下产生的，无疑是具有阿甘本所指认的这种"同时代性"的。德国社会学家卡尔·曼海姆认为，"一定的观点和一定的一组概念由于与某种社会现实紧密相关并产生于这一现实，便能够通过与这一现实的密切联系提供更多的揭示它们含义的机会"[2]，因而，研究这些小说对于我们认识当时的社会现实及其与复杂现实的联系有着重要的意义。我们今日的文学与社会面临的诸多困惑与迷惘，以及改革所面临的诸多困境，追溯其思想与理论的源头，都可以顺着 80 年代、70 年代一直上延到十七年这一时间段，而十七年小说，则承载了这一时间段全民的文学记忆。

---

[1] ［意］吉奥乔·阿甘本：《何为同时代？》，王立秋译，《上海文化》2010 年第 4 期。

[2] ［德］卡尔·曼海姆：《意识形态与乌托邦》，黎明、李书崇译，商务印书馆 2000 年版，第 82 页。

　　但是，长期以来研究思维的停滞导致了对十七年小说研究的停滞，这些小说无奈地沦落为文学与社会运动的注脚材料。对于研究者来说，我们所做的努力应该是尼采意义上的"重新估计一切价值（Transvaluation of All Values）"，^①也是普鲁斯特所说的："我们所从事的，就是追寻生命，就是竭尽全力打破习惯和推理的坚冰。习惯和推理遇到真实立即凝结成冰，习惯和推理让我们看不到真实，我们所做的就是重新回到自由的海洋"^②，更是叶芝所说的"对于困难事情的迷恋"^③。

　　十七年小说的评价与研究，充斥着人言亦言的轻率结论，充满着对资料文献的考证与征用，却不能以一颗敬畏之心，去虔诚地对待那整整几代人的文学梦想与荣光，那承载着几代人想象自己与想象世界关系的文学文本，不能以一颗慈悲之心，去体悟那几代人为之付出的青春与激情。我们看到更多的是对材料的征用与劫持之后，轻率地定下抽象的结论，把人的感情与活生生的文学体验变成生硬僵死的文学知识。正如孙歌所质疑的："满足于对文献材料进行考证，而完全无视甚至敌视人们的感情记忆……支撑这一姿态的基本学理就是历史的'客观真实性'，它的对立面就是活人的感情。这种历史观导致的严重后果，首先在于感情记忆的丧失，它使得历史失掉了紧张和复杂，变成了可以由统计学代替的死知识；而恰恰是这种死知识，最容易为现行政治和意识形态所利用"^④。孙歌同时警告不能将复杂的感情记忆简化为一种符号，而是应该要让它"能够承担复杂的历史内涵"，这样才能作为一种思想资源进入历史，因为"当历史变成了一种知识的时候，来自外部的评价便具有了相当的随意性，在此意义上，来自历史事件内部的当事人的叙述便有着不可替代的价值……它不再是知识，而是依然活着的事态"^⑤。

　　在当代中国，经济高速发展的同时，伴随中国现代化的，是中国几亿农民为了追寻"现代"的生活而从农村涌入城市，以及这些普通人为中国几十年来经济的高速发展而做出的巨大贡献，他们也因此成为"中国梦"最完美的表征。但

---

① [德]弗里德里希·尼采：《权力意志——重估一切价值的尝试》，张念东、凌素心译，中央编译出版社 2005 年版，第 1 页。
② [法]马塞尔·普鲁斯特：《驳圣伯夫》，王道乾译，百花洲文艺出版社 1992 年版，第 221 页。
③ 《叶芝抒情诗全集》，傅浩译，中国工人出版社 1994 年版，第 3 页。
④ 孙歌：《实话如何是说》，《读书》2000 年第 3 期。
⑤ 孙歌：《再生于现在的历史》，《读书》1997 年第 7 期。

与此形成对照的，是广大偏远农村数量巨大的贫困人口存在①，对贫困地区的扶贫工作，也一直是党和政府工作的主要任务和重点所在，从历史与现实层面上来说，无疑，这些人的生活才应该是当代中国真实生活的重要组成部分。在十七年小说的"社会主义经验"中，这些人也无疑是文学的主角，他们的光荣与梦想，痛苦与煎熬，成为"中国经验"的真实见证。但在新时期以来的文学中，却找不到这些人的身影，他们从当代文学中消失不见了。1990 年以来的当代文学在追求"纯文学"的同时，毫不惋惜地抛弃了十七年小说这一曾经最真实的"社会主义经验"，并以后现代主义的名义远离了当代中国社会最真实的生活，远离了普通人的生死病苦，以及他们对未来生活的梦想与追求。

特别是进入新世纪以来，我们置身的世界以及我们对待世界的方式已经发生了惊心动魄的改变，而文学则面临着生死存亡的险境。互联网已经牢牢控制了人们的生活方式，影视广告主宰着人们的休闲娱乐，手机短信、微博与微信段子掌控着人们的日常阅读，瞬息万变的生活逼迫着人们拼命向前，人们需要的是故事、是传奇、是明星绯闻、是八卦娱乐，唯独不再对文学抱以兴趣，"文学死了"的论断频现。这不能不说是当代文学与自己的历史和时代的"脱轨"，在很大程度上，这也是当代文学被日益边缘化的原因所在。文学在这个时代该如何自处，以何来证明文学存在的意义与价值？在这个意义上，重提十七年小说，就绝不简单的是一种对历史的考据式追寻，而是有着非常迫切的现实意义。

对中国当代文学研究者来说，只有把当代文学研究与当代中国的社会现实紧密相连，才能深刻把握和描述当下中国的社会生活，进而在这种认识下展开自我批判；也只有在自己的研究中投射进普通中国人在当代中国社会巨大历史变迁中跌宕起伏的命运变迁和他们的喜怒哀乐以及对美好生活的渴望与追求，把当时代的梦想这一伟大的实践征程有机地融入每一个中国人的现实生活与情感之中，才能有效地阐释当下这个复杂多变而又为文学打开了无限可能性的伟大时代，文学也才能重构与自己时代的血脉相连。而这，正是文学在我们这个时代存在的意义与价值，以及文学从业者安身立命之所在。从这个层面上来理解，十七年小说对当代文学来说，是一个非常重要的参考维度，只有当我们复活十七年小说与时代之间那种血脉相连的精神，才能重建文学与当代中国的精神关联。

---

① 《中国贫困状况依然严峻，仍有 8249 万农村贫困人口》，中国新闻网，http://www.chinanews.com/gn/2014/12-15/6877635.shtml，2014 年 12 月 15 日。

　　"人爱自己的历史好比鸟爱自己的翅膀，请勿撕破我的翅膀"①！对于十七年小说这段真切的历史存在，我们应该以无比珍爱的态度去面对，不然的话，任何对于历史及其人格代表的浅薄嘲笑只能换取历史的无情嘲弄。

　　最后，请允许我借用加洛蒂评价毕加索的一句话来结束本书对十七年小说的研究，那就是：

　　"他的存在，便是他的时代在他身上的存在"②。

---

① 　陈铁健：《从书生到领袖——瞿秋白》，上海人民出版社 1995 年版，第 229 页。
② 　[法]罗杰·加洛蒂：《论无边的现实主义》，吴越添译，百花洲文艺出版社 2008 年版，第 62 页。

本书涉及的十七年小说主要篇目

1、王林：《腹地》，上海新华书店，1949 年 9 月版。

2、萧也牧：《海河边上》，《天津日报》，1949 年 12 月 9 日（原题《"我等着你"》）。

3、何其芳：《我们最伟大的节日》，《人民文学》，第一卷第一期。

4、萧也牧：《我们夫妇之间》，《人民文学》，第一卷第三期。

5、孙犁：《正月》，《文艺学习》，第一卷第二期。

6、孙犁：《山地回忆》，《小说》，第三卷第四期。

7、朱定：《关连长》，《人民文学》，第一卷第三期。

8、秦兆阳：《改造》，《人民文学》，第一卷第三期。

9、刘盛亚：《再生记》，《新民报》（重庆），1950 年 1 月 30 日–3 月 6 日。

10、方纪：《让生活变得更美好罢》，《人民文学》，第一卷第五期。

11、马烽：《一架弹花机》，《文艺报》，第一卷第十二期。

12、石言：《柳堡的故事》，《文艺》，1950 年第 3 期。

13、淑池：《金锁》，《说说唱唱》，1950 年第 3–4 期。

14、谷峪：《强扭的瓜不甜》，《人民日报》，1950 年 6 月。

15、赵树理：《登记》，《说说唱唱》，1950 年第 6 期。

16、萧也牧：《锻炼》，《中国青年》，1950 年第 30–51 期。

17、碧野：《我们的力量是无敌的》，上海新华书店，1950 年 7 月版。

18、卢耀武：《界限》，《新华日报》，文艺副刊。

19、草明：《火车头》，工人出版社，1950 年版。

20、《关连长》，1951 年，文华影业公司，黑白，导演：石挥。

21、路翎：《朱桂花的故事》，天津知识书店，1951 年版。

22、《我们夫妇之间》，1951 年，昆仑影业公司，黑白，导演：郑君里。

23、白刃：《战斗到明天》，中南军区政治部，1951 年版。

24、萧平：《三月雪》，《人民文学》，1952年第8期。

25、刘真：《好大娘》，中国青年出版社，1952年版。

26、秦兆阳：《农村散记——祭灶·偶然听到的故事·刘老济·晌午·秋娥，两代人》，《人民文学》，1953年第5-6期。

27、路翎：《战士的心》，《人民文学》，1953年第12期。

28、刘绍棠：《大青骡子》，《人民文学》，1953年第4期。

29、路翎：《初雪》，《人民文学》，1954年第1期。

30、李準：《不能走那条路》，《长江文艺》，1954年第1期。

30、路翎：《你的永远忠实的同志》，《解放军文艺》，1954年第2期。

31、路翎：《洼地上的"战役"》，《人民文学》，1954年第3期。

32、吉学沛：《一面小白旗的风波》，《长江文艺》，1954年第3期。

33、骆宾基：《年假》，《人民文学》，1954年第4期。

34、菡子：《松树下》，《人民文学》，1954年第4期。

35、高晓声：《解约》，《文艺月报》，1954年第6期。

36、刘真：《春大姐》，《人民文学》，1954年第8期。

37、汤凡：《一个女报务员的日记》，《旅大文艺》，1954年第8期。

38、王西彦：《朴玉丽》，《文艺月报》，1954年第8期。

39、徐怀中：《地上的长虹》，《解放军文艺》，1954年第8-9期。

40、雷加：《青春的召唤》，《人民文学》，1954年第10期。

41、康濯：《春种秋收》，《说说唱唱》，1954年第11期。

42、白桦：《神秘的旅伴》，《人民文学》，1954年第11期。

43、柳溪：《责任事故》，《人民文学》，1954年第10期。

44、菡子：《纠纷》，上海新文艺出版社，1954年版。

45、陆文夫：《荣誉》，《文艺月报》，1955年第2期。

46、南丁：《检验工叶英》，《长江文艺》，1955年第2期。

47、赵树理：《三里湾》，通俗读物出版社，1955年5月版。

48、刘真：《我和小荣》，《人民文学》，1955年第6期。

49、菡子：《妈妈的故事》，《人民文学》，1955年第11期。

50、孙谦：《奇异的离婚故事》，《长江文艺》，1956年第1期。

51、欧阳山：《慧眼》，《作品》，1956年第1期。

52、王汶石：《风雪之夜》，《文学月刊》，1956年第2期。

53、刘宾雁：《在桥梁工地上》，《人民文学》，1956 年第 4 期。

54、刘宾雁：《本报内部消息》，《人民文学》，1956 年第 6 期。

55、耿简（柳溪）：《爬在旗杆上的人》，《人民文学》，1956 年第 5 期。

56、草明：《爱情》，《中国妇女》，1956 年第 6 期。

57、萧平：《三月雪》，《人民文学》，1956 年第 8 期。

58、李威伦：《幸福》，《人民文学》，1956 年第 9 期。

59、王蒙：《组织部新来的年轻人》，《人民文学》，1956 年第 9 期。

60、邓友梅：《在悬崖上》，《文学月刊》，1956 年第 9 期。

61、李威伦：《爱情》，《人民文学》，1956 年第 9 期。

62、陆文夫：《小巷深处》，《萌芽》，1956 年第 10 期。

63、刘宾雁：《本报内部消息》（续篇），《人民文学》，1956 年第 10 期。

64、骆宾基：《父女俩》，《人民文学》，1956 年第 10 期。

65、俞林：《我和我的妻子》《新观察》，1956 年第 11 期。

66、张弦：《甲方代表》（《上海姑娘》），《人民文学》，1956 年第 11 期。

67、胡正：《七月古庙会》，《火花》，1956 年第 11 期。

68、浩然：《喜鹊登枝》，《北京文艺》，1956 年第 11 期。

69、孙犁：《铁木前传》，《人民文学》，1956 年第 12 期。

70、李準：《信》，《长江文艺》，1956 年第 12 期。

71、孙犁：《铁木前传》，《人民文学》，1956 年第 12 期。

72、高云览：《小城春秋》，作家出版社，1956 年 12 月版。

73、王蒙：《青春万岁》，1956 年《文汇报》连载，人民文学出版社，1979 年版。

74、丰村：《在深夜里》，《文艺月报》，1956 年第 12 期。

75、丰村：《周丽娟的幸福》，《东海》，1956 年第 12 期。

76、李纳：《姑母》，《新港》，1956 年第 12 期。

77、康濯：《水滴石穿》，《收获》，1957 年创刊号。

78、李準：《灰色的帆蓬》，《人民文学》，1957 年第 1 期。

79、王蒙：《冬雨》，《人民文学》，1957 年第 1 期。

80、何又化：《沉默》，《人民文学》，1957 年第 1 期。

81、陈登科：《"爱"》，《江淮文学》，1957 年第 1 期。

82、陈登科：《第一次恋爱》，《雨花》，1957 年第 1 期。

83、陆文夫：《平原的颂歌》，《雨花》，1957年第1期。

84、耿龙祥：《明镜台》，《人民文学》，1957年第1期。

85、丰村：《一个离婚案件》，《奔流》，1957年第2期。

86、荔青：《马端的堕落》，《人民文学》，1957年第2期。

87、南丁：《科长》，《新港》，1957年第3期。

88、赵树理：《金字》，《收获》，1957年第3期。

89、刘绍棠：《田野落霞》，《新港》，1957年第3期。

90、艾芜：《雨》，《人民文学》，1957年第4期。

91、布文：《离婚》，《人民文学》，1957年第4期。

92、刘绍棠：《西苑草》，《东海》，1957年第4期。

93、白危：《被围困的农庄主席》，《人民文学》，1957年第4期。

94、柳溪：《我的爱人》，《人民文学》，1957年第5、6合期。

95、高晓声：《不幸》，《雨花》，1957年第6期。

96、邓谦：《赵部长的一日》，《芒种》，1957年第6期。

97、从维熙：《并不愉快的故事》，《长春》，1957年第7期。

98、宗璞：《红豆》，《人民文学》，1957年第7期。

99、方之：《杨妇道》，《雨花》，1957年第7期。

100、李国文：《改选》，《人民文学》，1957年第7期。

101、丰村：《美丽》，《人民文学》，1957年第7期。

102、方之：《杨妇道》，《雨花》，1957年第7期。

103、郭源新：《汨罗江》，《收获》，1957年第9期。

104、王愿坚：《亲人》，《解放军文艺》，1957年第12期。

105、海默：《人性》，《火花》，1958年第1期。

106、马烽：《三年早知道》，《火花》，1958年第1期。

107、管桦：《辛俊地》，《收获》，1958年第1期。

108、高缨：《达吉和她的父亲》，《红岩》，1958年第2期。

109、萧平：《除夕》，《人民文学》，1958年第2期。

110、方纪：《来访者》，《收获》，1958年第3期。

111、韶华：《梁上君子》，《处女地》，1958年第3期。

112、茹志娟：《百合花》，《延河》，1958年第3期；《人民文学》，1958年第6期转载。

113、杨履方：《布谷鸟又叫了》，《剧本》，1958 年第 5 期。

114、赵树理：《"锻炼锻炼"》，《火花》，1958 年第 8 期；《人民文学》，1958 年第 9 期转载。

115、李古北：《破案》，《延河》，1958 年第 10 期。

116、周立波：《山那面人家》，《人民文学》，1958 年第 11 期。

117、杨沫：《青春之歌》，作家出版社，1958 年版。

118、赵树理：《老定额》，《人民文学》，1959 年第 10 期。

119、刘真：《英雄的乐章》，《蜜蜂》，1959 年第 24 期。

120、欧阳山：《三家巷》，作家出版社，1960 年版。

121、唐克新：《第一课》，《萌芽》，1960 年第 3 期。

122、李準：《李双双小传》，《人民文学》，1960 年第 3 期。

123、茹志娟：《静静的产院》，《人民文学》，1960 年第 6 期。

124、菡子：《万妞》，《人民文学》，1961 年第 6 期。

125、王宗元：《惠嫂》，《延河》，1960 年第 7 期。

126、赵树理：《套不住的手》，《人民文学》，1960 年第 11 期。

127、赵树理：《实干家潘永福》，《人民文学》，1961 年第 4 期。

128、马识途：《最有办法的人》，《人民文学》，1961 年第 9 期。

129、汉水：《勇往直前》，百花文艺出版社，1961 年版。

130、陈翔鹤：《陶渊明写〈挽歌〉》，《人民文学》，1961 年第 11 期。

131、菡子：《前方》，《人民文学》，1961 年第 12 期。

132、管桦：《葛梅》，《红旗》，1961 年第 21、22 期合刊。

133、唐克新：《沙桂英》，《上海文学》，1962 年第 2 期。

134、谢璞：《二月兰》，《人民文学》，1962 年第 3 期。

135、陈翔鹤：《张黑七上西天》，《新港》，1962 年第 3 期。

136、冯至：《白发生黑丝》，《人民文学》，1962 年第 4 期。

137、黄秋耘：《杜子美还家》，《北京文艺》，1962 年第 4 期。

138、江流：《还魂草》，《安徽文学》，1962 年第 5 期。

139、汪曾祺：《羊舍一夕》，《人民文学》，1962 年第 6 期。

140、宗璞：《两场"大战"》，《北京文艺》，1962 年第 6 期。

141、宗璞：《不沉的湖》，《人民文学》，1962 年第 7 期。

142、王汶石：《黑凤》，《延河》，1962 年第 5、6、7 期连载。

143、西戎：《赖大嫂》，《人民文学》，1962 年第 7 期。

144、姚雪垠：《草堂春秋》，《长江文艺》，1962 年第 10 期。

145、张庆田：《"老坚决"外传》，《河北文学》，1962 年第 7 期。

146、李建彤：《刘志丹》，《工人日报》，1962 年 7 月 28 日。

147、方之：《出山》，《上海文学》，1962 年第 8 期。

148、陆文夫：《介绍》，《人民文学》，1962 年第 9 期。

149、赵树理：《张来兴》，《人民日报》，1962 年 5 月 19 日。

150、赵树理：《互相鉴定》，《人民文学》，1962 年第 10 期。

151、陈翔鹤：《方教授的新居》，《文艺月报》，1962 年第 10 期。

152、陈翔鹤：《广陵散》，《人民文学》，1962 年第 10 期。

153、赵燕翼：《桑金兰错》，《人民文学》，1962 年第 10 期。

154、刘真：《长长的流水》，《人民文学》，1962 年第 10 期。

155、陆地：《故人》，《广西文艺》，1962 年第 11 期。

156、宋词：《落霞一青年》，《人民文学》，1962 年 12 期。

157、林斤澜：《新生》，《人民文学》，1962 年第 12 期。

158、刘澍德：《归家》，《边疆文艺》，1961 年第 2 期到 1962 年第 11 期。

159、黄秋耘：《鲁亮侪摘印》，《山花》，1962 年第 8 期。

160、黄秋耘：《顾母绝食》，《新港》，1962 年第 7 期。

161、桂茂：《孤舟湘行纪》，《湖南文学》，1962 年第 6 期。

162、徐懋庸：《鸡肋》，转引自《当代》，1981 年第 1 期。

163、师陀：《西门豹的遭遇》，《上海文学》（原名《文艺月报》），1959 年第 10 期。

164、包全万、刘继才：《杜甫在夔州》，《长春》，1962 年第 4 期。

165、宗璞：《后门》，《新港》，1963 年第 2 期。

166、宗璞：《知音》，《人民日报》，1963 年 11 月 26 日。

167、骆宾基：《山区收购站》，《上海文学》，1963 年第 12 期。

168、西戎：《丰产记》，《人民文学》，1963 年第 4 期。

169、赵树理：《卖烟叶》，《人民文学》，1964 年第 1–3 期。

170、陈登科：《风雷》，中国青年出版社，1964 年版。

171、韦君宜：《月夜清歌》，《女人集》，四川人民出版社，1980 年版。

参考文献

一、中文著作

文学史类：

1、陈思和主编：《中国当代文学史教程》，复旦大学出版社 1999 年版。

2、洪子诚：《中国当代文学史》，北京大学出版社 1999 年版。

3、王瑶：《中国新文学史稿》下册，新文艺出版社 1953 年版。

4、朱寨主编：《中国当代文学思潮史》，人民文学出版社 1987 年版。

5、朱栋霖主编：《中国现代文学史（1917-2000）》，北京大学出版社 2007 年版。

资料类：

1、陈荒煤总主编：《中国新文艺大系（1949-1966）》，中国文联出版公司 1988 年版。

2、洪子诚编：《中国当代文学史·史料选（1945-1999）》，长江文艺出版社 2002 年版。

3、洪子诚编：《二十世纪中国小说理论资料》第五卷，北京大学出版社 1997 年版。

4、江曾培主编：《中国新文学大系（1949-1976）》，上海文艺出版社 1997 年版。

5、许纪霖编：《二十世纪中国思想史论》，东方出版中心 2000 年版。

6、光明日报社编印：《思想改造文选》，光明日报出版社 1952 年版。

7、仲呈祥编：《新中国文学纪事和重要著作年表》，四川省社会科学院出版社 1984 年版。

8、中国版本图书馆编：《全国内部发行图书总目（1949-1986）》，中华书局 1988 年版。

9、作家出版社编辑部：《争取社会主义文学的更大繁荣》，作家出版社 1960 年版。

10、张京媛编：《新历史主义与文学批评》，北京大学出版社 1993 年版。

11、胡风：《致路翎书信全编》，大象出版社 2004 年版。

12、河北省文联文艺理论研究室：《批判李何林修正主义文艺思想论文集》，百花文艺出版社 1960 年版。

13、张学正等主编：《文学争鸣档案——中国当代文学作品争鸣实录（1949–1999）》，南开大学出版社 2002 年版。

14、中国作协：《中国作协第二次理事会议（扩大）报告、发言集》，人民文学出版社 1956 年版。

15、新文艺出版社编辑部：《"论'文学是人学'"批判集》，新文艺出版社 1958 年版。

16、刘芝明、张如心编著：《反对萧军思想、保卫马列主义》，苏南新华书店 1949 年版。

17、路翎：《致胡风书信全编》，大象出版社 2004 年版。

18、罗荪：《保卫社会主义文学》，新文艺出版社 1958 年版。

19、《建国以来毛泽东文稿》1–13 卷，中央文献出版社 1998 年版。

20、《毛泽东选集》第五卷，人民出版社 1977 年版。

21、中共中央文献研究室编：《建国以来重要文献选编》，中央文献出版社 1992–1998 年版。

22、中共中央文献编辑委员会编：《刘少奇选集》，人民出版社 1985 年版。

23、中共中央文献编辑委员会编：《周恩来选集》，人民出版社 1984 年版。

24、沈从文、张兆和：《从文家书——从文兆和书信选》，远东出版社 1996 年版。

25、上海文艺出版社编：《重放的鲜花》，上海文艺出版社 1979 年版。

26、新文艺出版社编辑部：《为保卫社会主义文艺路线而斗争》，新文艺出版社 1957 年版。

27、新文艺出版社编辑部：《社会主义现实主义论文集》，新文艺出版社 1958 年版。

28、商务印书馆编辑部：《人道主义、人性论研究资料》，商务印书馆 1963–1965 年版。

29、王蒙、袁鹰编：《忆周扬》，内蒙古人民出版社1998年版。

30、唐小兵编：《再解读——大众文艺与意识形态》，北京大学出版社2007年版。

研究著作：

1、涂光群：《五十年文坛亲历记（1949-1999）》，辽宁教育出版社2005年版。

2、陈美兰：《文学风雨四十年——中国当代文学争鸣述评》，武汉大学出版社1989年版。

3、陈顺馨：《1962——夹缝中的生存》，山东教育出版社2002年版。

4、陈建华：《"革命"的现代性——中国革命话语考论》，上海古籍出版社2000年版。

5、陈徒手：《人有病 天知否——一九四九年后中国文坛纪实》，人民文学出版社2000年版。

6、陈顺馨：《社会主义现实主义理论在中国的接受与转换》，安徽教育出版社2000年版。

7、张新颖：《沈从文的后半生（1948-1988）》，广西师范大学出版社2014年版。

8、程光炜：《文学讲稿——"八十年代"作为方法》，北京大学出版社2009年版。

9、程光炜：《文学想象与文学国家》，河南大学出版社2005年5版。

10、丛进：《曲折发展中的岁月——1949-1976年的中国》，人民出版社2009年版。

11、蔡翔：《革命/叙述——中国社会主义文学–文化想象》，北京大学出版社2010年版。

12、程天君：《"接班人"的诞生》，南京师范大学出版社2008年版。

13、陈光兴：《去帝国——亚洲作为方法》，行人出版社2006年版。

14、戴知贤：《山雨欲来风满楼——60年代前期的"大批判"》，河南人民出版社1994年版。

15、董之林：《追忆燃情岁月——五十年代小说类型论》，河南人民出版社2001年版。

16、董之林：《旧梦新知——十七年小说论稿》，广西师范大学出版社2004

年版。

17、董之林：《热风时节——当代中国十七年小说史论》，上海书店出版社2008年版。

18、洪子诚：《1956——百花时代》，山东教育出版社1998年版。

19、洪子诚：《问题与方法——中国当代文学史研究讲稿》，生活·读书·新知三联书店2002年版。

20、胡风：《三十万言书》，湖北人民出版社2003年版。

21、朱正：《1957年的夏季——从百家争鸣到两家争鸣》，河南人民出版社1998年版。

22、《黄秋耘自选集》，花城出版社1986年版。

23、贺照田：《当代中国的知识感觉与观念》，广西师范大学出版社2006年版。

24、贺照田主编：《在历史的缠绕中解读知识与思想》，吉林人民出版社2003年版。

25、贺照田主编：《并非自明的知识与思想》，吉林人民出版社2003年版。

26、贺照田主编：《东亚现代性的曲折与展开》，吉林人民出版社2002年版。

27、贺照田主编：《后发展国家的现代性问题》，吉林人民出版社2002年版。

28、黄宗智主编：《中国研究的范式问题讨论》，社会科学文献出版社2003年版。

29、黄金麟：《历史、身体、国家：近代中国的身体形成》，新星出版社2006年版。

30、贺桂梅：《"新启蒙"知识档案——80年代中国文化研究》，北京大学出版社2010年版。

31、贺桂梅：《转折的时代——40-50年代作家研究》，山东教育出版社2003年版。

32、李杨：《抗争宿命之路——"社会主义现实主义（1942-1976）研究》，时代文艺出版社1993年版。

33、李杨：《50-70年代中国文学经典再解读》，山东教育出版社2003年版。

34、《周扬文集》，人民文学出版社1984年版。

35、余岱宗：《被规训的激情——论1950、60年代的红色小说》，上海三联书店2004年版。

36、阎云翔：《私人生活的变革——一个中国村庄里的爱情、家庭与亲密关系》，上海书店出版社 2006 年版。

37、李书磊：《1942——走向民间》，山东教育出版社 1998 年版。

38、李欧梵：《现代性的追求》，生活·读书·新知三联书店 2000 年版。

39、李红强：《〈人民文学〉十七年》，当代中国出版社 2009 年版。

40、刘小枫：《这一代人的怕与爱》，华夏出版社 2007 年版。

41、刘小枫：《沉重的肉身——现代性伦理的叙事纬语》，华夏出版社 2004 年版。

42、刘志荣：《潜在写作（1949-1976）》，复旦大学出版社 2007 年版。

43、王德威：《想象中国的方法——历史·小说·叙事》，生活·读书·新知三联书店 1998 年版。

44、王本朝：《中国当代文学制度研究（1949-1976）》，新星出版社 2007 年版。

45、罗平汉：《1958-1962 年的中国知识界》，中共中央党校出版社 2008 年版。

46、钱理群：《1948——天地玄黄》，山东教育出版社 1998 年版。

47、汪晖：《现代中国思想的兴起》，生活·读书·新知三联书店 2004 年版。

48、汪晖：《去政治化的政治——短 20 世纪的终结于 90 年代》，生活·读书·新知三联书店 2008 年版。

49、斯炎伟：《全国第一次文代会与新中国文学体制的建构》，人民文学出版社 2008 年版。

50、孙歌：《文学的位置》，山东教育出版社 2009 年版。

二、外文译著：

1、[丹麦] 勃兰兑斯：《十九世纪文学主流》，张道真等译，人民文学出版社 1997 年版。

2、[俄] 米哈伊尔·巴赫金：《陀思妥耶夫斯基诗学问题》，白春仁译，生活·读书·新知三联书店 1988 年。

3、[德] 尤尔根·哈贝马斯：《后民族结构》，曹卫东译，上海人民出版社 2002 年版。

4、[德]卡尔·雅斯贝尔斯:《时代的精神状况》,王德峰译,上海译文出版社 1997 年版。

5、[德]马克斯·韦伯:《学术与政治》,冯克利译,生活·读书·新知三联书店 2005 年版。

6、[德]卡尔·曼海姆:《意识形态与乌托邦》,黎明、李书崇译,商务印书馆 2000 年版。

7、[德]顾彬:《二十世纪中国文学史》,范劲等译,华东师范大学出版社 2008 年版。

8、[德]安德鲁·弗兰克:《白银资本——重新重视经济全球化中的东方》,刘北成译,中央编译出版社 2000 年版。

9、[法]陈越编:《哲学与政治——阿尔都塞读本》,吉林人民出版社 2003 年版。

10、[法]米歇尔·福柯:《知识考古学》,谢强、马月译,生活·读书·新知三联书店 2003 年版。

11、[法]托克维尔:《旧制度与大革命》,冯棠译,商务印书馆 1996 年版。

12、[法]杜小真编:《福柯集》,远东出版社 1998 年版。

13、[法]米歇尔·福柯:《词与物——人文科学考古学》,莫伟民译,上海三联书店 2001 年版。

14、[法]米歇尔·福柯:《性经验史》(增订版),佘碧平译,上海人民出版社 2005 年版。

15、《权利的眼睛:福柯访谈录》,严锋译,上海人民出版社 1997 年版。

16、[法]米歇尔·福柯:《规训与惩罚》,刘北成、杨远婴译,生活·读书·新知三联书店 2003 年版。

17、[法]米歇尔·福柯:《疯癫与文明》,刘北成、杨远婴译,生活·读书·新知三联书店 2003 年版。

18、[捷克]米兰·昆德拉:《小说的艺术》,董强译,上海译文出版社 2004 年版。

19、[美]聂华苓编译:《百花齐放时期文学》,哥伦比亚大学出版社 1981 年版。

20、[美]莫里斯·迈斯纳:《毛泽东的中国及后毛泽东的中国》,杜蒲等译,四川人民出版社 1989 年版。

21、[美]伊恩·瓦特：《小说的兴起——笛福、理查逊、菲尔丁研究》，高原、董红钧译，生活·读书·新知三联书店1992年版。

22、[美]何伟亚：《怀柔远人——玛噶尔尼使华的中英礼仪冲突》，邓常春译，社会科学文献出版社2002年版。

23、[美]本尼迪克特·安德森：《想象的共同体——民族主义的起源与散布》，吴叡人译，世纪出版集团2005年版。

24、[美]刘禾：《跨语际实践——文学、民族文化与被译介的现代性（中国·1900—1937）》，宋伟杰等译，三联书店2008年版。

25、[美]米歇尔·雷迅马：《作为意识形态的现代化——社会科学与美国对第三世界政策》，牛可译，中央编译出版社2003年版。

26、[美]华勒斯坦等：《学科·知识·权力》，刘健之编译，生活·读书·新知三联书店1999年版。

27、[美]麦克尔·哈特、[意]安东尼奥·奈格里：《帝国——全球化的政治秩序》，杨建国、范一亭译，江苏人民出版社2003年版。

28、[美]爱德华·萨义德：《知识分子论》，单德兴译，生活·读书·新知三联书店2002年版。

29、[美]詹姆斯·汤森、布兰特利·沃马克：《中国政治》，顾速、董方译，江苏人民出版社1995年版。

30、[美]罗德里克·麦克法夸尔、费正清：《剑桥中华人民共和国史》，马晓光等译，中国社会科学出版社1990年版。

31、[美]乔万尼·阿里吉、[日]滨下武志、[美]马克·塞尔登：《东亚的复兴——以500年、150年和50年为视角》，马援译，中国社会科学出版社2006年版。

32、[美]马泰·卡林内斯库：《现代性的五福面孔——现代主义、先锋派、颓废、婚俗艺术和后现代主义》，周宪、许钧译，商务印书馆2002年版。

33、[美]保罗·康纳顿：《社会如何记忆》，纳日碧力戈译，上海人民出版社2000年版。

34、[美]杜赞奇：《从民族国家拯救历史——民族主义与中国现代史研究》，王宪明等译，社会科学文献出版社2009年版。

35、[美]柯文：《在中国发现历史——中国中心观在美国的兴起》，林同奇译，中华书局2002年版。

36、[美]罗芙芸：《卫生的现代性》，向磊译，江苏人民出版社2007年版。

37、[美]费正清：《伟大的中国革命（1800—1985）》，刘尊棋译，世界知识出版社2000年版。

38、[美]史景迁：《天安门——知识分子与中国革命》，尹庆军译，中央编译出版社1998年版。

39、[美]海登·怀特：《元史学——十九世纪欧洲的历史想象》，陈新译，译林出版社2004年版。

40、[美]阿里夫·德里克《后革命时代的中国》，李冠南、董一格译，上海人民出版社2015年版。

40、[日]柄谷行人：《日本现代文学的起源》，赵京华译，生活·读书·新知三联书店2006年版。

41、[日]沟口雄三：《中国前近代思想的演变》，索介然、龚颖译，中华书局1997年版。

42、[日]滨下武志：《近代中国的国际契机——朝贡贸易体系与近代亚洲经济圈》，朱萌贵、欧阳菲译，中国社会科学出版社1999年版。

43、[日]竹内好：《近代的超克》，孙歌等译，生活·读书·新知三联书店2005年版。

44、[日]子安宣邦：《东亚论——日本现代思想批判》，赵京华译，吉林人民出版社2011年版。

45、[斯]齐泽克：《意识形态的崇高客体》，季广茂译，中央编译出版社2002年版。

46、[英]伊格尔顿：《二十世纪西方文学理论》，伍晓明译，北京大学出版社2007年版。

47、[英]伊格尔顿：《审美意识形态》，王杰等译，广西师范大学出版社2006年版。

48、[英]艾瑞克·霍布斯鲍姆：《极端的年代》，郑明萱译，江苏人民出版社1999年版。

49、[英]阿诺德·汤因比：《历史研究》，刘北成、郭小凌译，上海人民出版社2000年版。

50、[英]以赛亚·柏林：《苏联的心灵——共产主义时代的俄国文化》，潘永强、刘北成译，译林出版社2010年版。

三、报刊杂志：

1、《光明日报》，1949-1966 年。

2、《红旗》，1958-1966 年。

3、《人民日报》，1949-1966 年。

4、《人民文学》，1949-1966 年。

5、《文艺报》，1949-1966 年。

6、《新文学史料》，1978-2010 年。

后 记

本书的出版于我来说类似于"孩子"的出生，看着它从一个念头的孕育，到慢慢成形，再到最终的完稿，虽然自己有万般的不满、千般的不愿，但"孩子"总是自己的好，那些唯有自知的艰辛与快乐也就成了这本书诞生的首要理由。

我是在读硕士期间进入十七年小说研究领域的，读博期间研究的也是十七年小说，原本打算把论文直接修改出版，但最近几年的思考让我对十七年小说有了进一步的认识，有些观点已经全然不同于以前，某些观点之间甚至相互牴牾。我也曾尝试着修改自己的论文，但发觉大幅的修改已经让原先的论文面目全非，因此决定放弃修改而重新写作，把原先的思考只作为研究的一种底色而存在。修改自己往日的文章，是件痛苦纠缠着幸福的事，时隔多年之后，再回头看自己的文章竟是那样的不堪，恨不得全部按下删除键，但修改也给自己提供了一次回忆读书幸福时光的机会。

有句话说得好，"此地早已经过，那灯却始终照亮"，感谢我的导师朱栋霖先生，能够投入先生门下，是生命中的大幸运与大幸福。记忆里最美好的，是穿过安静而美好的苏州大学老校区，踩着厚厚的金黄色银杏落叶，目光触及在日光下安静而倔犟的老房子，按约定时间到先生家之后，一杯茗茶，师生三四人，落座畅谈。授课之余，先生带我们品美食，赏昆曲，听评弹，会名师，泛舟太湖，尽享苏州文化，让我时常在心里惊叹，读书竟会是这么美好的事，世上竟还有这般诗意的生活！先生从未在学业上苛责过，即使我偶有疏忽，也总以积极的鼓励为主、善意的提醒为辅。我最喜欢的是和先生在一起聊天，只为在那种自由平等的氛围中，先生身上那种因博大而弥散出来的氤氲，让我时时感念不已。岁月在先生身上流过，留下的是先生对人生的深切感悟，这种感悟虽不能亲身体会，但听到，便是一种无边的美好。跟随朱先生读书虽是短暂的三年，但先生的人格魅力却像照亮我灵魂的灯，始终点亮我问学的漫漫远路。

　　我出身农家，在而立之年放弃安稳的教职重拾自己的文学梦想，重新打碎对这个世界已经固化的认知去面临完全未知的文学世界，从这个意义上来说，研究与写作对我不仅是智力和学识的极大挑战，更是精神的炼狱与重塑。在图书馆面对那些半个多世纪无人翻阅的发黄变脆的纸页，日复一日地面对过往时代枯燥乏味的作品，重温前人光华黯淡的思想言论，在呛鼻的纸张味道中常会被浓重的伤感包围，或平淡，或激昂，有辩解，更有无奈，那些凝结着作者心血的文字，却在我的手中变成沉积在时光中的灰尘，这难道就是人类绝大多数文字的命运？这种伤感与自问常让我怀疑自己努力的意义。因此，在写作中时刻提醒自己对前人的文字抱持足够的敬畏之心，少发愤激之语，多抒平和之论，让鲁迅意义上的"历史的中间物"的观念时刻浮现在自己的心上。

　　康·帕乌斯托夫斯基在《金蔷薇》中认为："一旦作家开始动笔，作品中出现了人物，一旦这些人物按照作家的意志获得了生命，他们就会开始对提纲提出异议，与提纲做起对来，作品开始按其本身的内在逻辑展开。"在写作过程中，我时常深深地认同这句话，虽然我试图尽力控制写作按照自己设想的轨道前行，但总有一些力量在左右着写作的方向，让我深陷困惑与无奈之中而无法自拔。

　　感谢我所任职的南通大学文学院诸位领导与同事，是你们的无尽宽容与无私帮助让我在短时间内爱上了南通大学，爱上了南通大学文学院。我想，如果世间真有天堂的话，那一定是从学校每一条小路通往文学院的一草一木，以及与你们偶遇时那一声亲切的"成才"。我还未到不惑之年，但这些人生中的小确幸已经让我准备终老于此！

　　多年来，始终不能找到安放自己灵魂的那个安静角落，反而更加深刻地感受到了人性的复杂与难言。感谢我的妻子王冰清，多年来，她用自己柔弱的身躯承担起家的运转，用她的倔强与坚持鞭策着我。这份情义与执着让我能够从日常俗务中脱身而出，继续自己的学业与研究，而我对她的回报却太少太少。每念及此，总会不由自主地感到困惑与失落，无奈与迷惘。

　　相信，所有的努力都会得到回报，所有的眼泪都会得到抚慰，所有的痛苦都会得到解脱，因为"总有一个合适的理由，劝慰了他们艰难的旅程……"

刘成才

乙未年仲冬于念愚斋